WO DE SHIDAI WO DE FENG

我的时代
我的风

严元俭 著

浙江人民出版社

图书在版编目（CIP）数据

我的时代我的风 / 严元俭著. — 杭州：浙江人民出版社，2024.8
ISBN 978-7-213-11463-2

Ⅰ.①我… Ⅱ.①严… Ⅲ.①严元俭-自传②诗集-中国-当代 Ⅳ.①K825.6②I227

中国国家版本馆CIP数据核字（2024）第087313号

我的时代我的风

严元俭　著

出版发行：浙江人民出版社（杭州市环城北路177号　邮编　310006）
　　　　　市场部电话：(0571)85061682　85176516
责任编辑：余慧琴
责任校对：王欢燕
责任印务：程　琳
封面设计：厉　琳
电脑制版：杭州兴邦电子印务有限公司
印　　刷：浙江新华数码印务有限公司
开　　本：710毫米×1000毫米　1/16　　印　　张：27.5
字　　数：386千字　　　　　　　　　　　插　　页：4
版　　次：2024年8月第1版　　　　　　　印　　次：2024年8月第1次印刷
书　　号：ISBN 978-7-213-11463-2
定　　价：68.00元

如发现印装质量问题，影响阅读，请与市场部联系调换。

"原真之美，当代《诗经》。"祝瑜英题，柳园书。
（祝瑜英系衢州市政协原副主席、衢州市诗联学会原会长，柳园系江山市书法家协会原主席、江山市博物馆原馆长）

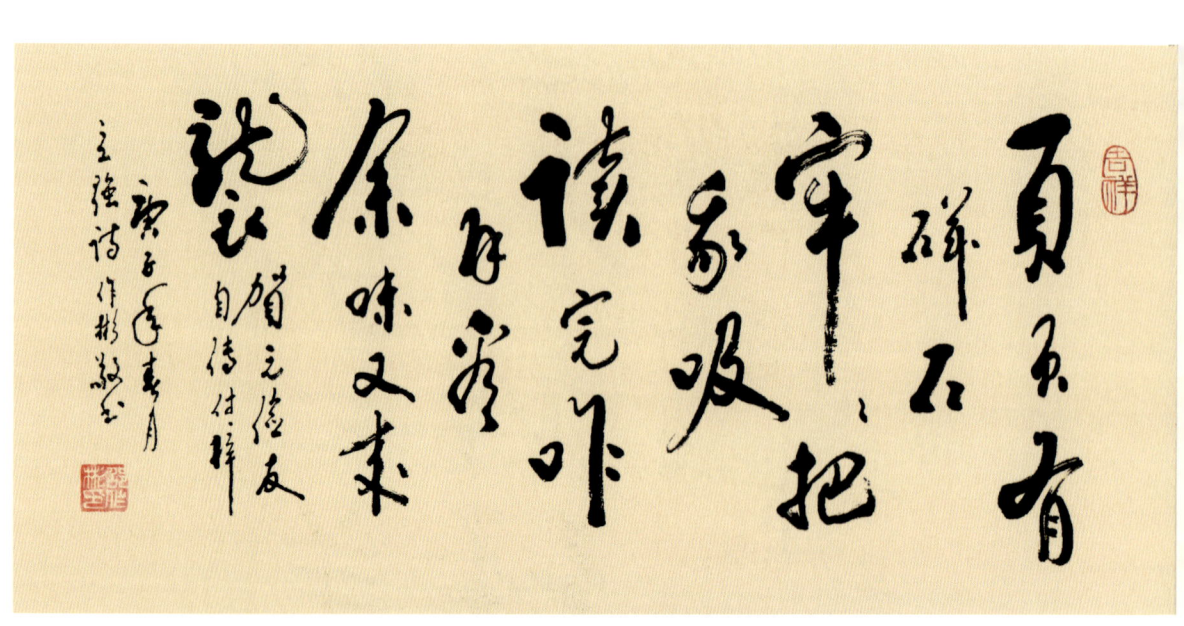

"页页有磁石,牢牢把我吸。读完咋再看?余味又来袭。"毛立强诗,邵作彬字。
(毛立强系江山市文化馆副研究员、原馆长,邵作彬系江山市原广电局局长、中国老年书画研究会原理事)

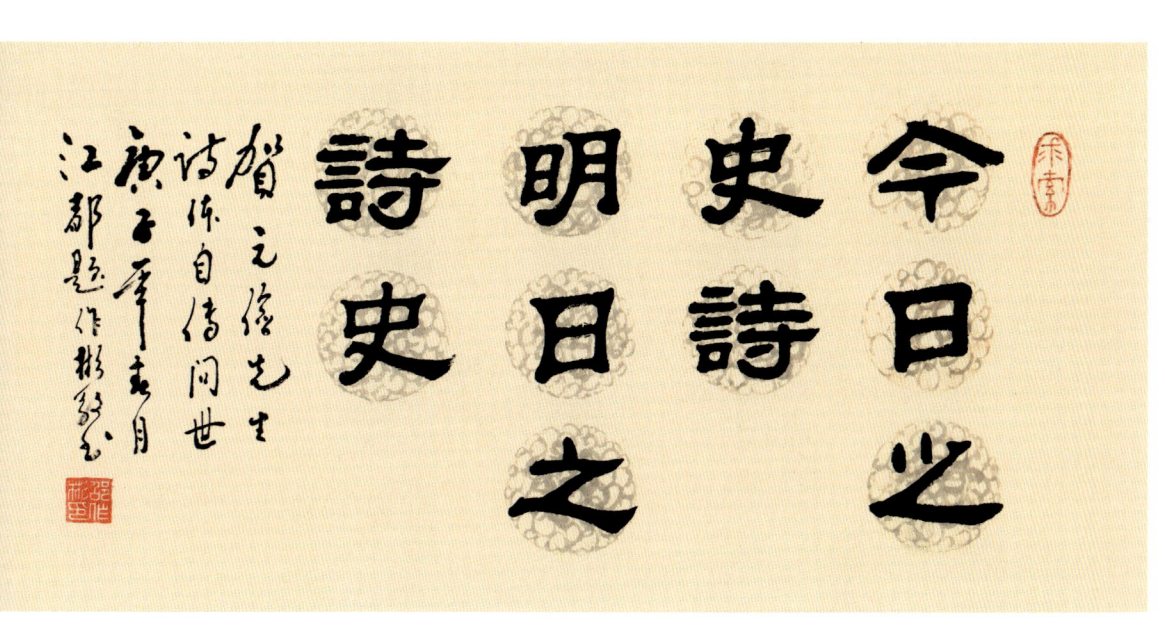

"今日之史诗，明日之诗史。"徐江都题，邵作彬书。
（徐江都系江山市文化馆副研究员、原副馆长，邵作彬系江山市原广电局局长、中国老年书画研究会原理事）

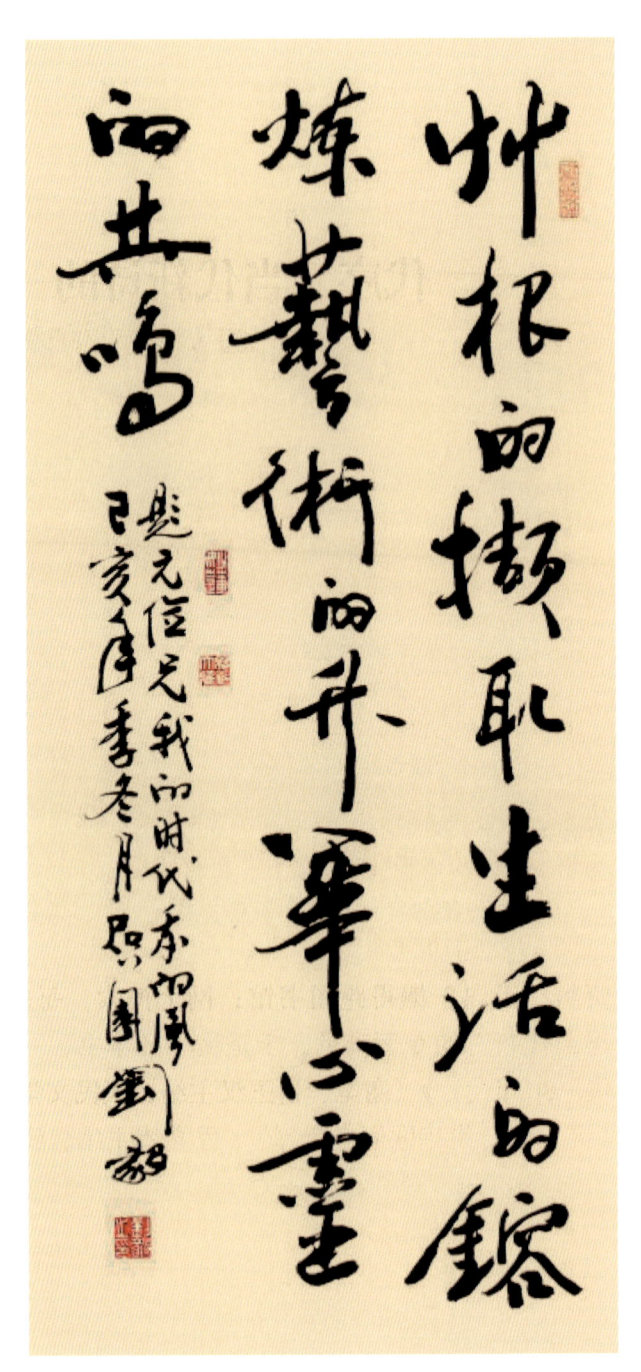

"草根的撷取，生活的镕炼；艺术的升华，心灵的共鸣。"刘毅题并书。
（刘毅系江山市诗词学会原会长、江山市书法家协会原主席）

代序　当代新诗的一座奇峰
——读纪实长诗《我的时代我的风》*

◎沈利民

近日我将严元俭的纪实长诗《我的时代我的风》又读了一遍。此诗在浙江新闻客户端问世两年来好评如潮，被誉为"当代《诗经》""中国的《荷马史诗》""今日之史诗，明日之诗史"……那么，它在当代中国新诗史上究竟处于什么位置？若建立一个坐标，横为时间轴即新诗编年，纵为高度轴即艺术成就，严诗该位于哪一个象限？对此，不少评论者已经给出了答案。但若要清楚地回答这个问题，窃以为只能把严诗放到历史即当代新诗史的大背景中去考察。

先找背景资料。天热，懒得跑图书馆；网上搜索，每每不太称心，尤其是系统论述当代新诗的专著难觅，于是淘了几本书，一本是《中国新诗萃（50年代—80年代）》（谢冕、杨匡汉主编，人民文学出版社1985年版），一本是《九十年代诗歌研究资料》（程光炜主编，张涛编，百花洲文艺出版社2018年版），一本是《21世纪中国诗歌现象研究》（罗麒著，人民出版社2019年版）。三本书虽不能说把新中国成立以来新诗中的佳作和诗歌现象一网打尽，但庶几可从中看出当代新诗发展的脉络和轮廓。

---

* 此稿载于2022年9月8日浙江新闻客户端，作者为浙江日报社温州分社原副社长。

第一本书集纳了30余年的200余首诗歌，不乏传世名篇，但即便是当时传诵一时的经典性文本，也难免有时代的局限。谢冕评述新中国成立后的诗歌现象时认为："活跃而多变的社会改造运动，使为之配合的诗歌大体只能在一个时期具有实际的社会作用，其艺术和美学的价值大部随着时光的消逝而无可保留。""随着政治运动成为过去，作为它的附庸的诗歌也就失去意义。自然淘汰体现了艺术因素对非艺术因素的无情仲裁。"四五运动开始的诗歌变革的先兆，开启了新诗潮的闸门，此后进入了包括"朦胧诗"在内的新诗全面复兴的阶段。

出身贫苦、少年失学、成长坎坷的严元俭，文化程度不高，却对民间诗谣颇感兴趣。20世纪最困苦的六七十年代，同龄人或许正在语文老师的诱导下捧着文学杂志做着作家梦，而他却脚穿草鞋在浙西山区崎岖的樵夫路上为生计劳苦，间或歇歇脚吟咏几句自创的顺口溜……"心之忧矣，我歌且谣。"（《诗经》）艰辛的人生，必定是孕育诗歌的土壤。严元俭的人生道路，可谓与我国新诗之路殊途同归。只不过他的创作之路不同于一般诗人，他是纯粹的草根诗人、农民诗人，或曰有着真切农民生活的高知诗人。他长期潜心创作研究，厚积薄发，然后一鸣惊人。《心迹》和《我的时代我的风》横空出世，尤其是后者，乃得之于数十年的孕育和积累。

《九十年代诗歌研究资料》一书收集了26篇论文，它们在深广的层面上剖析了20世纪90年代各种新诗流派和代表作。无论是"知识分子写作"也好，"及物性""叙事性"诗歌也罢，有论者认为现代中国新诗尚未出现过一部堪称深入幽微地揭示一个时代之隐秘的诗歌，不是肤浅地对现实的讴歌，就是囿于个人的浅斟低唱似的歌吟。中国诗人一向擅长写抒情诗，一直没有成熟的叙事诗人，并很少关注现实的生存与日常状态。而严元俭以其《我的时代我的风》完满地回答了这个问题。这部纪实长诗确实是高度纪实的，它以实在的人物、实在的地点、实在的时间、实在的事件、实在的社会……记录了小人物、小家庭与大社会、大事件的有机联系和悲欢沉浮，或催人泪下，或发人深思，或激人奋发。纪实而不平板、不沉闷、不黏滞、不浮泛，故事奇而不怪，笔触细而不涩，人物形象厚重而多彩，人物命运跌宕而多姿，社会变革与个人相系，历史事件与底层密洽……纪实长诗，篇幅如此之长，17000行之巨，以其独特的诗形、诗象，实录了半个多世纪的个人史、家庭史、地方史，社会史，可谓开一代诗风。而在写作上，融汇诗词曲赋，气韵一以贯之，节奏始终明快，情绪节节饱满，新词丽句迭出，意象时见奇新。若是功力不到，难臻如此胜境。

《21世纪中国诗歌现象研究》一书以更宽广的视角，对新世纪的中国诗坛做了全景式考察。该书作者认为，中国诗歌进入21世纪后的十余年中，传承了20世纪中国新诗的精神和艺术血脉，在全新的消费主义语境、后现代文化语境和互联网传播语境的多重影响下生长，诗人多代同堂，诗歌数量以几何级数增加，作品发表门槛降低乃至消失，诗坛可谓空前热闹。然而，表面上的热闹甚至繁荣，并没有从根本上改变诗歌的边缘化地位。何也？真的是消费主义几乎取代了文化消费需求？显然，经济发展，生活富裕之后，人们的精神生活也必然有了新的需求，文化消费只会随着经济发展而水涨船高。问题在于真正的优质文化产品还是稀缺物，真正与时代合拍、与人们提高了的审美情趣相契合的具有震撼力的诗歌还是凤毛麟角，甚至根本缺失。这与整个社会环境的影响有关，也与文化创作队伍的整体素质有关。尽管有论者持悲观论调："在社会转型与诗歌探索的交汇点上，从斗争走向对话、从计划走向市场的时代，大历史的叙述已难以为继，文化英雄向各路明星让位……"但头脑清醒的论者指出："公众之所以背叛诗歌，一方面，是因为许多诗人把诗歌变成了知识和玄学，变成了字词的迷津，无法卒读；另一方面，是因为诗歌被其内部的腐朽的秩序所窒息。"毋庸置疑，自20世纪80年代以来，先后出现的"朦胧诗""先锋派""知识分子写作""新及物写作""打工诗歌""底层写作""地震诗歌"等流派，都涌现过一些优秀作品，但也出现了所谓"下半身写作""梨花体""羊羔体""屎尿体"等斯文扫地的垃圾文字。纵观当代诗史，窃以为无论是篇幅还是品质堪与严诗匹敌者还未出现。试想，像严元俭这样特殊履历的诗人还未浮出华夏大地之时，当诗人们还只有从校门到校门的经历，或者坐在舒适的写字楼里观察和想象大千世界的时候……想纪实，有何可记？想自传，传自何来？因此，严诗的诞生，时也，运也。必得历史沉淀到一定的阶段，土壤累积到一定的程度，它才可能诞生。然而时运不是自然而然降临到幸运儿头上的，诗人若没有深厚的底蕴、足够的天赋和坚毅的意志，时运便无法与之连接，旷世奇才亦无从诞生，划时代巨著也就不会浮现。

市场给予严诗的礼遇很好地说明了问题。其第一本诗集《心迹》连印8次，至今已发行2万余册。在新诗依旧式微，纸质诗歌图书市场普遍低迷的情况下，严诗不愧为读者看得上眼的奇花一朵。《我的时代我的风》虽还未出版纸质书，但在网络上早已风靡一时，海量阅读数据已经为之定评。

已如前述，严诗赖以孕育的丰厚的生活基础是独一无二的，而其艺术水准的抵达路径，他在《我的时代我的风》中已多有明示。其第七集《新吟翁》就是他的创作经验或曰艺术风格自画像。首先看他的志气："今日诗国啊，诗人遍地却罕闻诗岭诗峰，诗叶满天却少见诗秋诗春。我信学洋诗有利于开拓诗疆界，但不信跟屁虫可以创诗新，我信老祖宗传下了千万诗瑰宝，但不信僵守奴才是得宝人。/我要下诗河，试它水浅深；我要驱诗霾，扫出天地新；我要推今诗，朝着活路奔。""退休有点闲，缓步仍朝前。趁有夕阳在，再登一座山。/这座山啊，名叫诗自传。/从幼到老诗自传，诗国悠悠谁曾见？孤陋寡闻老井蛙，窥着诗史空白点。/空白恨恨数千年，伟大的时代需人填。空白哑哑在呼唤，有空的老头可试填。"在《前言》中，严元俭也有言："坦白讲，写这本书，我是想为当代诗歌多开一条读者爱看的活路出一份力，为悠悠诗国填补一个诗自传的空白。"铿锵誓言，掷地作金石声。乍一看，似乎有点好高骛远、异想天开。其实他是有足够的底气的。底气何来？一是自身境界。作品中有人品，作者的境界高下往往决定作品的境界高下，短篇显露一时，自传映照一生。二是生活。三是技巧。独特的人生经历是其得天独厚的生活富矿；长期对中国古诗词和各种各样中西诗歌的探究，更主要的是自己的大胆创作实践，使其辟出了一条别具风景的诗路。第七十八章《找诗路》中之几句，可谓其诗歌艺术追求的点睛之笔："请当今的好句跟祖传的美韵合流，再融进民歌的魅力与洋诗的自由。接地气呐芽壮，承天霖哟花秀。结民族的时代果哇鲜透，供地球人品千秋。"好一个"杂交"诗品种！古今融会，中西贯通；熔铸新体，力攀诗峰。严元俭的诗歌创作实践说明，他的誓言没有放空炮，他的艺术追求不是虚晃一枪。他的目的达到了。

以上说了些杂乱的印象，可能有些不着边际。《我的时代我的风》这部长诗各方面的成就不是三言两语可以总结的，它需要从各个侧面进行深入研讨。待日后有心力时再来感悟吧！

2022年8月23日于温州鹿城

前　言

有人说我，一个只读过正规小学的泥腿子，却成了吃笔杆饭的记者；能进人民日报社农村部却不进，偏偏去了《浙江日报》的一个记者站；在记者站跑新闻，竟跑得了高级记者职称；退休前没几人知道我爱写诗，退休后却出了本连印八次的诗集；等等。这些事是真的吗？如果是真的，又是怎么发生的呢？我的回答：这些事都是真的。至于这些事是怎么发生的，那就请看《我的时代我的风》吧。

我诗如我人。它像高山落瀑，无阻则行，有碍则溅，迎风而歌，入库而静，自然又自然。但有诗评者一看，往往悖了常理。

悖常理之一：诗自传本应重叙事抒情而忌议论，但我写着写着，禁不住会发一通议论。这是为什么？因为我化解了一些认知束缚后欣喜难抑，很想与读者分享。或许，过来人分享了会产生共鸣，在途者分享了则有利于赶路哩！

悖常理之二：诗自传本应只写自己的经历，但我写着写着，竟情不自禁地写起了家乡巨变，祖国巨变，时代巨变。这又是为什么？因为我当记者之后，把发现、记录并报道我的家乡的巨变、我的祖国的巨变、我的时代的巨变当成自己的职责，把引领家乡变美、推动社会进步作为新闻人应有的担当。尽管自己的力量微之又微，但多年成习，这种职责和担当渐渐内化于心、外化于行，有时已融为一体，难解难分。

奔忙在基层的记者都知道，要在权威大报上发一条重点稿是很难的。越难的事做成后越难忘。诗自传《县域笔》《浙报脚》《记史郎》等一些章节，就是当年我和同事们在《人民日报》《浙江日报》等大报发重点稿的点滴再现。那一朵朵"鲜花"的发现之美、采写之乐、见报之福，至今心有余香。可以说，那些"花"都是新闻人的心血结晶；而开进诗自传的每一朵，都是自己的生命组成部分。

三十几年的记者生涯，炼就了我的"大局心""微观眼"。时代的大潮流、生活的总动向，家家户户的点点滴滴、溪溪海海的浪浪波波，都在我的脑海里。这个时代太值得诗写了！这种生活太值得诗写了！

初稿写成，向人们征求修改意见，接到了许多令我振奋的信息。从2020年5月1日起，此诗在浙江新闻客户端衢州频道连载90天，每天阅读量居该频道所有稿子的前五，有时甚至跃居前一、前二。紧接着，新浪网、《潇湘晨报》等媒体作了转载。读者赞声不断。

江西省新余市诗歌理论研究者严一新，是我在网上结识的诗友，至今未曾见过面。我喜好上网看诗论，十几年前，发现他写的一个长篇，针对的是新诗的实际问题，解渴，就与他联系上了。他发来书评："一、创新。诗体自传，古今第一。二、史诗。观一斑而知全豹。既是个人诗传，也反映了一个时代、一段历史。三、当代《诗经》。语言流畅自然，是祖国诗歌血脉的传承。在新诗的一股西化浪潮中，不随波逐流，坚持了中国诗歌的本位和正确方向。"

曾策划《晚安金华》诗歌朗诵节目的《浙江日报》高级编辑、金华分社原社长徐晓恩评价："《我的时代我的风》和《心迹》是当代中国的《荷马史诗》。"他曾任五年总编的《晚安金华》诗歌朗诵节目曾获得2016年度中国报业深度融合发展"双十佳"音视频奖。

深圳报业集团原总编辑兼《深圳特区报》总编辑王田良评价："独一无二的诗风，独一无二的内容，很可能多少年都会是文学'孤本'。"

读者潘财富评说："有几章可入编大学中学课本。"

《衢州日报》原副总编庄月江，20世纪50年代就开始写新诗，70年代就开始编副刊、管副刊，退休后笔耕不辍写副刊。当今新诗，他看得上眼的并不多。我将征求意见的打印稿给他，他看了三天后，竟以《短短几句蕴乾坤》为题，写了约4000字的评论文章，其中有言："用一章篇幅将城市化写得井井有条，淋漓尽致，美不可言，我还没有看到过这样

前言

的诗。""在我的眼里,《我的时代我的风》是一部亲历者吟唱的真实史诗。""读严元俭的诗,是一种新和美的享受。"

庄月江将我的诗传给家住杭州的高中同学邵荣虎看。邵荣虎1955年就开始发表习作,一直爱读诗歌。他看后在发给庄月江的微信中说:"严诗真有味道。土得掉渣,真得深刻,朗朗上口,深入人心!犹如赵树理的小说,独成一格。你的评价甚好,该诗确蕴乾坤,写了真实的历史与人生!"

《人民政协报》原副总编、中国作家协会会员汪东林评说:"这是一部风格独特的成功之作。一部好作品,内容各不相同是自然的事情,但表现形式常常雷同,这是许多作家和艺术家多年苦苦思索而难以突破的。而《我的时代我的风》的作者与众不同,十分自然地突破了,作品做到了独具一格,个性鲜明。这使我想起了《诗经》、古乐府,想起了我曾经接触过的艾青、李季(20世纪60年代初我在中国作协工作时是我的领导)、田间等前辈诗人。我这种联想,可能有人认为有吹捧之嫌。但作为一位八十有三的老者,我已经过了吹捧他人的年龄,而且本人大半生相当多的时间也是爬格子的,年少时也写过数量不少的新诗,虽然成功率只有百分之几,但对写出有内容有特色新诗的苦衷,是深有体会的。"他把这一书评传给了我,还传给了他的文友。

江山市文化馆副研究员、原副馆长徐江都善诗,是作者年轻时学写新诗的榜样。他的评价是十个字:"今日之史诗,明日之诗史。"

浙江在线新闻网站董事长项宁一说:"特别感觉,这部诗里有一种势。"

江山市委党校原党委书记、江山市诗词学会名誉会长姜寒松的读后感是:"一、觉得新颖。读过一些诗,也读过一些自传。但把自传写成诗,或用诗来写自传,还未见过。这一尝试,可谓开创了一种新文体。二、觉得真实。写诗作文,贵在真实。作为自传,尤其如此。诗中的一个个故事,都真实可信。作为同样出身农村,又经历过差不多同一时代的我来说,感到很亲切,常如同身临其境,引起共鸣。三、语言朴实无华,像草根耐嚼,越嚼越有味。用普通话,写普通人,记普通事,有情趣,蕴哲理。四、全诗八十八章,章章精彩。"

吴拯修，人称"书评家"。他在公开见报的长篇诗评中这样写道："用诗来写自传？这颇有点剑走偏锋的意思。会不会是作者的一个噱头呢？我边看电视边读诗。渐渐地，我发现自己误判了；读到第二章，我告诉自己，作者是一个需要认真对待的家伙。终于，我关了电视，开始专注地读诗。且看且惊异，且看且敬佩，直至最后一页。"

浙江日报社温州分社原副社长沈利民评价："读此诗觉耳目一新！从内容到形式均见所未见。有论者曰此诗可谓'诗史'毫无过誉之嫌。把自己切身经历融入大时代，又用极富地方特色的故事和鲜明得像雨后翠竹般的形象以及新古兼具的新式语言演绎，其诗句，句句直抵人心，拨动情弦，激发共鸣……""独辟新诗路，当世第一人"。他将这部诗看了又看，先是偶尔点评一下，再是专门写了诗评文章《当代新诗的一座奇峰》，最后给每一章都写了点评。若有机会，今后将出版其点评本。

原《龙游报》总编余怀根以《讴歌大地上的真实生活》为题写诗评，其中有言："文字气息温润而绵长，意境清新而冷峻……有一种洞穿岁月云淡风轻的美，又有一种浸染人世烟火的活泼生动。""在他的笔下，城乡的面貌、消逝的旧物与人事、过去农业生产方式与现代文明的冲撞，一一得以复原。他以一个记者的眼光，在大格局大视野的激荡之下，记录和议论那些自己经历过的事"。

江山市诗词学会原会长刘毅评价："小众诗歌，大众的阅读！能把小众的读物，写成大众的喜好，让诗歌走向大众，难能可贵！草根的撷取，生活的镕炼；艺术的升华，心灵的共鸣。"

宁波工程学院教授竹潜民评说："一、这是草根青年的奋斗之歌。类似路遥的长篇小说《平凡的世界》，不回避青少年时代的苦难，将一代青年的挣扎、执着、倔强的进取精神和不甘心现状的开拓精神描绘得淋漓尽致。二、这是历史变迁的全景展示。将20世纪70年代末以来农村承包、企业改革、民营企业起步、市场价格之争、帮困扶贫、环境保护、留守儿童种种问题，都一一涉及了，还描绘了不少乡风世俗，似一幅《清明上河图》式的改革开放长卷。这样的写法，也只有你这样当了30多年的老记者才有可能做到。三、这是记者生涯的清晰印记。记者都是写别人，写自己的很少，而这部诗自传，主要是写自己，也可谓是'本报

前 言

内部消息'。写到记者深入采访，如何将民生、民心放在第一位。在新闻中如何讲真话、讲实话，也都有所反映。全篇可以作为新闻人，特别是刚刚入门的年轻记者的阅读蓝本。从文中可看出，你特别关心底层百姓，这与《心迹》中'底层之声'那一单元表达的情感是一脉相承的。"

江山市广电总台资深记者徐义祥说："（我）被这强大的磁场牢牢地吸引住了眼球。不怕人笑话，我这个写了40余年文稿的'老记'，还从来没读过这么有亲和力、这么有感染力的新诗。"激情难抑，他写了4000多字的诗评，发表在浙江新闻客户端和《今日江山》报。

原《衢县报》总编徐震仪："也许我俩是同时代的生灵，你诗中展现的景象，我也亲身经历过，有过苦难，有过磨砺，也有过收获和幸运。因而，读来在不无亲切的同时，还有一股强大的视觉冲击力，毫无停顿地扑面而来，既令人唏嘘，又令人震撼，还令人感动。""仁兄的文字表达力，我一向敬佩。没想到的是，你还会在退休之后，写出如此新颖、如此朴实、如此令人拍案叫绝的诗句。莫非是应了古人'蓄之既久，其发必速'的哲理？""你的诗，个性十分鲜明，毫无雕琢之意，读来就宛同乡间陌上、小巷胡同所见所闻之事。在而今的诗歌界，不啻下了场滂沱大雨，洗涤掉了不少无病呻吟、故作姿态、自以为是的劳什子。""抒情又纪实，江南信天游。文字若画境，句句都上口。生存多艰辛，踏歌向前走。实践出真理，官僚一边休。秃笔化成剑，心中抱负留。"

江山市政协原秘书长戴明桂："又一部现代诗的杰作。我与严元俭兄同感，坚持'无韵不成诗'的观点。诗如无韵，与分成一行行的散文有何区别？"

江山职校门卫姜惠中："你是好样的，实实在在做人，实实在在做事。""你的诗章里写的都是很平常的事，但很有哲理性。文句层层相扣，押韵顺口，真耐人寻味。佩服你独特的文风。""心善，自然美丽；心直，自然诚挚；心慈，自然柔和；心净，自然快乐！以一颗无尘的心，还原生命的本真；以一颗感恩的心，对待生命中的每一天！"

原衢州市有线电视台台长严裕泉："纯农民的儿子活出了一生的精彩，确是勤奋而有韧劲，平凡而又伟大！"

江山市贺村镇吴村村民吴世伯："看了同村人严元俭的《我的时代我

的风》，我又回想起了当年在峡口水库'弟代兄'筑大坝，与他汗水一起洒的日子。他写的时代我都经历过，他写的既实实在在，又发人深思。他家几代人我都熟识。他的家风正直，崇尚道德，村人有口皆碑。当年的砍柴娃变成了今天的高级记者，变成了写出大诗的人，真是'人间正道是沧桑'。"

江山市文化馆原馆长毛立强："高雅，有品位，读一遍引人入胜，读两遍回味无穷。风流蕴藉的民俗风格贯穿始终。其语言朴素、明快、生动、自然，既赏心悦目，又发人深省，令我由衷敬佩。"他还写了三首读后感。第一首《页页有磁石》："页页有磁石，牢牢把我吸。读完咋再看？余味又来袭。"第三首《纵横正是凌云笔》："未因地偏少才气，从来山野多高人。缘何长诗方脱稿，便获频频点赞声。纵横正是凌云笔，风流蕴藉倾真情。几许汗血凝成篇，半生磨难融雅韵。阵阵新风扑面来，句句牵动读者心。见惯坊间钓誉客，华而不实博虚名。须知欲得丰收果，全凭默默耕耘勤。佳构出手君坦然，无心插柳柳成荫。喜见红梅报春讯，独树一帜留芳馨。"

《衢州日报》高级编辑徐勤最早反馈："一位'草根'的英雄史诗。"衢州市委政研室原副调研员王根钍紧接着写来读后感："全书一字一句看完。字字真情实感，没有世俗的一星半点造作，读如当代《诗经》。"浙江省高考语文作文阅卷组原组长严旭东评价："诗语独具个性，越看越有味。"有网友评论道："诗歌语言仿佛从泥土里长出来的，野吧。"《浙江日报》驻舟山市原记者站站长杨永康："于无声处听惊雷。"《今日衢江》原总编杜一岳："文字浅显，意蕴深刻，韵味醇厚。"江山市教育局原局长毛卓兴则预言："此书出版后，会引起轰动。"……

我把上述诗评公之于众，诗评者愿意吗？我征求他们的意见，无一不愿意。严一新的回答很有代表性："我的那段评论，是我认真思考之后的肺腑之言。我认为我从自己的艺术良心、良知出发做出了我的评论。我会始终对自己的评论负责。"

也有不同的声音："现在写新诗的高手是不押韵的，可你还在用韵，还没有真正走进现代新诗的门啊。"

对于诗评者，我都没请他们吃过饭，没给他们发过红包，他们说什么都可以。

听到一声声好评,我又喜又怕:喜的是有人喝彩,激我修改诗稿的劲头更足;怕的是誉不符实,催我又把诗稿人改了几次。

坦白讲,写这本书,我是想为当代诗歌多开一条读者爱看的活路出一份力,为悠悠诗国填补一个诗自传的空白。我深深知道,由脚力衰微的我来登这大山,着实是人如尘而心似海,太不自量了。但是,明知难登而去登,此生才无憾。走笔13年,此山登上了吗?出书前应由笔者回答,出书后只能问读者了。

唉,当媳妇的总要见公婆。我的诗自传是俊是丑,还是揭了红盖头,看吧!

目 录

序　曲 ·· 1

第一集　草鞋娃 ··· 3

　第一章　新生命 ··· 4
　第二章　草鞋谣 ··· 4
　第三章　路答 ·· 13
　第四章　樵儿奋 ·· 17
　第五章　小小割稻客 ··· 22

第二集　苦地汉 ·· 27

　第六章　力如泉 ·· 28
　第七章　京梦碎 ·· 31
　第八章　兵愿毁 ·· 35
　第九章　苦镜 ·· 39
　第十章　"弟代兄" ·· 44
　第十一章　推心墙 ··· 48
　第十二章　交友经 ··· 52

第十三章	对虫哭	57
第十四章	苦地难	61
第十五章	演看戏	68
第十六章	泥碗破	73
第十七章	相亲记	84
第十八章	杆测心	91
第十九章	"锄头理"	94
第二十章	凹石惊魂	98

第三集　两栖牛　103

第二十一章	新家暖	104
第二十二章	英雄误	107
第二十三章	内垄搏	110
第二十四章	花艳艳	114
第二十五章	人飘飘	118
第二十六章	坠深渊	122
第二十七章	离新家	128
第二十八章	"保现行"	132
第二十九章	回老家	136
第三十章	派村思	139
第三十一章	重上地山岗	143
第三十二章	宅前牛	146

第四集　县域笔　151

第三十三章	"严元俭造谣"	152
第三十四章	干部避记者	156
第三十五章	我的喜悦年	160
第三十六章	发出中国第一声	163

第三十七章　渐渐远夫第一问 …… 166
第三十八章　夹缝一痴笔 …… 169
第三十九章　恃招工 …… 172
第四十章　校联趣 …… 176
第四十一章　吹散隐星的云 …… 178
第四十二章　读电大 …… 181
第四十三章　陪查 …… 186
第四十四章　缘结第一报 …… 188
第四十五章　寻乱源 …… 191
第四十六章　牛运来 …… 193

第五集　浙报脚 …… 197

第四十七章　府门叹 …… 198
第四十八章　得失 …… 201
第四十九章　蜂王忧 …… 203
第五十章　收猪战 …… 205
第五十一章　探谜底 …… 209
第五十二章　缺奶的孩子 …… 213
第五十三章　唤清新 …… 217
第五十四章　青青藤上桃 …… 220
第五十五章　无形的根基 …… 224
第五十六章　兴奋点 …… 227
第五十七章　难忘那一跪 …… 231
第五十八章　一念成真 …… 237
第五十九章　深处的东西 …… 239
第六十章　动脉噎 …… 244
第六十一章　新一问 …… 248
第六十二章　活力源 …… 250
第六十三章　留守娃 …… 253

| 第六十四章　山海潮 | 256 |
| 第六十五章　三壶酒 | 259 |

第六集　记史郎 … 263

第六十六章　那兴工路	264
第六十七章　那城风景	273
第六十八章　那宝器	287
第六十九章　那块田	292
第七十章　那幢房	298
第七十一章　那座山	304
第七十二章　那汪水	310
第七十三章　那墟场	318
第七十四章　那头猪	321
第七十五章　那碗茶	327
第七十六章　那只蜂	329

第七集　新吟翁 … 335

第七十七章　追新趣	336
第七十八章　找诗路	339
第七十九章　请老师	342
第八十章　亮心迹	345
第八十一章　再登一座山	346

第八集　至亲情 … 355

第八十二章　母子泪	356
第八十三章　老婆歌	358
第八十四章　炼儿谱	361

第八十五章　爸爸妈妈·············365
　　第八十六章　兄弟姐妹·············370

第九集　回头叹·············373
　　第八十七章　活过七十长不大·············374
　　第八十八章　草鞋新谣·············380

尾　声　新青春·············385

后　记·············389
附诗评一：国风润润史诗出　徐义祥·············391
附诗评二：美丽蜕变　吴拯修·············400
附诗评三：讴歌大地上的真实生活　余怀根·············405
附诗评四：短短几句蕴乾坤　庄月江·············407
附诗评五："草根"的史诗　徐勤·············412

序曲

生在山区，
却树缺草稀。
忙于地里，
却腿寒肚饥。
那积贫积弱积愚的座座大山，
欲压垮我这伤痕累累的背脊。

我的时代呀，
喜欢跟贫弱愚抗争不息，
也赐我同一脾气！

我的时代让我当了一个草鞋汉子，
脚踏苦地，
面朝希冀，
走着走着就走出了大山的封闭。

我的时代让我当了一个草根记者，
眼盯一隅，
心想几亿，
跑着跑着就跑到了时代的头里。

我的时代让我当了一个爱诗老人，
心有晨曦，
晚霞化霓，
吟着吟着就吟发了新的生命力。

我的时代有股我的风，
它由刀锄挥起，
它由脚步带起，
它由报海掀起，
它由诗潮扬起……
它由我心激起。

我的风呀微之又微，
但汇入了时代的呼唤、
大地的气息。

我的风呀细之又细，
但聚进了民心的向往、
国魂的浩气。

我的时代我的风，
起于黄土地，
融在春天里。

我的时代我的风，
翻开一页新史记。

第一集
草鞋娃
（第一章至第五章）

草鞋养的娃，
脚板儿在路上长大。

第一章
新生命

当挑脚的爸，
做草鞋的妈，
把那辞旧迎新大喜悦，
塑出一个小牛娃。①
小牛娃就是我严元俭呀，
墓碑上祖宗早把名雕下。

翻身户得田得地勤干活，
小牛娃顺水顺风快长大。
欢欢六岁上学去，
艳艳一巾脖上挂。
嗨呀呀，
春风暖暖阳光下，
喜气洋洋低矮家：
窗口飞出一个微微鸟，
墙边长绿一棵小小芽；
农门走起一头嫩嫩牛，
鞭声里蹄痕乱乱向犁耙……

---

① 父母告诉我，我是牛年出生的"牛娃"。上代人记时爱讲农历。辞旧迎新：我在近年关时出生，正值辞旧岁、迎新春；我在新中国成立后不久出生，正值辞旧世界、迎新社会。

第二章
草鞋谣

一

处处都吃大锅饭！
人人吃饭不要钱！
一九五八到人间，
老天爷也睁眼看新鲜。

没有灶头柴，
叔们把树砍，
一灶烧十山。

缺少锅中米，
哥们进库搬，
一担煮千碗。

餐桌菜碗空，
婶嫂眼睛尖，
一篮采百园。

过年肉味无，
屠汉舍栏转，
一刀向万千。

盐罐底朝天，
那姓公的供销社，
送到大锅前……

一瞬间,
"城乡消灭私有制,
共产主义早实现!"
母亲"解放"了两条腿,
不再绕着家灶转;
父亲"放下"了一颗心,
不再担忧稻麦盐;
学生娃"过上"了无愁日,
读少读多不饿饭……

大食堂的香气冲云天!
那朝阳啊,
闻到扑鼻香也绽笑颜。

放学钟一响,
校内人不见。
小手捧大碗,
围着锅台转。
嘻嘻又哈哈,
笑面加喜脸。

饭桶盖一掀,
大家冲向前。
人挤人,
碗击碗。
白粒飞一地,
脚磨手不捡。
前桶吃光后桶到啊,
放开肚子撑圆圆。

二

叔伯们吃饱啥为业?
山脚泥炉忙炼铁。

岭坡一个个镇山石,
黑个黄衣呀人称"金裹铁";
石边一片片青松林,
蓄雨挡风呀护村不可缺。

风展大旗遮日月,
叔伯们受命进山阙。
高炉挑土垒,
柴火炼钢铁。

奇石立判锤杀罪,
古树即遭斧砍劫。
叫快快人声日不绝,
红通通炉火夜无歇。

镇山石碎身碎骨碎心肝,
老虎灶吃树吃林吃日月。
只可恨呀,
那出铁口只出渣子不出铁。

狗躁跳墙高,
官急出损招:
民兵派几个,
逐户找锅刀。
找到闲锅刀,
高炉投进烧。

熔出铁水红,
日哭乡魔笑。

月下抬铁进县城,
夜风吹旗飘啊飘。
过大街近官署锣呀鼓呀狠狠敲,
大红纸往上呈高喊狂喊送捷报。

三

吃饱的嫂婶们去哪里？
路边田里"纳鞋底"。①

拉绳子朝前"纳",
排队儿往后移。
直"纳"得麻麻密密,
直"纳"得整整齐齐,
直"纳"得田汉一瞧眉皱起,
直"纳"得官儿一见笑眯眯。

笑眯眯！
笑眯眯！
路边有画啊,
密景相连茂茂绿,
上级一见定欢喜。

眉皱起！
眉皱起！
水田如镜啊,

———————————
① 插秧求密,婶嫂们戏称是"纳鞋底"。

"纳"了春桃"纳"夏荷,
"纳"见秋菊还有空白地。

稻禾见穗齐,
来个大迁徙,
十亩并一亩,
株株要带泥。

无腿腿的泥禾走不动,
有肩肩的嫂婶肩挑痛。
移来禾挤挤气难通,
谷扇子台台猛鼓风……
嫂婶们洒下身身汗,
换一个"卫星"放远空。①

畈畈乡官转,
忧忧愁嫂言：
"这般瞎闹腾,
岂不荒良田？"

不话尚无事,
真说招祸至。

那时节呀,
"红旗"密,"白旗"稀,

———————————
① 放"卫星","大跃进"年代的特色语言,意思近似吹牛皮。那时的水稻亩产只有几百斤,但放卫星可以"放"到几千斤甚至上万斤。

越密越红是"正理"。
"拔白旗"啊"插红旗",
"儆白猴"呐"斗一鸡"。

"拔白旗"啊真是灵,
各地忙推行。
一时间,
放"卫星"事怪不能非,
避言祸民多也噤声。

官到催,
农民胡七夹八干一回;
官走开,
农民横七竖八田头睡。

夏秧插到穗初怀,
秋豆种出露见白,
幼子耋翁都下田,
也没野草下田快。

四

好年景既无涝水又无旱,
优良种落地适时可稳产。

青天亮亮惜人命,
大地茫茫谁领情?

番薯缺人挖,
可惜烂地下。

玉米缺手掰,
水淹流沙坪。

稻子缺刀割,
倒伏喂鼠雀。

向人抢谷粮,
鼠雀太猖狂!
领导一声令,
万人除害忙。
挖洞巡田畈,
掏窝上破墙。①

下毒灭老鼠,
抓雀撒丝网。
更有好经验,
速推到镇乡:
见有雀儿飞,
把那旧油箱破脸盆猛敲响。
雀儿不敢落,
叫它饿不死来也累亡。

灭鼠交尾巴,
除雀数嘴巴,
个个有任务,
未完莫归家。

---

① 那时候,乡下尚无钢筋水泥的房子,麻雀窝大多做在有破损的墙洞里或瓦缝里。

种田耕地正缺人，
挖洞掏窝人也缺，
两头缺，
咋了结？

产粮产棉官难管，
交尾交喙官管严。
放下锄头敲脸盆，
田头弄土耍敷衍。

五
天天端饭碗，
碗碗要米面。
田地不听锅灶的话，
灶锅只有把碗盆骗。

干饭变稀饭，
三餐变两餐。
两餐也不继，
汤水代米面。

早餐照见太阳红，
晚饭映着月影寒。
孩子喝了光尿床，
大人饮下脚酸软。
熬了一日又一日，
熬到食堂不见烟。

六
家中无粒米，

肚饿谁来医？

菜园南瓜藤，
爬满墙与篱。
吃尽瓜花吃柄叶，
吃光柄叶藤充饥。

菜园东南隅，
椰树叶密密。
先吃叶子再吃皮，
叶尽皮无我又饥。

山上金刚刺，
块根长土里。
人人山里找，
找到争掘起。
吃下难消化，
不吃肚内饥。

啊呀呀，
椰叶刺根与树皮，
进了肠胃却难离。
它们阻在肛门我痛欲裂，
声声呼救急。

家有火熜在，

火熄挂铁筷。①
妈妈取铁筷,
向我肛门撬起来。

撬一下,
揉两把,
边揉边嘱儿别怕。

屁股高高翘,
妈妈呀你慢慢撬。

叫声好妈妈,
眼冒泪花花;
嘴里应没怕,
心中鼓乱打。
母亲儿子都知道啊,
大便急急拉不出,
有人憋死在山洼。

穷人害怕日难度,
更怕亲人保不住。

轻轻撬呐慢慢扒,
碎碎结啊纷纷下。
出完羊粪蛋,

又是一傻娃。

发小说焦土可充饥,
我跑去也将灶土扒。
邻叔一见追来骂:
"吃多会死人啊,
真个讨人打!"

老拳谁不怕?
弃土跑回家。
篮挎挎,
刀拿拿,
蹦出门又去田头把野菜挖。

野菜成珍稀,
村人遍野觅。

近亲皆饿户,
渴望远亲助。
日日盼回信,
信来对字哭:
外地也缺粮,
无人不饿肚。

哪是逃生路?
万村不见富。
邻居讨饭去,
一去无归途。

---

① 火熄:形状像花篮,火熄篮一般由篾丝编成,里头安陶盆,冬天盛炭火供热。铁筷:江山人叫"火箸",是夹起炭火或翻动炭火的用具,火熄的标配。

七

我找珍稀回到家,
草鞋凳上坐着妈。①

山脚檀皮树,
杆直少见杈;
剥皮把那鞋筋做,
砍去又生发。

田中籼稻草,
打韧耐摩擦;
搓索编织再挤紧,
鞋身全靠它。

布鞋墟上无,
销路草鞋大。
卖掉换萝卜,
度荒指望它。

大门边,
明月下,
母做草鞋儿理草,

---

① 草鞋：一般以檀皮绳或麻绳做经线,以打软的籼稻草做纬线。编时,编织者坐在专门做成的草鞋凳上,手边挂一扎稻草,不时抽几根在手,先顺时针搓一截草索,从左编入经绳,挤紧,敲实;然后逆时针搓一截草索,从右编入经绳,挤紧,敲实;如此反复,直到草鞋编成。

儿翻稻草父来打。

霜月小村夜,
繁星寂静皎。
大山竖起耳,
听母《草鞋谣》。

《草鞋谣》

顺搓反搓,
有米下锅;
顺索反索,
有被暖窝。

妈妈呀,
你没日没夜地顺搓反搓,
我们家怎么还是缺米下锅?

妈妈呀,
你搓了多少顺索反索,
我们家怎么还赶不走寒魔?

母亲没有回答我,
只有泪花两眼窝。

妈妈呀,
木匠说这是"吹牛皮吹成的祸"。
牛皮厚厚怎么吹,
怎会吹成祸?

妈妈呀,
舅舅说这是"一阵风刮来的祸"。
不知一阵什么风,
怎会刮来祸?

母亲没有回答我,
只有恍惚两眼窝。

妈妈呀,
逼债的苏修心狠毒,
广播如此告知我;
天降的大灾造苦多,
老师如此告知我。

妈妈呀,
为啥同样的东西,
广播说是鸭,
木匠却说鹅?
老师说是洼,
舅舅却说坡?

母亲没有回答我,
只有迷离两眼窝。

母亲没有回答我,
只把草绳搓又搓。
《草鞋谣》唱了一遍再一遍呀,
音轻轻却刻进了我心窝。

顺搓反搓,

有米下锅;
顺索反索,
有被暖窝。

八

空空的碗碗盆盆,
空空的瓶瓶罐罐;
空空的猫窝狗洞,
空空的鸡舍猪栏;
空空的星月村落,
空空的山河路田……
空空的世界呵,
把《草鞋谣》传得很远很远!

九

山村起夜谣,
句句盼温饱。
此谣哪个编?
慈母不知晓。
唱了多少代?
慈母头摇摇。

母亲不晓天知晓!
听到这歌谣,
日伤月不照,
云涌风悲号。

母亲不晓地知晓!
听到这歌谣,
山石默笃笃,

溪水泪滔滔。

附：《草鞋谣》转韵

廿年后改革春风进小村，
小村里顺搓反搓不再闻。

顺搓反搓不再闻，
日月难忘那谣音！
一坛蜂蜜酒，
几亿醉醺醺。
当官僚的瞎指挥，
做民众的失恒心。

顺搓反搓不再闻，
国人难忘那谣音！
吃喝不要钱，
懒汉满乡村。
搞生产的"大呼隆"，
讲谎言的"大跃进"。

顺搓反搓不再闻，
山河难忘那谣音！
蛛网生大库，
常物变稀珍。
多少人啊，
遮羞少衣襟，
充饥学畜禽。

喜当今！

喜当今！

顺搓反搓不再闻，
日月未忘那谣音！
大路宽宽通富强，
路标亮亮照国人。
先改革的先解困，
快开放的快前进。
当领导的前头引，
做平民的腿有劲。

顺搓反搓不再闻，
国人未忘那谣音！
农田大包干，
懒汉变勤人。
市场系人心，
人民执政本。
有需就有供，
黄土要长金。

顺搓反搓不再闻，
山河未忘那谣音！
国库撑新顶，
衣食不稀珍。
科技打头阵，
国魂凝众心。
日月刚赢温饱线，
国人又向小康奔。

我那伟大的中国锤头镰刀哟，

来自人民为人民。
知错就改正,
又赢得了百姓心。

第三章
路答

一九六一好风吹,
家乡吹走三年泪。

社级不再统分配,
核算归还生产队,
大田野草急急退。

队级不再包民菜,
菜地到人把户回,
千畦万穴绿茵翠。

县级不再禁墟市,
靓女勤男墟上会,
乡间闹市又发威……

生机显大地,
我在生机里。
爸舞大锄开小荒,
儿随后面捡石砾。
父子们挖薯下田地,
大箩担牵着小畚箕……

一

黑黑沉沉夜,
伸手不见掌;
曲曲弯弯道,
手电微弱光。
一短一长脚两双,
路宽路窄步都忙。

悠悠传统八都墟,
早早动身叫卖郎。
走夜路呀怕踏空,
盼天亮;
占地摊呀要抢先,
怕日光。

太阳欲起床,
撩帐泄红光。
红光里来了一个爷,
把同路人细打量:
个子高高我五叔,
逢墟必赶是烟匠。
挑着一担小箩筐,
盘秤烟丝箩里装。

后头跟个小儿郎,
篮担草鞋廿几双。①

---

① 家乡话,挑一双箩筐为箩担,挑一双竹篮为篮担。

爬坡过坎三十里,
露背敞胸汗打裳。

这个小儿郎就是我呀,
十一岁草鞋穿在赤脚上。
横一道竖一道的血印子,
那是系鞋麻索给的赏。

二

"小小草鞋小脚穿,
芽苗嫩嫩担压肩。
该玩的岁月没得玩,
难道父亲不在你身边?"

同路的爷爷呀,
谢谢您的心性善,
可别把我父亲冤!

父亲当社员,
每月定工廿四天。
若是出工少,
扣粮还要挨批判。
一起床呀,
那菜地等着他把害虫治,
那旱田催着他将苗水灌,
更有那空空的灶口,
呼叫他快快把柴砍……
若掰一月四十天,
我爸也没闲。

三

"小小草鞋小脚穿,
芽苗嫩嫩担压肩。
该玩的岁月没得玩,
难道母亲不在你身边?"

同路的爷爷呀,
谢谢您的心性善,
可别把我母亲冤!

我母定工虽少些,
出勤也要二十天。
那队里活一岁四时干不尽,
那家中事三头六臂做完难。
下地之前哟披星做早饭,
收工之后呐戴月灶台转。
猪饿坏爬栏把她望,
鸡想吃上灶将她唤。
月明时爸爸去队里画圈圈[①],
油灯下妈妈做草鞋又编编……
我与哥哥要上学,
最愁没有买书钱。
妈妈找校长,
句句诉心愿:
脏衣裳求你给我洗,
洗晒费让儿有书念。

---

① 画圈圈:生产队社员出一个工,在记工本上画一个圈。

从此啊,
担中添担重重压,
忙上加忙团团转。

四

"家里既然有大哥,
赶墟何不将哥唤?
大的不苦小的苦,
父母莫非心有偏?"

同路的爷爷呀,
谢谢您的心性善,
可别把我双亲冤!

哥在幼时把病患,
父驮母抱把医看,
缠身怪病去除难,
耽误成长好几年。
病愈后体格向好人勤奋,
一天天干事读书也不闲。

五

"春夏秋冬年复年,
东南西北田连田。
田连田啊哪家做爸的不忙碌?
年复年啊哪日当娘的有空闲?
再累再忙为子女,
亲生受苦最心酸。
那凌晨眠千币难买,
那亲生子万金不换。

似这般嫩脚就把草鞋穿,
血痕道道扎人眼,
不怪你双亲,
岂能怨老天?"

同路的爷爷呀,
谢谢您的心性善,
可别把我双亲冤!

我家兄弟仨,
父母心尖尖。
嫩脚就把草鞋穿,
并非家教狠,
实是儿心愿。

"家人互谅亲,
只是日清贫。
和睦清贫户,
常出大孝人。"

同路的爷爷呀,
孝人是咋人?

"孩子呀,
孝人知报君亲恩。
跪乳的羊哟会报恩,
反哺的鸦哟会报恩,
世上人呀,
更要做知恩图报的好儿孙。"

六

日染云红柔,
山牵路小陡。
茫茫荒野长天下,
小脚跟着大脚走。

走啊走,
没防暗地有石突,
一下踢着脚指头。
啊,
草鞋红处血微流。

撕片破衣做绷带,
撮些烟草敷伤口。
五叔帮我包扎好,
教我路该这样走:

上岭步抬高,
不踢脚指头;
下坡步放低,
不会跌跟斗;
平路头前伸,
步轻劲久久……

前辈在前我在后,
声声话语记心头:
不怕年龄太小脚儿嫩,
只怕父母宠儿路少走;
不怕明里暗中石子多,
只怕忘了教训血白流;
不怕路途坎坷跌跟斗,
只怕跌破胆儿脚滞留。

少年起步怎么走,
书内无答书外有。

七

五叔五叔,
成人以后人生路,
咋走才能步步福?

哎呀呀,
这一问得由自个答,
明白人长大或清楚。

附:《路答》续韵

四十六载后,
谁在五叔灵前走?
那是我呀,
当年小小草鞋出血脚,
今日皮鞋大大多纹皱。
以往答答问问曙光照,
如今默默哀哀烛泪流。

祭天献上香,
奠地洒醇酒,
跪拜一而再,
磕头三又九。

五叔呀,
当年我问你成人以后路咋走,
你说这道题自答当在成人后。
谁知长大为生计,
碌碌忙忙春又秋。
这期间啊,
静下来我也曾求答案,
求答案我也曾想久久。
呀,
坎坎坷坷岭路,
跌跌爬爬人流。
五叔呀,
少年之问壮年答,
请你品评是与否。

《走山路》

长长的山路有高低。
低也不放弃,
高也不放弃,
步步接近目的地。

长长的山路有曲直。
直也向前移,
曲也向前移,
总会到达目的地。

想着目的地!
向着目的地!
现时的脚步须得力,
前面的风光最美丽。

第四章
樵儿奋

樵儿学担山,
山重实难搪。
山作砺心石,
越磨志越刚。

一

山中云雾飘蹿,
水里绿林隐显。
一阵风牵出山路弯弯,
一面镜映现悠悠柴担。

那一面镜大名岭后水库,
那数抹青浑号阳垄群山,
那挑着柴担的"小倪鬼"①,
就是山门初见的严元俭……

啊,
一山雾,
一山露,
一山云缝阳光镀。

镀上树,
镀上路,

---

① 江山人称小孩为"小倪鬼"。

镀出一个小樵夫。

二

十二岁本该在课堂,
持刀绳我却上山岗。
读写冒尖生偏做樵儿,
引来郑顺斋校长家访。

"孩子的爹啊孩子的娘,
为啥不让孩儿继续把学上?
莫非你要让孩儿,
一辈子拿刀挥镐挑箩筐?"

"郑校长啊郑校长,
谁愿意让孩儿当个'亮睛盲'?
谁舍得叫后代压双'苦命筐'?
谁忍心一辈又一辈啊,
碗里缺盐汗代尝!①
怎奈我家人五个,
同床一被一纱帐。
方圆十里无初中,
再要上学去远乡。
没有被和帐,
哪经得起冬天寒气侵,
咋受得了夏日毒蚊狂?"

校长进我房,

---

① 你尝过吗?汗水是咸的。以前人穷得买不起盐时,常有以汗代盐的想法。

瞧下又瞧上:
瓜菜代锅粮,
短衣裸父膀。
被头尽补丁,
屋顶漏阳光……

欲开腔,
口怎张?

小小的草鞋呀,
郑校纯纯无语泪,
滴滴洒在你身上。

三

寒冬跟爸上高岗,
走进樵夫老课堂。
祖祖孙孙难毕业呐,
担山起步课,
樵子最难忘。

半夜起床出被窝,
菜鲜饭热好清香。
门开风入身一抖,
"担抵"①碰刀响当当。

---

① 担抵:柴担的支柱,用于途中换肩和休息。担抵一拄着地而一担悬空不倒,需要一定的平衡本领。挑担途中,用担抵稍稍抵起"柴冲",放在另一肩,还可起到分担重量的作用。

出门借月光,
月落借星光,
急走二十里,
上山砍太阳。

柴路找不到,
父亲指方向;
柴捆扎不紧,
父亲弯腰帮;
"担抵"用不来,
父亲教儿忙。

父亲怕我人压伤,
叫我挑挑试重量。
担子轻轻怕个啥,
我请爸爸将心放。

四

日头暖暖天中悬,
崖路弯弯柴下山。
渴饮山泉水,
饿吃草袋饭。

山泉暖又甜,
下肚欲成仙。
饭块冻如冰,
嘴嚼心打战。

五

归路三十里,

考分看脚底。

噗噗尘土起,
踏踏已十里。
"担抵"撑牢回眼望,
心中蛮快意:
谁说路远担难挑,
我就走头里。

路尘渐渐低,
拗拗再十里。
"担抵"撑牢往前看,
心冲一股气:
莫说年少劲难长,
看我来追你。

前望又十里,
草鞋把我欺。
我须迈大步,
它却重如砣子难提起。
我须快小步,
它却不听使唤迟迟移。
迟迟移就迟迟移吧,
它偏偏踩不稳路心,
像醉酒般撞撞跌跌欲倒地。

肩痛呐欲暂将担离,
脚酸啊想坐下歇气。
爸爸说:
"挑夫走万里,

最怕多歇息。
一歇不愿起,
再坐落三里。
可短坐啊莫长歇,
才能挑到目的地。"

点点头,
争争气。
牙牙咬紧咯声苦,
步步向前汗雨泣。
此时此刻啊,
心里才服一个理:
远路无轻担,
少年缺耐力。

肩不挑,
手没提,
额不见汗淋漓。
轻松的路上汉呀,
真是有福气。

轻松的顺路汉呀,
能否帮帮小老弟?
他快倒下了,
你若帮他挑几步,
他终生都会记着你。

身后轻松汉呐匆匆超我去,
路中盼助郎呀苦苦叹息起:
唉,

人家不是你亲戚,
哪里能来帮助你。

对面纷纷而到的轻松人,
不是接担的哥呀就是接担的妻。
被接担的哥们叔们呀,
你们真是好福气。

路还剩五里,
寸步也难移。
此刻妈妈到,
我泪水哗哗呀洒湿了小"担抵"。

六

黑黑木杆秤,
翘翘四十星。
柴担称一称啊,
邻人多赞叹,
父母好高兴。

上床睡到大天明,
欲下床时我震惊。
着地缩回脚咋痛?
肿肿就像馒头蒸。

母亲说:
"孩子呀,
莫忧心。
脚有伤肿医不寻,
每天尿桶浸三浸。"

连浸三天更怕人：
父亲的鞋子娘拿来，
小小脚竟然穿不进。

邻居老太太，
故事好抓心。
"担抵"一拿是拐杖，
拄着欲把她家进。
哎呀呀，
百步如千里，
寸途扎万针。

看着脚，
泪淋淋：
老天爷，
我原小健犊，
咋是残疾人？

看着脚，
泪淋淋：
老天爷，
我要挣饭吃，
怎能不出门？

看着脚，
泪淋淋：
老天爷，
太阳才上山，
难道就西沉？
太阳才上山，
难道就西沉？

七

《莫过炼》

樵儿泪涟涟，
樵父心颤颤。
刀口过磨刃要卷，
崽儿过炼伤康健。

八

无脚遛邻居，
扳床练手力。
万一脚不愈，
就用手来替！

九

黑天熬过去是清晨，
十日后乐了练手人。
脚肿渐渐退，
走路又来劲。
邻叔问我：
还有没有上大山的心？

一败就收兵，
哪能当将军！
我的回答呀，
是水池边上的磨刀音。

父亲心不忍！

孩子啊,
这刀给我用,
你的脚还嫩。

不!
一败就收兵,
哪能当将军!
爸爸呀,
四十斤压伤我两脚,
明日我就担三十斤。

十

红日出山把世界照!
阳光里,
有的孩子背书包,
有的娃儿把担挑。

叔叔呀,
柴担书包哪个重,
书难读还是柴难挑?
同路的叔叔没应我,
只听到草鞋踏路吱吱叫。

十一

坎坷征途上,
风霜雨雪狂。
草鞋驮野娃,
脚板在成长。

第五章
小小割稻客①

一

嘴下未长毛,
要割外省稻。

邻叔呀,
我个子虽无牛背高,
但嫩肩能把百斤挑。
我手儿虽像嫩鸡爪,
但外号却称"一把刀"。
稻桶下田五个汉②,
我一来正好不多也不少。

家里走出我母亲,
话儿出口泪沾襟:
孩子跟叔当稻客,
尚无本事挣金银;
只求挣碗长身饭,

---

① 割稻客又叫稻客、稻郎。当时,江西有些地方田多劳力少,抢收抢种的大忙时节要从浙江雇用割稻客。我13岁那年的农历六月,随四位邻叔去江西省玉山县当割稻客,他们是严志有、严善海、吴洪才、吴双海。
② 以稻桶为标志的劳动组合,一般需五个劳力。三人割稻,两人打稻,打好后大家挑谷、捆稻草等。"桶长"看田排工,有分有合。

却给叔们添苦辛。

邻叔有口口难言，
唯有长息息对天。

二

小草鞋，
小草鞋，
母亲连夜做出来。

小草鞋，
小草鞋，
母泪滴滴洒下来。

小草鞋，
小草鞋，
小脚舒舒穿起来。

三

呀，
五尺扁担肩上扛，
多如红小鬼有了红缨枪。
一把"来吉"①腰带插，
更如大侠客杀敌上战场。

迈出虎虎生风步，
踩碎莹莹晨草露。

---

① 来吉是一种锯齿状刀具，小巧锋利，最适于小孩割稻。

五对草鞋走又问，
古城①才把步停住。

浙江稻客名扬外，
雇主有尊茶敬来。
敬罢山茶开口笑，
话中有话费人猜：
年年割稻客来助，
次次皆来青壮派，
唯有今天实在怪，
四人搭配一玩孩。

吴叔有个灵活脑，
呈上"烟枪"②搭上笑：
别看小儿个子矮，
年龄却已一十六。
只因呀，
家苦常常把担挑，
长压不让身儿高。

田水如汤暑日酷，
干活的青壮也难扛住。
俗话说好汉挣钱避酷暑，
我只怕嫩娃割稻对阳哭。
壮汉四名咱会雇，

---

① 古城：村名。在今江西省玉山县岩瑞镇境内。
② 旱烟筒，乡人戏称为"烟枪"，由一种结节特别紧密的微小竹子制成。

嫩娃请转回家路。

叔叔呀,
割稻虽难饭碰鼻,
空玩再乐肚生饥。
我若回家饿肚皮,
不如在这忙田里。
叔叔呀,
求你让我把活干,
大恩大德我永记。

雇主俯听泪满眶,
一时沉默终开腔:
好吧好吧,
大小都留下,
箩筐领五双。
割光打净挑粮库,
一亩三元做报偿。
辛劳之后嘛,
日吃派饭各家轮,
夜住村边小课堂。

四

三餐到户吃干饭,
乐死浙江小稻郎。
肚子吃得猪崽样,
下田割稻牛犊相。

夜晚推开小课堂,
师生放假皆空房。

嗨呀呀,
稻草包衣枕子软,
课桌并起眠床敞。

唉,
只恨恶蚊吸我血,
叮头锥脚狠心肠。
没蚊帐,没蚊香,
穿裤穿衣不胜防。
还好还好,
又疲又困梦中游,
游到无蚊有饭乡。

窗外蒙蒙亮,
草鞋上脚出门墙。
太阳刚上山,
挑谷回村进晒场。
早饭一吃饱,
小肩挑起大箩筐……
呀,
干到抬头见月亮,
犹嫌日不长。

五

稻海面前刀闪闪,
邻叔晚晚算工钱。
妻子等它买罐盐呀,
小儿在盼上学钿。

干罢十天讨苦薪,

主人却不给分文。
为啥？
"打打割割不干净，
工钱要抵赔偿银。"

"稻草丘丘实粒无，
却说不净是何因？"
"有人后面忙拾穗，
半日拾得十二斤。"

六

拾穗称雄是哪个？
县城来位学生哥。
下乡度假外婆家，
唱起稻村快乐歌。

父母之言记在脑，
假期须把作文交。
作文如写拾田穗，
回校评分一定高。

哪料下田四处找，
找得心里好烦躁。
太阳毒似火，
戴草帽的脸皮也烤焦；
田水热如汤，
脱了鞋的嫩脚易发泡。
树底下荫了半日凉，
捉蜻蜓把那青蛙钓。
夕阳钓起天将暗，

稻垛①"拾"来穗两抱。

此话真个真？
手头问钓竿，
树底问凉荫，
村里问嬉伴，
家中问近亲。
生产队长查个实，
一声道歉消疑云。

七

两个"十三岁"，
一双当代人。
面白的生县城，
脚黑的长乡村。

县城的"十三"捧书本，
乡下的"十三"离校门。
县城的"十三"国家供粮有碗饭，
乡下的"十三"出省挣饭饲群蚊。
县城的"十三"暑天度假坐凉荫，
乡下的"十三"炎日下田汗雨淋。

---

① 稻垛：将割下的稻束交叉着堆叠在一起，形成垛，便于打稻。

都是祖国的花朵朵呀，
为什么同龄同性不同运？
都是祖国的花朵朵呀，
为什么同日同月不同春？
城乡差别我看在眼，
消除差别我盼在心。

盼者远啊现实近，
我怎能只盼不干坐凉荫？

出身不由我，
出息多由人。
假如只盼不干坐凉荫，
岂不一生都姓贫？

校门可以离，
不可离书文。
蚊子可吸血，
岂能吸我魂？

不向那个"十三"学清闲，
应与那个"十三"比奉献！
要与那个"十三"比今日，
更跟那个"十三"赛明天！

八

当过十天割稻客，
掌中干起一堆茧。
吃了硬饭三十餐，
犹挣新新五角钱。

我把工钱交母亲，
母亲转背泪涟涟。

妈妈您莫哀，
苦尽有甜来。

第二集
苦地汉
（第六章至第二十章）

苦地农家汉呐，
你为啥廿岁才出头，
额生横皱皱？

苦地农家汉呐，
你为啥雪夜迎风走，
影儿黑瘦瘦？

第六章
力如泉

一

人民公社有规定,
十六属于入社龄。
我十四要当一社员,
队长立马说欢迎。
他有理由呀,
虽然元俭足岁差了两,
但庄稼汉历来讲虚龄。
他有心思哩,
当将军的谁不想把阵营扩?
尤其是最易成型的童子兵。

二

城里学徒工为涨工资练本领,
乡下小社员为涨底分[①]拼苦命。
底分啊,
抓心的魔,
引路的灯。

休将我看轻!
砍过几年柴,

"刀功"有点名;
铲了几岁草,
"锄劲"赢同龄;
犁耕耙秒活,
学做也能行。

休将我看轻!
底分四进六,
只用一年就搞定;
拿到十分底,
四年到岭顶。

三

底分到岭顶,
"智友"传"真经":
以往干活如卖命,
汗河涨起底分升。
顶尖一到劲无用,
流汗再多也是零。

四

底分到顶劲头退,
如此行为对不对?
你说它不对有啥用,
生产队就出懒汉鬼。

五

那懒汉鬼啊,
重箩从不挑,
割稻屡伸腰。

---

① 底分:近似于城里人的基本工资。社员底分一年一评,家乡一般的生产队女的起点三分,顶点七分;男的起点四分,顶点十分。

挖地锄头轻，
浇苗水桶小……

那懒汉鬼啊，
刀晃禾难倒，
锄摇汗不抛……
队长有事一离开，
田埂当床睡懒觉。

可你傻兮兮！
底分不再高，
人气不朝低。
晴日一身汗，
雨天两腿泥。
不分活轻重，
总是力不惜。

傻子啊，
力气属于己，
活儿在队里。
单滴滴掀不起江河浪，
独汉汉变不了受苦地。

六

冬天是个积肥季，
车燥村塘①好运泥。

---

① 车燥村塘：车，动词。当时村里没有水泵，抽水都用木制的脚踏水车或手摇水车，家乡人叫车水。

上下埠头高数米，
木排扎草作阶梯。

挑担上梯滑又陡，
男儿也怕上梯走。

我正年轻不怕重，
悠悠担子往前冲。

一天到晚不停挑，
肿起双肩压痛腰。

堂婶怜咱年尚轻，
上泥未满嘱咱行。

大箕不满怎能走，
催婶再加脾气牛。

我挑重担刚迈步，
背后婶们就嘀咕：
"重轻都是'画圈圈'，
多担分明自讨苦。"
"人家好意当恶意，
傻子今天出严户。"

侄子啊，
挑担靠人力，
养人靠饭力。
要知道多花一把力呐须要多
吃一口饭，

那口粮户户不够吃哟谁人多耗谁亏己。

七

肚子饿饿出惜力病，
大伙哄哄现懒身鬼。
傻子啊，
一人没病有啥用，
大众着魔亏欠谁？

嫂们讲我呆，
娘们传我悖，
叔们笑我憨，
爷们怜我累……

八

讥言刺我心，
讽语痛人怀。
累腿累腰累易消，
累心累脑累难挨。

夜到难安睡，
出门把闷排。
月光照地头，
畈畈麦苗衰。

呀，
塘泥增地麦增产，
肥土满田谷满山。
少花力气省一口，

力气多花增数担。
增数担，是勤人；
省一口，成懒汉。
大家尽力干，
哪会碗没饭？

九

地头连井头，
井里静幽幽。

呀，
那泉井水，
日日来挑不见底，
年年不打没盈溢。

日日来挑不见底，
年年不打没盈溢！

年轻是本钱，
偷懒本钱弃。
力如泉啊莫吝惜！
力如泉啊莫吝惜！

不吝惜！
不吝惜！
乡谣一句句，
响在我心里。

《勤之歌》

劳力智力如泉水，
这边用了那边来。
只要不过累，
源头永不衰。
我亲爱的父老乡亲兄弟姐妹们啊，
青山不吝泉，
方有绿荫盖；
做人不偷懒，
才有好饭菜。

勤的朋友是成功，
懒的伙伴是失败。
水勤鱼虾乐，
人勤亲友爱。
我亲爱的父老乡亲兄弟姐妹们啊，
若想家业兴，
全家莫懈怠。
若想集体富，
大家得勤快。

勤歌一唱心塞开，
睡也香甜干也帅。

十

力如泉啊泉悠悠，
开源莫吝流。

吝流流在哪？
宝贝白白丢。

力如泉啊泉悠悠，
开源莫乱流。
乱流天地怒，
作恶使人愁。

力如泉啊泉悠悠，
开源当畅流。
畅流育好花，
花好香村头。

第七章
京梦碎

一

水生水性子，
泥带泥脾气。
天天水里来哟泥里去，
我却不知其奥秘。
我要学农技！

耕中[①]新办起，

---

① 1965年9月，我所在的吴村公社开办耕读初中班，简称耕读班或耕中、耕校。我因筹不足两元钱学费，到10月才入学。耕中农忙种田，农闲读农技书，当年全校只有一个班，全班只招到24名学生。

近近是邻里。
校门多想进呐我难进，
学费两元凑不齐。
愧对天和地！

二

月晦开学到月圆，
母亲给我一元钱：
"孩子呀，
只有这一点，
你跟学校言，
可读咱就读，
不可种咱田。"

红红的一块钱[①]，
旧旧的一块钱，
暖暖的一块钱，
亲亲的一块钱！
碰上学生招不满，
老师接下我的钱。

三

书本未读全，
"文革"战火燃。
谁当代表进京去？
投票选推画正字，
二十四票严元俭。

[①] 当年一元纸币为红色，背面图案为一女子开拖拉机。

四

跟娘说句话，
开口绽心花：
学校吉祥星，
今天降我家。
啥个星？
您猜吧！
学优得奖状？
喜字比它大。
有了相好的？
女友哪及它。
那是啥？
那是啥？
手指中堂像，
进京仰望他。
哎呀呀，
哎呀呀，
大喜果然到我家。

当时崇拜滔滔潮，
华夏有谁不浪花？
我是浪花一朵呀，
多想阳光洒。

五

油灯[①]如豆光莹莹，

[①] 油灯：青油灯。当时家乡未通电，家家点油灯，或煤油灯，或青油灯，深山区还有桐籽灯、松明灯。

娘做新鞋一针针。
线牵娘意长,
锥钻了福深。

娘啊,
您还不放针?
您快就眠枕!
你看你看灯暗油将尽,
你听你听声来鸡叫晨。

儿啊,
我儿若是鞋无新,
咋进京城见伟人?
若是进京穿草鞋,
做娘的咋有脸出家门?

两只"千层底",
一颗爱子心。

六

美美新鞋刚结针,
乌鸦忽噪惊悚音:
进京红袖套,
须戴另一人。

"老师啊,
论成分,我祖辈苦出身;
讲民意,我选推得满分。
我不知道,我不知道,
进京删我是何因?"

"进京政审关重重,
根底枝梢都要红。
你那外公是地主,①
有谁敢把你推送?"

啊,
龙生龙,凤生凤,
老鼠生儿打地洞。
那龙龙凤凤啊,
扇成一股遮天的雾,
刮起一时卷地的风。

回到家欲把欲把那新鞋扔,
抓上手瞅啊瞅啊我又不忍。
啊,
那是妈妈的心!
那是妈妈的心!

妈妈呀,
不是你儿无出息,
而是你儿有出身。
鞋子脏了尚能洗,

---

① 改革开放后,我表哥才告诉我:我外公被戴上地主分子帽子后,我舅舅(他爸爸)向县政府写信要求复查。理由是我外公天天在田头干活,哪有天天种田的地主?县里复查后认为我外公的地主帽子戴错了,给大队(村里)发了文件。但大队隐瞒了这一文件,致使我在改革开放前每次填政审表时,都将外公的成分填为地主。

这出身的血脉呀，
打断骨头连着筋。

妈妈呀，
你是世上第一亲，
爸是世上第一亲，
这个出身我已认，
你莫泪淋淋！

七

一阵风的幸运有谁羡？
上路者的行程也惨然：

进京车上都是人哟厕所也挤扁，
饿得前胸贴后背呐餐车也没饭。
累了只可立着歇，
困了只可立着眠。
立过县城立省城，
立过黑夜立白天。
最害怕呀，
人生脆弱有极限，
挤垮难将好梦圆。

进了京啊，
天暗暗出发等赐见，
眼巴巴盼见伟人面。
从那启明星儿一闪闪，
等到鱼肚白儿东边现；
从那朝霞一抹红方天，
等到一轮太阳屋顶悬……

城楼见有人点点，
赶快脚高跷、眼瞪圆，
却看不清楚是谁脸。
一只只鞋挤脱，
一排排队伍乱，
一个个矮个头哟更无缘……

唉，
悖时言不可公开谈，
真相话只能私下传。

同学讲所经，
一片慰人情。
上面查三代，
痛得要我命。

八

耕校实轻微，
老师只两位。

一位把师代，
白白受苦累。
工资领不到，
归队玩泥水。

一位站讲台，
被揪回大队。
被吊不言痛，

高声喊万岁。①

公社办的耕中主是谁？
社长兼的校长杯中醉。
斗前醉，斗后醉，
逢乱只亲"三点水"②。

小小耕中弱又脆，
怎敌怪怪飓风摧。
哗啦啦树倒雀莺飞，
静默默门关积土灰。

九

天不遂人愿啊！
我想读读农艺经，
却半途断路径；
我想沾沾红日光，
却无缘上北京。

不得前愿遂，
饥饿影随形；
不得后愿遂，

使我得心病。

我的祖国啊，
饿鬼在横行，
心病在流行。

十

天寒追暖阳，
霾暴我失向。

第八章
兵愿毁

一

十八年正轻，
我想去当兵。
体检过了关哟干啥都带劲，
哼歌不停口呐只等进军营。

红榜出，
冷不丁。
头头尾尾来回看，
字字行行少我名。

二

公社威威人武部，
坐着壮壮吴金云。

部长啊，

---

① 耕中初办时一共两位老师。主课老师是张善根，代课老师先是郑建民，郑参军后为吴康清。"文化大革命"一开始，吴老师发不到工资，回吴村大队第四生产队务农；张老师被造反派打成现行反革命，绑去批斗。被吊时，张老师只喊"毛主席万岁"。张老师后来转当乡镇干部到退休。
② 在家乡，"三点水"是酒的别名。当时的公社社长是个嗜酒者。

红红榜上名,
有否漏一人?

小严啦,
当今多少年轻人,
都想戴花离小(家)门。
只是名额有限制,
你才没把红行进。

不要我,
是何因?

思虑半时辰,
欲答又闭唇。

部长啊,
我的奶奶因何死?
日寇进村作恶时。
烧我祖屋她去救,
弱身被刺丢街池。
爷爷悲愤仇难报,
郁郁难医也早逝。
哇呀呀,
卫疆是国计,
也是我家事。

部长啊,
我有当兵愿,
当兵是我志。
愿强腾烈火,

志壮结磐石。

"民族仇恨记心间,
是个中华好青年。
但……"
"啥?"
"体格有瑕疵,
扁桃体发炎。"

三

屋低低的公社卫生所,
笑脸脸的医生迎上我。

问医生,
嘴里"摘桃"去医院,
得花多少钱?

如到县医院,
得花三四元。

问医生,
手术到康复,
共需多少天?

一般四五日,
多在一旬间。

恼人的扁桃体!
恼人的扁桃体!
如要不发炎,

就得摘掉你。
无奈何啊,
赤手院难进,
空拳病怎医?

人民币,
人民币,
欲拿家里没分厘,
欲借乡中无富戚。

人民币,
人民币,
我是贫民哪有币?
衣袋掏掏只有气,
两手搓搓只有泥。

四
我被财神嫌,
贵人解我难。
那天读报到公社,
意外借得整五元。①

出门赶上头班车,
来到县城才九点。
哪料到,

---

① 1969年的一天晚上,19岁的我到公社看报纸,聊起参军事,公社文书周式禹借我三元,公社广播站值机员王菊仙借我两元,让我去县城医院割除"扁桃体"。

手术医生去训练,
"摘桃"要等十多天。
箭速速征兵体检赶时间,
火燎燎忙去金华找医院。
冲进院门刚下班,
医生解扣又脱衫。
我要医生动手术,
医生要我等明天。

好医生,
好医生,
不能往后等呀,
我袋里缺盘缠。
天使知咱等不起,
白衣速速穿。

五
术后观察需住院,
摸摸空袋强回转;
离家跨县路遥远,
困在婺城形影单。

夜来了,
该吃晚饭碗没端,
应进被窝床哪边?
脚量长街来又去,
无亲无友求谁援?

莫说在婺钱粮断,
一线光明闪眼前:

一面之交杜志根,①
造漆厂里任职员。

夜到漆厂见志根,
如兄似弟无推言。
把公房床铺让出来,
他骑起单车别处眠。
我术后不能吃硬食,
他买来一罐藕粉甜。
天天给我看伤口,
稍好泡茶又煮面。
照应几天刀口愈,
临别给我乘车钱。

嗨,
人间最美金华漆,
貌美质纯光熠熠。
光熠熠啊,
永照我心里。

六

无桃哪有扁桃炎?
笑让医生把嘴检。
谁晓定兵去看榜,

---

① 杜志根是我朋友的朋友,仅在江山匆匆见过一面。他所在的金华造漆厂是国营大厂,有名气,很好找。那次他帮我之情,我今生难忘。十多年后我到江山县委报道组工作,趁到金华开会时上门表了谢意。他在总工程师职位上退休。

仍然没见"严元俭"!

唉,
只怪我人情世故弄不清!
上年红榜未题名,
哪是扁桃有病症?
政审一关通不过,
外公地主咋当兵?
部长怕我把心伤,
故意隐真推小病。

七

兵路不通心咋耐?
孤身来在坟头拜。
一声奶奶千滴泪呀,
泪泪洒青苔。

奶奶,
孙儿不孝您别怪!
孙儿本想把枪扛,
"政审"当关却屡栽。
若是豺狼再进村,
孙儿挥镐护村来。

八

兵路不通我,
草鞋不弃我。
穿着上大山,
开口吼啊罗。

啊罗罗哦！
啊罗罗哦！
啊罗啊罗——
啊罗罗哦！

啊罗罗，
啊罗罗，
谁能听懂我？

啊罗罗，
啊罗罗，
谷谷崖崖远近和。

我的祖国啊，
你有没竖耳朵？
你有没竖耳朵？

九

山上的小哥哥哎你吼什么？
一声声撞我心窝窝。
撞得那大地泪河涨，
撞得那老天苦雨落。

十

《还有吼声》

半个世纪匆匆过，
当年愤青今老弱。
老天老天，
地球还有吼声在，

震海惊山谁动魄？

第九章
苦镜

一

家居黄土岗，
地渴旱魔狂。

久晴盼下雨，
雨下两边淌。
东泄下钱塘，
西流入信江。

天雨难留住，
灌浇靠水塘。

地裂晒焦禾，
塘枯渴死羊。

二

呜呜风号呼，
漫漫蚁搬土。
响噗噗哟旧草鞋，
飞裂裂呐破衣裤。

嘘嘘白发喘，
哑哑奶娃哭。
人不到呐会罚粮，

粮被罚哟日更苦。

为护眼前的那撮谷,
为求梦里的那堆谷,
全社雌雄蚁,
都来造水库。

三

石夯靠手敲,
坝土靠肩挑,
虽是蚁移山,
怎敌人似潮。

当年动土正怀孕,
干到有儿蹦蹦跳;
当年动土娃娃脸,
一晃下巴长起毛;
当年动土白头翁,
现已凄凄坟树高——
长了六个寒冬哇,
大坝终于到岭腰。

四

再把水渠造,
插旗当向导。
遇山劈草木,
逢地毁禾苗。

农忙长干队,
打洞在山脚;

农闲大会战,
全线红旗飘。

挖土如挖金,
用民像用兵。
自家饭碗自家端,
起卧却传军号声。
队伍欠强常鼓劲,
两年蛮干一渠成。

五

秋旱苗焦田裂缝,
村人晨起眼睁痛。
观天但盼乌云聚,
望地只求渠水通。

夜深黑幕重,
哨叫断人梦。
我队轮着用库水,
队长叫我挑双桶。

开闸水自流,
挑桶有啥用?

地势低低一怪库,
自流泄泄两三垄。
只能架起大机泵,
抽水入渠供我用。
那泵腹空空,

缺食不做工。①

机泵不得力，
累时就断气；
渠道走蛇曲，
到田八九里。
来水呀，
时多时少老牛尿，
时有时无沙漠溪。

六

梦未圆，
我失联。
双亲疑我下田去，
队长疑我补夜眠；
一邻见我往西走，
疑我相亲将我羡。

队里熙熙光棍汉，
友心慕慕也天然：
向西有我小姑家，
曾把一条红线牵。

是相亲啊，数载亲无间！
是相亲啊，数载亲无间！

---

① 那部机泵是城里人的淘汰机，需先挑水将水管灌满，才能抽水。有时水底的机泵莲蓬头没关紧，一边灌水一边漏，老是挑水也灌不满。

亲亲的龙头水库呀，
为你挖渠建坝汗接汁，
一洒八冬天。
八个冬天忙不迭，
从没好好把君看。
密接昨夜黑，
只见朦胧颜。
今日专程来啊，
我要瞧君真面目，
我须泄我腹中怨。

龙头水库龙头水库，
八个冬天呀，
为君流汗几千千。
草鞋洞洞穿，
肩膀重重茧。
脚短路长脚造路，
人轻山重人搬山。

万人汗汇一泓水，
是我水偏难灌我田：
开闸任你流哇，
你朝南向西转，
端的是信江一小源；
灌赣地呐稻菽壮，
入赣溪哟鱼虾鲜，
端的是沿途送喜欢。

出生在浙地，
养大流江西。

龙头水库呀,
人间水库多多少,
有谁像你这般奇?

造库又挖渠,
有心更有意。
苦不停工难不退,
只因梦想很瑰丽:
清清库水进田地,
酷酷旱天禾不饥。

现如今,
粮田块块干,
要水人人急。
没想到,
八冬万众力,
造了个这般的你!①

七

八冬万众战,
万众八冬汗!
若种树呐可把万亩荒山变绿园,

若积肥哟可把千塘污土掏个遍,
若造房屋哟多少漏篷变瓦舍,
若砍柴火呐几多柴垛堆成山……
没料到啊,
苦干八冬竟干来个草鞋日日怨,
八冬大战竟战出了汗水滴滴冤。

冤冤冤!
怨怨怨!
天天天!

八

骂完树下朝天卧,
大字舒舒展岸坡。
猛地一针刺隐处,
霎时惊醒梦中我。

哎呀呀,
蚂蚁麸样多,
试将我撕拖。
我心生一股恶毒火,
欲把眼前微蚁磨。

呀,
莫磨!
莫磨!

---

① 龙头水库是全公社16个大队(村)造的,但只有4个大队的部分田块能自流灌溉。其他大队的一部分田块可提水灌溉,但提水要油料、要水泵、要请师傅等,一般队都付不起那些费用。加上长长的渠道会渗水漏水,又增加了抽水的成本。所以,龙头水库对其他12个大队来说,几乎毫无效益。

眼前密密麻麻蚁，
多像当时筑坝的大伙伙。

我磨小小蚁，
如蚁谁磨我？

谁磨我？
谁磨我？
天可磨我！
强可磨我！
命可磨我！
运可磨我！

我在躲！
我在搏！
躲躲搏搏，
把艰难的日子过。

把艰难的日子过呀，
我时时处处争强，
却处处时时显弱。

谁都有个强强弱弱！
强弱频交错，
我该咋运作？

谁都有个搏搏躲躲！
搏躲常生苦，
只愁苦太多。

九

好热的岸！
好烦的天！
人活蚁不恋，
水静日无炎。

龙头水库龙头水库，
我骂你千言，
你美颜不变，
反叫清波将我诱，
脱衣解带浴天然。

好清凉呀好柔软！
好清凉呀好柔软！
泼泼泼，
泼洗身上汗。
擦擦擦，
擦去心头怨。

出浴上山岸，
回头抬望眼。
我瞧着千岁后，
我望到万年前。

哦，
万年前你是小溪一动弦，
无虑无忧奏自然。
现如今你是小湖一静镜，
无盖无遮映世间。

映世间呵，
花花绿绿，
乐乐烦烦。

问世间呵，
何时姓人，
哪里姓权？

十
《天在看》

苦镜光软软，
照红照绿照人间；
人间只姓权，
百姓泪涟涟。

库镜光软软，
照松照蚁照人间；
人间姓了人，
百姓舞翩翩。

水镜光软软，
照今照古照人间。
人间本姓人，
今日正还原。

呀，
人间在镜里，
镜里有人间。
天在看，

谁能瞒？

第十章
"弟代兄"

一

一个萝卜一个洞，
一座佛殿一座钟。

有萝卜爱造反呐离了洞，
有和尚恋衙门哟寂了钟。
岗位缺人谁垫空？
常常"弟代兄"。①

二

滚滚江源水，
乖乖听使命：
汛期收恶性，
一路给安宁；
遇旱流田地，
沿途长茂盛；

---

① 计划经济时代，地方国有、集体企业一旦缺人，常征用或雇用农民小老弟顶替工人老大哥干一些力所能及的活。"文化大革命"期间，峡口水库筑坝工地有的工人离岗造反，缺人更多。1969年夏秋之交，我被生产队派去峡口水库筑水泥大坝，代替工人老大哥推料浆车。我是县里征用的临时工，征用期三个月，由生产队记工分，每天由工地发三角钱补贴。

平常发电能，
处处送光明。

我自旱区来啊，
带着盼水情。
带着盼水情啊，
筑坝代"兄"拼苦命。
代"兄"拼苦命啊，
但愿牧龙如牧牛，
助我穷家兴。

三
解脱旧草鞋，
穿上橡胶靴。
推起料浆车，
隆山堵地缺。

混凝土到时将块结，
拌料机一响不能歇。
冒风雨，
赶日月。

四
库坝时时厚，
人身日日瘦。

身瘦想吃粮不够，
赌吃汉子闹厨头。

一斤半白白大米把饭烧，

起锅时大大盆子装高高。

饭盆儿大大人肚儿小，
围观者都说吃不了。

定时一刻钟，
粒粒我吞空。
扁肚变圆鼓，
身沉难走动。

啊呀呀，
心憋闷，
肚欲崩！
过去只知肚子空空挨饿苦，
如今才晓心边胀胀过食凶。

输者眉头皱，
赢人心内疚：
同乡亦饿肚，
米饭属稀有；
我饱饱一天，
他节节百口。

五
有心补他损，
机会碰上眼。

高高村后山，
茂茂有柴砍。
山外有砖厂，

收柴付现款。

工地三班倒，
三班轮换干。
若逢大夜班，
就有半天闲。

闲日不闲力，
苦人赚苦钱。
带他去砍柴，
我笑他开颜。

过了七月半，
又有新发现。

逆流往上行，
峭壁立江边。
壁上龙须草，
髯髯长个欢。

渔家海带绳，
就是"龙须"编。
卖给供销社，
再多也不嫌。

砍柴割草挣了钱，
端菜买粮把肚填。
肚饱脸红润，
推车劲更添。

六

有人讲起事一件，
往事复活如眼前。

城中造反派，
作战缺兵员。
受困要突围，
进山求夜援。

"你能给个'牛皮碗'[①]，
咱就进城去造反。"
"居民也少'牛皮碗'，
户口在乡难上难。"
"你能月月给工分，
咱也进城去造反。"
"按劳分配在乡间，
要挣工分须下田。"

"跟你去喝西北风，
除非脑子缺根弦。"

七

大坝筑了三个月，
疑团结起一长串：

[①] "牛皮碗"即"摔不破的饭碗"，这里特指不管旱涝都能领月薪的工人。当时，只有符合条件的城镇居民和退伍军人才有被安排当正式工人的资格。

城里人国家定量供粮棉，
为什么有人到处忙夺权？
乡下汉靠天靠地缺吃穿，
为什么停工造反少沾边？

大坝筑了三个月，
疑团结起一长串：
为啥离岗人偏是"牛皮碗"？
为啥顶岗者大都"泥饭碗"？

大坝筑了三个月，
疑团结起一长串：
醉者爱赌酒，
饥者爱赌饭；
行者爱赌路，
贪者爱赌钱……
有些温饱无忧者，
偏偏爱赌权！
莫非爱赌是人性，
谁把田家福祉赌一番？
那赌性的爸娘又是谁，
假丑恶？真美善？
还是杂交变异人难辨？

脑子饿时想疑团，
肚子饿时想饭团。
饭啊饭，
学生大串联，
饭有国家管；
工人闹造反，

饭有工薪管；
串联造反动了天，
不仅给吃还给权。
这样的世风咋不乱？
这样的世风咋不乱？

只有农民真可怜，
若串联，吃无饭；
若造反，肚饿扁……

我头晕啊，
顿觉得日癫月癫星也癫，
顿觉得山难水难人也难，
顿觉得那盆盆罐罐碗碗筷筷，
从家家户户的餐桌飞上了天……

晕病何时痊？
盼天有应言。

八

收起众疑团，
捆扎铺盖卷。
回家吃苦去，
又把草鞋穿。

第十一章
推心墙

一

平地少隆起，
小丘算大山。
道观无塑像，
草束亦神仙。
队长①哎，
我们队无人去写新闻稿，
能不能让我来当报道员？

报道员，
报道员，
写对了没工分，
写错了挨批判。
苦差事，
你要干？

我愿！
我愿！
不为工分不怕批，
只求把笔练。

二

买袋蓝粉①回家转，
泡瓶墨水写半年；
纸无去捡香烟壳，
抹抹涂涂写不厌。

写所闻，
写亲见：
张三收秒落人后，
李四出工冲队前，
王五拾鸡还远邻②，
赵七捡粪当状元……

稿送广播县社站，
广播把我魂儿牵。
太阳未醒我已醒，
双耳竖直听新鲜。

向那省城寄稿件，
报章把我魂儿牵。
太阳睡了路不睡，
我去公社看今天（今天到的报纸）。

---

① 队长指生产队队长，相当于现在的村民小组长。大约1967年，上面要求每个大队建报道组，每个生产队设报道员。我所在的生产队正愁没人干这事，队长吴国根便当场答应了我的请求。

① 供销社里有蓝粉，三分钱一小袋。一小袋可用温水泡一瓶蓝墨水。
② 大包干前，每逢收稻时节，家家户户都把家鸡挑到田间放养，丢失家鸡的事经常发生。

严元俭，
严元俭，
采新事你当着红日天，
写新闻你面对熟人颜。
你采写的东西啊，
听广播我咋的都没闻？
看报纸我为啥全不见？
莫不是编辑不小心翻过了页，
错过了你那一篇一篇又一篇？

啊呀呀，
羞我脸！
羞我脸！
地虽无缝啊，
也想钻……

采新闻本是我心愿，
最无奈腹中墨水浅；
人家墨水虽然深，
无有酬金却不干。

闲嘴生讥言，
讥言响耳边：
采死无工分，
写晕不挣钱，
还得买信封[①]，

---

① 那年月，凡是寄给新闻单位的信只要注明"稿件"两字，寄稿者就不用付邮费，但信封、稿纸还得自己买。

又要担风险。
全社百十报道员，
唯他是个死心眼。

三

心中筑堵墙，
把我前途挡——
退稿怕人见，
悄悄把信藏；
采访怕人讽，
偷偷书写忙。

啊呀呀，
那退稿信再悄悄地藏，
也藏不了日久天长；
那新闻稿再偷偷地写，
也躲不过熟人眼光。

此墙挡道呐必然纸遁笔放，
推倒此墙哟才有天宽地广。

推心墙！
推心墙！
稿糟人必退，
怕退非良将。
无成必有讽，
怕讽将难良。

我写新闻不误工，
只耗闲时空；

我写新闻不害人，
　只把好人颂；
我写新闻不辱宗，
　只树好乡风……

啊，
　采写非人迫，
　时时我主动；
　采写趣无穷，
　私心乐又荣。

既然事属"太阳光"，
　何必人如"地下党"。

推心墙！
推心墙！

愚墙倒，
心爽朗。
退稿信收着当面拆，
新闻源找到人前访。
地下变地上，
明阳发明光。

四

啊呀呀，
　心想练文笔，
　手须拿畚箕——
　穷家过日子，
　做事排头里。

做事方得食，
干活才有衣！

白日干集体，
　身沾粪水泥；
　晨昏为自己，
　汗洒自留地。
　碰到农忙季，
　加班催懒曦。

顾了田与地，
　栏里猪嚎饥。
　猪菜采得归，
　猪迎爬档立。

匆匆吃晚饭，
　筷放急急离。
　我是记工员，
　工分晚晚记。
　社员好几十，
　不可差毫厘。

记好工分快快回，
新闻欲写天天迷。
呀，
油灯下娘编草鞋忙不及，
我怎能视而不见练闲笔？
那编草鞋的稻草需敲软，
我木槌一举呀"砰砰"响声
　起……

哎呀呀,
我写稿的时间在哪里?
我写稿的时间在哪里?

路途上,
凉树底。

出工回户那条路,
闭上眼睛也不迷。
走路无须老看路,
分心想我新鲜题。
来一里,
去一里,
两天八趟走来去,
简讯一则差不离。

柏树亭亭立,
工间在此息。
男人吸起旱烟筒,
女子扎堆聊怪奇。
唯我树枝当作犁,
学耕那块心中地。

五

农闲来到时,
更想那心事。
无奈欲挥笔,
却无一个字。

人在小山村,

不识天下势;
我欲报的人已报,
人求知的我无知。

天天这样过,
岁岁都如此。
报道如何写?
空空几页纸。

学耕先拜老田师,
得艺常从跟样始。
有空就朝公社跑,
精读细看新闻纸。
此师虽不言,
不倦教时时。
别人家咋写我跟样,
就像那描红学写字。

六

穷汉登文山,
前行多路障。
生计难哟物墙,
怕人讽呐心墙,
墨水浅呐文墙,
信息闭塞嘞井底蛙四面对高墙……
墙墙墙,
把我挡。

万山挡不住云,

万墙挡不住心。
执意推墙墙墙倒，
克难迈步步步进。

一九七一春，
育秧队选人。
嗨呀呀，
一朵小花寄浙报，
鲜香上版叫通讯。
真开心！
真开心！
浙报讨张枕底藏，
不时翻看闻芳馨。

七

《推墙登艺山》

艺如座座山，
杳杳在云端。
一路有墙拦，
破墙方可攀。

力推堵堵墙，
登我梦中山。
一步接一步，
总得好景观。

第十二章
交友经

一

锄头动动睡泥醒，
箕担挑挑醒土离。
一天干下来，
划破山腰一线皮；
十天干下来，
一抹长龙欲跃起；
百天干下来，
大地捧出一段溪。

我在地山岗挖渠，
远离父母呀却没感到无靠无依！[①]
我在地山岗挖渠，
远离父母呀却没感到无靠无依！

[①] 1970年1月，峡口水库大坝刚见顶，西干渠工程又启动。春耕前万人大会战，我也被派工。工地离家40里，寒冬无被怎么去？堂叔严善康是位"老哮喘"，正盼有人聚暖气，到了凤林公社地山底（村名），我搭他的铺。驻地离挖渠工地只有两里路。西干渠于1973年4月建成通水。

江山建造峡口水库及渠系工程，使数十万百姓代代得福，深感党恩。

二

出门若是靠父母,
父母在家离我远;
出门若是靠组织,
领导哪能照应遍;
出门若是靠自己,
独往独来形影单;
出门若是靠朋友,
朋友交深肩并肩。

肩并肩啊,
你帮我助心相连,
我动你言互熏染。

互熏染啊,
熏美了感恩到永远,
染污了要悔一千年。

三

邻村一位"色迷派",
一见野花就想摘。
他欲寻花问柳去,
邀人作伴找新爱。

花和叶相配,
可以谈恋爱;
若花已有主,
岂可乱攀采?

桌上一碟菜,
饿人谁不爱!
受邀你赴宴,
还是偷吃来?

他说呀,
有菜不尝白不尝,
见花即采常白采。

小后生想把那新郎做,
找对象算不得啥子错。
只是呀,
乱采胡尝会闯祸。
这个同乡哟,
难抑一时分外欲,
两年牢里日难过。

都说出外靠朋友,
好色的花虫怎可交?
跟个跛郎走夜道,
哪能不摔跤!

四

一位同乡年正轻,
在家却是"赌博精"。
这天下雨把工停,
他要赌博约我行。

"赌鬼会吃人,
先前我已禁。"

"啊呀呀,
不赌不提神,
有博才有劲。
人不赌博是木头,
咱们不做木头要做人。"

"木头若粗硬,
梁柱扛万斤。
赌场腐心货,
难撑一己身。"

我言他不听,
他理我难认。
悻悻复悻悻,
此人出了门。

都说出外靠朋友,
好赌的黑魔怎可交?
跟个屠夫操肉刀,
哪能身不臊!

五
年轻天上人,
聚散爱结群。
结水求得乐,
结山好向仁。
结牛耕大地,
结草绿园林……
只怕无心眼,
随风结朵云。

啊,
看地不缺摇摆草,
观天常是随风云。

随风云,
随风云,
或为洪暴吞人命,
或化甘霖把世润。

最佳莫做随风云!
最佳莫做随风云!
天地钟情为善雨,
莫伤草木乐活心。

六
我寻我的友,
我找我的兴,
我与相知者,
工休野外行。

以鱼为友看溪清,
邀鸟作朋听树鸣。
风起岸摇枝,
波折鸟变形。
新奇看不厌,
人笑鱼无惊。

真稀奇!
真稀奇!
溪中小小鱼,

大大坏东西。
每逢把脏洗，
爱把人调戏。
你看你看，
雄扯姑娘裤，
雌亲男子衣。

看仔细！
看仔细！
鱼儿有异公和母，
亲嘴无分裤与衣。
原来呀，
布中汗渍混皮屑，
溪里鱼儿无不喜；
闻声抢美食，
水响追人急。

七

新渠百里喜通水，
夜放烟花真个美。
你看你看，
腿少也高蹦，
翅无也奋飞。
为求放异彩，
哪怕骨头碎。
那心劲啊，
令我魂相随。

八

洗苦除愁，

绕山越沟。
清悠悠的水呀，
圆梦往前流。

水到哪丘，
哪丘闻酒。
清悠悠的水呀，
香醉我心头。

遍润肥瘦，
不分夜昼。
清悠悠的水呀，
天籁唱长久。

九

《交友经》

出门人挤挤，
找友心迷迷。

莫迷！
莫迷！

挚友是阳光水汽，
相交有幸，
化作虹霓。

良友是梅兰竹菊，
和睦相处，
共香同丽。

我的时代我的风

诤友是满怀真气，
干事尽心，
建言重义。

常友是酒茶牌棋，
好好生活，
求求惬意。

恶友是鼠蛇游戏，
暑夏吞我，
寒冬啃你。

物友是山河鸟鱼，
无穷无尽，
有乐有喜。

心友是诗书琴笛，
精神天地，
宽广万里。

虹霓之友世间稀，
得一就够矣。
做人莫作鼠蛇交，
再少也须弃。
竹菊之友好多多，
同美更相励。
真诚之友真心语，
挑刺健人体。
棋牌之友不难得，
过滥却无益。

鸟鱼草木不嫌我，
永远在一起。
琴笛书画是人魂，
灵肉总难离。

莫迷！
莫迷！

有缘天下遇，
交友凭心气。
心气何方来？
还得问自己。

莫迷！
莫迷！

人悲水也悲，
我喜鸟才喜。
人清天也青，
我迷路才迷。
心有浩然气，
大山就是你。
你若度量如天兴似地啊，
山水虫鱼全是好朋友，
邻居老少不缺福乐嬉。

十

水就湿来火就燥，
凡人向所好。

十一

跟着苍蝇向茅坑，
跟着蜜蜂进花丛。
跟着巫婆学跳神，
跟着鲁班做精工……

误喂恶狗被狗啃，
心交善人被人宠。

跟对了人啊，
前途旭日红。
走错了路啊，
一生恨无穷。

十二

恶友交一个，
愚山压半座。

十三

跟自干的活儿做好朋，
苦活不苦兴冲冲。

十四

情暖情，心交心，
二去三来疏变亲，
患难与共谊深深。

十五

上山向山悟静稳，
临水听水讲新闻。
亲艺朋晓艺，
近文友得文。

十六

朋友啊，
相处莫学三月天，
忽寒忽热脸常变。
信诚当做溪流堰，
经得起浅来耐得住淹。

朋友啊，
我教你行船，
你帮我种田；
我给你春风，
你送我温暖；
相互情来义往啊，
一万年！

第十三章
对虫哭

一

燕儿归，
布谷追，
浴日梧桐花蕊发，

出仓种籽嫩芽催。①

芽难催!
芽难催!
空调未有的那时代,
农技欠缺的生产队。
即使老农计用尽,
仍然种籽烂成堆。

我是自学的"半罐醋",
我当自荐的"小毛遂"。

芽难催!
芽难催!
母鸡不来孵啊冷蛋蛋啄不出小嘴嘴,
春日不悯农啊寒种种举不起白锥锥。
我不晓杀芽的寒潮何日到,
我只听气象的预报把其随。

日围种籽转,
夜伴谷芽睡;
一支温度计,

---

① 中华人民共和国成立前,家乡一年只种一熟水稻,不需催芽。中华人民共和国成立后,为增产而一年种两熟稻子,第一熟必须催芽才能赶上季节。当时农村没有温室,看天催芽,难之又难。现在一年一般只种一熟水稻,不用催芽了。

日夜测千回。

种籽没烂胚,
社员笑微微。
春风暖暖田头过,
摇我秧苗扬我眉。

呀,
那气象预报报对了我扬眉,
那气象预报报错了我掉泪。
有一回预报暖阳照,
到那日偏偏冷气吹。

可恨春风不送春,
偏将冷气犯农心。

种籽多烂胚,
社员笑颜褪。
冰雹乱乱田头过,
断我秧针刺我肺。

日升又月坠,
胜败常轮回。
一季早芽一季催,
青秧略胜近邻队。

二

禾苗起绿正高兴,
转眼发黄少蘖萌。

一老点支香,
喃喃口有声。
采来桃树枝,
砍把野黄荆,
插在田缺上,
晨昏滤水行。

见怪上前问,
答曰赶鬼治禾病。
鬼神我不信,
只信人间农技经。

田水放光扎嫩根,
根深叶壮长粗茎;
购来农药"稻瘟净",
兑水喷匀缓病情。

夏收时,
综合防治的稻头沉,
驱鬼插枝的瘪谷轻。

三

早禾战过稻瘟病,
晚稻爆发卷叶螟。
虫卷叶梢躲里食,
食得只把筋网剩。
这粉那液老农药,
喷去撒来效近"零"。

虫任性,

叶丢命。
田头一片白,
队里百心惊。

公社书记祝介崇,
畈边对我传真经:
那白花杜鹃番竹魂①呀,
食误要牛命,
治虫或可赢。

挑起箩筐进大山,
采来草药锅中煎。
毒汁加皂水,
点点喷田间,
螟虫吃入命归天。

草药越寻越躲我!
草药越寻越躲我!
有几天啊,
大山寻遍九十座,
回队竟然空荡箩。

虫要叶来活,
人求米下锅。
人虫争禾战,

---

① 白花杜鹃番竹魂:两种野生植物名。白花杜鹃,一种灌木,形似杜鹃,开白花,根、枝、叶皆有剧毒。番竹魂,一种草,其茎像小竹竿,有节、中空,全株皆有剧毒。

越战虫越多。
愁煞愁煞,
愁煞了当植保员的我。

四

选谷浸谷播谷,
耕田耙田耖田。
涝排冷晒旱灌,
冬贮春插夏管……

啊呀呀,
一棵苗把千汗洒,
几畈稻将万心连。
小小植保员,
沉沉担在肩。

五

厂中出的灵药没货,
山里采的药源断锅。
小虫手可捏,
虫死人才活。

呀,
错错错!
小虫虽怕捏,
但比稻禾多。
面前捏两条,
脚后生一窝。

呀,

错错错!
捏虫必破叶,
叶破怎结果?

啊呀呀,
面对小虫虫,
站着束手我。
面对小虫虫,
泪流我眼窝。

我哭天:
老天啊,
你为啥放下害人的虫魔!

我哭地:
田地啊,
你为啥变成吃稻的虫窝!

我哭科学家:
科学家啊,
你可晓农民的愁苦比虫多!

我哭工人老大哥:
老大哥啊,
你为啥不造点灵药帮帮我?

从小虫出世哭到老虫茧裹,
从暑叶送荫问来霜木纷落。
爽朗朗的回应呀我没听着,
隐约约只闻造反声浪一波波。

六

不晓小虫咋对付，
拗郎面向小虫哭。
呀，
人虫之战谁能赢？
弱弱强强无定数。

小虫毋作恶，
田汉少一苦！

七

《稻田的指印》

稻田稻田，
当年指印换粮的卖命卷！

禾苗似海望无边，
指印按田有几千？
播籽插秧管护割，
按了又按紧相连。
按了千秋又万畈啊，
按得那饿魔屡败终逃遁，
按得那荒地渐成五谷川。

稻田指印四时按，
只换活人一碗饭。

当年面对小虫泪潸潸，
今日心存敬意是三餐。

心存敬意是三餐啊，
敬的是农家指印人人珍，
敬的是华夏粮仓代代满。

第十四章
苦地难

一

今世苦人千百样，
难及昔日砍柴郎。

走不尽的羊肠道，
爬不完的云雾岗。
肚饿呐冰食当热饭，
肩肿哟担子不能放。

上路借星光，
归家追月亮。
碰上乌云遮月星，
黑天瞎地过沟梁。
一不小心脚扭伤，
痛了多少苦心肠。

同伴把军参，
真情寄老乡：
夜练新兵走百里，
走得一路泪汪汪。
可夜练再苦呀，
也苦不过在家的担山郎。

二

年轻把苦尝,
身苦易回常。
歇担时蔫蔫懒动病猴样,
睡一夜虎虎生风又上岗。

三

年轻把苦尝,
心苦最难搪。
负重的征途哟越熬越长①,
人生的道路呐一片迷茫。

记得以往把柴砍,
路遇山民互道安。
砍尽近山上远山,
山民遇见变了脸。
绝路设关卡,
索拿买路钱。
无钱莫下山,
要下柴绳断②。

穷人不砍柴,
小灶用啥燃?
他敢劫我柴担,
我岂饶他饭碗!

一年又一年,
血案连血案。

四

山里好人毛兴财①,
身强力壮话和蔼。
山前看见砍柴客,
拉话敬烟多可爱。

今天老客至,
发给一张纸。
纸上几行字,
行行是禁词。

他说:
坎坷走了半夜路,
我知众客砍柴苦。
今天让你捡一担,
下次再来优惠无。

一担干柴烧两周,
两周一过人发愁。

本地山丘低又矮,
锄挖刀砍最缺柴。

---

① 我刚进大山时,走30里(来回60里)就能砍到干柴。不到10年,30里处已砍不到干柴,要到40多里远甚至50多里远的大山才能砍到。
② 柴绳断:砍柴的山外人在过关卡时若不交钱,守关者就把他的捆柴绳割断。

① 此事已过去数十年,姓名记不得了,用假名取代。

剩下几棵马尾松,
年年增岁不增重。

松下几根黄小草,
迎风摇摆癞头毛。

偷砍活松进灶洞,
松湿不火灶头烘;
再铲草根进灶洞,
泥多焰少扇摇风;
铲了小草砍了松,
填不满灶膛无底洞。

活人肚要饥,
灶口不能闭。
近岭无柴砍,
又将远岭欺。

五

天亮之前摸上山,
午间挑担下山来。
啊呀呀,
最怕碰着毛兴财,
他偏拦路带刀待。

他是护山"理论家",
先说在理话:

"先前已给告知单,
此处禁山君莫犯。

明知故犯该严处,
不再放行柴火担。"

"任枝朽,由叶飘,
怎及去我灶膛烧。"

"朽枝化作肥,
飘叶把根归。
老者得其所,
青山永不萎。"

"眼前岭岭脚前岗,
草木青青日日长。
天来养,
永茂旺,
砍些柴火又何妨?"

"又何妨!
又何妨!
砍山无阴阳①,
刀手皆青壮。
山再大哟柴再多,
怎经得你砍我砍、早砍晚砍、日砍夜砍、慢砍快砍、死砍活砍、绿砍红砍,千刀万刀砍砍砍,砍了个一扫光!"

---

① 阴阳:既指阴山坡、阳山坡,也指阴天、晴天。

"盘古开天地,
这边就有山。
有山才有柴,有柴才有饭,
有饭才生你我种田汉!
一样的种田汉,
一样的要吃饭,
一样的把柴砍,
你要活我也要活呀,
看你带刀把路拦,
莫非要做霸天男?"

"大山没有绿,
就像人无衣。
人不穿衣难御寒,
山无遮盖怎保泥?
为了保我大山命,
今日只得把客欺!"

"灶膛无火全家饥,
向你借柴煮我米!"

"我把山柴借给你,
自家岂不吃生米。
道理万千无耳听,
莫怪我脸上生毛认不到你!"

话说罢欲割柴担绳,
刹那间刀举变风云。
一个凶凶山外汉,
拔刀逼向割绳人。

拦路鬼,
面如土色收刀退。
弟兄们,
柴担一挑风起威。

六

一月后逢着毛兴财,
山前苦笑皱双眉。
一岁后逢着毛兴财,
神无骨凸面如灰。
两岁后进山人未见,
新坟矮矮土一堆。

有人说他啊,
自从刀下逃出来,
梦里常逢鬼或怪。
为队竟然入险境,
醒来百想结难开。
结难开,
结难开,
眼看山林青渐去,
有心的汉子苦难挨。

苦难挨!
苦难挨!
面对新坟堆,
袭心苦又来:
拦路拔刀的场景啊,
引人想起乱世求生的旧时代;
如今新社会,

第二集　苦地汉

"山霸"从何来?

男人长在大山里,
山柴换小钱,
个个有娇妻;
多少大山之外俊英男,
柴无钱更无,
光棍苦凄凄……

苦地难!
苦地难!
灶缺柴火无青山,
腹唤食粮少好田。

苦地难!
苦地难!
若欲打工挣点钱,
更缺容我的厂和店。

苦地难!
苦地难!
苦地郎只有肚饥身冷日,
苦地汉从无观草赏花天。

我们勤呀,
一年三百六十天,
日日上山或下田;
我们俭呀,
鸡舍里头拾个蛋,
也须卖掉换包盐。

只因缺少活人的好资源呀,
我们再勤俭,
仍与穷有缘!

啊,
肥肥沃沃田,
郁郁葱葱山,
进进出出厂,
熙熙攘攘店……
拥有的生活蜂蜜甜,
紧缺的日子苦黄连。
护你之题大过天!

青山太少啊,
他护紧青山我灶火断,
我顾得灶洞他毁青山,
大山里外两头难!
工厂太少啊,
我挤进厂门他保不住铁碗,
他保了铁碗我跟致富无缘,
厂门里外两头难……

问青山,
问好田,
问厂又问店:
同是中国人啊,
为什么不能把你同分享,
一家家有火有米也有钱?

山和田不答,

厂与店无言。

七

你难我难大家难，
最难莫过苦地难。

苦地难！
苦地难！
食住衣行样样缺，
偏偏光棍最多产。
苦地有花难酿蜜，
憋屈了多少追甜的汉。

啊，
出生在苦地，
小虫也来欺：
热时蚊蠓叮，
寒日蚤虱吸；
熬到不寒又不热，
蚤虱蚊蠓更云集。
入水蚂蟥咬，
上山蛇蝎袭；
无山无水坐平地，
也会遭逢毒嘴蚁……
随时解扣看一眼，
哪个内衣无血迹？
呀，
穷人血肉鹭鸶脚，
怎经得这个叮来那个吸！

八

《地分甜苦是何因》

地分甜苦是何因？
占有资源太不均！
资源哇，
少到难活更要活，
小虫饿坏也吃人。

地分甜苦是何因？
占有资源太不均！
穷人呀，
苦到难活必乱世，
此结难解缠人心。

九

"资源不姓皇，
人类该分享。"
美美的期望，
佳佳的理想！
若是当真去践行，
难于摘月上天堂。

资源共享应同护，
要不定然生祸殃。
君可忘，
一九五八搞"共享"，
"享"出个千山古木几砍光，
"享"出个万里亿人大饥荒！

斧声虽远去,
大地忆苍凉。
饥荒虽远去,
天下留悲伤。

资源即宝藏,
权利是保障。
只有护家得大益,
才能人类更沾光。

十

莫泄气!
莫泄气!
人是最宝贵的资源啊,
　他能请衰老的山山水水重雄起,
　他可让年轻的水水山山更壮丽。

　人是最活跃的资源啊,
　只要身心索不系,
　就能流动任东西。
　只要身心索不系,
　就能尽力创奇迹。

　只要身心索不系啊,
　怎会勤人有饥,
　何愁光棍无妻!

　只要身心索不系啊,

何愁苦地不生蜜,
怎会弱国强不起!

是谁把我的身来系?
是谁把我的心来系?

十一

穷汉望前途,
前途重重雾。
苦地砍柴郎呀,
看不到前途苦又苦。

挑担把身累,
歇歇力可补。
想事把心累,
愁愁咋去除?

初升日难明地下窟,
苦地郎陷在最深处。

十二

秋风生水波,
哪有心愁多!
风静水波平,
心愁咋解脱?

十三

霜重落木早,
心愁催人老,
二十才冒头,

额上皱条条。

第十五章
演看戏

一

赌钱我戒哉，
赌饭我停哉，
赌印（权）没资格，
苦多赌乐来。

苦鬼你别在！
苦魔你闪开！

快乐的草根呀，
不辞老老孩孩；
草根的快乐呀，
长驻村村寨寨。

啊，
用啥开我怀？
适者都拿来。
演戏唱歌讲鬼怪，
吟诗跳舞把拳猜……
别去分南北东西，
更莫论古今中外，
苦岁月极需造乐派！
哪怕肩头压重担，
也吼声号子驱疲败；

哪怕生活即干活，
也竟将日子过出彩！

啊，
天上雪花飞，
乡间乐事来。
有钱的请戏班，
瘪袋的揩油彩。
有钱无钱都要乐，
地空人空是机会。
生闹葬闹婚嫁闹啊，
直闹得天上星辰窗尽开，
直闹个城中亲友锁厨台。

二

少年要乐不知羞，
人后人前唱不休。
曲串村间拾狗粪，
谣飞岭顶寻柴兜。
稍长自愧非歌才，
一吼闻牛树晃头。

当年为遂当兵愿，
手术瘢痕犹在喉，
那日发狂吼大山，
三天喉痛双眉皱。
人前自此无歌唱，
心想哼歌笔代口。

三

同伴之中混阵阵，
为群添乐我天性。
苦思冥想到深夜，
试写一歌抒我情。
嗨哉，
一首《誓把贫穷面貌改》呀，
台上音发台下静，
曲终掌响如雷鸣。
嗬哟，
社头要那广播站，
一日两播月不停。①

四

县里堂堂文化馆，
馆员日日乡村转。
听见乡歌问作者，
始知有个严元俭。

幸运日，
艳阳天。
远远寄来一信件，
急急拆看喜开颜。

---

① 我用本地群众语言写的《誓把贫穷面貌改》，经合唱队演唱，一炮打响，公社书记要公社广播站每天早晚各播一次，连播几个月。

金华地区大会演，
县馆寄我观摩券；
来往车钿全报销，
包吃包住戏来看。

慢慢绿皮车，
悠悠铁路线。
草鞋脱下布鞋穿，
新景隔窗见。

五

大大金华站，
灯灯照路边。
问路问及报到处，
"二招"静静已深眠。

空空两个服务台，
美美一姑打哈欠。

尊声服务员，
我住哪一间？

"先看证明件，
再掏住宿钱。"

请把公函看，
我来观会演。

"会演搞接待，
下班人已眠。"

长长今夜没得睡？
问我得掏住宿钱。

服务员哇，
我是农村一社员，
一天只挣三毛钱。
住一夜要我的六天汗水换[①]，
乡下娘得知了岂不哭瞎眼！

"掏不掏钱随你便，
请君不必再多言。"

唉，
长长楼道道，
铺位一间间。
铺位再多呀，
不容穷苦汉。

六

火车上香香送盒饭，
我心中暗暗敲算盘：
　这自掏钱袋的快餐哟我不去沾，
　那免费品尝的"会饭"呐我多盛点。
　谁知迟到没得吃，
　肚子咕咕提意见。

小小夜吃店，
鲜鲜雪菜面。
掏出热热的一毛二，
阻我口中涎。

填个胃边边，
想添掭掭钱。
袋中只剩两毛三，
还要靠它进宿店。

桌上有一碗，
碗中有剩面。
稀稀仅几根，
狠狠抓双眼。

多想把盘舔！
多想把盘舔！

呀，
是人都要脸，
他碗咋能舔？
手脚无残缺，
咋能破底线！

七

小小弄堂店，
幽幽门未关。
虽然脏兮兮，
通铺两毛钱。
掏袋袋空空，

[①] 当时，在金华地区第二招待所（二招），住最便宜的铺位，大约两元钱一夜。

望天天暗暗。

啊呀呀,
前刻出吃店,
正逢两美男。
擦身而过时,
袋破被人剪①。

八

长街路宽宽,
夜月光淡淡。
月下独身影,
不知移哪边。

火车站里有长凳,
那里可眠不要钱。

空空车站舒舒凳,
火火警察板板脸。
呀,
斥声惊我起,
将我推出站。

站前灯灿灿,
夜景无心看。

寂道沿,

---

① 当年的小偷惯于用剪刀或刀片破袋偷钱。

静街边。
荡来又荡去,
荡到人晨练。

九

晨见"二招"大敞门,
馆长碰面忙寒暄。
馆长怜夜猫,
嗔我未来电。

"报名处通联电话任呼唤,
那话机就在总台你手边。"
呀,
苦地汉没跟电话有过缘,
做野猫只怪自家脑缺弦!

唉,
这笨蛋,
真个憨!

十

好吃饿肚鱼,
好看迷人戏。
漫漫回乡路,
笑声车上起。

笑啥哩?
笑啥哩?
谁把我憨事,
侃成了新传奇。

天啦，
我本来观剧，
变成来演戏！

十一
《观摩与演戏》

哦，
人生一幕戏，
我在舞台里。
演个啥角不任我，
演成啥样却由己。

哦，
人间一幕戏，
我在观摩席。
啥戏出台不问我，
看出啥悟却由己。

啊哟，
人生戏，
人世戏，
戏戏缘于求乐演，
偏偏陷困地。

人在无钱时，
难辞是苦戏。
苦戏并非我愿演，
悠悠天地意。
苦戏并非仅我看，

人人难摒弃。

演戏！
看戏！
演苦演甜并不全由你，
看甜看苦怎能全负你。

看戏！
演戏！
看清当下真得意，
演好当今最靓丽。

十二

呀，
穷人变夜猫，
世上增出戏。
经历多磨砺，
戏角更有奇。

呀，
一条破片裤，
裤筒挽高低。
低时爬岭峦，
高日下田溪。
没想到啊，
挽挽成习性，
来城也挽起。
一筒高来一筒低，
大天之下演生机。

呀,
我本追欢至,
也应带乐离。
人生那苦戏,
且化甜甜忆。

第十六章
泥碗破

以勤拗命

想采鲜花天未春,
想寻对象袋无银。
应招助征是挣钱机会呀,
稻海一黄我就把国仓进。①

一
生产队缴粮卖粮要过秤,
收粮方叫我当个公平人。
抬头国库粮哟低眼民箩谷,
箩库我都顾呐秤星压个准。

---

① 1971年秋,我应招到坛石区粮管所助征。那个年代,粮食属于国家统购统销的一类物资,不准任何人、任何单位自由上市买卖。农民一般在新粮登场后的两月内就得向国家缴粮(农业税)、卖粮(定购任务)。国家粮食部门人手不够,要招聘临时工助征助购。助征助购简称助征。县设粮食局,区设粮管所,公社设粮站(点)。助征人员一般由各区粮管所招聘。

秤秤报斤两,
声声响入云。
大箩下秤我帮抬,
新谷上堆我助拎。
父老乡亲好喜欢,
纷纷夸我有良心。

二
粮所头头叫贾润,
经常徒步下乡村。
月中转眼到,
老贾来谈心。

助征定期俩月整,
高峰一过返回程。
但我欣赏你啊,
口齿清晰手脚勤,
行端字正账单清;
与民相处无隔阂,
难解难分鱼水情。
眼下陈家粮点暂缺人,
不知留你延期行不行?

哪有不行之理啊!
种田地一天只挣三毛零,
征国粮一日能拿八角整。
从糠瓮朝着米瓮跳,
找食的饿雀好高兴。

三

陈家囤有国粮百万斤,
守库却只一老人,
老人名叫李濯心。

高校老牌毕业生,
中文日语他都精。
据说日寇侵华需译员,
他去应招罪不轻。
又传他是一名地下党,
不怕死的老革命。
哪是假来哪是真?
凡人谁个说得清!
只知他,
一来运动就挨斗,
一斗即得新罪名。
"纱帽"换"高帽",
大城到小城。
如今拎在小粮点,
日日孤身伴寂影。
粮所达人说,
同事与他合作难,
言行怪怪不灵清。

初到陈家点,
忽逢冷面人:
口无半句欢迎话,
脸少一丝喜笑痕。

腊月天哟柴冷火苗热,
柴变火呐只缺一个引。
火引虽微我愿做,
寒冬欲暖老人心。

他开仓,
我灭菌;
他洒水,
我除尘。
麻雀入仓他赶嘴快,
粮农进点我递茶勤。
进库粮车卸货急,
他忙点数我搬运……
重活脏事我包揽,
分饭吃鱼他让人。
月上东山灯似萤,
山村入睡静无音。
我成灯下迷书汉,
他是加油微笑人……

第一天似路人哟他无话可说,
第二天像亲友呐他喜眼先说,
第三天加我饭呐他热筷代说,
一月后如爷孙哟他有话就说。

国粮运走我接令,

第二集　苦地汉

粮所缺人做"供应"。①
置酒李爷壮我行,
一程送罢又一程。

四

当店员啊,
顾客有呼我快应,
把了米秤把油秤;
顾客一离拿抹布,
柜台须净仓须净。
还有啊,
粮包排横竖必须平整整,
库存货进出都要账清清……

丙爷凑上来,
开口笑盈盈:
我是过来人,
真言你莫轻!

我呀,
革命革了多少年,
至今还是小职员。
当年曾苦干,
不入官人眼。
今日我清闲,

从没少领钱。
这世道呀,
正式工就是"牛皮碗"。

有了这个"牛皮碗",
党给工资雇我玩;
若无这个"牛皮碗",
做死做活也枉然。
上面一刮"惩减(精简)风",
不会把咱"惩",
只能将你"减"。

话里还藏经,
耳听心也听。
傻牛耕地不知歇,
他怜我干活太卖命。
懒人自有懒人理,
他语蕴丝丝得意情。

丙爷呀,
你敢将心里话端出来,
我也把心上门对你开。
人力如泉水,
用了又会来。
活鲜鲜只要青春在,
血热热源头永不衰……

五

丙爷还是笑盈盈,
却以一谣将我警:

---

① 粮管所供应点共4人:甲叔,"点长",兼管全粮所票证,在点的时间不多;乙叔,出纳,负责为顾客开货票;我,付货员,兼仓库保管员和店堂保洁员;丙爷,近离休,养病。

身再强敌不过病，
人再勤拗不过命。

你是什么命？
你是什么命？
真真一个老实人，
无手段来无背景。
在此再勤奋，
难逃"滚蛋命"。

难逃"滚蛋命"！
难逃"滚蛋命"！
前人心语，
苦泪泡成！

我信呐真信，
前人心语泪生成。
可做人懒惰又如何？
手脚不能停。

不能停啊不能停，
养个勤习性。
人有勤习性，
姑娘看见也高兴。

我要勤！
我要勤！
付货保洁又库管，
一人顶两人。
一顶俩，

担多沉？
比比昨天挑大山啊，
这担叫个轻松才是真。

我要勤！
我要勤！
多干人家多笑脸，
少闲自己少烦心。

小心小心，
一车稻谷把门进。
正值冬种大忙季，
卸货难寻有空人。

莫旁观，
我来干！
衣袖挽一挽，
独扛汗撞汗。
一包百四斤，
笑对五吨山。

呀，
那沉沉的粮袋没人叫我背，
这重重的活儿纯是傻牛揽。

六

甲叔呀，
丙爷自话老革命。

他呀，

国民党的兵油子，
共产党的俘虏兵。
全不管的保管员，
等离休的懒滑精。

七

以勤拗命看前方，
未见阳光雾茫茫。
苦命人不把命来拗，
出路更无望。

拗昨又拗今，
一场接一场。
场场不停顿，
除非薄命亡。

八

《勤与命》

天天勤拗命，
惑惑谁能胜？

勤有状，
命无形。
无形我难控，
有状我践行。

长践行，
成习性。
但愿这习性呐，

驱除我苦命！

春播勤奋种，
秋获吉祥星。
但愿这习性呐，
重塑新生命！

贪蚁偷米

遇到一贪蚁！
遇到一贪蚁！
这贪蚁啊，
竟然在我眼皮底，
搬走国仓一粒米。

一

有一刻乙叔丙爷店外遛，
甲叔他悄悄来到我身后。
慈颜蕴厚道，
开口吐温柔：

小严呀，
抽屉里放着付货票，
你离开不锁是何由？

赤贫之子没啥丢，
不锁成习已久久。
再说呀，
那货票盖着"已购"打着钩，
张张都已废呐有谁还会偷？

票儿废不废,
就看落谁手……

我与乙叔同店头,
他嘘寒问暖似良友……

笔记本中记票码,
粮油数据暗抄留。
柜台抽屉虽没锁,
票据若失见暗手。[①]

二
晨光照到柜台前,
我把昨天货票点。

点罢吓一跳,
一张长脚跑。
卖米半百斤,
本本记明了。

付货少一票,
细思人懊恼。
店里十天明细账,
行行数据须填报。
此票假如顾客偷,
必然出纳数多我数少。

此票假如出纳偷,
必然两数重合藏奥妙。

我将此事藏心底,
认认真真填报表。
旬报送达所里头,
查得会计眯眯笑。
啊哟哟,
斤斤两两都一样,
与出纳不多又不少。

会计越夸好,
我心越苦恼。

三
是我害了他呀,
抽屉没加锁,
诱他犯大错。

是他害了我呀,
米仓一少货,
内盗先疑我。

祖国啊祖国,
我唱了多少遍爱你的歌,
却将损你的事来做!

祖国啊祖国,
我唱了多少年爱你的歌,
却闯下了害你的祸!

[①] 另备一空白笔记本,记上每次发货票的号码与发货数量,若票据被开票的出纳所窃,就知道是哪一张票据被窃了。

四

堂堂一个公家佬,
竟把几斤吃货盗。
难道家锅揭不开,
一时昏大脑?

此情若上报,
今后怎同道?
今后怎说笑?
今后同店干活就不自然了!

此情若不报,
五十之数虽然少,
事涉国粮事不小。
粒粒农夫汗,
怎能任蚁盗!

呀,
上级若是一知道,
对我对他都不好。
啊呀呀,
他错是名正式工,
亲生的儿子舍不得抛;
我错是名雇用工,
天晴的破伞丢灶膛烧!

五

暗暗积钱借粮票,
悄悄入库补短少。
短少之米哪里来?
瞒着父母扎裤腰。

六

我不补库存无稳觉,
他神偷不改咋得了!

想得几句警心话,
自忖可当"清醒药"。
欲让大仙有所悟,
神偷之举快收梢。

乙叔呀,
粮油与我打交道,
心变贪邪人必糟。
我想了几句警心话,
说给你听望赐教!

愿知晓。

贪蚯蚓的鲫鱼易上钩,
偷谷米的麻雀把网投。
不知鱼雀可明白,
危藏饵里头?

我也有话送你:
鱼若不食饵,
哪能活水里?
雀若不吃米,
用啥医肚饥?

贪是人天性，
有谁不为利？

道道道，
天有道，
地有道，
人有道。
君子爱财富，
取之也有道。

机机机，
天有机，
地有机，
人有机。
财机不可失，
失去苦凄凄。

谁对谁错？
谁分对错？
我没劝动他，
他未说服我。

七

走开必上锁，
警语响心窝。
再不将他害，
记牢保护我。

八

啊，

人持唯利是图观，
手脚连着一个贪。
无权的做贪蚁，
得势的成贪官！

啊，
粮油在手边，
家计正贫寒。
常走河边湿脚易，
野奔逢雨干衣难，
怎么办？
怎么办？

逢雨干衣难，
雨天带把遮头伞。
河边湿脚易，
浅水高靴脚可干。
自造微天地，
防贪护己安。

扫除唯利是图念，
我要取之有道观！

九

《有泥就有树》

有泥就有树，
生树必生虫。
生虫不可怕，
有鸟正寻踪……

一物制一物的理儿到处通，
小民抗小民的憋屈有谁懂？

私心蕴恶卵，
恶地多孵笼。
恶卵孵笼处处有，
忧心怎会不忡忡！

泥碗破了

丙爷预料当年应，
元俭难逃"滚蛋命"。

一
每周所里学一晚，
风雨不停已几年。
报刊公文挑选念，
最高指示更优先。
所学结束放红本，
书记忽然拉下脸。

一支啥子歌，
近日在传播：
"起身比日早，工资领得少；
白日赖床吙①，工资领得多。"

歌句是谁编？
据说是小严。

小严你想干什么？
在此谈谈看。

临时一雇员，
赤手对空拳。
不会干什么，
好玩就想编。

歌谣任意编，
会把人心乱。
大家听好了，
不准编和传。

老贾，
还有一支莫懒歌，
不知可否传？

什么莫懒歌，
没有阶级观。

粮油供应点，
咋有阶级观？
贫农来买粮，
难道少掏钱？

扑哧有人笑，
即时把口掩。
十余室内人，
针落能听见。

---

① 吙：打呼噜的声音。

小严还有事一件,
竟看戏书《大劈棺》!
毒草当食粮,
毒人心与肝!

既是大毒草,
就该大批判。
书都没碰过,
批判从何谈?

你个糊涂蛋,
错了还狡辩!
幸好你是一农民,
不能篡党又夺权。
若是文人或是官,
做出这事捅了天!

发抖的唇,
变青的脸,
说完对我瞪一眼。

二

办公室内一灯灿,
老贾单独约我谈。
带笑赠香茶,
语言很委婉。

想来又想去,
决定不留你。
一条龙错进我小池囿,
再腾跃也没啥大浪起。
月满领了薪,
我们送送你。

三

那晚召开欢送会,
脸无欢笑眼含泪。

这个说,
明知就要把家归,
做事仍然不怕累。

那个讲,
发洪水那桥头徐家房欲摧,
进徐家你搬凳抢被水中回。

还有的说,
五十丘垄水库涨洪恐坝毁,
装泥固坝缺麻袋,
是你雨中送袋把车推。

炊事员啊吴步虾,
以前参会从无一句话,
今日竟然站起声如炸:
全所十多人,
我最佩服这个娃。
干粗事可将粮袋扛,
做细活能把算珠打,
对上官不捧也不拍,
对弱者不欺更不压。

我想笑，
喉噎了，
我想哭，
声哑了。

这也好，
那也好，
就是这儿干不了。

说这好，
说那好，
都没家里草鞋好。

草鞋苦命索，
把我脚缠绕；
草鞋苦命谣，
把我心缠牢。

四

助征的碗是漏米的碗，
助征的碗是畸形的碗，
助征的碗呐是我捧不稳的碗……
那是没进过窑的泥饭碗！
那是没进过窑的泥饭碗！

《泥碗谣》

盛夏日炎炎，
渴得失润鲜。

心心想成器，
忄忄难美满。

秋到风尖尖，
裂出缝线线。
装得粗谷糠，
会漏香汤面。

冬来霜狠狠，
刮骨掏心肝。
尚未装东西，
冻成碎片片。

常盼春风暖，
却忧春雨淹。
天流两日泪，
一泡稀巴烂。

五

哎呀呀，
泥碗们想把窑门进，
无奈那官窑门铁紧。
关门是哪个，
谁是开门人？

第十七章
相亲记
（上）

一

男大想成婚哟女大盼出嫁，
弟兄渐长大呐双亲愁又怕：
卧室破旧仅一间，
儿子有三挤不下。
难煞难煞真难煞！

二

富户砌砖楼，
穷人垒土屋。
不求耀祖光宗名气扬，
只要挡风避雨人能住。

登上吴村山哟挥镐对黄泥，
挖出石块块呐挑回做固基。
只恨没得浇水泥，
散石虽硬心难齐。

翻过吴村山哟绕田临小塘，
西塘边岗脚呐可做泥砖场。
捣泥扒细粉，
浇水搅黄浆；
牵来大水牛，
踩作面筋样；

面泥一捧捧，
摔进砖模框。
出框成砖坯哟队队田头晾，
晾干往户担呐噗噗脚步响。
工前工后各一担，
脚步不停墙就长。

冬上深山找好薪，
砍得木棍当椽檩。
短可接哟细可并，
小材大用靠精心。

三年汗筑得了两小间，
莫昂头长个子撞屋檐。
每间不到十平米，
在我已觉海样宽。

三

我盼媒人早进门，
未请自到是姑亲。

姑妈家住蒋宅村，
村有姑娘唤小云（化名）。
小云生在微山坞，
长大常思境界新。

吴村境界难说新，
五日一墟却诱人。
买个发夹子，
无须出远门。

姑娘尚未表真心，
父母先发婉转音：
闺女年还小，
他年再嫁人。

啊，
十里难瞒家富贫，
姑娘父母是熟人。
姑娘哪是年龄小？
苦饿之家早见闻。

四

喜鹊叫喳喳，
姑娘又到啦。
媒人知是谁？
本队堂姑妈。

那天墟日我出工，
栏粪在肩汗水涌，
裤筒卷高补块块，
草鞋沾粪臭烘烘。

堂姑妈找我急匆匆，
一见堂侄儿露笑容。
要我冲洗换裤衣，
即时去到她家中。

堂姑妈堂姑妈，
到你家干啥呀？

我墟里买了一担糠，
我不识杆秤不知重，
请到我家去，
算钱当"义工"。

她家非帝宫，
还怕臭烘烘？
她家非选婿，
怎忌补丁洞？

裤衣未换浴没洗，
走路扬尘一阵风。

啊呀呀，
堂上一姑娘，
两颊见我红。
红得仙女样，
皮嫩眼波动。

称糠心蹦蹦，
算账兴冲冲。
啊呀呐，
挑粪上高坡，
悠悠担不重。

中午收了工，
堂姑妈见了我母露愁容：
你家挑粪郎，
傻女没相中。

五

油菜花，开梯田，
根茎沾粪的黄人前。
一春又一春哟引蝶的菜花香
上天，
一次又一次呐叫春的鹧鸪梦
难圆。

六

村里的姑娘哟三三两两，
身边的光棍呐队队行行。

"喝粥姑"看不上"草鞋郎"，
好闺女纷纷嫁他乡。

村里的姑娘愿嫁他乡不嫁我，
只因我碗里常见菜糊糊；
村里的姑娘愿嫁他乡不嫁我，
只因我家里无有洞房屋；
村里的姑娘愿嫁他乡不嫁我，
只因我橱里没有新衣布；
村里的姑娘愿嫁他乡不嫁我啊，
只因我是苦地赤贫户！

饥饿难熬的岁月呐，
三箩黄稻谷，
可换一媳妇。

家住浙赣相邻处，

同龄的江西老表呀我真羡慕！
浙女纷纷嫁赣郎，
傻儿也娶他乡姑。
那里啊，
当年战火熊熊剩烬土，
今日锄头动动长粮蔬。

七

《地穷难以留娇娘》

人吃饭呐地供粮，
吃口多哟地难养。
饥饿来将人口调，
都从"窄乡"逃"宽乡"①。
堂皇先逃者，
便是出嫁娘。
调个饭蔬差不多，
情姑何必弃情郎？

食住衣行人欲望，
地穷难以留娇娘。
贫富来将人口调，
都从贫乡迁富乡。
堂皇先迁者，
便是出嫁娘。

---

① 窄乡指人的生存空间相对狭窄之乡。在农业社会，一般指肥田沃地较少而人口较多的地方。宽乡指人的生存资源相对宽裕之乡。在农业社会，一般指肥田沃地较多而人口较少的地方。

调个衣食都不愁,
村姑何必嫁他乡?

苦地姑娘嫁远方,
本乡光棍泪汪汪。

光棍村,
光棍乡,
贫穷的老债加新账,
无不叫光棍们来抵偿。

光棍村,
光棍乡,
若是那干活居住可自由,
光棍们也会长翅飞八方。

光棍村,
光棍乡,
光棍们最美那鸳鸯!

（下）

一
美美鸳鸯缘,
红红有线牵。
我那牵红线的月老嘞,
不居天上居茅渊①。

---

① 茅渊：江山贺村镇一自然村的村名。

月老言：
从这朝东五里远,
有樟郁郁近千年。
地名叫作东山坞,
几户人家朱姓传。
一屋樟树北,
有女名金仙。
刚好一十八,
花开鲜艳艳。
你家若想采,
我会牵红线。

母亲言：
只要女方肯就低,
我家无有高门槛。

二
坞村属后源（大队名）,
两事把名传。

那是饥荒年!

此村两少年,
野外找食源。
寻得几把枇杷骨①,
炒热一吃竟永眠。

---

① 枇杷骨即枇杷核,有毒,不能吃。东山坞自然村的两兄弟不知其毒,饿极了,什么都想吃,自捡自炒自食,结果中毒而死。

母亲抚裸尸,
狂喊至疯癫。①
爷爷悲痛极,
得病把孙伴。

那是疯狂年!

东山一壮年,
当过敌兵员,
虽是抓丁去,
可怜"罪"不免。
这回被斗在村前,
独子上台划界限。
会散回家转,
唯闻"敌父"叹。
叹罢出门到水边,
挺身一跃池花溅……

此地虽凶险,
姑娘人不嫌;
十八刚满岁,
人就牵红线。

啊,
家有大猪美事宣,
家留大女恶名传。
家中闺女婚期到,

唢呐上门催个欢。

三

红日照山林,
女方来相亲。
春风不预报,
上午进吴村。

月老在前把路引,
朱家阿母步匀匀。
紧跟阿母黄花女,
长辫黑黑衣半新。

我家呀,
晴天屋不漏,
喜日人无愁。
茶叶虽然粗,
井泉却爽口。

泡茶续井水,
我母提壶走。
朱母紧跟随,
移行不落后。

明里拉家常,
暗中四下瞅。
瞅啥?
水缸有几满,
柴垛有多厚。

---

① 结婚后我才知道,这两位吃枇杷骨中毒而死的小兄弟,就是我妻的两个哥哥。

好呀!
水缸满来柴垛厚,
男方有铁打的肩膀勤劳的手。

雄鸡高唱日登楼,
我母下厨在灶头。
中堂不见严家人,
朱母敲仓心颤抖。

不好!
顶空响来底空响,
仓中无谷也无豆。
呀,
每到青黄季不接,
严家定为三餐愁。
女儿如嫁缺粮户,
日后必然吃苦头。

四

我自田头带汗归,
方知有客东方来。
乐乐媒婆忙介绍,
双方相见心花开。

提壶续水手儿快,
有问即答无碍猜。
媒婆夸我人勤奋,
夸我长得可算帅。
夸我夸得太过头,
脸红耳热羞煞哉。

媒婆夸奖接夸奖,
于指头昂笑语扬:
你看这些好木材,
根根可做柱和梁;
姑娘若是嫁严家,
日后居屋定阔敞。

唉,
茅渊大婶啊,
请你喝口茶哟莫夸奖,
我将那实话呐跟你讲。
我家日子不宽裕,
哪有佳材造大房?
若问佳材属哪个,
本家三叔严金堂。
三叔他供销社里发薪水,
人在深山林海洋。
林海购得好木材,
自家屋窄难堆放。
看我家楼板烂了空对空,
借楼一用竟增光。

媒婆闻此哑了腔,
朱母一听脸变样。
闻者被邀吃酒饭,
菜失鲜味酒失香。

五

媒婆拉母到厨房,
叽里咕噜说女方:

我的时代我的风

此姑找对象,
不是第一场。
上次到邻乡,
后生是木匠。
一身好手艺,
一副俊英相。
仓有豆和谷,
住房新又敞……
哎呀呀,
都道姑娘欲嫁郎,
看人看碗看居房。
那后生三件全都佳,
这闺女竟然没看上!
今天看你家,
屋不阔,
仓空响……
唉,
媒成那个大猪腿,
只怕我没好运尝。

六

朱家母女回村坊,
路有短言含义长:

你父忙忙泥水匠,
砖刀日日砌他乡。
平时家里无男人,
受气遭欺独自搪。
挣进工钿须买分①,
工分一买穷叮当。
记住了,
好女莫跟手艺郎,
有夫像个没夫样。

那个青年虽富裕,
偏偏是个出门郎。
严家子弟虽贫困,
日日在家好靠傍。
要知道,
女人忙内男忙外,
男不诚实女不祥。
看起来,
严家子弟蛮诚实,
这种男人日可长。

七

缘无空有富豪房,
缘有不愁仓断粮。

春阳初照媒婆到,
得讯之人喜若狂。

---

① 买分:外出做手艺者必须到户口所在的生产队买工分,年底再按当年工分值参加生产队分红。买分的数量与价格由生产队决定,其数量参照同等劳力的定工天数,其价格无不大大高于实际分红值。一般年景,艺匠每月买24天,每天交八角买十分工,而十分工的实际分红只有三角左右。

姑娘同意嫁严家，
只待接亲唢呐响。

八
《饥蜂遇春》

天也亲！
地也亲！

路边草今天香又新，
黄精灵正在戏红芯。
饥蜂不要天多大，
有朵小花便是春。

嗨呀呀，
蜂饿不知蜜哪寻，
彩蝶牵线也甜心。

第十八章
杆测心

一
水戏天边云，
荷香池埂人。
枝头喜鹊叫，
向我送佳音：
来了财神！
来了财神！
工钿增两倍，
测杆竖一根。①

二
今暑的太阳咋个了，
火苗老往渴山掉。
今日的知了咋个了，
嗓音过岭又冲峁。

火苗天上掉，
山草半枯焦。
草焦我不焦，
头顶青凉帽。②
东西南北争着去，
远近高低不厌跑。

火苗天上掉，
有人吃不消。
一顶大凉帽，

---

① 1973年夏天，我被县开发黄土丘陵指挥部（简称县开发部）雇用为测量临时工，月薪33元。干测量比田头活儿轻，收入却是干田头活的3倍左右，比原收入增了两倍。吴村有座大爿山，荒芜已数年，草根几铲尽，风起沙成灾，县里为此做决定，把西干渠引上大爿山造田。搞造田规划的技术员由县开发部直接派，协助技术员搞测量的临时工在吴村公社雇用。当时雇用了3人：一个来自耕读大队，姓徐，大我十多岁，是老叔；一个来自寺后大队，姓郑，小我一两岁，是老弟；还有我。
② 青凉帽：又叫凉笠帽，用青竹丝编成，中夹箬叶，下雨天可挡雨，大晴天可遮阳。

罩头难罩脚。
泉水不停歇地喝,
汗珠一个劲儿冒。

城里来的胖胖的技术员呀,
阴凉树下歇歇脚!
城里来的胖胖的技术员呀,
阴凉树下歇歇脚!

你们的心意咱领了!
你们的心意咱领了!
但画笔儿一刻也不能休,
那领导催着要点开山炮。

亲亲的技术员,
且听我进一言:
有没有简单活,
让我来替你干?

即时出试卷,
让我画方圆。

交卷展开看,
考官眼瞪圆。

小严啊小严,
你进过测绘院?

院门没进过,
师傅教多遍。

师傅是何人?
亲亲立面前。

师傅啊,
空时看你画,
心里常操练。
教本借来看,
有题做两遍。
偷学多少次,
所以有今天。

技术员是个干活狂,
歇一会儿又来晒太阳。
新试卷他粗瞧又细看,
复核了才把心儿放。

三

胖胖的干活狂,
悄悄地找我谈:
这里活将完,
雇工就要减。
三人须减一,
人事我无权。
你若测工还想做,
托人速速莫迟延。

四

革命时期哟情报系人命,
和平年代呐信息关货财。
感谢好师傅,

信息来快快。

傻脑袋,
呆脑袋,
脑弦弹起来,
哪顾歪没歪。

三人须减一,
谁断好生计?

徐叔吃住经常在社里,
见广言多理。

郑弟根红穿过绿军衣,
人见递烟喜。

我是一根筋儿拧到底,
做事靠傻气。

呀,
三人两把椅,
谁坐都达理。
要问给谁坐?
主官手上笔。
笔点谁,
谁福气。

我多想亲亲那支幸运笔,
我急需受受那股大福气,
可笔主是谁我不知,

欲托路子没人气。

欲托路子没人气,
想想只能靠自己。

靠自己,
有啥计?

找个小由头哟入户拎只鸡,
不识入户路呐这鸡送哪里?
若送办公地,
那官定有气。

找个好时机,
红包暗里递?
包微缺诚意呐大包送不起,
举债送中包哟先解燃眉急……

哎呀呀,
苗活一把泥,
人看一张皮。
送钱即行贿,
我脸搁哪里?

五

测杆啊,
我真不愿离开你!
有了你,
我月月领薪袋鼓起。
有了你,

我冬不寒来春不饥。

测杆啊,
我不得不丢掉你!
那两人优点多多比我棒,
我失座只因堂上少一椅。
那两人是苦弟啊是穷叔,
我怎可暗中设计将其挤?

六

胖胖的好师傅啊,
请原谅学生未将你愿付践行,
请原谅学生负了你的一份情!

胖胖的好师傅啊,
我下田又握起了锄头柄,
我上山又系上了草鞋绳。

七

《测杆怨》

测杆测杆,
测田测地测村庄,
你三点一线有方向。
却不知穷汉茫茫受苦路,
咋走才通畅!

测杆测杆,
山有顶啊海有岸,
你再高再阔都能量。
却不知穷汉茫茫受苦路,
终点在何方!

八

《测心谣》

心里测杆歪,
人生方向乱。
心里测杆正,
人生路在前。

杆测心啊莫停,
心竖杆啊莫偏!
莫停莫偏,
莫停莫偏,
人生心正路儿宽。

第十九章
"锄头理"

积愚山,
实难搬。
老土未尽,
新石又添。

一

禾渴盼清泉,
脑愚寻慧言。
清慧召来同愿人,

共学理论在灯前。①

二

领导要咱当"批林批孔"小老虎，
叫人好为难。

那林不是咱亲眷，
路不通来门不串。
他说啥话咱没闻，
他干啥活咱未见。
没有调查就没有发言权呀，
凭哪个说长道短！
那孔圣人已死两千年，
塑像多多早砸烂。
他那主张虽在乡村有所传，
假真错对咱们实在难分辨！
不知就不知呀未懂莫装懂，
大批判咱也得有底线！

田里活儿做不完，
上头却叫大批判。

那会堂长不起禾苗，
那口水溅不出米面。
人误地一时哟地罚人四季，
季节不理会呐农事催青年！
"批林批孔"的小老虎有谁不想当？
看担看刀的田舞台催我显身段！

三

队里的乖巧汉呀，
下地他拉纤，
收工他射箭。
白天挖荒地他锄头软软无滴汗，
晚上争工分他唾沫星星四处溅。
理灯照怪象，
怪象现奇原：
出工画个圈，
岁末计工钱，
干少干多一个样，
按劳分配咋实现？
这圈圈是肥皂泡啊，
吹出时美又圆，
却破碎一年年。

我们的老队长呀，
排工样样内呐做事桩桩鲜，①

---

① 我是大队团支部学习委员，组织青年学理论可以说是在自己的职责范围之内。学习小组于1973年组建，五天学一晚，自愿参加。1974年初，我们不搞"四人帮"的以"批林批孔"为纲的那一套，而是从实际出发，学理论，促生产，争做干农活的"小老虎"。我们尝到一些甜果后，江山县委报道组闻讯来采访，在《浙江日报》第2版登了一篇通讯。

① 当地话语："内"即内行，"鲜"是好的意思。

播谷落田匀哟插秧胜有线……
美中不足性太"糯",
得罪人处不开言。
一男耘土不出力,
耙过草歪人向前。
人走草又竖,
水清苗无言。
苗无言,
他无言,
只向那刁男后背狠狠瞪一眼。
理灯照"糯像",
"糯像"现根源:
熟人日日见,
只怕伤情面,
为了情面丢原则,
苗见也蔫蔫。

四

啄木鸟飞登老树尖,
沿着粗杆杆查虫眼。
"队长呀,
你的好一桩一桩说不完,
只目前该管不管是缺点。
做人难免讲情面,
但耍滑人的情面怎比得众人饭碗大如天!
若是大家没饭吃,
人人把你队长怨。
若招公众怨,
你有啥情面?

今后啊,
我们做后盾,
该管你多管!"

啄木鸟之声,
聪明树所盼。
队长脾气变,
变向管得宽!
有人做事要滑头,
一见就批面对面。
批得那老滑头红次脸,
爽风中黄稻穗把头点。

五

我们的大批判呀,
堂头不见田头见,
口水没溅汗水溅。

六

物质食粮有谷米,
精神营养是真理。
谷米养我的血和肉,
真理壮人的魂与气。

六队穷哟年终做账掏不出买纸钱,

穷不怕呐重担争挑蹦出个好青年。

周国华当队长学用结合重实践,

"赤裸队"呐一年就把"短裤"穿。

三队吴中梅城里女青年，
回乡未满岁农活干不惯。
干中学哟学中干，
学了辩证法呐遇难不畏难
……

这里有群学理论的小青年！
这里有群学理论的小青年！
论的都是锄头理，
能把身边生产联。
不干邪的干正的，
天天苦干在田间。
驻村干部好高兴，
将此信息往上传。

到底咋回事？
上级来调研。
开始是县里，
最后国务院。

七
大官小官到队里，
听我们侃侃锄头理。

锄头理是穷家理啊，
穷家锄为器，
说理带锄例。

锄头理是农家理啊，
农家锄不离，
说理蕴锄意。

呀，
农家的话语，
土地的情意，
凝成了一个个锄头理。

调研者听着听着，
点头又激励。

八
勤俭接待站呐会堂长又宽，
县开"抓促会"①呐静听我发言。

一听小半日，
掌响声连天。

县里召开万人会，
县城教室全住满。
我不是参会对象呀，
公社专门将我传，
告知会上要发言。

---

① 抓促会：抓革命促生产大会的简称。在勤俭接待站开的是县、区、社三级领导干部参加的抓促会，在江山县城开的万人会是全县生产队长以上领导干部参加的抓促会。

九

天有不测风和云,
凡人岂无苦与怨?
呀,
两天大会口一串,
都把"双批"说在先。
不"双批"的请靠边,
自然轮不上严元俭。

我本种田郎,
并非废话狂。
舌闲养津液,
田空闹饥荒。
赶快回家去,
草鞋把我想。

十

《寻理滋心》

锄头理何在?
锄头理何在?
田里种出来,
心里长出来。
句句不离土,
条条精血溅。

这锄头理呀,
辈辈宗宗都在寻,
明明暗暗随时新。

路异不同见,
见同有异运。
胜如庄稼得泥生,
哪里能穷尽?

土土锄头理,
滋滋傻子心。
愚山压不垮,
劲劲有撑身。

第二十章
凹石惊魂

一

雀儿跳下稻黄田,
兔子迎来草绿山。
区里要招报道员,
坛石看上了严元俭。[①]

严元俭还未认得区委院,
那区委为何荐我严元俭?
人老追根问此事,
当年书记笑答言:
说来很简单,

[①] 这里说的是1974年9—10月间的事。当时的体制是县下面设区,区下面设公社。江山县广播站招聘驻区报道员,第一批是上余、坛石两个区。上余区委报道员是徐义祥。

对号把名点。

二

啊呀呀，
浩浩九重天，
井蛙尚未见。
当时那个蛙，
正把井台恋。

表格到手字没填，
月亮由缺又变圆。
上面要人急哟电话嘀铃铃催，
"驻村"（干部）心火大呐急匆匆把我传。

我要听真言，
为啥表不填？

第一件，
乡亲们一日三餐，
不愁那两稀（粥）一干（饭），
这渴盼啊，
我未实现。

第二件，
学理论之火刚刚燃，
干柴几根是我点。
离开这小火焰呀，
我有点不情愿。

第三件，
自带口粮当报道员，
捧的不是"牛皮碗"。
我这脾性啊，
只怕当官的迟早会把我退回田。

大敞心窗说亮话，
"驻村"把我当儿骂。

县区七站八所"十大员"，
谁不带口粮离家田？

农家子为了甩锄镰，
多少人暗走后门贿色钱？
如今好运在召唤，
你却挑三拣四不朝前。

三个理由更是傻蛋之见！
三个理由更是傻蛋之见！

"大呼隆"想让乡亲们都不愁"两稀一干"，
除非你是下凡的神仙。
你做一名苋菜籽样植保员，
见识不过几丘田；
你当一个萝卜籽般小队委，
语音只响毗邻间。
若到坛石做报道嘞，
蹲点见识一个村，
新闻一写响全县。

你现在端只"泥饭碗",
想读书先要问锄镰;
若到坛石做报道嘞,
夜读日写可遂心愿。

至于向善求真的拗脾气,
哪会官官嫌!
若是官官嫌,
是谁把你点?

三
再解心结是老井,
挑泉路上石惊魂。

那天挑水去泉边,
块块凹石把路串。
往日踩它无感觉,
此时看见心一颤。

《凹石叹》

岁月十百千,
阶石损凹穿。
祖辈们劲脚穿石能怎样?
一代代晨昏担水在原点。

家乡小小井,
岁岁围乡亲。
水桶晃荡了千年缸又渴,
陡坡攀爬了万遍旱仍近。

挣扎再挣扎,
就是难脱身。
走不出这小小的井台啊,
转它一万年,
还是贫穷运。

村井水呐困星辰,
尺寸牢哟囿夏春。
人脚深深石刻印,
哑哑石印呼脱身:
冲出痛苦的老圈圈,
把那幸福的新浪寻!

水桶靠边表走笔,
揣怀送政审。

四
有人传,
若过支书政审关,
红包一送字即签。
红包不送亦能成,
只要送包烟。

傻牛嘴里不抽烟,
苦仔兜中没有钱,
两袖清风去盖印,
情由说罢坐一边。

默默支书看半天,
迟迟没把字来签。

笔头欲落又提起,
好为难!

支书去公社,
请示头上官。

五

(公社)书记哟,
看他外公的成分呐这字签不了,
看他父母的出身呀这章应该敲。
一敌一我两纠缠,
害我不知怎样好。

书记接了表,
展开细细瞧。

"县里要人搞报道,
干活当是第一条。
既然区里要他干,
不给放行也不好。"

糖没讨,
烟未要,
更不索红包。
政审过了关两道,
红章笃笃敲。

六

井蛙跳到小溪里,
才见小溪更好嬉。

第三集
两栖牛
（第二十一章至第三十二章）

区县两栖牛，
耕田汗雨流。
响鞭抽到骨，
忍痛不回头。

第二十一章
新家暖[1]

蹲点蹲进家，
心心相融化。
化到情深时，
非家也变家。

一

山村书记杨仁怀[2]，
年近六十无后代。
他把村民向富引，
村民上路喜他带。
最愁班子有矛盾，
榆木疙瘩难解开。
难解之时想不通，
便提脱担图轻快。

书记之妻小金珠，

做得一口好饭菜，
田头蔬果经她手，
碗碗变出美味来。
这次来了蹲点组，
就餐也把她家爱。

壁上贴一搭伙表，
谁来吃饭写明白。
餐餐记账月中清，
从未有人欠饭债。

二

组长会多事也多，
队社区县频奔波，
来来去去如穿梭。

毛子农行任会计，
每逢结账回区里，
唯有农活精不起。

老姜原本是文书，
大小事情不做主，
上级无错他无误。

蹲点蹲熟农门道，
后生常爱跟我跑。

啊呀呀，
一铺单人床三尺料，
两人挤一起也嫌小。

---

[1] 一到坛石，区委即安排我到大桥公社文山底（又名文三里）大队蹲点。我问区委书记杨芝荣："我是县广播站的驻区报道员，怎么去蹲点？"杨答："区社十大员，谁不去蹲点？点上出经验，你可以多报道嘛！"无奈，只得听从领导安排。蹲点组共4人，组长是区委书记杨芝荣，组员是区委文书姜遇周、区农行会计毛甫声和我。

[2] 文山底大队党支部书记有两个名字。本村人叫杨仁怀，我和当地年轻人一样，叫他仁怀叔。大名叫杨善贵，对外对上用此名。

暑天午睡来了四，
咋睡好？

有了有了，
窄窄木床前，
再排凳两条；
凳搁脚与腿，
床躺头和腰。
嗨，
汗香挨汗香，
泥脚亲泥脚；
个个横着睡，
居然香梦飘。

三
仁怀叔呀年纪老，
挑水怕伤腰，
桶儿大改小。
见此我每天起个早，
挑出大水桶，
缸水我来包。

仁怀叔呀村事忙，
菜园锄影少，
郁郁长荒草。
见此我挥锄迎拂晓，
铲除片片草，
留下棵棵苗。

仁怀叔呀，

灶膛不够烧，
欲买缺钱票。
见此我们上远山，
抡起砍柴刀。

每逢劳作归，
两老脸生笑。
老人欢笑我欢笑，
脸笑更心笑。
为了看到更多笑，
我夜来伴两老，
冷暖同一巢。

住杨家就像住家里！
住杨家就像住家里！
做事脏了衣，
珠娘抢去洗。
无须我备下餐菜，
不用我愁明日米。
冬日回来迟，
锅中冒热气。
夜归门不闩，
脚响灯明起。

那年头的我啊，
每载可吃六个蛋，
端阳立夏各尝三。
端阳中午品，
立夏吃晨餐。
那年立夏吃了蛋，

蛋劲冲冲去上班。
谁知来到文山底,
两老下厨又煮蛋。
四个啊,已中餐!
四个啊,已中餐!
我活廿几岁,
立夏中餐还没吃过蛋。
我活廿几岁,
一次还没吃过介多蛋。

这是两老舍不得给自己吃的蛋!
这是珠娘摸了一遍又一遍的蛋!

两老年衰营养欠,
更需鸡蛋补康健。
这蛋我咋能吃啊,
再三感谢我推开碗。

一推两老停了笑,
二推两老口无言,
三推又四推啊,
两老泪涟涟。

接过蛋一碗,
笑开两老颜。
可我呀,
吃湿了亮眼眼。

四

自从住进杨家巢,

两老精神格外好,
话声渐响亮,
走路变轻巧。

有晚田头荷月归,
客人一见喜而叫。
"啊呀呀,
你家儿子介大了!"
仁怀叔呀一声叹:
"我若有此儿,
死了也会笑!"

这一叹啊,
飞进我心绕又绕。
这一叹啊,
激人心海起新涛。

一邻知叹意,
向老献一计:
何不将元俭,
收留做"老倪"(干儿子)?

我家无积蓄来无家产,
两老病多生计艰。
若把"老倪"招,
"老倪"只有苦来没有甜,
"老倪"没有顺来只有难。
拉人陷苦潭,
到死心难安。

此言传耳里,
心浪又激起:
仁怀叔呀,
你像我的好父亲,
当你的"老倪"我愿意!
不过啊,
得等支书卸去再来提。
那时你权无势也无,
更需一"老倪"。

五

红辣椒挂绿树,
白萝卜出黑土。
豇豆长龙须,
南瓜睡地铺。
新畦儿菜籽落,
小伙子又挥锄。

六

蹲点蹲入心,
蹲得双干亲。
仁怀叔卸任之后啊,
有病我探望,
缺钱我分薪。
每年正月初一临,
谁是倚门盼子人?
先到文山底,
接着是本村。
亲亲两处走呀,
只是难分身!

年年如此几十载,
直到干娘干爸永安寝。
啊,
心泉小小一滴水,
难报相逢海样恩!

第二十二章
英雄误

一

当上广播人,
新闻成至亲。

有天读到一年轻,
浪里救人献己身。
敬慕英雄惜早逝,
叹声起处生疑云:
报上英雄汉,
原一弄浪人,
为啥入水后,
却会献青春?

此类英雄常有闻,
邻家老舅说缘因:
阎王要勾多少人,
每日如数要归阴,
救者成了替死鬼,
人生难避归天运。

二

鬼天虽好听，
哪可当真经？

家乡有座猪羊岗，
入夜幽幽出鬼精。
啊，
一天野外归来晚，
果见摇摇鬼显形。
锄紧捏，
眼牢盯，
近前欲打笑无声：
鬼精原不鬼，
风月弄松影。

一次夜深进大山，
鬼灯忽现古坟边。
邻叔一见心儿颤，
邻弟瞧着信鬼言。
我见鬼灯迎而上，
鬼灯怕我竟退远。
啊呀呀，
此坟被盗残痕露，
或是游磷亮夜天……

不怕鬼，不迷神，
不信阎王在管人。

英雄早逝是何因？
惑惑疑团挂我心。

三

暑天中午欲安寝，
两耳忽闻呼救音：
"有人跳潭，快救人！
有人跳潭，快救人！"

应声而射箭出门，
向那溪潭飞我魂。
长裤脱，
衬衣扔，
奋身一跃入潭沉。

四

我的一点狗刨术，
练自家乡小水库。
乐呀，
穷家孩子少拘束，
常恋夏天清水扑。
岸上炎炎库里爽，
天天戏水寻舒服。
虽然没有拜师傅，
多练也能沉又浮。

五

水是乐人的佛，
水是吃人的魔。
魔口夺人还给佛，
争分抢秒不容拖！

六

一跃入水里,
竟然不由己!
一心救溺者,
手脚却无力;
原想搏魔恶,
呼吸却窒息;
刹那间肝肺即将炸,
头脑里忽出临死意。

此时溪水若湍急,
我必随流去;
此时枝杈若钩我,
我必死潭里;
此时若是头朝下,
我会死于憋;
此时潭水若深深,
我哪浮得起?

呀,
远距离冲刺使完力,
近休克跳潭犯大忌。
犯大忌啊,
自救尚无力,
救人脱险何谈起?

呀,
深水有情义,
极柔软的胸怀时刻等着你;
深水无情义,
永封闭的心注可以秒杀你。

七

幸好无山洪,
水流浪不急;
幸好潭清洁,
无枝钩内衣;
幸好潭深约四米,
速沉几秒就触底;
幸好跳潭脚向下,
反弹得以头先起。
头一上水面,
开口忙呼吸。

忙呼吸!
忙呼吸!
肝肺复原不胀裂,
眼开又见天和地。
嗨嗨!
傻子还活着,
死神把我弃。

气吸足,
劲攒齐,
猛子扎扎水不欺。
潭左无人摸潭右,
潭面无人摸潭底。
摸了一遍又一遍,
一"腿"突然触手里。

用劲顶着浮水面,
呀,
跳潭的竟是你!

七亲八戚抬身起,
牛背卧人把水沥。
抢救半天人不动,
磨失一角红花衣。
穿花衣者杨作花,
花朵随波离。

默默村人泪,
滔滔山里溪。

八

重提那日事,
可解惑人疑。
报上英雄冲刺百米救溺者,
化龙非鬼匿。

啊,
我若那天死水底,
一男一女真凄丽。
她未嫁来我未娶,
鸳鸯幽会在潭里。
但愿这样的民间故事呀,
断根蒂。

九

《水里救人谣》

有人若是水中溺,
施救之方君要记:
人命悬须臾,
救生以秒计;
救人器具快拿起,
竿棍桨网都适宜。

身边无有救人物,
莫忘聚集气与力:
潜水不能气不长,
踏波不可力难继;
急冲之后近休克,
入水之前须顺气。

气顺力足下水去,
踏波如履平原地。
英雄无恙山河庆,
溺者重生天地喜。

第二十三章
内垄搏

一

高山巍巍藏低丘,
先进赫赫隐落后。

第三集　两栖牛

文山底的内垄队，
积弱积贫盼致富。

寥寥十几户，
户户一堆苦。
垄外人家饭有干，
垄中碗筷口难糊。
最可怜是杨祥有，
幼囡"嫁"担谷，
锣响牵衣哭。

内垄呀，
干部来了一个个，
一条小路没宽过；
先进学了一个个，
一只钱袋没实过；
队长换了一个个，
一碗薄粥没厚过。

二
蹲点先行村，
最难落后队。
严傻不怕难，
扛起背包进垄内。
民兵连长杨发祥，
自愿进垄将我随。

垄边山与岭，
送我急急行；
垄口大樟树，
枝摇将我迎。
那垄里男和女呐—
近者笑盈盈，
开门让板凳；
远者瞧新面，
悄悄咬耳灵……

北风啸啸呼，
催我串农户。
一户又一户，
无房安我铺。

无处把床铺，
队长难色露。
呀，
郁郁到村尾，
转出一小屋。
屋门柴钉就，
门内也清楚。
"队长啊，
此屋空荡荡，
可否借咱宿？"

"小小堆肥屋，
低低又龌龊，
讨吃的也不居，
干部怎能住？"

"干部本姓干，
不姓嬉和福。

111

只要躺得直,
一床就可铺。"

借我两条长凳三块板,
送来几束稻草铺一床。
床基虽不平,
垫垫就无响。

墨尽瓶儿在,
煤油装半两,
灯芯土纸卷,
夜到送光芒。

几块破砖垒个灶,
干柴一把火苗旺。
杨子操锅铲,
严傻控灶膛。
饭配萝卜丝,
两人也叫香。

戴月去家访,
披星回小房。
上床就睡去,
一觉到天亮。
天亮下田去,
锄头肩上扛。
干活往哪去?
难住了杨发祥。

三

杨子虽然将我随,
户籍还是在三队。
干活在内垄,
谁把钱粮给?

干活一样累,
有异是分配。
在内垄干一天只挣三毛钱,
在老家干一日所得超两倍。
杨子并非薪水族,
哪能日日都吃亏?

父母不高兴,
老婆也反对。
发祥难干久,
只好回三队。

四

人吃饭,
稻啃肥。
那肥啊向外购求没有钱,
免费的深深藏在垄塘内。
垄塘久未清,
水浅塘塍坠。
车尽塘中水,
淤泥即好肥。

月下柴屋眠,

起床星眨眼。
进村转个圈，
尚未见炊烟。
来到队长家，
步停窗户前。
轻声叫队长，
吹哨把人唤。

一副畚箕担，
下塘我在先。
挑泥挑到日出山，
歇担回"家"做早饭。
早饭吃了又下塘，
收工归户烧中餐。
中餐吃过碗一放，
又伴塘泥上竹山。
一日烧三餐，
日工加早班，
严傻呀，
内垄新添的"光棍汉"！

脚上鞋一双，
脏了洗未干。

赤脚下冰池，
因没鞋替换。
挑着脚不冷，
歇下刺身寒。

全队男和女，
都来跟我干。

起将旭日催，
歇把月光追。
厚厚淤泥运竹山，
竹山铺上一条被；
厚厚淤泥挑垄田，
垄田施下一层肥；
厚厚淤泥出嫁去，
腾出位子迎春水……

五

北风转南风，
桐花替梅花。
奉命外出另有事，
事完进垄再无"家"。

原来呀，
田动备石灰，
石灰怕雨打，
柴屋虽陋避得雨，
担担石灰把这霸。

元俭被席在哪放？
严傻锅铲在何方？

"锅铲在厨房，
被席在上堂。
垄南队副家，
有你好家当。"

笑颜队副杨,
快口热心肠,
初来赠我红萝卜,
后继送严白菜秧。

推门见上堂,
一景湿双眶:

祭拜祖宗处,
新床六尺长;
一层厚厚草,
板上发清香;
干净青青被,
方方正正放。

啊呀呀,
他把上面派来的干部当祖宗,
我咋做才对得起如此好弟兄?

附:《内垄搏》补韵

离开内垄三十九年后,
来一电话喜心头:
"楼房新建就,
请你喝杯酒!"

主人名叫杨金塔,
破矮瓦屋逢雨漏。
今日应邀到内垄,
小车直到他门口。

家家有路通山外,
户户一新住靓楼。
啊,
当年小小贮肥屋,
只在村民话里留。
唯有垄头樟树王,
迎风飒飒道春秋。

新楼对酒忆当年,
感叹多多响垄沟:
我们这几代呀,
赶上了好时候!

第二十四章
花艳艳

一
日挖内垄田,
夜睡香几[①]前。

食虽无酒肉,
碗里蔬常换;
眠虽无垫棉,
草厚身心暖。

---

① 香几:房屋上堂高高的条状桌子,用于祭拜祖宗时摆放香炉和祭祀物品。

二

床上草初温，
出门人有问：
"小严呀，
艳艳垄中花，
香香你可闻？"

呵，
野趣不嫌山，
清芬不断天：
去年刚进垄，
茶绽白屋边；
腊月挑塘泥，
梅开红岭前。

呵，
秋桂冬梅诗者夸，
农人高看梧桐花。
见它一绽放，
便把种播下……

回话尚未了，
对方现贼笑。
笑得好蹊跷！
笑得好蹊跷！

疑云脑里萦，
新问又来临：
"内垄花儿好，

好花可爽人？
内垄花儿奷，
好花可上心？"

我爱茶花勤，
采枝伴我行；
我喜梅花倔，
采枝挂窗棂；
我敬桐花信，
采枝插地塍；
我伴杜鹃红，
满山如火腾……

"说你傻，
你真傻。
垄中有好花，
养在祥书家。
含苞欲绽放，
盼你去摘它。"

啊呀呀，
老友争说花，
说的竟是她！

三

队副有一妹，
当年正妙岁。
我到深山内垄队，
身前身后她常随。
我挑塘泥前面走，

她踩健步后头追。
割稻耘田①我下腰,
施肥除草她弓背。
晚上社员会,
我她灯下对,
相逢向我微微笑,
背后怨人脚太贵(到她家太少)。

自从住进她家来,
日日笑颜对我开。
她与嫂轮流做饭菜,
我和她早晚同勺筷。

她自卧房去灶间,
必经我铺前。
床上我安眠,
似闻轻步转。
凌晨好几次,
偶尔停床边。

近日干活时,
有人常戏言:
"你说小严好,
何不嫁小严?"

---

① 耘田:下水田为稻苗耙土除草施肥。我刚当社员时,耘田用的是祖宗传下来的多齿耙(像猪八戒的钉耙),多的八齿,少的五齿;推行密植后,改耙耘为手耘;大包干后又改为耙耘,后来又改为使用除草剂,近年已没人耘田了。

"人家是干部,
不是我能攀。"

这些话苗儿,
当时没往心田种,
今日一思似有缘。
单我独她隔道门,
干柴近火岂无燃?
啊呀呀,
观者易生疑,
常人谁不言!

四

有晚把"家"归,
祥书迎上来:
"我妹难说美,
干活并不赖。
下田能担两箩谷,
开灶可烹千样菜。
你如有此意,
我妹心花开。"

你家待我亲,
我谢你家恩。
只是呀,
前年我已把婚订,
也是山村苦队人。

好言美意敲心锣,
再住此家觉不妥。

自此又眠两老家，
晨昏不厌翻山坡。

五
弹花师傅无光锤，
苦地微官有美妻。
人见严傻尚未娶，
诱人红线纷纷提。

姑娘再靓丽，
傻子不能依。

六
风声传到家，
我在挑村花，
父母得知笑哈哈：
"我儿若是那般人，
岂不早结满地瓜！"

七
亲订花，
远离开；
垄中花，
我不摘。

一群同代人，
玩笑随心开：
"你有意中人，
如何谈恋爱？"

诚人无假话，
实事向明摆：
对象命安排，
媒人牵线来；
相见脸飞红，
从没谈过爱；
双方都认可，
就把"帖儿"①开；
见面只一次，
订婚已两载。

"你的那朵花，
容颜一定把村盖？"
若是盖村花，
轮不着穷汉摘。

"你那好亲家，
有权又有财？"
男做匠人女种地，
祖传已几代。

"女嫁男婚大事体，
好中选好是明理。
百花争艳任人选，
何不自择丽上丽？"

---

① "帖儿"又称"压帖""开八字"，是定亲礼书。先由男方将小后生出生的年月日等基本情况写在红纸上，交给女方；女方若同意，就在男方后面写上姑娘出生的年月日等基本情况，然后选个吉日，回送男方。

见花心不移,
只认入心理:
做人贵在有真气,
当干部更不能贪色利。
再说呀,
订亲红纸上墨香尚未淡,
怎能够单单淡了我情义!
拿锄时她把我看得起,
捏笔日我将她怎可弃!

八

"说你傻,
你真傻!
有花在手边,
顺便不摘它。
一旦机遇失,
好花香别家。"

这朵花哟那朵花,
该香哪家香哪家。
办了婚事来蹲点,
从此无人再荐"花"。

九

《未婚青年当干部》

白天哟生计之索缠人身,
夜晚呐爱情之花开众心。

未婚青年当干部,
到处都有荐花人。
多少人啊,
见花亮眼迷,
闻香慧脑晕,
新枝到手弃原枝,
终把欢心变恼心。

未婚青年当干部,
到处都有荐花人。
学做人啊,
见花眼不迷,
闻香头不晕,
当采即摘我选一,
一生艳艳伴身心。

第二十五章
人飘飘

一

蹲点十天超,
进村狗不叫。
蹲点一冬超,
进村有至交。
蹲点半年超,
进村人竞邀。

七月稻成熟,
微风浪起伏。
呀,

满畈黄金色，
行人也羡慕。
归箩一过秤，
增产一成五。
全社增幅咱第一，
家家腾柜装新谷。

二

内垄脱贫起了步，
老杨给我增任务：
抓好内垄带外垄，
其他也须常帮扶。

瓦窑队、黄金温，①
哪里有呼往哪奔。
脚正何愁路打弯，
腿勤不怕山隔村。

一天夜里过十点，
我在农家尚未还。
等啊等，
老杨怜我一声叹，
面对支书吐感言：
"社会若安稳，
好苗在眼前。"

仁怀叔悄悄传此言，

---

① 外垄、瓦窑、黄金温，是三个生产队的名称，也是自然村的名称。

我心窃喜劲头添。
白天脚入农家院，
夜晚心牵村里田。
日日奔忙身不累，
人逢美誉梦常甜。

三

难忘的一九七六年九月九啊，
天崩地陷一星坠，
从此中国无万岁。
伟人逝世亿心忧，
掌舵新星将是谁？

北京的天，
阴霾的天。
家山也看天安门啊，
就怕天难安。

我是一头恋地牛，
从来各派不沾边，
只是前程渺渺啊，
也忧犁路乱，
更怕无情鞭。

霹雳一声响桂月，
人传喜讯我开颜。
北京打倒"四人帮"，
治乱曙光现。
曙光现，
我所盼。

嗨呀呀,
老杨调县管计委,
老某来接老杨班。
时势对咱大有利,
友人见面问升迁。

四

区委新新工作组,
匆匆进驻文山底。
那工作组啊,
逢人"分线"定红黑,
日夜"抓纲"无止息。①
忽一日,
老某点名要我去,
追踪电话声声急。

想起那天他上台,
第一会上说明白:
谁干最出色,
提拔谁最快。
嗨嗨,
想我蛮出色,
莫非好运来?

五

前程红火火,
一路想多多。

城里居民不种地,
定粮稳稳少挨饥;
乡下农民累断腰,
借粮岁岁到城里。①
若是将咱把干提,
在咱的权力范围内呀,
要让种粮的兄弟们锅有米。

城里娃无不拿书笔,
乡下子未绝扛重犁。
若是将咱把干提,
在咱的权力范围内呀,
要让农家娃有学可上读得起。

同在乡村卖苦力,

---

① "抓纲",即抓工作以阶级斗争、路线斗争、道路斗争为纲。这是当年最符合上级要求的工作态度、工作作风、工作方法。在实际工作中,往往找不到阶级斗争、道路斗争的实例,那就以路线斗争为纲。"分线",就是分辨谁是"红线"的人,谁是"黑线"的人,这是当时某些领导的一大法宝。

① 那时,城里人凭粮票买粮,一般都不敢放开吃,紧紧巴巴,看米端碗。他们有粮可借,原因有二。一是国家粮票一季一发,第三季度的粮票6月底就发到户了,而7月20日之前的农村正值青黄不接之时,城里人可以将本季后两个月的粮食借给农村的亲友。二是国家粮库是"卖了陈粮贮新粮,新粮陈了进饭碗",城里人很难吃到当年新粮,而乡下亲友归还的大米都是刚登场的,有一股清香,因此,城里人也乐于借粮给农民。大包干之前每逢青黄不接,我就是众多进城借粮者之一。

报酬一比气煞你。
雇用的七员八员碗姓泥,
出出进进随官意;
分封的这官那吏端牛皮,
成倍的工资加福利。
若是将咱把干提,
在咱的权力范围内呀,
绩效联薪是正理……

呀,
佛生怪病我思医,
世有缠麻我欲理。
地厚天高我不知,
人飘飘哉雾迷迷。

一路飘,
一路喜,
逗着小鸟上青山,
吓那微鱼溅小溪。①

啊
那带着桂花香的京风吹到山里,
一朵山谷云竟飘飘然啊飞天际。

---

① 那天我在吴村公社采访,突然接到区委办公室通知说,区委某书记叫我立即到大桥公社二楼会议室去,有要事。吴村到大桥25里。当时交通不发达,赶路主要靠走。

六

大桥公社院子里,
往日多人气,
今天好静寂。

路经干部办公室,
往日招呼起,
今天门尽闭。

那等我等急了的老某呵,
往日见人笑,
此时脸板起。

那新新工作组的组员呵,
人人都到齐,
面面如仇敌。

哎呀呀,
进门前的我飘飘然啊飞天际,
进门后的我一下跌到迷窖里。

七

《顺天顺地谣》

你的头上有片天,
你的脚下有块地。
你想怎么的,
天不任由你,
地不任由你!

罩到你的都是天，
载着你的都是地。
你想怎么的，
顺它才由你，
拗它不由你！

第二十六章
坠深渊

一

云遮日闭黑了天，
地陷山塌一瞬间。

老某啊，
威风凛凛上台站，
雷电劈劈炸眼前：
今日召开内部会，
大家来救严元俭。

严元俭，
严元俭，
我代表组织问你言：
你在文山底到底干了些什么？
希望你竹筒倒豆莫隐瞒！

人穷死不惧，
哪怕乌云起。
回答只两句，
音量胜书记：

"问我干什么，
请你听仔细，
大干社会主义！
大干社会主义！"[①]

墙根乱蚁爬，
窗外青山立。

当时我缺知少智心多蔽，
自以为所干为民皆有理。
今天看起来啊，
当年我包产到人不敢试，
想大干却缺内动力；
当年我弃农经商也去批，
想为民却坑民之利……

二

答言出我心，
一霎静无音。
只闻室内一钟长短针，
微响走时分。

钟啊，
自个无舌日夜吟，
安些假腿转圈进。

[①] 当时的我无知也无畏，竟理直气壮地大叫大喊自己在大干社会主义。可惜当时的区委某书记比我还"左"得可怕，他也没有认识到什么才是真正的社会主义，一时被我的所谓"大干社会主义"唬住了。

厂家有艺你精确，
造者无格你不准。

微差不校正，
长错倒阳阴。
胡吟乱走的钟啊，
任你定时谁会信？

三

室内钟嘀嘀，
嘀嘀长不息；
窗外虫声寒，
寒声忽峻急！

"什么大干社会主义，
全是假积极！"
组长任重不容寂，
心火腾腾出语厉。

我愤怒，
我反击！
"你得摆证据，
啥是假积极？"

啊，
出名的血吸虫病老疫区，
就有文山底，
官儿到此多多少，
赤脚下田是禁忌。
呀，

涉水恐得病，
有谁不想避！
可我，
插种耘田割稻子，
哪一天不与农民泡一起！
这是假积极？
头上照着大太阳啊，
咋昏天又黑地！

背两段"最高指示"，
讲一通"马列主义"；
人家呀，
事实不用摆，
出口是真理：
"凡是人群居住地，
路线斗争必定从头贯到底。
'四人帮'的黑线连着文山底，
你与篡党夺权者沆瀣一气！"

天啦，
恶狗把好人咬了个血淋漓，
却摇摇尾巴向养者表功绩。
那养者不罚恶狗反把好人欺，
硬要那好人交代偷了啥东西。
这故事呐为何扯肺揪心，
这世间哟为甚荒唐怪奇？

塌了天，
地在陷，
房桌草木团团转……

"四害"大黑线，
竟然把我串！

四

想当年从上到下学毛选，
大潮里浪花高溅有勤俭。
江山"一点带十点呐十点带全县"，
欲让哲学花啊处处都开遍。
哪知斗争哲学的棍棒易伤人，
被伤的人啊有的怀恨在心间。
"四害"倒台揭斗查，
层层连线到勤俭。
勤俭支书姜汝旺，
批批斗斗进牢监（若干年后金华法院判决：无罪释放）。
再连"十点"党支书，
九个遭缠倒"线"前。
剩一杨善贵，
尚掌背时权。

区头曾有问，
就在几天前：
"那个杨善贵，
为何不批判？"

唉，
正喜帮除肃旧毒，
偏忧剧闹造新冤。

五

说起杨善贵，
亲民一村官：

一对脚，
没得闲，
走田间哟看稻麦，
串农户呐问饥寒。

一双眼，
光闪闪，
路正路邪心有数，
是人是鬼能分辨。

一张口，
少语言，
一旦有承诺，
尽心去兑现。

一副腰，
常常弯。
田头地角育新苗，
医院农家看病员；
修路搭桥建校舍，
挖渠筑坝造公田……
上头任务千斤重，
村里民生大过天。
重担在肩一日日，
那腰是铁也压酸。

第三集　两栖牛

忘不了啊那一天,
天将放亮进厨间,
他上锅台腰背弯。
手扶墙壁水缸沿,
寸步一挪趋向前。
见此我将硬汉搀,
劝其康复再出山。
仁怀叔说:
"不要紧的,
出门一走就没疼,
血脉一活就不弯。"

扁担上肩我挑水去,
竹帚在手他扫庭院;
他做麦疙瘩上锅台,
我烧柴棒火蹲灶前。①
吃饭同一桌,
干活共下田。
掏心话说了多多少,
深知他人好心也善。
这样的人呀,
咋批判?

他对我曾说想让贤,
我劝他再干两三年。

---

① 仁怀叔的老伴因身体不适,起不来做早饭,早饭由仁怀叔和我来做。小金珠娘单独睡一小卧室,我与仁怀叔睡一小卧室,一个小卧室勉强挤得下一张床。

说他想篡权,
岂不出奇冤!

欲要把人陷,
哪儿无险坎?

记得伟人逝世那一天,
老人对我悄悄言:
这年头呀实在乱,
弄不好改朝换代在当前。
这句话若从正面解,
说明他绷紧了斗争的弦;
这句话若从反面看,
可疑他上下帮派线牵连;
这句话若断章取义搞揭批,
好人也会下深渊。

那年月呀,
干掉下官如反掌,
上纲上线"一锅端"。

不能揭,
切莫言!
对鬼岂能诉人话,
一言不慎千古冤。

六

"勤俭带十点,
十点连黑线,
某书记啊,

其他九点均完胜,
你处啥时捷报传?"
县里催区里,
区头来督战。
来督战,
先将阻路的石头搬。

"文山底一关战不顺,
'挡路石'就是严元俭!"
工作组长某某某,
抓纲把我挂"天线"。①

杨善贵是好支书,
以前我信他,
现在还褒他。
将来只要嘴还在,
还是这些话;
将来只要命还在,
还是要褒他!

窗外鸭子嘎嘎嘎,
身边组长吓吓吓:
"夜黑临断崖,
劝你别盲跨。
组织挽救你,
你要快勒马!"

---

① 新建的区委工作组组长将我上挂到天,说我是"四人帮"那条线上的人。

你们不是想知道我在文山底
干了些什么吗?
莫问我,
有劳你,
请你去问问文山底的男和女,
请你去问问文山底的田与地!

"要问,
要查!
要让革命路线,
在文山底真正当家!"

七

"断崖帮救"暂歇气,
纪律新宣你要记:
区干全居大队屋,
不能再住农家里。

量身定做的金纪!
暗设机关的妙计!

纪律宣布毕,
跟着真玩意:
"会后大家出点力,
帮帮元俭搬行李。"

几个人回到文山底,
拥着我直奔我宿地。
这个捧笔记,
那个把袋提,

分分秒秒夹着我，
把那新家速速离。

八
一行行，一句句，
谁在逐页审看我的纸头和笔记？①

我好气！
我与村民水水相融难分离，
他们却把我当"奸细"。

我惊奇！
往日老A对我笑嘻嘻，
如今见我脸绷起。

莫惊奇，
休生气。
静我喊冤心，
看他演好戏。

我回忆，
我梳理。
我没做过害人的事，
我没出过做鬼的计；
派帮得势日我不高攀，
帮派拉拢时我没附丽；

---

① 我从来没有写过日记，有什么事、有什么想法都随手记在笔记本上或纸头上。

只将自个几滴血与汗，
去换乡亲一碗干和稀。

任你细细挖，
任你深深掘！
你就是把每一页文稿都抠出水，
也不会有见不得人的字和句；
你就是把每一本笔记都翻个烂，
也不会有你们需要的言和语。

记得前夜里，
硬汉曾说起：
孩子，
公公对媳妇不钟意，
泡茶也有滚汤气；
书记若对你不钟意，
你就是一心一意为村民啊，
也说那是假积极！

九
虎豹牧羊羔，
要吃随意挑。

十
小严一个微微鸟，
元俭一棵小小草。
微鸟欲飞云样飘，
却被篾笼包。

小草欲长人样高，
却被恶虫咬。

被辱处瞧瞧墙根咬不死的草，
得烦时望望窗外脱笼飞的鸟。

十一

《"线"谣》

听我跟我的是"红线"，
不听不跟的是"黑线"。

线线线，
缠来纠去片扯片，
纠去缠来年复年。

冤冤冤，
地狱天堂刹那间，
敌人朋友混浊天。

天上放了多少无敌的线，
人间就有几多无辜的冤。

十二

呀，
云飞天上有风送，
雾困山间被谷控。
那坠入深渊的一朵朵啊，
时时盼好风。

第二十七章
离新家

一

举旗高高某书记，
南领北导揭斗批。
呀，
令我停职写检查，
就从现在起。

"严元俭，
你老实交代不能虚，
倒豆的筒儿需见底。
若有隐瞒不倒尽，
我们发动群众再揭批！
你若妄想做漏网的鱼，
除非天反作地！

同志们，
高高举起路线斗争这面旗，
我们所向全无敌！"

二

大书记想揭批，
傻耕牛忖下地。
大书记一出村，
傻耕牛抬脚起。

"你要干什么?"
"去瞧内垄地。"
组长手比比,
示意回屋里:
"你要揭发黑线的来龙去脉,
你须交代夺权的阴谋诡计!
你须交代你连下面谁,
你要说清上面谁连你!
不管他们是谁,
一锅端到底!"

要我交代夺权的阴谋诡计,
可我不知事实在哪里。
要我揭发黑线的来龙去脉,
可我不知事实在哪里。

三
茶水杯中凉,
组长来望望,
桌上啊,
白白纸几张。

旭日升头上,
组长来望望,
桌上啊,
白白纸几张。

落日掉山岗,
组长来望望,
桌上啊,
白白纸几张。

月影移东墙,
组长来望望,
桌上啊,
白白纸几张。

四
组长啊,
你陪元俭不得息,
形影不离真不必。

组长啊,
书记说老实交代不能虚,
我向你竹筒倒珠见个底。

"欢迎你断崖勒马,
支持你反戈一击!"

老实交代呐我为民做事无诡计,
竹筒倒珠哟我怀里藏心无污泥。

"劝你休当茅坑臭石,
冥顽不化恶果自食!"

五
同屋一组员,
共事已两年。

这两年，
社员会议我发言，
他也在其间；
进家入户访民情，
他也在其间；
青年夜校我讲课，
他也在其间……
两年说话多多少，
可有一言为篡权？

这两年，
我下地干活他碰见，
我拼搏内垄他曾见，
我与村民水水相融他常见……
两年实事多多少，
可有一桩为篡权？

这之前，
每次相逢他皆笑脸。
此刻啊，
我危难之际盼他援！
可他不仅没说公道话，
反查我"罪行"把笔记翻。

六

噩讯家乡来，
耳听心更听：
吴村公社南塘村，
有个后生脑子灵，
无奈欲吃猪肉昏了头，

造张假票肉摊行。①
呀，
摊主生疑见破绽，
扭拘公社审灵清。
可怜可怜，
进去一条汉子活生生，
出来一具僵尸冷冰冰。

我今失自由，
会否危及命？

床上如藏针，
梦中人震惊。

七

醒来窥见窗前月，
明月纯纯好皎洁。

《欲向黄河还月色》

啊呀呀，
黄河在下月当顶，
月色河颜本两明。
欲向黄河还月色，
浊流万里靠谁清？

---

① 当时凭票买肉，每张肉票分四两、半斤、一斤、两斤不等。那年月买卖用老秤，一斤十六两。十六两等于500克。

靠谁清？
靠谁清？
我力虽微不要避，
澄时有我才该应。

月亮啊，
浑浊流容不了你的白，
仰望者都知道你的明。

月亮啊，
你照着我泥土心，
你给了我温柔情。

八

大队支书（仁怀叔）来看我，
工作组长挡在门外不发火：
"小严正在赶材料，
有事你先告诉我。"

大队会计（徐绪光）来看我，
工作组长挡在门外不发火：
"小严正在赶材料，
有事你先告诉我。"

民兵连长（杨发祥）来看我，
工作组长挡在门外不发火：
"小严正在赶材料，
有事你先告诉我。"

村民纷纷来看我，

工作组长挡在门外不发火：
"小严正在赶材料，
有事你先告诉我。"

随心所欲的材料呐，
一页页，
一摞摞，
他们或许在梦中看见过。

篡党夺权的诡计呐，
一个个，
一波波，
他们或许在梦中看见过。

九

路石敲不破，
只好暂挪挪。
区办口头命令我，
离开此地即搬窝。

十

呀，
老天塌下压山云，
牛背黑团重万钧；
凶神猛打无情鞭，
伤我骨来伤我心。

黄河月色谁来分，
牛路迢迢往哪寻？

十一

　　嘴唇发泡呐母亲知我的心火旺,
　　心火须消哟娘煮苦瓜干给儿尝。

《苦瓜》

呀,
苦瓜苦己不苦汤,
千苦万苦自心藏。
内敛的性格谁在学?
愿将苦苦化清凉!

嘴泡为啥发,
心知口不讲。

第二十八章
"保现行"

不容我在文山底出力,
我就回归县总站拉犁。
这头牛呀,
日日没歇气。

一

大响嘴现身街巷大樟树,
小音匣串起城乡小住户。
当时县里报没办,

唯有喇叭日日开喉不辞苦。

毒从心出!
"四人帮"控制喉舌的岁月,
县喇叭哪个不将"帮气"吐?

祸从口出!
层层揭斗连黑线,
县站头头被挂住。

老祝啊,
被挂住非得"说清楚",
"说不清"就送你进小黑屋。

啊,
谁"口示"县站快快向上打报告,
把那"现行"帽戴上老祝瘦头颅?[①]

[①] "口示",即没有文件依据的口头指示。"现行"即现行反革命。原江山县广播站党支部书记祝某某从1976年底开始被隔离审查,"黑屋子"关过了,审也审了,查也查了,但还没对其做出定性结论。县里某领导口示县站打报告,强烈要求上级将其定性为"现行反革命"。

1977年初,我从文山底回到县广播站,主要工作有两项:采写新闻报道,联系、培训基层通讯员。不知什么原因,竟被县委宣传部某领导当成了"保祝者"。

二

为难呀烦心,
临时主持县站工作的老林[①]!

运动运动动频频,
动来动去动动人:
胜的往上升,
败的往下沉。

败的岂下沉!
咳嗽一声也有罪,
出门半步也严禁。
老祝他若被定"敌人",
这世道着实难做人。

老林老林,
虽有"临时主持"帽一顶,
却无官架近平民。
呀,
我稿写成送去审,
见他一脸罩愁云。

罩愁云!
这一报告不交卷,

上迫下逼位不稳;
这一报告若交卷,
落井下石心怎忍。

小严呀,
坐着这把破椅子,
屁股下头都是针。
我该咋对付?
请你掏掏心!

真从纯出!
纯而又纯的水,
看什么都清楚。

真从纯出!
纯而又纯的汉,
说什么都不顾。

老林呀,
国家宪法有规定,
依法判决是法庭。
"现行"帽子给谁戴,
自有法庭来判定。
这种报告无须打,
何必上级下口令?
老林呀,
批批斗斗不依法,
暗暗明明随欲整。
"四害"罪行此亦是,
帮魂不散路难行。

[①] 老林即林志刚,当时是"临时主持县广播站工作"的领导,又是稿件编审,本站记者和基层通讯员写的稿子都要经他编审签字后才能播出。

傻子掏心话，
老林侧耳听。
听罢叹长息，
笑颜脸上生。

笑颜生，
暴苦情！
皇帝穿新衣，
有谁看不清？

老林患脑病！
老林患重病！
长期住院呀，
从此离开县站不言政。

三
下面迟迟不把"现行"报，
上头惴惴不安某领导。
一次宣传会，
此官对我叫：

"严元俭，你不要嚣张，你的
问题还没有交代清楚呢！"
"我有什么问题？"
"你与祝某某是什么关系？"

那人曾是站头头，
与我从来风马牛。
虽然工作在同楼，
两不相知坐哪头；

有时碰面楼梯口，
一笑权当互问候。

此领导欲言语塞眼瞪瞪，
有个人奋勇跟进嘴尖尖：
"这个严元俭，
年年劲不减。
'四人帮'活跃他活跃，
性质很明显！"

他有连有挂口滔滔，
我无语无言心笑笑。
年轻没蹦跳，
病重早衰老？

钢琴眼看跑了调，
领导心清往正导：
"改天说你事，
先把会开好。"

四
会议回归原有题，
我心反把那人系。

老祝呀，
想当年，
你怀疑某某贪占广播线，
开尊口把他关了好几天。
去年底，
有人硬要你"说清楚"，

把你投进了小暗间!

老祝呀,
想当年,
你天天工作连轴转,
节日人休你在班;
你有权不让私心染,
不占不贪众口传;
你反腐挺身冲在先,
歪风邪气敢于管……
现如今,
好事千千都不提,
罪行累累往多串,
无年无月被隔离,
有子有妻难见面。

老祝啊,
你关别人时把己当青天,
别人关你日自称是好官。
当年的青天为何今日成"现行"?
今日的好官哪会把法丢一边?

颠颠倒倒的事实使我的脑晕眩!
倒倒颠颠的实事将咱的心搅乱!

五

宣传会议开完了,
屁股拍拍我笑了。

我笑那个"随风倒",
紧跟的步子也太急躁。

我笑那名部领导,
调研的本领算不得高。

六

苦笑不医心,
心结抑郁沉。

郁郁出城门,
登山解解闷。

啊,
梅本馨,
松本新,
霾暴一临全染尘,
有谁能独净其身?

只盼上天降好雨,
洗山浴水还原真。

七

中央急贯新精神!
中央急贯新精神!
派头不可把官升,
不管是谁都不准。
那"派官"以退求稳放一马,

老祝走出了"现行门"。

再不提严元俭的"保现行",
那是随风飘逝的浮天云。①

八
《权字谣》

"权"字手(又)持棍(木)②,
谁持天地分。

打人棍啊,
吃人血肉伤人心。
上下几千年,
冤杀无数人。

扛担棍啊,
横在铁肩负重任。

杠担是谁给,
为谁把汗淋。

人民给的扛担呀,
锤镰抬起往前奔。

第二十九章
回老家

一

"要确保红色江山色不褪,
绝不让黑虫混在喉舌内!"
严傻泥碗一只县站给,
老某进城敲碗不辞累。

"当年站里把他招,
手续审批都不少。
你要辞他也好办,
依规向上报材料。"①

新任站长几句话,
有情有理有分晓。
区头只好把头点,
砸碗不成恨未了。

---

① 这次"一竿子插到底"的宣传会议后不久,县委宣传部的祝龙光将我反映农村政策极"左"表现的情况发在内刊上,得到了上级的肯定。中央不准派头头当官的紧急精神下达后,曾当过派头头的那个部领导不批判我了,也不追查我的所谓"保祝"问题了。有一天,他把我叫去,给了我一张外面难以买到的电影票,以示和解。
② 《说文》载:"又,手也,象形。"据此,是否可容我理解为,"权"字由"木"和"又"组成,"木"可指木棍、扛棍、扁担等,"又"可指手。以手持木(棍),是打人还是为民担重任,这就要看掌权者的所作所为了。

---

① 新任站长周永华的这几句公道话,保住了我的县广播站聘用记者饭碗,我很感激。他退休后,我接连十几年上门拜早年。

"只要我手中有权,
不愁他没有污点。"
在派斗里胜出的某大书记哟,
知道如何对付小小的严元俭。

二

屁股干净不干净,
裤纱一脱就看清。
把他拎到藏不牢披不住的老家去,
那里最不缺熟眼睛!

令我回乡我不怕,
我同帮派无牵挂。

你要查,
任你查。

三

查"黑线",
难挂连。
察"屎痕",
猛睁眼。

此时我弟已长大,
新建居室不可延。
日寇烧屋基地在,
年年荒废在身边。
呀,
起用此基一小半,

买来小料做檩椽;
邻队石塘路不远,
买来石块做墙圈。

木料石头皆我买,
有无猫腻藏深间?
先查卖料处,
再审我屋边。

看新房,
檩木搭墙无立柱,
墙石手砌没叠砖。
客人不到房屋前,
房隐村中眼不见。
当心当心,
长个儿若要将房进,
跨门槛先得把背弯。
房虽差,
从不闲,
我哥住里边。
那造房的木料对照国标是废料,
那墙上的石头取于本地官没管。

四

查我的消息处处传,
我妻入耳气难按。
妻说:
"在外担惊又受冤,

不如回队种农田，
夫妻劳力棒呀，
人家饿不死，
咱也活人间。"

听到我妻这句话，
我心一撼口无言。
口无言啊，
心有言：
蒙冤种老田，
非我今生愿。

五

一友在山山峻峻，
出门见树树森森。
当年知我需梁柱，
劝我悄悄"弄"几根。
违法的事情我不敢做呐，
谢绝了好意我感他的恩。

从来不做亏心事，
不怕夜来鬼打门。
若"弄"了那几根好木料，
公家的饭碗我怎拿稳？

底线一朝断，
人生万古恨。

六

《底线歌》

缸有底，贮我米；
箱有底，叠我衣。
桶底不漏挑我水，
池底不渗鱼虾嬉。

河床不泄呐流万里，
大地不塌哟千峰立。
底线在心头，
做人有浩气。

七

《不怕》

不怕你北风紧，
耐得它冷气凌。
冰寒心火暖，
雪舞山松青。

八

莫怪人生坎坷径，
浪花好看最失平。

第三十章
派村思

携带着累累伤痕雾霾天，
回归在茫茫乡野丘陵间。
那头牛啊，
还记得入骨响鞭，
更不忘拉犁朝前。

一

山塘（大队）派性颠，
百姓苦连天。
公社着急区也急，
坛石组队援。

领导一声唤，
又扎铺盖卷。

二

派言火气重，
派仗硝烟浓。
女书记说朝西，
男队长偏向东。
你说他这为己来那为己，
他道你那亏公来这亏公。
你将报告朝区打，
他把密情往县送。
各捅对方的不是呐，
都吹那拆台的单向风。
各摆自家的政绩呐，
都不当没用的可怜虫。

啊，
原本是青白互衬一名菜，
硬分成各不相容豆腐葱！
直分得色味都不佳哟食客摇头，
更闹个筵席少一碗呐厨师心痛。

三

没有孙齐天看不透的妖怪，
更无某书记拨不开的雾霾。
一村人分成两派，
总根子不在党外。
谁谁谁就是派头头，
要大搞揭批促快改。
若是执迷不悟，
官帽儿拿下来。

四

头头指点靶没迷，
箭快发呀剑快击。
可组员们下去一摸底，
树也不同意！①

---

① 家乡人往往把脑子不灵活的人叫作"树"或"木头"。

莫怪农家觉悟低，
农家自有农家理。
我若是吃八方的干部爷，
叫我批来我就批。
可我们呀，
都是离不开这方土地的小蚂蚁。
共走一条路，
同锄半畈地，
抬头不见低头见，
相见总得顾脸皮。

那名所谓派头头，
理不输来头不低。
国法我没犯，
要批你自批。
你批呀，
坐办公室的怕免职，
开织布机的怕降级，
戴眼镜的怕下放种田地……
我本种田地，
你们想咋的？
莫非缴我挖土锄，
请我上区当书记？

五

叫我批，
我咋批？
无端受惩的我，
哪有惩人的意。

我颈长我头，
微人有微理。

君可见：
海中鱼结伴追寻，
天上鸟联团戏云，
世间人聚会同饮……
种种生灵，
哪个不喜群？
就是树，
也连根。

人因亲近，
近必结群；
人因疏离，
离必瓜分。
人患分离苦，
鸟知相聚欣。
欢欣人所求，
人性在人心。

君可见：
世间多少人，
利用此人性，
结团把利营。
史书多少帝，
借用此人性，
要了异己命。

人性在人心！

人性在人心!
不管摘了多少乌纱帽,
不管死了几多冤枉人,
不管天塌与地陷,
不管好皇与暴君,
也不管揭批不揭批哇,
这人性仍时时处处现人身。

历史上团团伙伙的罪名可惩人,
惩而不服的是人心。

人性缺修养呐扩不开胸襟,
胸襟太狭窄呐难入大群,
难入大群哟难免成为"小圈人"。

人性缺修养呐扩不开胸襟,
胸襟太狭窄呐难容他人,
他人难容哟势必处处树"敌人"。

派性能治吗?
岁有季别季季轮,
人归群体群群欣。
无四季呐不成天,
不归群哉难做人。

派性需治吗?
那结群的人啊,

或血缘相亲,
或朋友交心;
或同学同村,
或街巷近邻;
或志趣共投,
或利名牵引;
或目标同一,
或认知相近……
结群只要不碍他,
掌权者何须瞎操心!
结群若是碍了他,
违法纪当然要严禁!

能任法外的派性泛滥成灾吗?
不,
想那文山底,
"老先"也有派;
山中内垄队,
落后也分派。
虽无这里烈,
也有这般害。
面对派别不打派,
与人为善协商来。
是"多产粮食少饿肚"啊,
不管什么派,
人心聚一块。

物以类聚哟,
人群聚地球,
哪会无帮派?

派派帮帮若不容,
孤身独影胜何在?

可我的想法呀,
上跟姓某的头头不同气,
下与支书的期望有距离,
欲将此想推开去,
只有夜深在梦里。

六

组员责任有分担,
由我挂联琚家坂①。
不管此庄有几派,
都愁碗里饭。

饭饭非天降,
锅锅农友汗。
帮言派语选一选,
只引人心向稻田。

呀,
商播商种又商管,
日日事急不可闲。
忙水忙肥忙百天,
忙来了满畈金浪滚得欢。

七

《只忧》

不怕民间有几派,
只忧领导心胸窄。

不怕派来扰,
只忧领导欠缺统揽的大目标。

派可变啊趣可移,
只忧领导欠缺引领的好能力。

帮派的消长文章做个透,
涓涓汇大流。
这帮又那派,
都往海洋走!

八

上级一声传,
又背铺盖卷。
走向地山岗,
参加县里的治山治水大会战。

啊呀呀,
组员个个是"鸽子",
领导一呼就展翅。
飞离村子日,
派性反弹时。

---

① 琚家坂是吴村公社山塘大队的一个小村庄,单独一个生产队。

附：《锤镰新韵》

今日国人好派头，
微信结群任遨游。
只要不违法，
再无批与斗。

面对那千千万万的涓涓细流，
锤镰啊顺其意愿导向海洋走。
这海洋叫个啥名字？
美好的生活共创求。

第三十一章
重上地山岗

一
清晨，
脚站地山岗，[①]
听着渠水唱，
我的思绪呐，
长又长。

就在这里啊，

北风啸啸冻山凉，
锄镐挥挥热汗淌。[①]
汗汗相接洒几冬，
挖河送水向穷乡。

低流之水上山岗，
荒地不荒将献粮。
哪料到有权有势的为"斗"[②]忙，
顾不及引水种棉粮。

多情的渠水呵，
眼看着渠畔百姓苦难挡，
眼看着两岸山地更荒凉，
止不住的泪，
流淌流淌再流淌……

几年后，
风转向，
把抓生产的能人刮上了主事堂。

百里渠边摆战场，
造田呀我又上地山岗。

松涛歌唱嘞，

[①] 1977年9月至12月，江山县组织了为期90天的"地山岗治山治水大会战"，会战指挥部设于大悲山，工地广播站也随之设立。县广播站派徐义祥与我去当记者兼编辑。

[①] 1970年1月，我第一次上地山岗，挖峡口水库西干渠。那时我是农民，借住在地山底自然村。
[②] "斗"，指随意搞扩大化的阶级斗争、路线斗争、道路斗争，斗来斗去，没完没了。

歌唱老邻居又亲亲切切来在身旁。
渠水欢呼哟，
欢呼老战友还是雄赳赳来气昂昂！

二

中午，
脚站地山岗，
看着苗向阳，
我的思绪嘞，
长又长。

就在这里啊，
工地只只大喇叭，
从晨到晚叫喳喳：
样板戏红红反复唱，
英豪言亮亮震山洼；
亲见亲闻热烙烙，
好人好事顶呱呱。

就在这里啊，
骑车过坞过山过土塍，
张眼访田访路访繁星。
那一天半路义祥刹线断，①
呼呼响飞车失控下山岭。
吓死人呀更庆幸：

---

① 义祥，即徐义祥。刹线，自行车的刹车线。

长长路上无人行，
车上高坡终自停。

就在这里啊，
欲械斗两群壮汉镐锄举，
急得我迎头冲上亮蓝笔：
举镐的哥！
挥锄的弟！
我当记者驻工地，
相见是缘访访你。
请问你名字咋称呼？
请问你老家在哪里？
请问你碰着了啥事体？
壮汉愣住了，
无一愿搭理，
口吐脏脏骂娘句，
悻悻而回险化夷。
步速速我追内情往上报，
急匆匆干部解困下工地。

就在这里啊，
战情摄影图文展，
我配小诗都被选。
习作虽然不署名，
耳闻人赞好心甜！

就在这里啊，
爱妻参战处，
与我隔三山。
妻睡大通铺，

我排集体间。
月圆又月缺,
两月见一面。
见面就分别,
急急上"火线"。
临别那眼神呀,
常在面前现。

三
傍晚,
脚站地山岗,
闻着五谷香,
我的思绪嘞,
长又长。

就在这里啊,
汗水浇新田,
新田苗壮壮;
汗水筑新途,
新途平敞敞;
汗水洒南又洒北,
洒出了一个个新田庄。

四
数不清多少次呐脚站老山岗,
记勿准几多回哟走观我故乡。
品味当年的治山治水嘞,
心潮涨又涨。

就在这里啊,

操平了多少祖宗坟,
撕碎了多少青纱帐;
消失了多少弯弯溪,
填塞了多少清清塘;
毁灭了多少祖宗好遗产,
耽误了多少当代好儿郎……

就在这里啊,
建起了多少大水库,
让灌区从此无旱乡;
造出了多少高产田,
令荒地变成五谷仓;
炼出了多少土专家,
磨出了多少铁肩膀……

啊呀呀,
处处能闻稻谷香,
时时可跑车途敞。
贫民争往新村迁,
到此脱贫就有望。

稻浪滚且翻,
心潮跌又宕。
喜成功哟也悲创伤,
叹遗憾呐更颂荣光。

旧日虽离地犹在,
广播撤走民谣上。
民谣啊,
愿遗憾之声仅以往,

祝荣光之颂永弘扬!

五
《稻香颂》

黄黄稻香,
灿灿金光。
福我祖先,
创我家乡。

黄黄稻香,
闪闪星光。
福我饥肠,
寄我渴望。

黄黄稻香,
暖暖阳光。
福我子孙,
美我悠长。

第三十二章
宅前牛

一
书记大人把我惦!
书记大人把我炼!
会战一停把我要,
即时下去再蹲点。

诗坊大队较难办,
那个宅前难上难。①
宅前谁愿去?
傻蛋严元俭。

二
健忘牛!
健忘牛!
忘了凶凶吼,
忘了狠狠抽……
忘了忘了全忘了,
见田又想拉犁走。

拉犁走!
拉犁走!
宅前农友遭饥荒,
此刻傻牛只有愁。

三
庄稼一枝花,
收多收少肥当家。

车燥门前污水塘,
挥锄来把淤泥挖,
一担一担挑下田,

---

① 1978年初,我到吴村公社诗坊大队宅前自然村蹲点。宅前自然村有三个生产队,一队、七队、八队。我的任务是抓好宅前三个队的工作,重点是最穷的八队。

一丘一丘养庄稼。
春秧长得像韭青苗，
秋穗垂了如狗尾巴。

四

庄稼一枝花，
收无收有水当家。

稻田无水不长苗，
好水养活锅碗瓢。
十年九旱的宅前哟，
靠几个池塘哪会长温饱！

县社请来农水家，
测描水线把渠挖。
遥接峡口西干渠，
支线一条地上画。

没有支渠旱到愁，
支渠挖就水来怕：
一怕沿途人手杂，
途中偷水把渠扎；
二怕新渠质量差，
基松埂裂被冲塌。

每逢库水近村日，
半夜不能睡，
沿渠看水花。
豆蓬缠脚不停步，
蚊蠓叮来用手打。

那夜水来润我苗，
突然听到一声"哗"。
不好，
填方之处现缺口，
渠水哗哗竞往下。

呀，
一撕好几米，
水野不听话。

稻禾晒萎心如剁，
男女挑泥汗雨洒。
日筑夜挑渠又成，
旱苗遇水更鲜活。

五

庄稼一枝花，
追根究底人当家。

田地是人挖，
种籽是人撒，
肥水是人用对头，
一一才会变禾花。

蹲点"点"蹲哪？
社员下地我来地，
民众在家我进家。

民众之间斗口舌，
苗头初现我解疙瘩；

队委之间闹意气，
度心说理我消摩擦……

一次登门谈不通，
二回又进社员家，
接三连四不停歇，
铁树也开罕见花。

呀，
共有一颗甘苦心，
同说一口农家话。
村民身上有多少土渣渣，
我的腿上有多少泥巴巴；
村民身上有多少汗珠珠，
我的脸上有多少咸花花。

苦不怕，难不怕，
只怕在苦难面前身倒下。
与苦搏，与难搏，
天大的苦难也不垮。

六

人是田之主，
心是人之柱。

聚心靠引领呐也要靠财富，
致富靠勤劳哟更须靠制度。
队把产粮包小组，
组将农事包农户。

人啊人！
包干制之前啊，
出工人等人，
收工人追人，
记工人骂人，
分配愁煞人。

人啊人！
包干制之后啊，
出工人赶人，
收工人叫人，
看禾人比人，
秋收喜煞人。

一年干下来，
八队好光彩！
一百零二亩田一年增粮四万斤，
饭香户户飘村外。
第二年县里召开春耕生产现场会，
经验交流叫我上了台。①

---

① 1978年之前，八队每亩田年产粮只有1000斤左右，搞包干责任制后一下子每亩增产近400斤，增产幅度之大，在当时实属罕见。诗坊的工作组由区长徐杰带队，老徐是部队转业干部，性格直爽，能实事求是地看待人。1979年，全县春耕生产现场会在吴村公社召开，经他推荐，由我上台介绍诗坊八队的做法。1979年底，我被县站召回写报道，从此结束了蹲点生涯。

七

这经验，那经验，
最佳经验在民间。

那一天，
天上筛云细细孔，
人间下雨毛毛蒙。
蒙不住傻牛耕地心，
笠帽儿一戴向田冲。
田垄中忽见有一群蓑笠人，
拉线线沿塍丈量在蒙蒙中。
一队队长看到我，
表情尴尬忧忡忡。

我是"老农民"，
真情哪可隐？
来人皆户主，
是把田塍分。

田塍分到户，
上面早严禁。
一队趁着天雨偷偷干，
没料想啊，
路滑上面也来人。

田塍到户种杂秋，
绿绿红红把喜收。
农友能多吃几碗鲜豆腐，
村人可多饮一杯高粱酒。

切切民之愿，
孜孜我所求。

可书记大人啊，
线线纲纲抓紧紧，
时时日日找"敌情"。
让他知此必开火，
炮炮无情欲要"命"。
这后果难合民众愿，
我只能装作无闻不作声。

不作声啊属隐瞒！
不作声啊属隐瞒！
书记大人还在查我呀，
事出蹲点地，
我会受牵连。

一人不乱言，
美酒百人端。

好喜欢，
好喜欢，
秋后酒香豆子圆！
第二年，
第三年，
好楷模各队悄悄学，
大包干来个田塍到户先。

八

《人辱不自辱》

人辱不自辱,
微光仍发光。
泰山压顶可把骨头碎,
但压不死人心那点良。

第四集
县域笔
（第三十三章至第四十六章）

污水泼身苦水涨，
怎敌春雨从天降。
旱苗得雨渐茁壮，
向上势头谁可挡！
啊，
笔头对笋头，
大地阅春光。

第三十三章
"严元俭造谣"

一头苦命牛，
背后两条鞭。

区委说：
名在我区挂，
就该犁我田。

县站说：
草料由谁给？
此牛应我牵。

两栖的牛啊，
派用场争牵，
有美食靠边；
担责罚在先，
步一慢吃鞭。

受辱的牛啊，
痛恨那往死里打的鞭！
饥饿的牛啊，
渴盼那长着春草的山！

一

霜没融哟雪又飘，
草在望呐饥难熬。
春色将冒，

响鞭又敲。

三级干部大会的大喇叭声为
啥高又高？

那是公社书记点名批判严元
俭把谣造。①

同志们：
几天前全县广播使劲叫，
叫得人心多动摇。
说什么我社瓦窑队，
分地到家种饲料，
饲料一多猪就多，
农民无不嘻嘻笑。
你们不要笑！
这是严元俭写的假报道，
大家莫信谣！
坚决不分集体地，
一心走社会主义阳光道！

二

书记辟谣言，
严傻心喊冤。

集体种荒山，
薯苗被草掩。
平常年啊，

---

① 此事发生在大桥公社。"三级"即公社、大队、生产队。

种种一山好几天，
收收不够工夫钱；
大旱年啊，
种种一山高入天，
收收一担难装满。

深秋遇霜薯叶蔫，
挖薯分薯麻烦添。
大堆拌，
小垛捡，
奋来奋去皮擦破，
滚去滚来蒂扭断。
不拌大堆分不匀，
拌得匀称伤难免。
薯皮一破难存贮，
放不多长便见烂。
你看你看，
独丁户等候半天才分到半箕斗，
拾遗人半天刨地却捡得一竹篮。

"大呼隆"种地不争气，
常引起乡亲把苦忆。
昔日曾刮一阵风，
田山全部归集体，
家中人饿肚，
栏里畜绝迹。
度饥荒队队到户自留地，
种薯豆家家勤劳户户喜。

薯多当饲料，
养畜栏头挤；
豆多做豆腐，
筷子笑眯眯。
不承想"文革""革"去自留地，
人们腹又饥。

三

腹饥思不饥，
有地暗分地。

深山远远地偏僻，
分地悄悄把干部避。

避不成的再统起，
有机会的谋分计。

分分统统像拉锯，
"道路斗争"不见息。

谁对呢？
谁错呢？
始信"割尾巴"[①]有道理，
后逢"瘪肚子"又生疑。

四

霾浓罩四方，

---

① 即"割资本主义尾巴"。

霾散眼一亮。
实践是检验真理的唯一标准啊，
分地到家好不好，
应请实践来衡量。
既然它使地增粮，
既然它使畜多养，
既然它使墟兴旺，
既然它使民欢畅……
我把记者当，
就该把分地到家来颂扬。

责任编辑是老姜[①]，
老姜也把分地到家来赞赏。
瓦窑此事得播出，
不料一播掀巨浪。
全县许多老百姓，
要学瓦窑样。

五

分地到家好！
分地到家好！
若能面对面探民心哟我可说分晓，
但这人骗人胡批判呐我真没想到。

当主官就可以信口雌黄？
做牛马则该当闷声不响？
不！
人心不堪伤，
我要还真相。

起早乘车到大桥，
我将书记公门敲。
三敲四叩无人应，
铁锁把门好懊恼。
举步到他住宿处，
一瞧见锁又白跑。
欲离心不甘，
把信匆匆草：

老某啊你好，
没想到你竟然动用这一招！

瓦窑队分地到家种饲料，
瓦窑人至亲好友都知道。
你在主席台硬把乌鸡说白鸭，
竟不知听众笑？

今天不凑巧，
来日再说道。
留下信一封，
回音望尽早。

字硬硬，
怒滔滔。

---

① 老姜，即姜志雄，时任江山县广播站责任编辑。

字条塞进寝室中,
带恨采新再报道。

我想此公阅此信,
是人脸上会发烧。
等了一日又一日,
许久都没回话到。

六

有蹊跷!
有蹊跷!
那乌鸦为啥只在自家林子叫?
那乌鸦为啥不向凤凰把状告?
林子见多了,
才知有奥妙。

那官椅并不按某书记的屁股造,
那官椅并不是某书记的私家宝。
若干年"运动"就像钱江潮,
隔不多久来一遭。
走资派,
纸糊帽。①
一旦被戴上,
官椅就没了。

---

① 当年所谓"走资本主义道路的当权派",上台挨批判时常戴上纸糊的高帽子。

官油子要将位子保,
避险风当是第一条。
日光光偏道天黑黑,
怕的是铺开分地潮。
分地包干行不行,
红头文件谁曾瞧?
辖区分地出了名,
只怕到时纱帽①变高帽。

七

这名官口口声声讲为民,
咋不道包干最称农民心?
这名官与我本无仇,
有口为啥不吐真……

这原因来那原因,
斗争残酷吃官心!
南不怪来北不怪,
过分运动害煞人!

八

《居高之声》

居高之声有几远?
麻雀放喉噪块林,
雄鹰开口响方天。

---

① 纱帽或叫"乌纱帽",古代官吏戴的官帽。旧时老百姓习惯于把官职叫作"纱帽"或"乌纱"。

居高之声系恩怨？
声正了造福一大片，
声偏了作恶若干年。

第三十四章
干部避记者

一

当官的害怕丢"乌纱"，
不是大桥书记独一家。
改革初起访包干，
干部大都聋或哑。

二

王村有队包干快，
稻浪香风传社外。

听说记者上门来，
书记出门早避开。
走进间间办事室，
官员个个不接待。

王村人近千，
住宿无一店。
采访回来月上天，
但求公社夜能眠。

牌拢玩者散，
闩插院门关。

官员个个进房睡，
只剩"尿湖"①做我伴。

三

睡意频袭催我眠，
恶蚊结队将人缠。

你来缠，
我有扇。

啊呀呀，
扇向脸时叮我腿，
扇到腿时咬我脸。

放下扇，
把衣穿，
平脚裤接长袖衫，
大毛巾盖已疲眼。

那恶蚊，
袖口领口频繁钻，
搅得我，
正眠侧眠都不安。

快求援！

---

① 装尿的是定做的巨型木桶，可盛放好几百斤。尿水由当地农民全年包买种田。因碰上抢收抢种大忙，农民暂无时间来挑尿，结果尿水外溢，流入出水沟，巨型尿桶一时成了"尿湖"。

快求援!
起床对寝室,
欲敲门哟手难举,
思喊话呐口怎言?

门莫敲啊口莫喊!
门莫敲啊口莫喊!
只忧吵醒梦中的男或女,
更怕敲伤自己的心和肝。

躺下又惊起,
想眠又怕眠。

手摇麦秆扇,
眼望窗前天。
走啊走,
一圈圈……
直走到呐,
鸡鸣牛叫唤,
锅响见炊烟。

四

天亮镰刀闪,
畈黄稻桶响。
以往呵,
谷谷一登场,
孩孩拾穗忙。
名曰"拾",
实为"抢"。
父母有心疏指缝,

娃儿着意拾篮筐。
今年怎么样?
今年怎么样?
联了产啊,
田夫们打得净呐割得光,
学娃子篮不提哟书不放。

"割青比那不割青,
亩产差一大秤星(一百斤)。"
以往呵,
割青是个"明白症",
岁岁难疗病不轻。
今年啥病情?
今年啥病情?
联了产啊,
"肚饿也能等稻黄,
稻弓[①]再快不割青。"

"晚稻插秧过立秋,
寒霜一降汗白流。"
以往呵,
队干在会海泡,
季节在田间溜。
今年咋症候?
今年咋症候?
联了产啊,

---

① 稻弓:弓形短刀,重量轻,刃口快,专用于割稻,一般由男性青壮年使用。妇女儿童往往用镰刀、来吉割稻。

干群搏垄畴，
收种赶前头。

见闻上短篇，
连夜发新鲜。
县站当天播，
本周浙报见。

五

三中全会和风暖，
春意进村又下田。
农户喜欢我喜欢，
采风日日到乡间。

有人快乐有人烦，
有语感恩有语怨。

"辛辛苦苦三十年，
一夜退回解放前。"
面对包干大潮啊多少官员看不懂，
傻了老眼眼。

一诚友，
对我言：
写东写西都可以，
只是不可夸分田。
今朝他掌权，
允许分公田；
来年权易手，
或又批分田。
那运动呐，
变着花样现，
眨眼就翻脸。
多少人稿子一篇定右派，
挨斗几十年。
含冤的血泪莫白流啊，
写眼下尤须想长远。

友言揪我心，
令我夜难眠。

想以往多少人劳作在田园，
脑汁绞尽汗流完，
欲求一饱肚常饥，
欲求一暖身常寒，
欲造一栋安居房嗷更是难于上青天。
自打三中全会春风来啊，
人肚子还是人肚子，
瘪瘪的得风变圆圆；
人衣衫还是人衣衫，
破破的得风变艳艳；
人住舍还是人住舍，
漏漏的得风变安安……
啊呀呀，
更多农家欲见春风面，
我不引荐谁引荐！
更多春风欲进农家院，
我不传言谁传言！

我呀,
头上无纱帽,
腰包没大钱。
逆心的运动若回转,
大不了回家再种田。
种田活,
我干遍,
啥事也不能将我难。
凭着力气挣碗粥,
不愧心来不丢脸。
世上种田的万万千,
本来就有我严元俭。

心中好释然!
心中好释然!

心通欲大笑,
却把痒来搔。
自从那夜被蚊咬,
身上老长痒痒包。
吃了这药吃那药,
只有药味无药效。

嗷嗷叫!
嗷嗷叫!
前程无限好,
只是痒难熬。

痒难熬!
痒难熬!

有痒自搔又自笑,
笑声逗乐前行道。

六

暑热清溪俏,
循声去泡泡。
泡出一个啥?
几句《山溪谣》。

《山溪谣》

山溪呀,
健身的林酿露,
天赐的爽心瀑。
又泳又泼又沐浴,
去烦除痒好舒服。

山溪呀,
心歌欲唱谁能停?
路越艰难越大声。
遇到断崖路创新,
更开心气把天惊。

山溪呀,
少见官声色,
多融民气色,
清纯己本色,
无色最出色!

第三十五章
我的喜悦年

寒冬过去是阳春，
恶鬼驱出来喜神。
亲亲的一九八一哟，
好运频频进我门。

一

狮峰①发海户，
怕进自家屋。
一进屋呀，
桌床碰屁股，
鸡屎裹人足。

一个夫妻间，
七人夜必宿；
厨房垒灶又关猪，
进去难挪步；
半间祭祖堂，
日饭桌来夜卧铺。

想造屋！
想造屋！
无奈"十年劫"，

年年"倒挂户"①。
得钱快换求生谷，
哪有余银买瓦木。

幸好三中全会春风到，
队里包干到小组。
发海先"发"啊，
终于盖起遂心屋。

宅前②老戴兄，
人叫"离乡鸟"。
呀，
鸟儿本恋乡，
无奈食难找。
难找也须找呐，
携妻带子把荒逃。

逃到他乡念故土，
得知故土"包"出了新面貌：
乡亲们呀，
吃上又白又软"杂交米"，
喝着又劲又香"芦粟烧"③。
四个蹄的牲畜不稀罕，

---

① 狮峰：贺村公社狮峰大队。

① 倒挂户：在贫穷的生产队干活，最好的劳动力干一天也只值两三角钱，这点钱平时不兑现，年底结算，所挣的钱七除八扣后（主要是扣除口粮款），反而欠生产队的债，叫倒挂户。当时穷队常出倒挂户。
② 宅前：吴村公社诗坊大队宅前自然村。
③ 家乡人把高粱叫作芦粟。

一双翅的鸡鸭户户叫。

听到家乡讯,
戴兄喜悔交,
喜呐家乡在变富,
悔哟飞错看今朝。
好鸟总择林茂处,
宅前飞落"回乡鸟"。

新变化近发广播站,
好风光远寄省党报。
广播站里当日播,
听众连称写得好。
几天后浙报来信让我喜一跳:
"你这两篇稿,
一版二版的头条争着要。"
编辑汤纪根,
要我常投稿。

呀,
新年旭日照,
喜鹊喳喳叫。
我到宅前村,
买壶"芦粟烧"。
拎到仕阳尾①,
举杯贺春到。

---

① 仕阳尾:大桥公社的一个村子。此村的徐孙正当时在县人武部做外宣,他随我一起去采写了这两篇通讯稿。

二

春到春到,
谁又在丛中笑?

年底分得三百元,
占村①占禄信呐笑开颜。
啊哟哟,
往年劳作画圈圈,
圈子围人人困田,
田困不长致富金,
他家反欠口粮钱。
呀,
旧债难还新债添,
历年累计近千元。

谁料着铁树也有开花天!
谁料着铁树也有开花天!
包干到组使倒挂户变成找归户呀,
广播站里播新篇。

占村饶凤珠啊嫁到山窝十八年,
见得客的穿着无半件,
回娘家的日子借衣穿。
有年节日进商店,
布柜面前转呐转。

---

① 占村:上王公社占村大队。

啊呀呀，
孩子读书道路远，
每逢雨雪无鞋伞……
小钱在手捏出汗，
重担压心离布店。
到了一九八〇年，
包干到组进大山。
年底分了红哟猪大出了圈，
新泉枯井现呐涌出两百元。
手有钱，
过丰年。
大嫂她急步进商店，
先买雨鞋雨伞呀再给全家大小把布剪。①
穷大嫂穿上新涤卡②，
县广播有音夸"巨变"。

地区好稿年中评，
得奖严傻有两篇。
嗨，
江山两奖我独包，
怎不叫人笑笑颠！

三

往年挑年货呐泪汪汪，

---

① 那时，乡下商店还没有成衣卖，乡民都是先从商店剪（买）布回家，再请裁缝师傅做衣服。
② 涤卡是一种布料，穿着不易破，当时很受农民喜爱。

如今挑年货嘞笑朗朗。

流泪的担子啊，
一头沉沉救济粮，
一头细细米皮糠。

欢笑的担子啊，
一头鱼肉满箩筐，
一头瓮坛老酒香。

我帮农友挑年货，
一路笑声过大岗。

午时吃饭进廖家，
客到廖家把菜上。
小小廖家娃呀，
夹腊肉频频往我碗中放。
逗乐一桌人，
笑声溢饭堂。

嗨嗨，
这位哑巴大叔怎么了？
接连撸我袖呀看我表，
撸撸看看啊啊啊，
比比摸摸笑笑笑。
邻婶做翻译，
大叔将戴表，

这欢笑，
那欢笑，

都是三中全会的福音在萦绕。
省广播系统第一次评选好新闻，
《山区农民的笑声》啊没有少。

四

重走大桥路呐王村再访稻，
当年次次烦哟阵阵风吹跑。
那疑惑包干的众干部，
也纷纷融入了改革潮。

五

一九八一年，
乡亲喜悦年。
我一年报喜百余篇，
这喜那喜不间断。

一九八一年，
乡亲喜悦年。
农民喜悦我喜悦，
三中全会喜之源。

一九八一年，
乡亲喜悦年。
记者跟着民意转，
写出一个艳阳天！

六

农村改革啊，
革了大锅饭的命，
鼓了勤劳人的劲，
卸了"三催官（催种催管催收）"的担，
医了懒惰鬼的病……
拓开了华夏的好前程。

七

《春风》

抚醒老田土呐绿茵茵，
唤红枯树花哟香阵阵；
催谷米满仓柜，
促钱币鼓袋巾；
造出省的靓车上大路，
建下乡的别墅美当今；
送好书进家家户户，
汇美事闹寨寨村村；
借你的势呐哭声渐遁去，
托你的福哟笑语常盈门……
啊，
驱开万里雾霾云，
展示中国天地新！

第三十六章
发出中国第一声

一

凶凶的危机，

默默的土地。

二

那天采访到田间,
寿弟送肥空担转。

嗨嗨,
挑肥不见人串串,
挑肥不见担浅浅,
看起来呵,
这里也实行了大包干。

枯树把春唤,
春来户有田。

好土靠培培靠肥啊,
田田地地可都喂个遍?

虽然家畜的栏肥增多了好几担,
但那长饥的土地是吃不饱的汉。

远也饥来近也饥,
你为何疏近而亲远?

远是自留地,
近为水稻田。

田滋润呐地干旱,

旱少收哟水高产。
你高产水田偏不送,
为的是哪般?

谁不知旱地是少收地,
谁不晓水田是高产田!
只因田到户,
联产只一年。

眨眼即一年,
此田非我田。
田肥把主换,
蠢事谁来干?

翻过一山又一山,
走了一畈又一畈。
福叔语,
翠婶言,
你说她话吐心声——
联产不能只联一季或一年!

三

包期一短行为短,
谁愿家肥多下田!
才种了两熟呵,
黑土就朝黄土变。

此难若要解,
联产应长联。
联产若长联啊,

禾秸会生脚常还田，
畜粪会识途频下田，
那瘦田也会变肥田。

四

包干包眼前，
黑土向黄变。
常走田头的社队官，
谁不见？
他们呀不是人在乡村没带眼，
而是缺了向上实话实说的胆。

不能怪他们没有那个胆！
昔日多少人为此受批判，
昔日多少人为此关"黑间"……
多少前车鉴，
怎能胆不颤？

老百姓心朝温饱创包干，
党中央力主改革推包干，
上上下下齐呼唤，
才唤来一个"包眼前"。

包干包眼前，
得了改革者的名，
避了走资派的嫌。
看着风向玩绳鸢，
放放收收都自然。

包干包眼前，

多少社队官的苦心呀，
蕴里边！

五

芝麻官尚在避疑嫌，
微细笔该当隐草间。
我若当了"姓资的小小吹鼓手"，
前途或许惨加惨。

我的祖祖辈辈啊，
无不向田头找饭，
无不从地里寻棉。
农民的后代啊深深知道，
土地制度是衣食制度，
它与种田人的命根子紧紧相连。
好的衣食制度长期稳定则民心稳定，
好的衣食制度家喻户晓则民心不乱。
大田承包制假如能多岁不变，
土地长饱温绝不会昙花一现。
民随政策草随春，
春色兴田户户欢！

我若出头把联产要长联呼唤，
有当"姓资的小小吹鼓手"的风险。
大家若看见黑土变黄不作声，

那田地大包干就有夭折的风险。

两险相较谁先避?

种田人只能把后者选。

联产要长联,

种田要养田。

笔写我心处处寄,

《中国农民报》来信照登天下传。

在大报上公开呼吁联产要长联!

在大报上公开呼吁联产要长联!

这是中国第一声啊,

三年后中国农民报社在无锡培训通讯员,

要小严就此上台发发言。①

六

大包干已过四十岁啦,

这土地制度的改革呀在深化。

但愿这改革顺着乡情"深",

但愿这改革循着民意"化"。

"深"得那睡死的土地激醒活,

"化"得那弱小的泥块变强大。

"深"得那家乡美如一幅画,

"化"得那祖国四季开春花!

附:《清明祭先烈》

默默碑高竖,

怦怦心起伏。

英雄沸沸血,

往我身心注。

革命你当兵,

改革我做卒。

中华好子孙,

誓走兴华路!

第三十七章
渐渐远去第一问

一

"你吃了吗?"

高山平地同开口,

---

① 1981年11月5日《中国农民报》第2版刊登了我的来信,呼吁:"联产计酬不宜于一次只联一年或只联一熟,应该一定几年,较长时间不变。"1984年初,中央把延长联产承包责任制写进了一号文件。这之后中国农民报社在江苏无锡召开全国通讯员会议,要我上台讲讲写出这篇"长效信"的体会。我的发言稿被刊登在1985年第7期《农村新闻天地》(这家报社办的通讯员刊物)上。

第四集　县域笔

大海小溪共此音……
饿肚子的时代呐，
响着天下第一问！

天下第一问，
悠悠挂我心。
十龄大饿缺米面，
忧我同学瘦弱身；
二十省顿过冬天，
怕我客人空肚奔；
三十吃上机关饭，
愁我老乡莫饿昏……

啊，
天下第一问，
千年不断闻。

二
碗筷盼干稀，
干稀往哪觅？
自从离校下田地，
此问更萦心坎里。

早起砍柴摸黑去，
归来端起"照相机"——
见水难寻米，
脸庞映碗里。
一边出汗一边喝，
五碗喝光筷不弃。
眼看粥樽已见底，

一瞄粗碗未开齐。
"妈妈，您还没有吃？"
"孩子，娘肚还没饥。"
妈妈啊，
为了儿子多喝几口稀，
您倒头饿昏在灶间地。
一口米汤喂下去，
睁开两眼又活起。
"我没事体，
我没事体，
你们该做啥还是做啥去，
勤干活才有干和稀！"
啊，
母亲刚醒起，
犹记干和稀。

母亲啊，
您说勤劳就有碗里的干和稀，
为什么我们早起晚眠忙种地，
却连几碗稀粥也喝不起？

为了一碗干和稀，
我曾去学农技。
没料闹"文革"啊，
师生都把校门离。

为了一碗干和稀，
我出门当"县记"。
苦熬一岁岁啊，
自带口粮上"战地"。

蹲点五年在苦地,
饭前腰带紧抽起。
呀,
我若放开吃,
东家会受饥。

干和稀!
干和稀!

闯江西,
娃娃割稻客,
负重像工蚁。
无人逼我呀,
就想让自家肚不饥。

战内垄,
棚屋低矮冷风欺,
赤脚踏冰担希冀。
无人逼我呀,
就想让苦兄难弟不缺米。

啊,
锄头挖沉岁岁日,
汗水洒涨条条溪。
每遇青黄两不接,
仍然仓柜空空碗里稀。

三

做梦也想着不饿腹,
乡亲们无不寻出路。

这里队分到小组,
那厢地划到农户。
这样的出路啊,
往年哪里冒头哪里堵,
"资""社"不容冤鬼哭。

三中全会和风到,
大地得风春意闹。
春意闹啊,
承包制到田处处长温饱,
五谷神入户时时见喜笑。

英岸四队出了一对"吵夫妻",
吵去吵来常为那锅干与稀。
嗨,
包干到户谷收起,
没有一天饿肚皮。
眼看后熟又大收,
夫妻只恨米缸小呐谷仓低。
往年锅里无米妻骂夫,
猪养不肥夫怪妻。
今日人粮满满猪食足,
夫妻不再生穷气。

"田田地地大包干,
无子老人谁供饭?"
英岸寡婆徐友香,
七十八岁心难安。
嗨,
迷惑之时新谷到,

送粮进户老人欢……

蹲点好多年,
心连一个碗。
三十难自立,
碗里尚缺饭。

如今呀,
哪方日日春风暖,
哪里家家饭碗满。

为让更多饭碗满,
笨牛犁地没得闲。

四
《声远心莫远》

天下第一问,
问了无数年。
改革吹劲风,
此问声飘远。

声飘远,
心莫远!
是谁忘记第一问呐,
惊见草荒霸水田,
忧闻脏桶倒米面。

想当年,
哪根舌头不舔碗?

哪个碗里不照脸?
吃饱了莫忘饿时苦啊,
手中那个碗,
永驻民心田。

第三十八章
夹缝一痴笔

一
喜鹊喳喳唱树尖,
声声向我撒欢欢。
草根记者严元俭,
要进县衙搞外宣。

是真的?
非谣传。
县委办公室主任余连根,
亲口对人言。

啊哟哟,
好梦做了万万千,
却没梦到有今天。

二
那一年,
"小农民"写稿几十篇,
报上无一见。
《红色金华报》呐退稿附便笺,

便笺字两行哉字字扎人眼：
"眉目不清，
不知说些什么东西！"
作为编辑的他呀，
无疑实话实说吐真言。
作为投稿的我呀，
当时一见此言如触电。

我这新闻没几句，
莫非连几句也难说圆？

我这新闻没几字，
莫非连几字也没学全？

《不信青虾无血》

不信青虾无血。
青虾若无血，
出爆锅怎会红一碟？

不信谷糠无油。
谷糠若无油，
入猪肚怎会肥膘厚？

我若是微微青虾，
下锅也要红飞溅！
我若是瘪瘪谷糠，
入榨也要喷三千！

工余更把新闻看，
灯下愈将拙笔练。

看啊看，
看着了报道高门槛。
门槛虽高我试迈，
先冲公社广播站。

练啊练，
练知了自己大局限。
局限限不了牛拗劲，
再攻县里广播站。

三

那一年，
"严报道"稿投无数篇，
省报无一见。
区委一名老干部，
当众吐真言：
"这个严元俭，
小学生，泥腿子，
无翅想飞天！"

真言响耳边，
补课一年年。
没想到后来金华地区以大学
水平考查新闻人员呀，
广播系统一人一桌答试卷，
名列前茅的竟是我严元俭。
如今严元俭给省报写稿子，
十篇能上六七篇。

不敢想啊梦没见，
泥腿子上田玩笔杆，
也能当"状元"。

四

我要感谢，我要感谢啊，
感谢那心直口快的好编辑给我写真言！

我要感谢，我要感谢啊，
感谢那见多识广的老干部当众吐真言！

两位讲真言，
激咱把翅练。
直练得脚皮手皮长老茧，
直练得眼力耳力出灵感，
直练得脑里心里生新知，
直练得田花山花开稿笺。
那带着露水的鲜花飞媒体，
哪个编辑不喜欢！
喜鹊喳喳告诉我，
校路虽无缘，
报山仍可攀。

五

"县站一痴笔"，
小名响全县。
县里要咱搞外宣，
广播站里不情愿。

他爱新闻啊，
年终得个新闻奖，
站里有张好脸面！
他还姓"雇"哩，
留人就要解人难，
欲解他难站哪权？

喉舌权有限，
心脏啥都管。
委办主任余连根，
心中有数把头点。

六

雇用工，
正式工，
工同酬不同。

瞧瞧正式工，
薪是江潮按岁涨，
职如纸鸢得风冲。
想想自己啊，
薪如蝉翼长年薄，
职似磐石永不动。

一比眼红红，
一思心痛痛！

可看看乡村老弟兄，
我心禁不住波潮涌。
他们手茧厚厚背脊躬，

收入远远不及雇用工。
他们活在最底层,
在世谁人来敬重?

一比脸红红,
一思心蹦蹦!

呀,
痴笔一支撑持在人生夹层,
几张薄纸飘落于现世夹缝。
那求解放的字魂句魄,
一有机缘就会朝外冲!

第三十九章
特招工

田夫携土气,
县署孕官气。
两气相交生个啥?
牛心最盼抱民气。

一

我把衙门进,
没读官场经。
见官乱叫唤,
同事吃一惊。

人家叫"书记",
我却呼"老董"。
老董不生气,
应声漾笑容。

副书记大名赵子相,
身巍巍一脸威严样。
到其办公室,
初进为采访。
见人呼"老赵",
半晌没声响。
原来他听惯了"赵书记"呀,
脑子来不及急转向,
回过神红了老脸庞。
那脸红得真好看,
威严里面蕴慈祥。
迎咱忙站起,
请坐赐茶香。

一些小小衙门吏,
闻"老"就将脸板起。

我非反对人家唤书记,
也不嫌烦应者有所喜。
叫什么只要互尊重,
本不该有啥禁与忌。
只觉得呵,
"乌纱"捏在人家手里,
姓氏生于自己身里,
见你称呼姓,
更为尊重你。

朋友说:

那官衙多的是潜规矩，
一样样你都得用心机，
要不然，
"临时"不会变"长期"！①

二
黄河可变清，
人性却难移。
要我改傻气，
难关在哪里？
只因我希冀，
蕴在傻气里：
官帽可以有高低，
人格应该无距离。

我曾想顺应顺应潜规矩，
可常常嘴巴欲张心口闭。

朋友说：
连最显明的潜规矩你也不愿近，
离最阴暗的潜规则岂不千万里。
官衙不好混，
看你没出息！

啊呀，

---

① 雇用工又叫临时工或临时雇用工。正式工又叫长期工。

君不见长天有个鸟，
顶风展翅是自随意。
君不闻大海有条鱼，
逆浪遨游是自在喜。

三
"临时"变"长期"，
亲友蛮惦记。
一次碰头一次问，
回回痛在牛心里。

一月过去，
牛没变"长期"。
朋友说，
去寻寻领导吧，
这是人生大事体！
牛没去，
牛没去，
书记办公室尽管在隔壁，
傻牛却早耖晚犁迷地里。

一季过去，
牛没变"长期"。
朋友说，
去县头家走走吧，
这是人生大事体！
牛没去，
牛没去，
牛不知县头家院在哪里，
只知道跑了山里跑田里。

一年过去,
牛没变"长期"。
朋友说,
去县头家送送吧,
这是人生大事体!
牛没去,
牛没去,
这寻常小物品呐县头哪会买不起,
傻牛把红包包拎到了五保户家里。

朋友说:
看你这架势,
只怕"长期"变"无期"!

四

县衙门位子再多不够坐,
一日日牛蹄只把石阶磨。
临时工这把瘦干草啊,
不吃舍不得,
吃厌日难过。

五

衙门里看官,
常见良心萎缩的病员,
偶闻升术高超的鸡犬。
更有那真人硬汉,
埋头实干不言怨。

呀,
衙门里看官,
我干的不比人家贱,
穿的却无人家鲜。
下乡看看破衣汉,
自己虽廉虽旧但整整洁洁少有补丁倒是好衣衫。
多少破衣汉啊,
披星戴月两头暗,
干得比我惨,
比比他们又觉自己挣了些有愧钱。

牛心若不愧,
唯有多多干!

六

转眼一年又见底(1984),
开灯正写采花记。
老余走进办公室,
笑向傻牛报大喜:
下午开了常委会,
特招榜上没缺你。
迁移户口在今晚,
速去速回莫歇气。

"迁户籍能否等明日?
今晚上有篇报道催得急。"
"没关系,
没关系,

你今夜放心写,
我派人去办理。"

委办的老周一路颠簸一路尘,
代替牛连夜赶往村里赶社里。
事办完结回县城,
城郊听到公鸡啼。

第二天,
城镇户籍到手里,
紧接着,
招工册上被登记。

没骗你,
是真的:
农村户口迁城里,
自己竟没花力气;
"临时"转正变"长期",
自己竟没花力气。

我感激!
我感激!
要不是竹潜民①教我咋拉犁,
说不定我还在乡耕裸苦脊;

要不是王田良①推荐我到新田地,
这"临时"转正我难有戏;
要不是老余老周帮着办,
这迁户籍转正哪能介顺利。

牛没为他们出过力,
他们都不是牛亲戚,
茶没喝过牛一口,
烟没抽过牛一支,
却帮我解决了人生大事体!

牛再不操心没饭吃,
粮草领了一季季;
牛更不担心没裤穿,
月薪成倍落兜里。

临时工朋友说:
这下子我们拉开了贫富大距离!
农民朋友说:
羡慕你呀变成了衙门的亲子弟!

七

过去啊,

---

① 竹潜民:宁波工程学院教授,曾在江山报道组工作。1970年,江山报道组培训通讯员,我跟他在勤俭大队写《哲学的解放》中的小故事。约三个月后,培训结束,我回家务农。

① 王田良:曾在江山报道组工作,后上调到浙江日报社。1982年初,经他推荐,我进了县委报道组。

正式工岁岁过节假,
牛是下田突击把汗洒。
正式工季季领粮票,
牛是背米进城换饭卡。
正式工次次加工资,
牛是看人鼓袋眼巴巴……

池中看蝌蚪,
掉尾变成蛙。
岸上看春笋,
长节开竹杈。
它们变了一代又一代,
傻牛羡了一茬又一茬。
啊呀呀,
啊呀呀,
代工、助征、测绘、土记者……
牛都甩不脱雇用这条怪尾巴!

八

《转正难》

雇工去"雇"欲归"正",
难过遥遥万里征。
万里遥遥走两年,
我带泥裸跑十年零。
呀,
更有青丝发,
白了"正"未定。

第四十章
校联趣

给马讲肉讲师愚,
对牛弹琴弹者蠢。
教其所好好在哪?
莫问皇历问民心。

一

"教书人教种田人种田,
种田人导教书人教书。"

这副门联好醒目,
江山农校是出处。

二

江山农技校,
门向村田开。
招我农家子,
育咱田秀才。
欲当官者莫光顾,
想务农的请进来。

江山农技校,
门对青年开。
农家好子女嘞,
张大久干的口,
要吸致富的海。

宿舍熄灯教室亮,
教室上锁路灯亮,
路灯拉黑手电亮,
亮处赶人老师忙。
同学们啊,
并非电费挂师心,
而是夜读太晚把人伤。
父母给的身体若读垮,
怎对得起好爹娘?

抽屉书满溢,
难填求知欲。
读水果的星期天来去三十里,
竞上赤山学种橘;
学兽医的节假日不休申矮居,
看畜诊禽最有趣……

三

江山农校朝田开,
民田校田立界碑。
秋到民田金浪翻,
校田一看更喝彩。

教书人呀,
咱祖辈种田多少代,
今天我要把师拜。
我多想啊,
把这校田新稻花,
香到民田来。

四

江山农校朝农开,
教书人进户把师拜。

橘采山坡酸几几,
蚕长竹匾黄歪歪,
这是什么原因啊,
请老师给咱脑子开开塞。

猪进我栏长不快,
羊归他舍不生崽,
这是什么原因啊,
请老师给咱脑子开开塞……

农书教个啥?
泥脚杆点题脑洞开。
农民新所求,
搬上老讲台。

五

教书人教种田汉种田,
先教跳出囷囷小田园。
那种田汉啊,
跃身高处看得远,
当代种田经,
越读心越甜。

种田汉导教书人教书,
先导走出囷囷小书卷。

那教书人啊,
遍游乡野眼光展,
新式教学路,
越奔心越宽。

新路开新花,
趣花浙报传。
第一朵呐头版头条亮人眼,
紧接着哟二版通讯更艳鲜。

六

农校老师乡下民,
互学互教心贴心。
记(作)者与读者,
心通其理近。

自有仓颉把字创,
哪篇好稿不为民?
多少圣贤哟教百姓为人,
几多百姓呐导圣贤作文。

路有导师引,
好文写不尽。
校联趣,
趣我心。

趣我心!
趣我心!
舆论福人,
党媒重任。

我该写啥?
去问人民!

七

《草木导阳光路径》

一轮红日升,
万岭迎光明。
阳光哟引草木朝上,
草木呐导阳光路径。
阳光因草木而荣,
草木受阳光而兴。

第四十一章
吹散隐星的云

一

一张国字脸,
微笑写容颜;
一管羊毫笔,
常描山水天;
一双大脚板,
日日量车间……
他是谁?
江山工艺品厂"当家人",
家住城关的那位何清源。

不是厂长哟厂务全管,
多年罕见呐奇葩忽现。

心里暗提醒,
新闻到面前。

二

工艺品厂艺欠高,
编叠草帽也难销。
"二轻"①企改试承包,
选在此厂风险小。

厂长面对千斤担,
咋也不来挑。
推出一个何清源,
山重不弯腰。

三

承包者初当家,
正式工怕个啥?
上班仍去看新片,
影院归来笑哈哈。

情难原,
肺气炸!
擅离岗位扣工资,
随意旷工从重罚。

处罚之后找根源,

大斧一挥猛砍下:
固定工资进档案,
退休按此一一发;
在职按件计薪金,
多干多得没二话;
管理人员看效益,
绩优可把高薪拿;
厂中提干凭德才,
谁有德才谁选拔……

几斧劈开新境界,
全员干劲大激发。
当家不到七足月,
年度指标统稳拿。

四

机器一心编草帽,
猛增产量众心焦。
堆得仓库碰屋顶,
胀破库房会烂掉。

郑州外贸展销会,
你不邀请我自到。
场内展销不让我,
住房订货天天闹。

拉来客户一一瞧,
新帽称心客竞要。
厂头是"画家"呀,
这草帽怎能不漂亮?

---

① "二轻"指第二轻工业局,此局在之后的机构改革中被撤并。当时,江山工艺品厂是家只有五十几名职工的小企业。

这草帽怎能不畅销？

何清源靓靓做草帽，
头顶上空空没官帽。
新一岁上头要搞厂长承包制，
"没帽人"能否续包成问号。

厂长帽子给谁好？
厂里职工投选票。
票票无声胜有声，
何清源，
非他莫属呼声高。

五

人访一微点，
心连一大片。

只要工厂姓个公，
厂长就怕长期工。
那长期工若是脏活不愿干，
厂里只能去雇农民工；
那长期工若是苦活不愿干，
厂里只能去雇临时工……
你不雇农民工呀他躺倒不干
要求调工种，
不管咋样呐那月薪你都得乖
乖送到他手中。

公厂养懒虫，
企改谁先动？

"江艺"有英雄，
一星隐雾中。

兴冲冲！
兴冲冲！
直奔县委办公楼，
汇报书记吴海松。
老吴啊，
县里若能挺此星，
江山企改可推动。

六

书记点头叫个"好"，
调研之后下"推功"。
霎时企企引星火，
大火燎燎全县红。

七

清源好激动，
企改更用功。

这一年"江艺"在农村办起
八百九十一个家庭来料加工点啊，
那农民，
地空编机响，
农忙箩担动，
一人当作两人用，
粮柜实来钱袋肿。

八

闪闪新星照夜空,
篇篇报道勤跟踪。
《浙江日报》头版登头条,
《经济日报》通讯分量重。
何清源与鲁冠球、步鑫生一起去北京开会呀,
华夏更兴企改风!

九

改革春风吹进城,
企改风采看先行。
何清源这些汉子呀,
先改得先机,
得机变企星。

十

《做做吹云露星的风》

天黑夜幕浓,
星隐云霾中。
改革时代的好记者嘞,
是吹散云霾的风!

第四十二章
读电大

一

糍粑不舍芝麻糖,
幼子难离喂奶娘。
脑袋空空的男子汉嘞,
钟情好课堂。

二

五十年代想读书,
只恨时太苦:
做个小樵夫,
只能读草木。

六十年代想读书,
只恨运太苦:
学校关门户,
只能读水土。

七十年代想读书,
只恨命太苦:
入校没资格,
外公是地主。

八十年代想读书,
只恨没工夫:
江中办函大,

曾去夜听书，
夜晚也缺席，
唯因工作不能误。

读电大，
可以不离职哟宜我"上班族"，
无须去外地呐师来"遂愿户"。
更不拒绝胡子叔，
胡毛吻上梦中书。

三
耕牛欲吃田边草，
脚步一慢怕响鞭；
在岗欲"充电"，
只怕外宣有碍"县头"嫌。

读书不敢误工作，
报道天天摆在先。

盼来星期天，
一刻也不闲。
大白日人家玩纸牌，
我骑车采访下乡田；
太阳落人家进影院，
我亮灯写稿在房间。
一字一句细推敲，
自读自听忙改编。
办公室里灯常亮，
领导看着绽笑颜。

午饭啊，
人家细细嚼，
我是粗粗咽。
省下时间多看书，
品文味最鲜！
饭后人家午睡去，
我回宿舍把书翻。
心读劲不减，
情到眼无酸。

晚上啊，
写稿到八点，
看书到夜半。
夜深人静眼不寂，
字走行移流心田。

金午间，
银夜晚，
每日腾腾三小时，
一年挤挤百多天。①

啊，
生命即时间，
挣时胜挣钱。

---

① 一年自学不停，按一天学 3 小时计算，3×365，等于自学了 1095 个小时；按一天上课 8 个小时计算，1095/8，约等于上了 137 天的课。

四

耕牛欲吃田边草，
脚步一慢怕响鞭；
在岗欲"充电"，
只怕持家有碍老婆烦。

读书不敢忘家眷，
家睦读书才有甜。

一亩两分责任田，
老婆忙个团团转。
春播种籽须均匀，
初次学着撒水田；
夏天遇旱田开裂，
引水救禾到夜间……
那抢收抢种大忙季，
她盼我回家帮几天。
因为脚踏打稻机呀重又笨，
一个女人玩不转。
我本农民晓谷事，
"双抢"总是跑田园。
只有那一年呀，
稻老田间人未归，
老婆电话催翻天。
得知我往考堂去，
她到娘家把"将"搬。

灶无柴火烧，
炊女心头焦。

砍柴要进深山区，
肩担车拉岭路遥。
此事只宜男子干，
责无旁贷我来包。
每年冬日请一假，
茧手再挥大砍刀。

戏水又玩泥，
娇儿浪故里。
乡村没有幼儿园，
独子咋成器？
不识几字妻心苦，
欲教心没底。
我想将儿带，
分身哪有计。
全家若到县城住，
城里无房无土地。
只好委屈年幼儿，
进城求教待时机。

五

耕牛欲吃田边草，
脚步一慢怕响鞭；
在岗欲"充电"，
只怕日常百事吃时间。

"充电"不图事事圆，
有得有弃争当天。

人奔四十呀，

妻儿父母在身边，
生计缠心一件件。
公事忙来私事急，
人情来往也难免。

人奔四十呀，
越来越多是昨天，
越来越少是明天，
越来越贵是今天。
今晚不充电，
明晨玩儿完；
今晨把籽种，
明日芽儿鲜。

我求明日芽儿鲜，
今晚荧屏虽好看只能说再见；
我求明日芽儿鲜，
今晚陪官虽重要只能自减免；
我求明日芽儿鲜呀，
不去江滨散步道，
谢绝酒店耗时宴，
亲朋来往请妻去……
尽力跳出杂事圈。

六

日捧书本念啊念，
夜捧书本看啊看。
读了写作利章法，
读了史书多镜鉴；
读了逻辑益判断，

读了国外心天展；
读了哲理解心结，
读了修辞少赘言……

学习有进步，
工作上层天。
稿写优读者常传看，
文做帅编辑也喜欢。

七

那红本本①是蜜糖！
那红本本是朝阳！
手摸红本本呐泪两行，
情化字星星哟诗一章：

《电大颂》

有心跃上良知山，
却遇悬崖把路挡。
正在这时候，
你是一架"上天梯"，
立在我身旁。

投身建设好家乡，
短少智能戏怎唱？

---

① 红本本指电大毕业证书。按当时的政策，一有了它，我的身份就从以工代干变成了国家正式干部，工资也随之上了一个新台阶。我于1982年9月开始读电大汉语言文学专科，1985年8月毕业。

正在这时候，
你是一股"知识力"，
输入我胸膛。

心神更想变强壮，
营养偏偏常不良。
正在这时候，
你是一盆"文化饭"，
送进我饥肠。

大学曾是我追求，
只恨无缘进课堂。
正在这时候，
是你打开高校门，
圆了我梦想。

啊，电大，
进你的门不填政审表，
走你的路不拒穷儿郎，
上你的课不误养家事，
读你的书不嫌胡子长。
你这改革的新生儿啊，
让多少人遂愿喜若狂。

读书是起家之本啊，
你是穷人的大学堂。
有你把基础夯，
穷哥们有希望。

八

有希望，
有希望！
春气进学堂，
校门处处敞。
多少求智求德求健求美者，
纷纷进场无彷徨。

有希望，
有希望！
春气进学堂，
校门岁岁敞。
智者德者健者美者走出来，
中华复兴多栋梁。

附：《读》

少年好读日初升，
青年好读日正中，
壮年好读日最猛，
老年好读夕阳红。
一世好读啥样子？
心中有日照无穷！

第四十三章
陪查

一

天上有"神"来，
顺着"神"意陪。
陪吃陪唱陪玩乐，
迷迷者还陪睡。

"神陪"叫我当，
尚是第一回。①
"陪而优则升"啊，
我该何作为？

二

上肩一个旅行袋，
下甩两条强健腿。
碌碌昏昏我还没去接，
轻轻快快到我面前谁？

来神是央报记者叫大江①，
他乘火车远道来，
长时无座站着累。
下车问路到宾馆，
住下就来把我催。

呀，
不请自到陌生的江，
尚不知是祸水呐是福水？

三

细查要跑许多路，
我问大江车派不？
大江答：
"近巷咱将脚板磨，
远郊可踏两轱辘。"

过街头，
任汗流。
一路四轱辘，
我前央记后。

访到树影正，
炊烟飘囱口。

---

① 1985年秋，某上级部门认为江山县违反国家规定，逆向挖了淳安县（山区县）的人才，欲通报批评。实情如何？《人民日报》记者江世杰来江山调查。江山县委办公室领导安排我当陪查。做陪查，我是第一回，也是最后一回。

① 大江即江世杰。初次见面时，我问他："你就是北京来的记者？"他答："是的。我们农村部有两个姓江的，为了区别，那位年龄小的、个子矮一点的叫小江；我年龄大，个子高，叫大江。你也叫我大江吧。"当时，他住宿的江山宾馆也叫江山招待所。

第四集　县域笔

对方好客请吃饭，
央记谢而走。

街闹饭店多，
酒香把人诱，
回头问大江，
进去喝一口？
笑笑作回答，
蹬蹬加把油。

赶回招待所，
向那餐厅走，
买饭自掏钱，
队儿排后头。

四
清水衙门少油水，
苦兄难弟张渴嘴：
"需要劝喝或导游，
一声呼唤我来陪。"

务农时看见谄官油嘴巴，
"小种地"曾编谣句把其骂：

《吃楼谣》

三顿吃头牛，
半年吃栋楼。

吃牛的，牛角扎；

吃楼的，楼基塌。

啊呀呀，
如今我身份一变遇馋机，
还记不记得牛角扎？
如今我身份一变遇馋机，
还任不任那楼基塌？
我带大江吃"自费"，
心安理正笑颜挂。

一沓饭票十来餐，
两个车轮转四天。
我友没得油水沾，
说咱是个"傻瓜蛋"。

不请玩乐不请宴，
只怕"天神"心有怨；
一题常有若干解，
只怕"天神"心有偏。
上天言好事才能下地降吉祥呀，
县领导一团愁雾结眉间。

这里事情查个遍，
大江又去淳安县。

五
假情雾里传，
真相拨云现：
一次分配定终身，

人才受压解困难；
人才流动若放开，
生产力解放拓新天。

央记回京言好事，
被查之众笑开颜。

六

大江啊，
来自中国第一报无傲气，
当过副厅级干部无官气，
见过首都大场面无阔气，
言行多正气。

大江虽走情依依，
榜样长留心熠熠。

七

天上有"神来"，
凡间岂不陪。
若是陪着上邪路啊，
丢了德，
坏了胃，
身心累又累，
亏不亏？

我把大江陪啊，
烟没抽一支，
酒没喝一杯。
景点全没去，

更无美女随。
却陪出个楷模驻心扉，
却陪出了好事一大堆！

第四十四章
缘结第一报

天上有料不死的云，
地上有料不死的人。

一

陪查没把钱袋摸，
不料大江查了我。

那天晚上八时多，
我在办公室里坐。
灯下剪贴见报稿，
大江走进正瞄着。
他随手一翻啊，
一年见报这么多，
质量看来也不错。

二

送走大江没几天，
京城电话到江山。
问我学习去不去，
学期尚未定长短。

啊，
秋日的春风，

梦中的召唤。
领导头一点，
进京冲在先。

进报苑，
傻了眼：
学生只有我，
独住房一间；
读本一叠叠，
叠叠皆稿件；
上课无别事，
只将稿子编。

星期日，
观景天。
这景观了观那景，
京城大景都游遍。

三

元旦即将到，
大江把话传。
《人民日报》想调我，
问我可情愿。①

我情愿！

---

① 事后得知，当时人民日报社农村部有进人名额，由农村部自行物色对象。我在北京经过一段时间学习（被考察）后，大江明白告知，人民日报社农村部想调我。我在那里学编稿，老师是江世杰、黄彩忠。

我情愿！
中国第一报，
威望震云天。
到此干新闻，
见识大世面。

我情愿！
我情愿！
中国第一报，
艺高德也显。①
傻子欲成才，
最佳到此间。

我情愿！
我情愿！
中国第一报，
记者多垂涎。
良机到眼前，
乐死了严元俭。

---

① 在进京学习之前，我有几篇稿子寄给人民日报社农村部，后见了报，我对那些未知的编辑很感恩。进了报苑，就打听是谁编了我的稿子。问大江，大江笑而不答。问黄彩忠，黄老师说："你不要问这个。你把稿子写好了，谁不愿编呢？稿子写不好，谁愿编呢？感恩，得感改革开放的恩，得感好社会的恩，得感自己的恩。"从此我再也不问了。我觉得，当时的人民日报社是我国的道德高地之一。

四

进京本我愿,
我却进京难!
我捧江山碗,
江山把我管。
遥遥电话通书记,
书记宏音说看看。
大江说:
我们助助你,
可跨这门槛。

进京本我愿,
我却进京难!
来到北京我日日出鼻血,
在京吃饭我餐餐不香甜。
北京的空气没我家乡润,
北京的豆腐没我家乡鲜。
北京的红辣椒一点也没辣,
北京的旱土地难寻一涌泉。
大江说:
我也外方人,
出生在四川,
这条不算难,
慢慢会习惯。

进京本我愿,
我却进京难!
我妻户口在农村,
农妇进京不用谈。

若把我妻带进京,
人无事做手难闲——
那京城严禁地摊贩,
那街巷更无责任田。
大江说:
户口由人随意迁,
不知要到哪一年!
唯有这一条,
可说真是难。

五

难题缠脑间,
辗转夜无眠。
唉,
世间多少英雄汉,
随地易妻如换碗。
他们再伟大呀,
难盖喜新厌旧一污点。
我要前程美,
贫妻不可换。

六

旧岁急急送,
新年到匆匆。
浙报表彰会日近,
打来电话问行踪。
催我的呀,
还有那春联美酒红灯笼,
更有那父母妻儿众弟兄。
乡语悠悠在呼唤,

归心长翅向远空。

啊,
活在家乡我慕远方,
远方待久我想家乡。

回家过年啊,
一滴水也汇进了江河涌浪,
一雪花也飘向那故地胸膛。

车头静对东南向,
热手握啼西北风。
舍不得呀舍不得,
我的师傅我的兄!

"普快"动,
激情涌。
手挥直到站离去,
窗响才觉啸啸风。

寒气夜袭硬座缝,
窗台茶水竟冰冻。
幸好大江临别赠我军大衣,
春阳一路暖心中。

七
《回乡》

游子归来泪落襟,
江山你好吼一音。

江郎喜喜来接我,
我本江郎山下人。

第四十五章
寻乱源

一

哄抢,惊跳了东村水库的鱼鲜!
强摘,吓傻了西寨山坡的柚园!
南乡茶岭打群架,
北镇蚌塘抢水战……
鱼蚌橘茶出乱象,
东南西北起硝烟。

包字到粮田,
春风送笑脸。
可这园园库库塘塘场场啊,
为啥难见笑容多哭颜?
急急去现场,
那有乱之源。

二

村的果场,
组的山场,
这笔承包款,
应该交哪方?
要果场款的人把门上,

要山场款的人把门上。
承包者说：
"承包款分分厘厘都会交，
但一个孩儿没两娘。"

承包户难解囊，
众村民怒满腔。
空手承包户，
哪家不会当？
合同主体不明哉，
秋后果红黄，
没种树的也挑起了采摘筐。

三

鱼虾养肥贼眼亮，
偷儿抓到送包方。
那包方有权不处罚，
那养者无力贼难防。
合同双方的权利义务不般配呐，
塘鱼被盗抢，
养户哭爷娘。

四

交上的病橘小橘十几筐，
看着的恨脸怒脸几十张。
筐中酸果有谁要？
树上甜橘等我尝。
上交果的合约没有定质量呐，
折断两山枝，

橘园一祸殃……

五

承包山水场，
法制是保障。
漏洞藏合约，
纠纷谁可防？
承包缺陷快填补，
包路才通畅。

为此发《礼贤乡完善经济特产承包合同》，
《浙江日报》头版头条粗标题啊令读者眼一亮。
《人民日报》呐更是有分量——
头条发二版，
评论有文章。

六

《秘诀》

有友问我：
稿响大中国，
人奔小角落。
秘诀在哪里？
因果怎么说？

啊呀呀，
一果多因说不清，

领头一窍君且听：
滴水映天光，
粒泥蕴地性；
脚下泥巴踩个透，
家乡地气通国情。

藏心更有一机密，
十用七灵君可记：
若往北京把稿寄，
先封自己当"总理"；
"总理"若赞一声好，
你就不曾白费力。

七

旭照东来夕照西，
乡泥从不把牛欺。
千畦百畈禾苗旺，
有草吃来有水吸。
汗洒花争现哇，
青天更赐新春意！

第四十六章
牛运来

雨润风和春日天，
弯溪添绿岭添鲜。
牛走运，
乡人羡。

一

衢州一度属金华，
现在金衢分两家。
省广播电台筹建衢州记者站，
老吴把我拉。①

好工作！
区位佳！

站近家，
车直达。

空气润人哟鼻血再无挂，
菜蔬合胃呐三餐不少辣。

稿言"广播体"呐像把家常拉，
这是你之长哟竞争更不怕。

要说扫兴只一件，
想跑全国没办法。

---

① 1985年下半年，金华地区分为金华、衢州两个地级市。吴汉能是浙江人民广播电台驻金华地区记者站站长，我在江山广播站（后改为江山县人民广播电台）时与他同行，他对我有所了解。省台要他组建衢州站，他便想到了我。1986年春节一过，他就赶到江山县委，要求调我去衢州站工作，被县委领导谢绝。

不料江山书记呐一口回绝他，
只得放弃傻牛哟老吴另选花。

二

浙报衢州记者站，
初始并未将牛点。
衢州城里能人多，
文笔知名身子健；
家在市区居有屋，
年年可省租房钱。
蜂追甜，
把香恋——
飞进衢州记者站，
他们个个都情愿。
为什么后来又改变？
出了个搅局的胡咏宽。

这个胡咏宽呀，
正正经经向上荐，
荐出一个严元俭。①

我和开化胡咏宽，
一北一南隔个县。
他喝开化水，

我顶江山天，
两个陌生人，
从无啥挂牵。
只因有件事，
竟把他心撼。

那一天起早下黄山，
扭了脚老张坐路边。①
他盼天亮呐朝阳不露脸，
他盼路平哟脚下陡弯险，
他盼救兵哟放眼无人烟，
他盼去盼来心好烦。

我与老张虽不熟，
见他如此怎心安？
"老张老张你莫烦，
我来背你下黄山。"
"只怕你背不动啊！"
"请你让我试试看！"
他大个子重达百六七，
我中身材只有百二三。
腰弯弯，
牛背山。
背到咬牙喘气难，
小心放下改扶搀。
背一段，
搀一段，

---

①　胡咏宽是开化报道组资深组长，他推荐我进浙报的事我原先并不知道，十几年后老胡退休在家，我去探望，他才告诉我此事的来龙去脉。他与浙报人事处的吕礼进是好友，老吕将浙报欲招衢州站站长的内情一一告诉了他，他向老吕推荐我。

①　老张，龙游报道组人员。当时浙报驻金华记者站组织各县报道组人员就近游黄山。摸黑下山时，老张扭了脚。

搀搀又背背，
终到汽车站。

"此人心地很阳光，
路见有难就会帮……
若是他来记者站，
衢州报道有希望。"

几句荐人言，
快传至总编。
总编一下令，
老吕到江山。

三

浙报抢牛下手快！

牛在江山呵，
七年县站无耕龄，
领草之时心不快。
抢者忙请示，
总编把板拍：
耕龄少算有多少，
按照实情补起来。①

四

《好运为啥光顾我》

好运为啥光顾我？
只因善干健牛活。
弱牛一日耕一亩，
我可犁它两亩多。
蹄乱犁田田漏水，
我犁畈畈驻清波。②

好运为啥光顾我？
只因爱干痴牛活。
凶牛角硬戳人背，
我角挂书益友多。

---

① 浙江日报社追得很紧，承诺补上我的工龄。在报道组之前我在江山县广播站工作（包括驻区蹲点）了7年，但县劳动人事局不给算工龄，理由是按规定，单位变了不能算。县领导请他们实事求是地解决，县劳动人事局局长说去请示省里，过一段时间说省里不同意。《浙江日报》总编知道此事后，马上拍板说，应该实事求是，有几年算几年。我的7年劳动得到了承认，得到了尊重，工龄工资也补上了，我很感激。
② 梯田种稻，水很宝贵。犁头若是忽深忽浅，易犁破田底；若是忽左忽右，易犁破田边塍。田底和田塍一旦被犁破，就会引发水渗漏。只有善驾的农夫加上善拉犁的老牛，才能耕出"畈畈驻清波"的好田。

牛懒挑食又吝力,
我吃草耕田还爱爬坡。

好运为啥光顾我?
更因时风吹起了谷底沉云一朵朵。
有一朵牛拉犁,
拉犁牛就是我。①

五
三家都要牛,
牛向哪家走?

好友说:
活水朝下流,
慧人向高投,
上进选北京,
犯傻择衢州。

牛傻子,
选主子,
忽见初心在馆子。

你看你看,

---

① 改革初期,新闻的自由度、美誉度都较高。我要采什么、写什么、往哪里寄,文责自负,领导都不限制。这样,我采写新闻的潜力得到了较好发挥。再是,那时候的新闻单位也有了一定的招人自主权。要是在"用人单位不招人,招人单位不用人"的计划时代,我也不大可能会被新闻单位聘用。

档案馆中那报纸,
平时不响却传世。

呀,
家乡的风雨家乡的事,
昨日的新闻今日的史。

家乡史,
为它洒汗已十年,
续到头白是我志。

六
旧叶寒风刮去,
新花暖日催开。
那暖日虽山河共照,
这春光却低处先来!

那暖日虽山河共照,
这春光却低处先来!
傻牛犁地先得春啊,
报喜的蹄声最畅快。

蹄踏乡泥接地气,
耳朝旭日进天籁。
啊呀呀,
世上春光谁负载?
顶天立地有牛在。

大江大江你莫怪,
这牛傻子嘞,
野地乡田离不开!

第五集
浙报脚

（第四十七章至第六十五章）

劲劲脚一双，
天天在路上。
时时接地气，
步步溅泥香。

第四十七章
府门叹

无字的名片，
迷糊的浅见。

一

租间居委小平房，
买铺独身木板床，
办公小小桌，
正正摆中央。

不将贺客邀，
不把烟花放，
赞助全没拉，
更没请领导来压场。
衢州记者站，
我到就开张。①

---

① 我于1986年4月22日到浙江日报社报到，报到时，报社领导把任命我为衢州记者站站长的红头文件给了我，并叫我去财务处领4月份的工资。我说，4月份的工资已经在江山领过了，不要了。领导又问，开张的日子要不要搞个仪式。我说，金、衢刚分家，市领导都很忙，你们也很忙，最好不要。领导说，好，那就不搞。报到当天，我就带着报社的红头文件到衢州上班。省电台驻衢记者站的同行是当地人，帮我到居委会用极便宜的价格租了一间平房。按规定我可以租住一间宾馆，但我舍不得花报社的钱，自费20元买了铺政府机关淘汰的简易木板床，在办公室里过夜。第二天，我就开始采写报道。

二

红日朗朗，
新牌亮亮。
我欲进府门报个到，
那"绿衣"伸手把人挡。

同行几位都能进，
怎的独独我不让？
我见此情笑又笑，
笑得门卫好迷茫。

"这里非闲地，
哪能随便闯！
冤屈事若真，
可在外头访。"

闻言我更笑，
笑罢说端详：
"我也上班郎，
请君把路让。"

门卫一双亮亮眼，
牢牢盯在我鞋上。
我明白了，
贱贱一双"老解放"，
低低名片人前晃。

啊，
市机关里人来往，

脚上有谁穿"解放"？
严元俭呀严元俭，
进官署仍然土模样。

三
"解放"呀，
当年初会面，
远在砍柴山。

邻居有弟在军营，
"解放"寄哥挑担穿。
歇担之时脱下它，
老哥称赞声声欢。
担友们呀，
你摸摸，
他看看，
呀，
此物只该当代有，
乡村辈辈无人见。

我也摸，
我也看。
它有养脚的软，
它有养目的艳，
养心呀它比草鞋更耐穿。
就是这脚臭味儿一放出，
会熏三里远。

四
"解放"呀，

多多优点盖缺点。
"农门"一跳出，
你我就结缘。

那一次，
采新深入须江源，
翻过大山又大山，
穿"解放"的小严脚轻迈步欢，
穿皮鞋的同事脚重爬山艰。
我一家一户把门串，
他两脚痛酸坐路边。
脚儿没"解放"，
怎采好山鲜？

那一次，
羡红访柿上山寨，
干部在前把路带。
眼看云集风撼树，
耳听雷响雨将来。
我穿"解放"冲如箭，
他套皮鞋走不快。
呀，
他淋在道落汤鸡，
我燥倚门山里崽……

五
《问"胶底"》

风尚因地易，

物名随时移。
昨天呼"解放",
今日称"胶底"。

"胶底"啊"胶底",
军人脚上不离你,
难道国家太小气?
不!
皮鞋笨重出行慢,
穿你轻松走万里。
轻松是速度,
速度是胜利。
人间鞋子多多少,
战士卫国首选你。

"胶底"啊"胶底",
体坛健将不离你,
难道皮鞋缺帅气?
不!
皮鞋笨重出行慢,
穿你轻松跑万里。
轻松是速度,
速度是赢旗。
人间鞋子多多少,
勇士夺冠首选你。

"胶底"啊"胶底",
小严脚上不离你,
难道皮鞋买不起?
不!

轻松是速度,
速度是实绩。
人间鞋子多多少,
他也钟情你。

六

《府门叹》

"老土"被人挡,
气和心受伤!

我的门卫弟兄呀,
工作虽说无贵贱,
富人哪会站门岗!
都说天下穷人怜苦汉啊,
你为啥一见皮鞋门大敞,
"解放"到门伸手挡?

我的严元俭呀,
多少年来穿"解放",
你走乡跑寨无人挡,
却在府门出"土相"。
府门该进还得进呐,
你把一双"解放",
急急忙忙脱下,
犹犹豫豫穿上。
穿穿脱脱,脱脱穿穿,
竟成了难忘的破事一桩!

啊呀呀,

时代在前进，
世情在变样。
我的鞋跟不上趟?
我的心跟不上趟?

七
天不管，
地不管。
好运恋"胶底"，
脚亲大地跑得欢。

八
微响的名片，
党媒上露面。

第四十八章
得失

一
人进衢城心恋乡，
家乡喜鹊追来唱。

"咱国家正在评选自学成才的郎，
你是三个指头捉田螺呀蛮稳当。"

友人送赞赏，
令我眉飞扬。

二
"自学谁上大红榜?
够不够级别不过磅，
合不合条件无斗量。
公开时都道凭实绩，
私下里偏偏另有账。"

"自学谁上大红榜?
莫以为实绩过硬便能上。
头头对你没情感，
实绩再多放在旁。
要想上红榜，
还得路路畅。"

友人送醒药，
令我心忧伤。

三
全国先进若当上，
红榜提名豪气扬。
真功夫虽不为评先学，
好声誉却无人不向往。

为己跑先算哪桩?
心中不愿口难张。
你能评我我高兴，
红榜题名我也想。
你若评他我不响，
能吃亏者性超强。

四

自学先进评谁上？
电大心清有本账。
事事核清爽，
级级盖大章。
好一句"此人已调评什么"啊，
直盖到有官理正话雷响。

闻声来者愣，
愣者叹白忙。

五

人走为啥茶就凉？
人走为啥茶就凉？
同学知痛点，
说我欠情商。

单位有人出业绩，
记着领导善培养；
调动之前表谢意，
你得赶紧把门上；
领导上门想挽留，
你请领导多原谅……
哪有你这样，
衷情不表反把人心伤，
说什么去意已定无须留，
领导登门也冷场。

唉，
评先进本该重路向，
引新风把那腐俗荡。
先进上红榜，
激人学好样；
假先红榜上，
引路向何方？

六

实绩难衡量，
评先走过场。
呀，
过场花花戏，
哪年不在唱？
新翻闹闹剧，
哪里不出场？

七

有失查己呐一查就通，
失后怪人哟再怪即疯。

誉绳不捆身，
日子也开心。

患得又患失，
心病无痊时。

得蕴失啊失蕴得，
得得失失谁看彻？

八

《自劝》

有得感人恩，
有失戒己怨。
已失莫长恼，
暂得别狂欢。

得里防失失少见，
失里觅得得多伴。
得来失去凭缘分，
心路一通天地宽。

天地宽！
天地宽！
得之我坦然，
失之我淡然，
争之循必然，
顺之享自然。

日子平平笑不断，
心儿静静病难沾。

第四十九章
蜂王忧

一

漫山遍野的香云，
逐蜜追甜的翅群。

那山艳含毒吗？
问问；
那地霞染药吗？
闻闻……

谨慎！
谨慎！
蜂王一动翅，
背负万千生死神。

二

书记突然叫我去，
门儿关起谈一密。

手头最近接来信，
"衢蜡"厂长违法纪。[1]
贪事一桩桩，
写得蛮具体。

严记者呀，
"衢蜡"是国企，
改革扛大旗。
若去查吧，
即使查清没事体，

---

[1] 此事发生在1986年7月，当时的衢州市委书记是陈文韶。"衢蜡"是衢州蜡纸厂的简称。

也怕伤了好人挫正气；
若不查吧，
又怕有贪不肃恶难抑。

严记者呀，
民心要改革嘞还须反腐败，
顾此不失彼哟双腿都得迈。
想来又想去，
请你今天来——
带记者进厂细采访，
摸真情助我除妖霾。

浙衢两报省广电，
大将组合少偏见。
他者已经在待命，
出发尽快莫迟延。

三

"衢蜡"改革啊，
和风难治病，
铁腕易伤人。
伤者气难出，
就发举报信。

对照那封信，
根源细细寻。
桩桩都有一些影，
追到天边皆幻云。

四

蜂王得报笑颜展，
速进花园细调研。
大会表彰小会讲，
力推"衢蜡"新蜜源。
新花一朵发浙报，
头版头条好显眼。

五

花开报苑人皆见，
香后真经谁会传？

六

《蜂王谣》

灵灵千万蜂，
展翅跟王飞。
飞错撞玻璃，
飞赢吻蜜蕊。

灵灵千万蜂，
展翅跟王飞。
飞错吃毒药，
飞赢尝美味。

天天引导蜂群飞，
避过险情多少回。
蜂王啊，
不怕怨和累，

只忧路不对。

飞啊飞,
飞啊飞。
放眼条条路哇,
有的通向功,
也有朝着罪。
更有路同花不同,
这蜂欢喜那蜂悲。

飞啊飞,
飞啊飞。
蜂王那复翅①哇,
对对唤公心,
双双呼智慧。

七

嗡嗡嗡,
嗡嗡嗡……
郁郁密林中,
飞出一个侦察蜂。

第五十章
收猪战

太平年代难太平,
商贸世间战商贸。
义战恶战又乱战,

硝烟滚滚谁赢了?

一

忽忽收猪战,
愤愤谁喊冤?

一九八六年的九月十六那一天,
福建客购猪到衢县。
山路弯弯九华乡,
广播响在农家院:
九十四元一百斤,
源口专设收猪点。

比起石梁①价,
多出整两元。

切莫小瞧这两元!
有它可把一个热水瓶换,
有它可把一条短裤头添。
九华乡农民哟,
妻把夫叫,
母将子唤,
走走奔奔把喜传。

此喜尚传路,
彼欢又下田:

---

① 蜜蜂有两对翅膀。

① 石梁:镇所在地,当时设有国有食品站,以购销生猪为主业。

国有石梁食品站，
跟着猪价也飞蹿；
再奖百斤饲料票，
少说也近两元钱。
呀，
山民跑路他心疼，
源口收猪也设点。

个体与国企，
收猪战火燃。

福建客不甘把阵败，
咬咬牙又涨两元钱。
眼瞧着猪往对方抬，
食品站涨高又三元。

福建客自知非对手，
气蔫蔫撤去收猪点。

尘土一扬对手去，
九华唯剩独家店。

敌无我也撤，
山路一溜烟。

此时闹闹的山村呀，
眼盯猪哟脚进栏，
猪叫混着人笑甜；
沟路推哟山路扛，
汗水难遮是喜脸。

到了源口啊，
推来的重重推途回，
扛到的沉沉扛路转。
捉猪捆猪的放开手，
喜脸笑脸的改怒颜。
流汗夹流泪，
赞言变骂言！

二

民拿骂泄怨，
我以稿发言！
传到杭州《浙江日报》用，
寄到北京《人民日报》见。

三

几条黄刺鱼，
搅浑水一渠；
一名傻记者，
乱我棋一局。

堂堂国企怎能欺！
堂堂国企怎能欺！
证"假"调查印数份，
公章盖印红兮兮。
洋洋千语澄"真相"，
省里京中各报寄。

奇文下转索真谛，
桌子一拍我站起。
重到九华拿证据，

约了衢县报道组的徐震仪。

一家一户找冤主,
不怕那高高的山呀陡陡的溪。
你盖公章红艳艳,
我集指印呈纹理。
证真材料寄出去,
平地风波从此息。

四
此战获全胜,
并非皆我功。
走山村的道路呐是当地农民带,
收猪战的由头哟是本乡干部供,
记者采西又访东,
从晨到暮不扑空。
此战的背后呀,
猪市迟迟放不开,
各方抢肉隐刀锋。

那衢县养猪百万头,
收猪却是无权空;
那公司垄断收猪权,
独霸一方易榨农。
呀,
耳闻养户喊冤声,
衢县小官心亦痛。
心亦痛,
变行动,
引进客商把垄断冲。
一冲两冲风浪起,
农家呛苦水,
我卷波澜中。

五
与民同在波澜中,
难忘涛声响海空。

君知否,
猪草一篮三两苦,
千篮才养百斤猪!
君知否,
春采猪草雨湿破衣裤,
夏采猪草日烤黑皮肤,
秋采猪草虫叮肉,
冬采猪草风刺骨!
君知否啊君知否,
穷人养大猪,
月月天天都是苦!
猪大出穷家,
斤斤两两凝着苦![①]

苦人总有望,
盼点在猪上:

---

① 当年家乡农民养猪,尚没有喂配合饲料的,猪吃的几乎全都是人工采集的野草树叶、番薯藤、蔬菜下脚料等猪食,猪因此长得很慢。

学龄孩子小书包,
背在猪身上;
过年大小新衣裳,
挂在猪身上;
光棍娶妻要聘金,
结在猪身上……
今日卖猪受耍弄,
苦人心痛我心伤!

我本农家子,
养猪苦备尝。
卖猪苦乐景,
记者不能忘。
农户卖猪受耍弄,
民冤岂可不声张?

国家政策新规刚亮相,
把那畜禽市场全开放。
你不放开民不满,
公平竞市民心畅。

六

这一仗,
我没输。
奇闻句句有出处,
叫你不服也要服。

这一仗,
我没赢。
爱妻刚进衢州城,

就业断了一路径。

不管赢来不管输,
看看养猪的看看己,
自家日子算不得苦。

我不苦呐农民苦,
他们辛辛苦苦养头猪,
猪大欲卖却公平无!

七

叹民苦,
寻苦源,
源头有个新发现:

养猪人啊收猪站,
政府亲亲皆靠山;
收猪站啊养猪人,
都叫市长父母官。

为什么同是靠山父母官,
屁股却常常歪在边?
啊哟哟,
养猪农户居乡下,
食品公司在署边。
贴身的宠儿多给奶,
隔岭的憨女少寒暄!

贴身的宠儿多给奶,
隔岭的憨女少寒暄!

人间多少掌权官,
屁股常常坐不端。

八
离霞近的花儿姝,
离娘远的娃儿苦。
人间争肉战,
岂止那头猪?

九
《写给子女多多的父母亲》

父母亲!
父母亲!
远女近儿皆自生,
指长趾短都连心。
都连心啊莫偏心,
近是你儿孙,
远也你儿孙!

第五十一章
探谜底

莫道群蜂乱纷纷,
飞天总有好花引。

一
一九八五年,
商海棋局变。

"衢百"①门前小地摊,
晚来摆满一长线;
"衢百"两边集体店,
或包或赁变了天。
坊门街唯有"衢百"属国企啊,
千摊百店抢生意,
"孤岛"垮塌在眼前!

谁知岁末一结算,
盈利是上年一倍半。
来年七月一盘点,
又红红火火跃新天。

为何被困反来钱?
我进"岛"把谜探。

二
"衢百"改革春,
古城遇地震。
工资浮动制,
震撼众人心。

"连工资也要浮,
还有没社会主义优越性?
连工资也要浮,
还有没国有企业先进性?"
"大锅饭"几多日呐发问几多声,

---

① "衢百"是衢州百货大楼的简称。

"铁饭碗"几多红哟发问几多猛。

经理汤志瑜,
心明应答轻:
把按劳分配这条记在心,
搞绩效工资有甚不该应?
"衢百"人搞好"衢百"有责任,
搞责任到人有甚不该应?

今天不改革,
哪个富得了?
若把改革闹,
大伙儿都会鼓钱包。
不信吗?
几个算盘子,
我们敲两敲……
闹改革如果哪一位难把基本工资保,
分明懒懒虫一条!
懒虫割点肉,
痛个哇哇叫,
痛了求不痛,
只有变勤劳。
向此变一变,
你说啥不好?

"大锅饭"有毒养懒瘾,
"活工资"是药护勤心。

昔日扎堆聊大天,
今朝待客献殷勤;
拒客的昨天冷脸鬼,
站台的今日热心人……

啊呀呀,
柜台顾客蜜蜂群,
"衢百"来金谷雨笋。

三

鞋台有位"众人嫌",
家里不缺吃饭钱。
想吵架时就吵架,
爱脱班日就脱班,
薪水少拿就少拿,
只求我事你别管。
啊,
浮动工资虽是药,
遭逢此辈无灵验。

怎么办?
怎么办?
聘任制嘞,
灵灵降我店。

聘任制的笑声一摞摞,
动真格的风浪一波波。

软藤哟,
当父母的上门求爷又拜婆,

欲给孩儿讨个饭碗过生活。

硬棍呐,
谁将我碗敲破,
他也没得好过!

忧心哟,
社会问题大如天,
天一撞破危害多。

迷雾嘞,
"衢百"这般做,
有没太过火?

退堂鼓呐,
乱子闹出来,
天塌犯大错。

磐石哉,
"衢百"并非养懒虫的窝,
怎能任凭懒虫躺在"铁饭碗"里把日子过?
任凭懒虫躺在"铁饭碗"里把日子过呀,
岂不是社会难题会更多!
开弓没有回头箭,
"衢百"须翻挡路坡。

有人待聘无须怕,
只怕人们看死他。

莫看死莫看死,
经理开窗说亮话:
干活岗位由咱供,
成事如何必你答。
当然啰,
倘若新职也不适,
跳槽你可干其他,
如今就业几乎全放开,
"衢百"外头天地大。

好碗养人谁不珍?
半年试用见真心。
鞋台那位"众人嫌"呀,
话如蜂蜜手儿勤,
由刺变花赢客心……

啊呀呀,
柜台顾客蜜蜂群,
"衢百"来金谷雨笋。

四

"苋菜籽干部"想脱担!

啥货夺人啥货贱,
柜长最有明白眼,
有眼偏无进货权。

啥个干啥最适应,
柜长最会将人选,
会选偏无选用权。

立足本柜带头干,
多干偏没多挣钱……

可发之利发合理,
可放之权放到底。

这一来啊,
担子没脱脱怨气!
菜籽增活力,
生机现大地。
芽发个个绿,
花好天天丽……

啊呀呀,
柜台顾客蜜蜂群,
"衢百"来金谷雨笋。

五

莫说盈利千千好,
难在改革路遥遥。

当"长"就多拿,
请问走哪道?
利权放柜组,
还不乱了套?

有官心地好,
实话不弯绕:
犯错快纠正,
不能再错了!

"衢百"改革路走歪?
"衢百"改革路走歪?
以前呀,
上管分货下管卖,
货没对路人没怪,
多种体制一争竞,
国企反而被打败。
败因何在?
败因何在?
那责、权、利呀,
好比是苗儿壮壮土阳水,
怎么能三宝活活往死拆?

灯下学《决定》,
越学心越明。
适供土阳水,
国苗也劲挺。①

《谜底谣》

柜台顾客蜜蜂群,
"衢百"来金谷雨笋。
那蜂群本赖花儿引,
那春笋应时活力新。

---

① 《中共中央关于经济体制改革的决定》明确指出,建立多种形式的经济责任制的基本原则是"责、权、利相结合,国家、集体、个人利益相统一,职工劳动所得与劳动成果相联系"。

六

谜底八方寄,
编辑一见喜。
新华社的《经济参考报》啊,
第一版全都登我《探谜底》。
一时引那考察者,
海北天南到浙西。

七

咱寻"衢百"改革谜,
有友探咱写稿谜。

当初你写收猪战,
食品站上头有人恨死你;
如今你写探谜底,
"衢百"店上头有人爱死你。
爱爱恨恨共一衙,
黑黑红红皆你记。
你为啥呀,
在前掏粪缸,
之后插红旗?

这谜底,
咱告你。

新闻抓活鱼,
我是一个迷!
只要活鱼抓到手,
你夸你骂我都喜。

为抓活鱼呀,
半夜跃身起,
佳节离宴席,
睡眠吃饭可推后,
小病自痊不用医。

为抓活鱼呀,
德行装心里,
事实记本里,
可帮亲友擦污垢,
能为冤家送乐喜。
这,
就是我,
一名傻记者的谜底。

第五十二章
缺奶的孩子

新生的厂子,
缺奶的孩子。

一

异枝一鸟栖,
群鸟朝其啼。
好友去他乡,
相知常惦记。

敖坪姜新民,
找我到异地。
厂子是他亲生子呀,

又逢断奶急。

二

上一次啊,
产品畅销需要添机器,
新民求助银行难遂意。
眼前有奶不得吮,
一见相知叹叹气。

这是江山第一个私企!
这是家乡第一个私企!①
手脚尚沾泥,
办厂多不易。

他心焦,
我性急。

某企走红较富裕,
余钱存在银行里。
一年算算没啥利,
抱怨银行利率低。
此企的头头是我友,
请新民速速去商议。

"闲钱增利心常想,
只是呀,

借给生人心里慌。
如果小严敢担保,
我掏钱袋无彷徨。"

为人担保的事儿实难学!
为人担保的事儿切莫学!
家乡一干部担保书上按红印,
被保的企业关门他吐血。

可姜新民啊,
一向讲诚信,
办厂有匠心。
这样的好户头我信得过,
担保栏我按上了红手印。

富户当时称"万元",
借得五万把家还。
厂子又添生产线,
新民企业得发展。
到年底借方来电催还款,
姜新民本利两清众点赞。

三

姜新民的厂子是我"联系点"!
姜新民的厂子是我"采宝点"!
常走走,常看看,
掘出一眼"新闻泉"。

骤雨狂风狭窄路,
过溪绕岭拖拉机。

---

① 姜新民的小工厂于1982年起步,是江山县第一家领到证照的个私企业,现为浙江赢牌体育用品有限公司。

车灯闪闪两只眼，
山路弯弯几十里。
风雨夜新民往返为的啥？
厂里头瓦货错发追瓦急。
那错发的瓦尚在保养期呀，
运途坎坷车常颠，
此瓦不牢裂易起，
若将裂瓦盖屋顶，
逢雨必然漏点滴。

夜到小山村，
敲开买户门。
幸好瓦儿尚未上屋顶，
一查果有九张生裂痕。

雨夜追瓦人！
雨夜换瓦人！
稿子发出浙报登，
插图更显好精神。

活企重管理，
管人是难题。
"泥蛋"上田厂里聚，
有时难免缺和气；
走出厂门到社会，
助弱行善难发力；
下班回家忙不迭，
尊老爱幼没牢记……

精神文明有奖励！

精神文明有奖励！
姜新民这一奖呐，
奖出了职工互助的好兄弟，
奖出了孝敬老人的好儿媳，
奖出了助弱行善的好风气……

好风吹到省城去，
浙报配图扬正气。
《人民日报》摘题要，
言短意长弘大义。

四

幼儿正景气，
断奶又着急。
此奶（一种化工原料）向来
衢化产，
哗哗灌在贮池里。
门路若通畅呐，
买得便是买生机。

当地《衢化报》，
总编我熟悉。
抽时到报社，
放胆说来意。

老总重廉洁，
诚人讲友谊。
他说：
你帮私企跑门路，
千万别沾臭粪泥。

啊呀呀,
我助他们跑跑腿,
从来不要一毫厘。

临别老总送,
一路叮咛细:
这样的事情做不得,
若做了只会让人疑。

五

真人话语收心底,
药苦性良利自己。

啊,
这家厂若是断了气,
十多位民工去哪里?
为了这十几个农民工兄弟呀,
遭几回疑眼算啥哩?

啊,
领头羊若是断了气,
私企的前途人会疑!
兴工业富民强国呀私企不可离,
私企们的进进退退绝非小事体!

我看不下新生儿受饥!
我听不得新生命哭泣!
当年的我,
滚在泥巴里,
陷于贫困地,

看到了工农大差别,
怨死了城乡远距离。
如今自己进了城,
每月工资并不低。
可大多数农民呀,
还像旧时我,
演出苦地戏。
位变就将农友忘,
这般面孔谁欢喜?

我看不下新生儿受饥!
我听不得新生命哭泣!
想起那嗷嗷待哺的新生儿,
我的心呀此日不急何日急?
身正从无影子歪,
心洁不怕他人疑。

六
《添清新》

新生儿哟办厂人的化身,
生命奶呐新生儿的福音。
办厂环境呐新生儿的空气,
空气污浊哟新生儿会头晕!

人人都是新生儿的空气,
我想不想添它一分清新?

七

跑来又跑去,

寻北又寻西。
逢好友伸出干净手,
断奶儿终解燃眉急。

新民的汗水天天洒大地,
大地的小苗岁岁有出息。
他的赢牌花果呀,
赢了南北赢东西,
他的工匠精神呀,
央视宣播扬浩气。

八
《切莫慢待新生儿》

兴工的道路一开启,
多少兴工者把那乡田离。
兴工者们走到哪里,
工农差别就缩小到哪里。
兴工者们聚到哪里,
城乡差别就缩小到哪里。
兴工者们提升到哪里,
中华复兴的步子就快到哪里。

包括私企的民企啊,
当时娘瘦奶缺你常哭啼,
一市没几娃你显珍稀。
今天野笋逢春你竟崛起,
到处都有你的好兄弟。
明日娘壮奶足你长成才,
可跟世界强人比脚力。

切莫小看这新生儿!
切莫慢待这新生儿!

第五十三章
唤清新

千金难买身心健,
半刻也求空气鲜。

一

告别十年的新鲜空气重回莲塘村!
告别十年的新鲜空气重回莲塘村!
新鲜空气上头版,
读者好称心。[①]

天上星,
世间人,
水同鱼,
山共林……
霾害身心切骨恨,
有谁不想享清新?

[①] 1987年9月13日,《浙江日报》1版刊登《告别十年的新鲜空气重回莲塘村》。治理空气污染的报道在省级党报叫响,是全国最早的声音之一。

二

万物急急要清新,
浙江早早闻报声。
动魄惊心喊者谁?
莲塘老寿星。

黄连赤茶村口树,
四五百岁已高龄,
怪怪曲曲身,
葱葱郁郁劲。
涨大水呐淹不死,
强台风哟吹不倾,
落地雷哟轰不倒,
遇大旱呐更青青……
莲塘人世世代代的干爷爷呀,
树底下燃香跪拜天天敬。

香烟在袅袅,
许愿尚声声,
干爷爷叶渐枯黄枝渐朽,
独不见雷风涝旱来索命。

干爷爷魂返天宫,
庄稼地丢失青葱,
窑门边倒下壮工……

是修路伤了莲塘的龙脉筋?
是造房挡了宝地的佑人风?
村中风水变又变,
才有凶情踵接踵。

不!
那石炭烧石灰的废气,
是毁人又毁树的元凶。
近几年啊,
办厂步步跨得猛,
进袋扎扎心似疯。
没想到毒龙渐渐霸天空,
老寿星深受其毒才命终。

看准元凶,
快灭毒龙!
勇斗,
智擒,
群攻……
小村战火红。

三

啥战绩?
请问石灰厂边那块地!
过去呀,
种麦籽儿瘪,
种瓜苗不起。
如今呀,
种麦籽儿饱,
种瓜瓜满地。

啥战绩?
请听哮喘病号咋呼吸!

过去呀，
春夏拉风箱，
秋冬重又急。
如今呀，
老病情渐变轻，
新病号没得起。

啥战绩？
请看客人来去那踪迹！
过去呀，
莲塘汉钱多却"小气"，
不邀外客进村嬉。
咋嬉得了啊，
恶味霸天地，
时时把客欺。
如今呀，
莲塘有香香醇醇家酿酒，
莲塘有清清新新好空气，
莲塘人大大方方把客请，
外来客欢欢乐乐争来嬉。

嗨呀呀，
有没有清清新新的好空气，
竟是莲塘人请不请客的硬道理！

四

邀我嬉，
我来嬉。
组织一个采风组，
练练新人笔。

官民都在抓经济，
你却出其不意写空气。
与当今时代不合拍，
会不会白花大力气？

除污之战仗仗赢，
工业才能腾腾起。
要不然啊，
连口清新也吸不着，
这般发展谁中意？

消息发上去，
头版长标题。
读者眼一亮，
佳闻传遍地。

五

呼唤清新空气！
呼唤清新空气！
三十几年过去，
这声音——
一年更比一年响，
一岁更加一岁急。
这声音——
既发自北京会议，
更生于亿万心底。

我们要长金的土地，
我们要清新的空气，
两头都不少，

日月笑嘻嘻。

六
《无题》

天地污浊春不到，
山河痛苦人难笑。

七
《根梢莫倒置》

百姓政之根，
自然人之本。
只要根梢不倒置，
地球便是幸福村。

第五十四章
青青藤上桃

穷山有块活藤的土，
故土有根牵魄的藤。

一

往里走呐走了山岙是岭岙，
往高爬哟爬过鸟道是羊道。
深山无住户，
你去把谁找？

欲问把谁找，
先听《藤上谣》。

《藤上谣》

哎——
藤上什么野果吊？
有的吊在陡山坡，
有的吊在平山岙。

哎——
藤上什么野果娇？
有的浑身长毛毛，
有的浑身赤条条。

哎——
藤上什么野果俏？
天上飞来莺雀啄，
地上奔来羊猴叼。

呀，
每问都有答，
每答皆羊桃。
羊桃只是乡土名，
城里都称猕猴桃。

那羊桃，
虽秋后成熟口味好，
但多吃清胃饿难熬。
饿岁月啊，
越吃越饿有谁要？
霜后过熟烂烂掉。
可惜了！

可惜了!

唉,
困在大山里的乡亲们还不知道!
囿在大山里的乡亲们还不知道!
它是维C王,
进城卖价高。
一天吃几个,
那是健身宝。
我今来探山,
就是把它找。

上山无路挥柴刀,
越过南山爬北坳。
藤上青青硕果挂,
风来熟果纷纷掉。

岂能让维C之王在山里白白烂掉!
岂能让维C之王在山里白白烂掉!
一段无题简讯,
上了《人民日报》。[①]

二

小小男孩,
甜甜笑相,
仁怀叔眼里的"儿童团长",
村娃子围着的"故事大王"。
到了晚上他常把人撵,
要我将新新的故事讲。
我嘴巴笨笨腹空空,
哪有资格教"大王"!
啊,
经不起他的撵,
看不得他的望,
每逢进县城,
买本故事书哟我总不敢忘。

[①] 大约是1980年秋冬之交,我到大山深处的江山县周村乡采访野生猕猴桃,与乡广播员周云清一起写了一则简讯,被《人民日报》采用。这一信息,被当时尚是学生的杨少峰读到。

1974年10月到1977年初,我在文山底蹲点,杨少峰是村里的"儿童团长""故事大王",两人朝夕相见,成了朋友。杨少峰大学毕业后回乡,一有机会就教农民种猕猴桃,当上周村乡党委书记后更是把种植猕猴桃当作山区脱贫的一条可行之路来闯,闯出了百姓的一片赞声。1989年,我到江山市(县已改市)周村乡采访,把"猕猴桃书记"杨少峰的事例写在《事业迷》一稿中,登在《浙江日报》5月18日第5版。

我离开文山底已经好几年，
甜甜那笑相，
久久仍珍藏。

我把他珍藏，
他将我念想。
欢欣鸟飞往省城上大学，
报道牛犁出新地他分享。

家乡的野生果并没有白白烂掉，
强劲的使命藤种在他赤赤心上：
毕业回乡思富民，
钟情最是维C王。

三
周村乡出了个猕猴桃书记杨少峰！
周村乡出了个猕猴桃书记杨少峰！
学林业的他呀，
把猕猴桃当药，
医大山岭的穷。

新人一双哟请婚假旅行，
不远万里呐看心中名胜。
那就是陕西周至猕猴桃研究所呀，
在黄尘飞扬的土地上取经再取经。

他生了个儿子取名叫杨涛，
杨涛、羊桃，
叫一声儿子嘞，
唤醒心中的宝。

他骑辆自行车走盘岭道，
却看着山对面的新栽苗。
啊呀呀，
轮出盘岭路，
直往悬崖掉。
幸好幸好，
崖边伸手树，
抢救命一条。

猕猴桃栽种是门艺术，
得艺者活呀失艺者枯。
育苗搭架管摘贮，
路在险崖休错步。
错一程就前汗白流，
怎对得起山乡父母！

乡站的硬板凳是他好朋友，
农家的兔子耳懂他清亮喉。
他是不见面的广播老师啊，
传艺进矮屋，
火种点心头。

路边的枝叶频频亲他袖，

山上的草花日日将他留。
他是面对面的现场导师啊,
与民手把手,
还把理说透。

他促成乡初中开设猕猴桃职业班,
最务实的土秀才,
未毕业就显身手。

他多渠道抓销售,
维C之王,
货畅其流……

四

猕猴桃好吃难放久,
成熟果只可贮一周。

造一批冷库路边候,
请桃子进来睡个够。
"一季鲜"渐变"四季鲜",
莫让"吃货们"犯嘴愁。

五

从岁岁野生到家家竞种,
从白白烂掉到日日走红。
城里人的健身果呐越吃越想买,
乡下汉的致富藤哟越种越青棚。

看惯朝夕相处的云轻雾重,
迎来千载难逢的富岭雄风。
青青藤上桃呀,
古代的果盘中没显过你的靓影,
当今的果店里少不了你的芳容。

六

开荒镢化作挖宝镢,
绿藤叶变身金藤叶。
金藤叶向山山岭岭蔓延哟,
一野果竟成了一产业。

周村盛产猕猴桃!
江山盛产猕猴桃!
一车车桃子换来一沓沓钞票,
一座座大山扬起一阵阵欢笑。
啊,
笑声上树冲云霄,
猕猴桃书记的口碑比山高。

七

《聚魂藤》

家乡青郁郁的猕猴桃藤有几长?
它把草根记者从县城牵到高山岗,
它把甜甜笑相从省城牵到深

山乡。

挂在藤上的甜甜笑相呀,
昔日你听我老故事,
如今我写你新篇章。
人生的故事呐都牵挂一根藤,
这根藤就是家乡!
这根藤就是家乡!

第五十五章
无形的根基

《根基谣》

根基奠脚底,
万丈高楼平地起。
脚底无根基,
一双筷子也难立。

一

教育是无形的根基!
育人是无价的根基!
明日要崛起,
须夯今日基。
基打实,
子孙喜。

二

夯基之事快些报,
我欲城乡多处跑。

呀,
方圆千里路,
尺寸两只脚。
等短脚量完长长路,
那新闻岂不陈陈料?

轮可追新,
小车最好。

求援电话打出去,
几句回言柔又细:
"对不起,
对不起,
车多没有官儿多,
自顾不暇怎顾你?"

市委鲁书记,
其言忽忆起。
啥?
"工作遇难处,
无妨向我提。"

提就提,
提就提。
老鲁啊,
我想访学校,
只愁没坐骑。

两句回话,
三分窃喜:

"这一周我不出去,
衢0号前来送你。"

三
奇!
路遇一公车,
为啥鸣响笛?

奇!
路遇一交警,
为啥要敬礼?

哦,
一把手的车牌谁不知,
这是误将小记当书记。

误将小记当书记,
还因窗子膜贴起:
里能看见外,
外不窥知里。

面对着敬礼鸣笛,
臊得我自容无地!

书记来这里!
书记来这里!
莫不是出了啥问题?
为求真领导搞袭击?

车上我露了脸,

土地爷松口气:
害我虚惊一场,
来的原是普记。

四
专车专跑,
速采速报:
第一篇,
头版头条;
后两篇,
二版头条。

灯光照,
剪贴报,
自观自赏乐陶陶。

乐陶陶啊乐陶陶,
月下有人笑。

是谁笑?
是谁笑?
这人来自中国第一报。
大江啊,
当年你在江山跑,
两个车轮有力道。
知情者,
谁不赞夸风气好!
当时咱暗暗学君好腿脚,
今日我脸皮厚厚把车要!

大江啊，
当年你看我贴报，
夸我新闻有味道。
好味谁先得？
人勤下去找。
如今竟把小车要，
我腿我心在变糟？

书记解难无私意，
让车更显君子气。
只是呀，
报业有规矩，
报人当律己。

贪吃人家的盛宴呐嘴巴易变坏，
贪坐贵者的豪车哟屁股会偏歪。
屁股一歪笔杆歪，
歪闻上报有谁睬？

偏心难把秤砣摆，
落凳须防屁股歪。

五

心亏欲康复呐自医药，
行错欲回头哟自正道。
书记大人你莫笑，
我这里啊，
要车的声带失音了。

六

《我的根基在大地》

穷人要富起，
教育是根基。
钱袋富了富脑袋，
根基更是不能离。

我的根基是啥哩？
厚德载物，
德是根基。
自强不息，
强是根基。

我的根基在哪里？
我的根基在基层，
我的根基在大地。

衢州站常常"单身站"呀，[①]
单枪匹马守一地，
自律才有好根基。
单枪匹马守一地，
自夯才有好根基。

[①] 我在衢州记者站任站长25年（后改称浙江日报报业集团衢州分社，我任社长），多数时间有长无兵，只我一人。

向市里要车采访的事发生在1989年3月，当时的衢州市委书记是鲁松庭。

无形的根基!
无价的根基!
不牢固呐插根笔杆也倒去,
夯个实哟一座大山也能立。
我可夯成咋样子?
得瞧自己啥心气。

第五十六章
兴奋点

积愚不晓愚,
却道慧人错。
对错谁来定?
都尝实践果。

一

改革路漫漫,
夜路灯延延。
衢州小小灯一盏,
名叫《改革与发展》。①

业内知名的灯啊,

点燃者竟是衢州体改办。
中国稀有的灯啊,
主灯工竟是小记严元俭。

一九八九春阳天,
记者站来了位年轻的地方官。
衢州体改办主任丁敏哲,
屈进寒门求主编。
他欲按期出刊引导改革的路,
他思深化改革跨越发展的坎。

"这主编呀须有内功不走偏,
这主编呀没有报酬是白干。
我想来又想去,
只有把君选。"

"从小处说请你帮我小丁的忙,
从大处说改革与发展大于天。
小道理大道理你都懂,
就看你的头点不点。"

点头实在难!
报道一篇篇,
从来无空闲。
业余把刊编,
岂不是找绳把己拴。

点头莫迟延!
求索改革路,

---

① 《改革与发展》于1989年春创办,每季出一期,我挂名主编。1993年的最后两期改为双月刊,升格为浙闽赣三省九地市体改办(委)联办,由衢州市体改办主任丁敏哲挂名主编,我挂名第一副主编。《改革与发展》在衢州一共办了20期,是浙江体改办(委)系统唯一的期刊,在全国体改办(委)系统也有点小名气,省外,包括北京也有来稿。

我一兴奋点。
如灯的理论心头照，
那是新闻方向盘。

二

编辑是我短，
补短不容缓。
夜夜室灯明，
明明过夜半。

三

篇篇理论战，
战战把心牵。
明炮见明稿，
暗枪隐暗间。

某县党校校长将我见，
门儿关起吐真言。

"中国颜色变没变？
我看明明已反转。
看城复辟多私企，
看乡复辟都分田。
报刊跟着瞎起哄，
错了路线还闹得欢。"

"复辟啥呢？"
"资本主义。"

我的校长啊，

五千华夏年，
奴隶又封建。
全面资本主义社会嘞，
有谁曾看见？
前提属杜撰，
复辟是何言？

我的校长啊，
你向我掏心语，
我真心感谢你。
我敬佩你有几十年不变的思想力，
我惋惜你未看清时代潮流天地意！

时代潮流在哪里？
天经地义是何意？
就在事实啊，
事实力最强，
能把民心系。
一个真真大事实，
能赢歪理千千亿。

你看私企（现亦称民企）你看私企，
他们所赚的钱去了哪里？
切莫光盯着业主腰包快鼓起，
还得关注那层层国库猛升溢，
更要常瞧瞧打工者的衣和米。

你看私企你看私企，
年年壮大惊天地。
惊天地呐壮山河，
他们是当今最有生命力的生产力！
富民强国须解放生产力呀，
面对勃勃生机，
我们岂可去压抑？

你看私企你看私企，
业主们来自哪里？
回城找饭的"老知青"，
田野走出的"原耙犁"，
下海淘金的"前干部"，
兵营转业的"绿军衣"，
科研院所的"敢于试"，
国企下岗的"争口气"……
一个个全都老面孔，
无非职位应时而转移。

你看私企你看私企，
他们激活了一泓泓财富的涌泉，
他们催生了一个个领先的科技。
他们是可尊敬的创业者，
他们有很自觉的创新力！

至于"分田到户"，
那是顺了民意。

顺民意有啥不好？
它给万千村寨添生机！
它描亿万畈畦更美丽！

我的大校长啊，
路线错了的帽子你莫戴得太随便，
城乡复辟的棍子你且放在心里边。
实事求是是我党的好传统呀，
评判时局得把那事实摆在先。
你看到了吗？
以前百姓想得温饱像登天，
今日平民有饭吃来有布穿，
还有更多的机会去挣些钱。
福民的变化你为何不顺眼？
强国的进程你难道不心欢？

我的大校长啊，
扪心口，
比苦甜。
莫恋虚浮讲事实，
打开窗户对着天。
你说说啊，
你是愿意活在温饱不愁的好今日，
还是愿意退到愁吃愁穿还要怕批怕斗的改革前？

我的大校长，

张口却无言。

四
积愚山，
挡在前。
破山前进需攻坚，
任重道遥远。

五
一盏小小的灯四岁后进了省城，①
几束微微的亮多年来留在我心。

为啥我的稿有一种风骨在？
就因有点微光字里蕴。
为啥我的稿有一股力的美？
就因有点微光壮乾坤。
为啥我的稿有一群读者爱？
就因有点微光照众心。

六
牛在刊田勤耕作，
操心更比流汗多。
走犁优劣下地头检验，
犁路有无奋蹄步探摸。

七
"改革之海起风波，
巨浪下头礁暗躲。
你不愧是马克思主义者，
要不然理论船上怎掌舵！"

你夸错！
你夸错！
德国文字芝麻多，
哪一个何曾认识我？
马的原著比砖厚，
哪一页我都没看过。
译文摘句虽曾闻，
假假真真我识不破。
正因识不破呀，
我曾在紧跟的路上犯了不少错。
我没读马著不知马，
哪有资格把马的信徒做。

前进新途去求索，
鸿沟在右崖在左。
步步踏实不踩空，
才能日子红火火。
我朝着红火火呀，
打的是民心鼓，
敲的是党性锣。

---

① 省体改办没有正规刊号的职能专刊，其下属的一个地级市体改办反而有正规刊号的职能专刊，这怎么可以呢？1993年下半年，浙江省体改办将衢州市体改办主办的《改革与发展》上收为省体改办主办。

人类精英思想是灵魂泉呀智慧果，
　　一滴滴一粒粒哺养着那饥饿的我。
　　常充饥呀常纠偏，
　　打鼓敲锣少犯错。

八

《这般兴奋点堪自夸》

　　林绿鸟喳喳，
　　草青马踏踏。
　　凡人也有兴奋点，
　　异在点了啥。

　　张大千不厌画，
　　陆鸿渐热衷茶；
　　杜甫志于诗，
　　祢衡强在骂……
　　好玩世上事，
　　样样出奇葩。

　　我玩不了名人那样大，
　　更无能在理海掀潮花，
　　小理学些些，
　　利于把字码。
　　已得益呐不碍他，
　　这般兴奋点堪自夸！

第五十七章
难忘那一跪

有一种跪，
牢牢刻在我心内。

一

大包干哟处处春阳照，
照得田地嗖嗖长温饱。
照见了喜也照着了忧，
有几户应缴的粮税竟没缴。①

你拖着不缴，
我就上门要！
欠款的搬值钱的东西抵，
欠粮的开仓柜把稻谷挑……
这场景啊，
当时的乡下不知有多少。

柯城地微微一农户，
欠粮人苦苦求缓缴。
干部上前开谷仓，
扑通跪下农家嫂。

要知道！

---

① 主要是农业税（钱或粮）和大田承包款。从 2006 年 1 月 1 日起，全国免除农业税。

要知道！
若是仓中稻谷被搬走，
她家就会断粮把饭讨。

这一跪啊，
把开仓的干部看蒙了！
这一跪啊，
把带队的崔成志震醒了！

欠粮欠款有奸刁，
更有穷家佬。

因穷下跪啊，
曾是史书真写照。
时到今天啊，
农民岂可再哀号？

跪不得呀大嫂！
跪不得呀大嫂！
身为乡党委书记的崔成志，
赶紧去扶弯下腰。

请起来吧大嫂，
你那欠粮我会缴！
请关仓吧兄弟，
这户欠粮我会缴！
崔成志呀，
掏了自己的腰包。

穷大嫂的仓门重关牢！

穷大嫂的家门静悄悄！
但那一跪呀，
嵌进崔成志的心，
长留严元俭的脑。

我不愿再访着动魄惊心的跪，
我喜欢常录到由贫到富的笑。
我要多寻解困的新招！
我要续写扶贫的报道！

二

莫道大包干户户迎春风，
五程①江叔户独独遇冷冬。
他哮喘多年肺气肿，
闻不得农药味儿浓，
挑不起粮肥担子重。
更怕来了割稻季，
沉沉的脚踏打稻机啊拖不动。
户户大包干，
我田怎样种？

莫忧心忡忡！
莫忧心忡忡！
你家吃口多多人手众，
我户年轻壮壮能承重。
你半担栏肥挑不动，
我满箩稻谷也轻松。
两家同下田，

---

① 五程：江山市上余镇五程村。

刚好凑一桶。
稻黄时两户联合起来干吧，
从无过不去的田塍路，
岂有填不平的田窟窿！

姓郑的邻居呀说过就行动，
真诚的扶助呐令人力喷涌！
江家齐用功，
田也种，
桑也种，
养禽养畜没闲空……
眼看着样样生钱袋渐肿，
没料到火魔妒忌生熊熊，
把江家呀，
烧成了村里一黑洞。

从无过不去的田塍路，
岂有填不平的田窟窿！
郑邻和亲友齐出手，
粮也送，
衣也送，
重添农具钱也送……
直送得受灾人呀，
抹去泪花再冲锋！

再冲锋，
一年争自给，
两载有余红，
三载四载使长劲，
五年造起房一栋。

三

乡校墙一堵，
开学人两处：
墙内同伴们呼又舞，
只她在墙外哭啊哭。

别哭别哭，
伤心事能不能告诉叔叔？

女孩十二岁，
有父有慈母。
母亲种地不离土，
所挣只能把口糊。
壮父打工在外恋新欢，
女儿教养不来顾。
上学先要交学费呀，
她两手空空啥也无。

叔叔，
我要读书！
叔叔，
我要读书！

轻轻的声音，
心底怯怯出；
大大的眼睛，
涌出泪珠珠。

女娃尚小要读书，

为父岂能不管顾。
衢县大洲镇法律事务所的好人呀,
免费为女孩写状又起诉。

甩开那采真的快步,
把跟踪的报道发出。
长着一对大眼睛的女孩,
在法庭上赢回了壮父的爱抚;
渴望能圆读书梦的女孩,
在法庭外接到了八方的援助。

她重进校园,
翻开了新书。

四

我的农友!
脱贫路上往高走,
离富还隔几岭头。
可有些权势呀,
见其兜里多了几张小票,
就哗啦啦涎水流。

农友们在自个地基建住房,
那收费风刮起地皮狠又骤:
土管收了城建收,
乡村也勒鹭鸶喉……
房子还没建起,
已经刮掉半层楼!

某些学校的观音手,
也伸向家长小小兜。
除了正当的学杂费啊,
还有课桌修理费,
只因"学校没钱买木头";
还有些些考卷费,
只因"周考一添需纸头"……

计生站,
更是牛:
这缴那交还不够,
开出生证得把几盒吃货搭搭走。
你若不买这几盒"妇幼保健品",
拿出生证就不知到哪找人头……

唉,
人挑稻草偏逢雨,
点点滴滴人渐低。
雨重人低谁看见?
衢州一记泪湿衣。

合情合理掏民兜,
贫友眉头已起皱。
碰到不合情理的观音手,
农友们啊哪能承受再承受!

农友们钱袋与心灵难承受,

深夜里我无声笔泪纸上流。
且把那农友声声减负盼,
喊响在党媒一版最前头。

农友的呼声哟好官的圣旨,
调研的脚步呐探到了源头,
禁令适时哉响遍衢州:
谁再乱掏农友兜,
即挥利剑斩黑手。

少了掏钱的恶手,
护了农友的钱兜。
减负即扶贫啊,
锤和镰又带农友翻越了一山头!

五
正月初一放假嬉,
江山贩鹅大户戴学达没休息。
一箱叽叽鹅崽儿,
送进矮矮小屋里。

矮矮小屋里的穷阿婆哟,
路前一块承包地,
种草养鹅正适宜。
礼物称心把客赞,
脱贫有望笑嘻嘻。

她嘻嘻!
我嘻嘻!

春花一朵传媒体,
头版头条添喜气。

六
二〇〇一入寒冬,
衢州大地拂春风。
城乡两万穷人家,
无不暖融融。

柯城干部崔成志,
来到乡村农户中。

老崔啊,
我有女晶晶未就业,
小家当眼看被吃空。

衢城有家店,
要聘打字工。
晶晶没有技能难上岗,
先得将培训的脑筋动。

把实习当培训呐不花钱,
那住宿在店堂哟便用功。
食堂附近有,
饭票他来供。
技能学到手,
月月工薪红。
贫困帽摘了扔大海,
晶晶家从此喜冲冲。

你把油米赠,
他将衣被送;
你帮拓富路,
他助把田种;
你送药送医强体质,
他提神提劲健心胸……
衢州多少崔成志啊,
假日不休进矮门,
来来去去扶贫穷。
不摘贫帽摘官帽,
雨雨风风下苦功。

七

长近红红火,
身寒已远我。
为啥朝后看?
犹记雪中裸。

八

我在寻解困新招的路上!
我在写扶贫报道的路上!

我为脱贫者欢呼,
我对致富者歌唱,
我向扶贫者致敬,
我将奉献者赞扬!

历史上那饿死人的春夏之交,
我走遍家乡,
也不见空空的米缸。

历史上那冻死人的风雪之夜,
我走遍家乡,
也不见冰冰的尸僵。
历史上那逃灾荒的旱涝之年,
我走遍家乡,
也不见乞丐们流浪。

九

退休了,
那一跪仍留心版上。
我看到,
还有人受困泪汪汪。

为什么受困泪汪汪?
只因山高水缺哟经不起十年九旱,
只因河道狭窄呐受不得五载三涨,
只因人祸天灾哟可避常难避,
只因家人患大病呐或意外受重伤……
还有那黄赌毒黑诈骗懒,
更是产生新贫的坏土壤。

引溪溪上山,
栽树树花香;
及早防灾祸,
勤织低保网。
让百姓财才兴旺,
促人们身心康强。

打黑除恶反贪,
防诈戒毒扫黄……
把承载平民的土壤嘞,
改良再改良!

现在,
家乡新贫困户越来越少了,
但扶贫的担子仍在增重量。
放眼祖国四面八方,
最难扶的穷汉还在盼致富,
最难走的路途还在泛泥浆!

十

《扶贫风》

新时代的春风啊,
正精准吹向荒村僻庄。
新时代的春风啊,
正精准吹向矮门破窗。

新时代的春风啊,
见不得贫民下跪泪汪汪。
新时代的春风啊,
扶起跌倒的贫民往前闯!

第五十八章
一念成真

落田的阵雨呐下凡的云,
见报的新闻哟记者的心。

一

一九九二年初的一股寒流,
冻伤了橘农的额上深皱。
皑皑冷雪呐无情杀手,
大地茫茫哟生计何求?
橘梢死死跟冰去,
哀叹声声伴泪走。

灰心丧气没丢,
罕见冻灾怎救!
怎救?
怎救?
挖树种菜,
打工出走……
橘乡多少人,
一夜雪封头。

二

浙江衢州,
岭岭绿稠,
坳坳香透,
方圆八百里柑连柚。
那橘林之海,
浪着百万橘农的粥或酒,
生着百万橘农的笑和愁。

眼看着冰挂垂木木,
耳听那寒风响嗖嗖,
我的心,

也系冰梢头。

三

无精打采白抽抽,
那是橘园死树头;
生机无限绿油油,
那是桃园活树头;
白抽抽啊绿油油,
树头复树头。

一双草鞋一把锯,
那是谁在桃园走?
锯下野毛桃的树杆,
嫁接美人果的梢头,
新梢活起红花开,
暑日美甜就入口。

啊,
记者年轻时的曾经,
梦中又重现的镜头!
梦醒心一亮,
冻灾或有救。

桃树嫁接果变优,
柑橘照办啥枝头?
若能搞嫁接,
当在春节后。
原先果味欠佳买价低,
现在改良正是好时候。

桃树嫁接果变优,
柑橘照办啥枝头?
啊,
我不知哟有人知,
找答案呐赶快走。

上门求教黄国善,
入户敬询张百寿。
两位种橘的大专家,
回答如共喉:
高枝接上品,
正是好时候。

正是好时候!
正是好时候!
《浙江日报》一接稿,
头版登出引眼球。

四

橘树冻伤莫丧气,
做优品质是良机!
橘农百万嫁接忙,
创富大潮又涨起。

五

一念成真!
一念成真!
一轮红日照橘林,
那千千万万新梢哟,
新芽粒粒赶新春。

一念成真！
一念成真！
甘霖几场洒橘林，
那鲜鲜劲劲新枝哟，
新花雪雪竞新芬。

一念成真！
一念成真！
秋风阵阵过橘林，
那坳坳坡坡新树哟，
新香累累迎新人。

六
记者一个念头，
成了新闻源头，
舒了橘农眉头，
香了橘乡枝头。

七
橘乡的香气，
父老乡亲的希冀。
橘乡的香气，
父老乡亲的诗意。
我那两百来篇写橘稿啊，
一字字怎能不把清香凝，
一句句怎能不把情怀记！

八
《心儿脸儿报上见》

纸媒导向灯连连，
记者应时把火点。
点亮灯一盏，
照明脚串串。

有的记者被"星"缠，
常围明星"八卦圈"；
有的记者把民念，
民喜民愁线线牵……

新闻是记者的心，
版面是总编的脸。
心儿脸儿啊，
天天报上见，
没办法遮遮掩掩。

第五十九章
深处的东西

《人啊，活到深时育个心》

枝头杏，枝头杏，
长到深时成个仁。
世间人，世间人，
活到深时育个心。

心逢春，
观念新。

一

三尺蓝粗布，
四边缝几针，
女人系上腰，
赫赫万能裙。
看呀，
摘瓜采豆代一箕，
做饭喂猪挡百尘，
摊地遮污当坐垫，
拉长是带缚柴薪，
冬天抗冷作衣裳，
夏日擦身做汗巾……
一代代浙西农家女啊，
都有条掼不脱、甩不掉、形影不离的布围裙。

如今坎底小山村，
不见围裙见彩裙。
悠悠七色蝶，
闪闪撒花神。
狂舞溪潭沿，
轻飘橘树林。
彩彩仙蝶哪里来？
梅家故事意深深。

梅家橘树频生钱，
温饱有余日子甜。

妻做新裙换旧裙，
花花格子好红鲜。
山村那个宣传员，
一见彩裙火上天。
啊呀呀，
农家堂客①介"花俏"，
咋下厨哟咋下田？
家属带头不正经，
对人叫我咋开言？
说完就把彩裙撕，
哆哆几声丢脚边。

重把围裙当众系，
回头却把彩裙捡。
灯光下，
细细抚摸扔不得，
悄悄藏在爱衣间。

那橘乡户户树生钱，
那穿戴人人随势变。
姑娘胆子大，
时尚上身先。
啊哟哟，
彩裙飘路上，
裙彩舞身边，
梅委员看了一遍又一遍，
日看月瞧变顺眼。

---

① 堂客：方言，指老婆。

顺眼了，
有心给堂客买一条，
又怕那行为滑在边。

有天县干来家访，
说起穿着妻有言：
"我那男人呀，
穿条好裙子也发火，
倒像'老封建'。"
一听此语夫红脸，
当晚请妻缝好了脱裙的线。

村干老婆敢打扮，
别家堂客跟着穿。
家中村里小溪边，
怒放的花儿鲜艳艳，
开屏的孔雀美翩翩。

嗨呀呀，
屏彩生着时尚颜，
花儿写有人观念！

二
村户谋生啥手段，
也跟观念紧相关。

那衢州一带农家女啊，
历代羞于做商贩，
最羞要数收破烂。

四十一岁余梅香，
一到农闲心就烦：
家底没钱办不起厂，
离城太远摆不开摊……
脱贫路上横条坎。

莫烦！
莫烦！
书记上门指路径，
出村收破烂。
不要啥成本，
穷家也可干。

羞啊，
面对千家万户苦吆喝，
简直如要饭。

羞啊，
怕见熟人面，
出门趁日暗，

羞啊，
熟地不开喉，
生村才敢喊。

羞着羞着就不羞了啊！
如今她出村一路喊，
如今她万户进门槛；
如今她不管面生与面熟，
如今她不分天早和天晚……

啊呀呀，
回收废品惜资源，
环境清洁展美颜。
不抢不偷又不骗，
躲来避去才丢脸。

嗨耶耶，
先将钞票攒，
继把新房建，
再挣三轮代两脚，
四乡八寨圈圈转。

衢江白水村，
三百购销员。
她们"吃废品"嘞，
"吃"鼓了钱兜子，
"孕"出了新语言。

三

开化司机郑土龙，
"大呼隆"时肚饿扁，
"三个喇嘛（和尚）没水吃"，
口头禅儿挂嘴边。
如今他把此禅改，
"三个喇嘛水更甜"。

怎能不改口头禅！

他包车单干啊，
顾开车子货没源，

去找货源车又闲。
碌碌人身累，
忙忙钱袋扁。

他包车联战友啊，
不冷货车厢哟长温方向盘，
一人生小病呐轮子照常转……
三人包辆车，
月月挣了钱。

啊哟哟，
该分之事是分鲜，
该统之时是统甜。
统统分分啥个好，
莫翻皇历看实践。

实践实践，
把祖宗言检验！
将当代理筛选！

四

罪犯如何看？
应时观念变。

以前的蔡家山呀，
罪犯即黑蛋，
村人避远远。
蛋黑流坏水，
都怕被沾染。

今日的蔡家山啊，
一人偷物进牢监，
大伙帮扶竞上前。
信信寄监狱，
心心在字劝；
抢收抢种缺劳力，
挽袖相呼下稻田。

助他不避嫌？
答有暖心言：
路见跌倒者，
不扶缺心眼。

跌倒之人受感动啊，
重新爬起拍拍尘，
提振精神革旧面。
回村重做人，
公益跑人前。
写了入团申请书，
争做一个好青年……

妙哉，
当今好后生，
活跃新观念。
那是顶土而出的青壳笋呐，
生于肥沃山，
长在春和天。

五

你安安城里工厂那探头！

你看看工厂里面那人头！

那人头，
看探头：
初装时都说是监视咱工人的贼眼球，
上班一见如敌仇；
到今天却道是展示主人翁的好窗口，
上班一见如诚友。

一个探头两个名，
名含观念分新旧。

六

《永变葆永春》

时代变呐语言变，
语言变呐行动变。
变变变，
变变变……
变于亮处显新风，
变到深时生理念。

那新风哟拂大地，
大地春花现。
那理念呐入人心，
人心永春天。

七

《观念适时新》

穷时观念新，
富路眼前伸。

富时观念新，
善举助乡亲。

观念适时新，
一生乐津津。

当今好记者嘞，
采得快乐种，
播入众人心。

第六十章
动脉噎

大地的动脉，
平民的生脉。
钱江源哟，
流进了报人的血脉。

一

钱江南源在呼叫！
钱江南源在疯啸！

不得了！

常山城里舟船街上漂，
开化乡村鱼虾上楼道。
整个衢州市啊，
浊流滚滚没禾苗。

不得了！
恶龙把孽造，
频率在升高。[①]
最近八年啊，
一百五十八人死洪涛，
八万多间房子应声倒，
无数豆粱无数稻，
秋来有泪无镰刀。

不得了！
不得了！
那被洪魔撕烂的好生态，
更是牵动人心的无价宝。

二

村边溪弹琴，
山下潭照人。
潭头一块大青石，
暑日招来光腚群。

[①] 1949—1998年，衢州平均每4.2年遭受一次洪灾。可1991—1998年，衢州平均每1.2年就遭受一次洪灾。
《钱江南源在呼救》一稿与袁国序合写，登在1999年4月17日《钱江晚报》第4版头条。

小光腚们从俊俊的石头上跳下水，
　　比哪个水花最缤纷；
　　小光腚们在清清的潭水中显身手，
　　比哪个游姿花样新；
　　有趣的鲶鱼鲫鱼浮了鱼，
　　凑热闹撞来撞去戏童真。

　　常山王全那，
　　曾乐在这童年的芙蓉村。
　　可看如今呀看如今，
　　这潭趣不知何处寻！
　　当跳台的那块大青石，
　　被沙土埋到了脖颈深。

三

　　龙游民众常念叨，
　　那座年初被炸的通驷桥。
　　那是灵山江上唯一的宋代桥，
　　那是留下千年脚印的白石桥。
　　当年县政府立碑保护那座桥，
　　如今县政府撤碑炸毁那座桥。

　　昔日保桥今炸桥！
　　昔日保桥今炸桥！
　　奥妙谁能解？
　　内情哪个晓？

　　那上游开矿挖山年复年，

　　一路上泥沙沉淀河床高；
　　汛水到频频毁坝岸民苦，
　　一年年呼唤炸桥疏水道。

　　古桥无价县中宝，
　　执政官员谁不晓？
　　一次洪灾一次痛，
　　江边百姓苦难熬。

　　炸桥保桥，
　　保桥炸桥，
　　一波波会海，
　　几阵阵愁涛。
　　激流中人命大于天，
　　执政者终于动炸药。

四

　　衢州码头、
　　华埠码头、
　　清湖码头、
　　航埠码头……
　　半江碧水半江船，
　　你去他来上下游。

　　如今呀，
　　万船一去空悠悠，
　　偶尔才来小钓舟。

　　一江美景哪去了？
　　动脉阻塞在源头！

五

动脉为啥被噎住?
动脉为啥被梗阻?
那大山肉绽皮开痛不停,
那动脉血流如注止难住。

当年"大办钢铁",
乡乡垒起小高炉,
吞噬森林没有数。

当年"以粮为纲",
山上种禾更种薯,
水边杀草又杀木。

当年"文化大革命"山难顾,
林木多失管,
斧刀向大树。

还有多年的"人祸苦"!
植树必得全垦深挖土,
不然上面无钱补。
为了几元补助款呐,
挥锄青壮超十万,
直挖个大山流血溪江哭。

六

血肉凝结沉在脉,
天长日久成斑块。

垃圾老向江中倒,
废土频朝溪里排。
倒排积哪里,
哪里生斑块。

公路铁路机耕路,
劈山削坡速度快。
路从哪里过,
哪里长斑块。

煤矿萤坑轻钙厂,
残渣废料乱堆摆,
风吹雨又打,
入水又斑块。

新建民房为省地,
切坡填坎把基开。
泥石废废没出路,
也往溪江溅溅排。
更有那围滩造田人似海,
新畈全民造,
全民造斑块。

新斑块,
老斑块,
一个个长得快。
噎咱溪尾江头大动脉,
堵我千村百畈民生脉!

七

大自然的赐予，
溪江畔的湿地，
涝见洪流泄，
旱观鱼虾戏。
可谁出的好主意？
把它划进了城市开发区，
把它建成了一方高产地。
无奈洪魔到这里，
再无往日回旋地，
只得任其淹我田，
只得任其上我梯！

八

此稿不能写啊，
地方政绩看新闻，
报道牵着领导心。
领导欢迎报喜鸟，
你岂能乱叫乌鸦音？

不！
领导诚然政绩牛，
岂能百俊遮一丑？
忧音更要即时叫，
生态才能早转优。

忧音传晚报，
晚报上头条。

九

保护钱江源！
珍惜生命源！
建佳风景源！
惊呼在昔日呐清障看今天。

好啊！
把乱挖的锄镐挂，
请滥砍的斧刀眠。
暗藏的排污管道条条撤，
任倒的垃圾畚箕日日管……

一条清清的动脉源，
一条健健的民生源，
一条美美的风情源，
流笑村村丰岁颜。

十

《水与人》

地球上，
水汪汪漾漾，
人熙熙攘攘。
水有人也有呐水旺人也旺，
水苦人也苦呐水祥人也祥。

但愿——
水清人也清，
水长人也长。

水与人，
永安康！

第六十一章
新一问

当年吃货遁身子，
百姓难提是筷子；
如今吃货满街子，
百姓难提又筷子！

一

有虫的叶菜老加残，
无卵的青蔬嫩又鲜。
两种摆面前，
你把哪种选？
奇了奇了，
拎菜篮的大嫂竟为难。

不奇不奇！
一邻居把那嫩鲜选，
刚吃下肚疼忙住院。
呀，
菜农用药治虫病，
还有残毒留嫩鲜。

选蔬菜呐怕毒素，
买肉食哟怕激素，
购果汁哉怕色素……

若问吃啥才放心，
提篮拎袋者都没数。

有养畜的不吃肉，
有养禽的不品蛋，
更有某厂附近的种粮汉，
不尝自产的大米饭。
疑案连疑案，
不知谁会断？

挤挤挨挨哟丰富是蔬摊，
疑疑惑惑呐难拎是菜篮。
晨忧碰上黑心贩，
暮怕花钱买苦难。
东选西挑买几样，
入厨下口心犹颤。

二

不颤！
不颤！
那江山城里的一个个菜篮篮，
爱上了溪东的一挑挑蔬担担。

溪东村的蔬担担嘞，
种菜不施禁用药，
闻一闻味正正不带毒残；
润菜不喷醍醍水，
摸一摸手净净无有尘沾。
种菜汉为啥想着吃菜人？
因为村抓教育不间断，

因为村有规章管理严,
更因村干部,
言教又身传。

三

不颤!
不颤!
挂耳牌的猪肉可以放心吃,
买肉菜的大妈争传新体验。

大耳畜喂了瘦肉精,
昧心钱数个手抽筋。
别数了,
瘦肉精有毒会害人,
咱国家有令属严禁。

那不吃自产肉的养猪人,
黑黑的眼珠子只盯那黄黄的金。

哇,
那头猪栏里长大路途运,
屠宰场一进,
刹那间毛色褪尽皆白身,
谁能认?
那白身批发零售商成群,
买来贩去天飘云……
一旦上餐桌,
却查不到下毒人。

谁说查不到下毒人?
看柯城,
会创新。
小小耳牌猪上挂,
从生到死不离身。
有人吃肉中了毒,
凭耳牌很快追着有罪人。
法院判得他呀,
钱包瘪瘪脸丢尽,
再也不敢贪罪铸的金……

四

《在回答》

你吃了吗?
你吃了吗?
若逢着正想减肥者,
这样问叫人怎应答?

饥饿的时期悄悄远去啦,
中国第一问慢慢消失啦。
那余音犹在耳边响,
新一问又将心鼓打。

你吃得放心吗?
你吃得放心吗?
百姓新一问,
有谁能应答?

有效的市场在应答!

有为的政府在回答!
一朵朵新花向上发,
一声声回应响天下。

第六十二章
活力源

《呼唤活力源》

太阳不上班,
哪有光明天。
田野的太阳啊,
村民把你唤!

大地缺清泉,
庄稼无不蔫。
田野的清泉啊,
蔫苗把你盼!

一

工业化呀城市化,
老百姓趁潮挣钱一把把。
先富者穿金又戴银,
多数人吃苦换香辣,
一个个以轮代步闯天下……
可恨赌毒黑恶抢偷诈,
疯长的毒草挤庄稼!

工业化呀城市化,
青壮们随潮而动离乡下。
多少村级党组织,
除了白头发,
就是长头发。
欲下禾田两眼花,
哪能除草育庄稼?

田野的太阳哟,
请倷跟上当今新步伐!
田野的清泉哟,
请倷适应当今新变化!

二

改革开放的大潮进农家,
官庄人东创西闯大分化。
搞运输的天北海南把货拉,
造房子的公司新建把牌挂,
种田地的买来机械规模扩,
办工厂的越做越强渐变大……
看家财个个朝着"发",
看党建时时面对"塌"。

天若塌,
富富贫贫都受压!
地若塌,
红红绿绿都埋煞!

新苗的生态已经起变化,
田野的太阳怎可脱离它?
官庄村将支部建进新行业,

阳随苗走顶呱呱！①

啊，
天不塌哟春阳暖季季，
地不塌哟好水润家家。

三

甲村支部零发展！
乙寨组织有减员！
某乡访党建，
令我把心悬：
江若断了源，
怎能走远远？

访到常山县，
开心露笑颜。

以前以前，
有的村头两眼盯着钱，
组织丢在边，
党员啊老的走失新不添。

以前以前，
不少支书心地偏，
除非亲属不发展，

白头发长头发硬撑一片天。

支部让侬掌大权，
侬得不负党期盼。
只为自家抓钞票，
请侬快让贤！

百姓让侬掌大权，
侬得亮起公平眼。
增添支部新人马，
怎囿亲朋圈？

请党员推荐，
请群众推荐，
请团体推荐。
党章开眼界，
众荐眼界宽。①

让鼠目寸光见鬼去吧，
广阔农村睁大一双双雪亮的眼！
有了伯乐千千万万，
就有千里驹万万千千。
一名名优秀儿郎跨进锤镰大门，

---

① 1995年6月9日，《浙江日报》第7版头条刊登了我们采写的《官庄村将支部建在行业中》。村一级把党组织建到新经济体的新闻报道，这一篇在浙江是最早的，在全国可能也是最早的之一。

① 2003年10月8日，《浙江日报》第8版头条登载了我们采写的通讯《"新鲜血液"缘何源源而来》。常山县搞"三推一定"，把党章中有关吸收新党员的规定更好地落到实处，为基层党建拓开了一条新路。

一股股新鲜血液带来活力无限。

啊,
常山田野升起了新阳,
常山田野涌现着新泉!

四

强健的细胞!
闪光的细胞!
农村好党员是田野的小太阳啊,
我把他们寻找。

石头缝的微泉!
草丛中的小泉!
农村好党员是禾苗的生命源啊,
我把他们挂念。

向外一回回跑项目,
在村一晚晚跑农户。
新鞋跑破了好几双,
人家问他烦不烦来苦不苦。
他回答:
"若怕烦和苦,
我就不当村干部!"
这就是薛天昌,
江山五程村的党支书。
凭着这心气呀,
户户杂交制种下了土;
凭着这心气呀,
他把村民带上了脱贫路。

开化星口木板厂的熊熊火焰,
融断了凌空而过的高压电线。
救人的乡干部汪根林啊,
烈火腾金星,
年年闪耀在家乡的天……

一汪汪生命水滋润着村村畈畈,
一个个小太阳闪光在畈畈村村。
有了它百花增艳芬,
有了它万户长精神;
有了它啊乡土发清新,
有了它啊东风送暖春!

五

春享荣华来自花,
花生魅力源于春。
好组织和老百姓,
时时处处不能分。

六

《活力源赞》

报出一个活力源,
涌现更多活力源。

我的家乡啊,
源畅阳光丽,
源醇潮水甜。

报出一个活力源,
涌现更多活力源。
我的家乡啊,
源汇高天青,
源强大地健。

报出一个活力源,
涌现更多活力源。
我的家乡啊,
源清身心美,
源长山水远。

第六十三章
留守娃

留守的娃,
干渴的花。
《浙江日报》开喉咙,
呼唤园丁浇灌它。

浙报呼声哪里来?
山区远远叫开化。

一

元宵节[①]来到开化县,
老记者采新农家院。

我的农友们呀,
守着一亩三分田,
大泥掰再细呐难把"小康"见。
元宵一过打工去,
提起娃儿泪涟涟。

泪涟涟!
那城里还无乡娃子的天,
乡娃们只有留家园。
托付老人多照看呐,
老人已弱还须担再添,
雪上加霜更是心难安。
只恨无他法,
泪奔拜靠山。

泪涟涟!
娃子时时不见双亲面,
失魂落魄人蔫蔫。

泪涟涟啊泪涟涟!
父母出门娃紧跟,
不离寸步牵衣衫。

---

① 2007年元宵节。

我娃娃哭哭啼啼啊，
把做娘的心哭碎，
将当爸的心啼软，
一家大小泪洗脸。

二

娃娃带不去，
闷闷驱难离。

本地一儿去戏水，
溺没深水溪；
邻村一女耳得病，
聋起才求医；
更有一娃做小偷，
被人骂又欺……
这类消息传耳里，
心中又是泪淋漓！

郁闷呐，
打工若不去，
娃子的学钿在哪里？
打工若不去，
娃子的新房在哪里？
打工若不去，
父母的就医钱在哪里……

郁闷呐，
父母难离硬要离，
可怜的娃子多孤僻。
代沟已有忧加深，

最怕那娃娃心有异！

三

看到有娘的娃子手牵手，
我假装没见往边瞅；
瞧着有爸的同学车接走，
我踩草踢石泪暗流。
爸爸妈妈呀，
啥日子我们也可手牵手？
啥日子我们也可同车走？

一首《放学谣》，
几多娃子愁。

高高的大树多枝杈，
娃娃子争着往上爬。
不为掏鸟窝，
也不把柴打，
只因大树对村路呐，
拨叶挪枝望爸妈。

四

父母亲亲梦里见，
醒来枕被湿一片；
走进学堂没有笑，
翻开书本无心念；
哪个刺激玩哪个，
不知危险不危险……
留守娃的现状呐，
亲人心挂念，

记者情牵连。

五

打工在外的爸爸妈妈们难停步，
只盼家乡办个留守儿童俱乐部。
娃子心伤有处医，
爸妈情短有人补。

离开父母的心伤呀，
别个虽然医不了，
但"有医"总比"无医"好。

妈妈爸爸的亲情呀，
别个虽然替不了，
但"有情"总比"无情"好。

记者啊，
打工苦点咱没怕，
就是娃娃放不下。
能不能请那县头头，
伸手帮一把？

六

花儿口喊渴，
园匠心着火。
委办随行者，
悄悄提醒我：
有官将此提出过，

只等头头把话说。

只等头头把话说！
只等头头把话说！
妈妈的眼泪娃娃的哭，
或许能打动县委头头的心窝窝。
阿嫂阿婶们呀，
请把刚才说的话语写成信，
我们送给县委头头促定夺。

七

来信促一促，
解难更快速。
第二周学校把学放，
俱乐部开门歌又舞。
"志愿园丁"来上班，
百余花崽乐乎乎。

浙报发声全省应，
喜颜频现打工户。

处处滋春雨，
花儿笑处处。

八

留守儿童俱乐部！
留守儿童俱乐部！
民间智慧无穷尽，
新事新风新辟路。

记者跟踪勤采访,
连发五稿引新步。

九
《旱渴花们盼雨露》

干渴的蔫苗想雨露,
贫瘠的幼树思肥土,
普天下千千万万留守娃,
盼望有人关照有人护。

谁关照?
谁来护?
家庭关照家庭护!
亲友关照亲友护!
社会关照社会护!

盼雨露嘞,
旱渴花也要把香吐!
雨露到嘞,
旱渴花也可把香吐!

第六十四章
山海潮

常人走百米,
高铁跑千里。
两者虽同向,
越行越远离。
浙江奔"小康"啊,

沿海跑头里,
山区落尾里。

冲啊冲啊,
快者再加油,
慢的频给力。
是山海协作,
让浙江又崛起!
是山海协作,
让我又寻着了报道的新天地!

一

大山一座座,
挡住了云朵朵。
那是人流车队呀,
人车罕至是穷窝。

你说这里是穷窝,
他道正将好日过:
嗬嗬,
吃有苞萝粿[①],
烤着柴炭火,
皇帝不如我。

啊呀呀,
正遇改革开放的大潮势,
对着千载难逢的大浪波,

[①] 苞萝粿即玉米粿,山区农民把玉米叫苞萝。

座座尚穷山，
你该咋动作？

二

放眼山重重，
山山番薯红。
红薯养人健，
青青壮壮众。
这青青又壮壮哟，
不正是沿海急需的农民工？

放眼山重重，
山山飞野蜂。
野蜂生卵囿窝中，
小小一条蛹。
一旦飞出囿囿窝哟，
不就能花海遨游任西东？

放眼山重重，
山山路纵横。
野途走兽虫，
老路缠樵农。
修起宽宽的新路哟，
不就能把海牵到大山中？

放眼山重重，
山山藏金瓮。
瓮房挂大锁，
得钥宝泉涌。
引得沿海的灵钥匙哟，

不就能打开金瓮富山垄？

三

百千里路山蒙蒙，
挡不住当今孙悟空。
各地招商到沿海呀，
行一步一声苦，
进一门一个难，
越苦越难人越勇！

百千里路山蒙蒙，
迷不住当今孙悟空。
培训农民去打工呀，
培一人脱一户贫，
训一校富两条垄，
财神带路家家红！

四

王水国，好运气，
年近三十遇"三喜"：
洗了田土伴机器，
掀掉泥屋建靓宇，
告别光棍娶娇妻。

要不是门前来了沿海企，
我还得侍弄一亩三分地。
汗水和在泥巴里，
只能捏个粥盆塑件衣。

啊，

常山连海两年余，
项目纷纷稳落地。
厂房起，
锣鼓喜！
全县千余"王水国"，
新郎当上笑眯眯。

五

村村矮小参差房，
户户炊烟迎旭阳。
问炊烟，问炊烟，
今早为何懒在床？

沿海客进山办大厂，
村里人兴起新时尚：
早餐吃小店，
中饭吃食堂，
晚聚大团圆，
才闻家灶香。

美好生活新向往，
并非只显炊烟上！
奇石之地青石镇，
户户用着废物箱；
深山冷坞新桥乡，
马桶全新户竞装。
新奇更有灰山底，
公厕上头是店房——
公厕不闻恶臭味，
店中生意才兴旺。

这"好店养洁厕"嘞，
也是海风吹入的新名堂。

六

海风吹醒了群岭，
群岭迈开了劲腿。
走起的想奔呀奔着的想飞，
一个劲儿把那海风追。

山狂追，
海奋飞。
谁也不孤单哟，
山与海，
一对对。

七

《山海潮赞》

山呼海应的时潮！
席卷家乡的好潮！
冲洗"皇帝不如我"的苞萝心，
卷走"柴炭是我衣"的贫困帽。

山呼海应的时潮！
卷向全国的好潮！
我把新"潮"报上送，
家乡添浪更滔滔。

啊，
山呼海应的时潮！

福满人间的好潮!
涨帅了沿海,
涨美了山岙,
涨出了山海同奔致富道。

第六十五章
三壶酒

新闻做月老,
红线牵山娇。
美酒映朝霞,
青石都醉了。

一

深山来喜讯!
深山来喜讯!
独腿农友黄家森,
骄儿要娶亲。
下个月摆出婚宴酒,
邀咱家都去看新人。

刹那间,
眼前的楼厦悄悄隐,
遥远的大山速速近。

二

改革初我采报道进山深,
青石岭等车巧逢一慧人。

崖边搭篷子,

对路开扇门。
进门就见日常货,
柜后站一拄杖人。
端凳赐茶手脚快,
轻轻年纪面温馨。

再一看,
货架边摆个剃头箱,
木箱侧晾条大布巾。

咦咦咦,
门后那粗粗的杆子秤,
引发人细细的好奇心。

卖小百货呀,
青伞白毛巾,
计包不论斤。
一支大秤有啥用,
难道要称过路人?

不称过路人。
进山窑客收柴火,
称进称出挣佣金。

啊哟哟,
卖货剃头又掌秤,
三种活计你一人?

得意扬扬点下头,
眼睛闪闪好精神。

好啊,
一条腿走出三条致富路,
《人民日报》登了我这短新闻。

三
短新闻传爆了塘源口①,
短新闻轰动了青石村。
啊,
登上央报之前,
姑娘们看不上黄家森;
登上央报之后,
众闺女瞧着了独腿神。
小伙子挑挑拣拣,
选了名心上人。

四
候车暂坐竟坐得一则小文,
岭路新闻竟成就一个媒人。
黄家森多想请那记者喝杯酒,
严记者却如来去无踪天上云。
独腿青年困大山,
如何追赶如何寻?

他灌满一壶家酿酒,
要请那个媒人饮。
家酿酒放了一年又一年,
年年未遇开壶人。

---

① 塘源口指黄家森所在的江山县塘源口公社,现为江山市塘源口乡。

山道上看了一岁又一岁,
岁岁没逢那朵云。

十年后他打听得一个电话号码,
那一天我接收到几声大山心音。

黄家森!
黄家森!
这壶喜庆酒,
一定会来饮。

五
没想到一条公路修建,
眼睁睁改变家森命运。
新路宽宽敞敞,
通达了邻近村;
老路清清寂寂,
消失了车与人。
养着子女的家森,
郁闷闷返了贫。

断了旺路岂家森!
更有出行不便邻!
他们想逐级上访——
老路该恢复青春。

六
家森来到衢州城,

先找"媒人"会会心。

啊,
眼前心事沉沉的独腿森,
多像当年小小的担山人!

家森啊家森,
上访条条路,
我看应该少跑城来多寄信。
寄信一封不过几毛钱(当时价),
跑城花费太多又累身。
万一农事被耽误,
岂不贫加贫!

家森啊家森,
我深知你负担重,
我了解你苦难深。
两孩的书费我帮衬,
你可放宽心。
只是干农活呀,
少不去爬山过岭,
避不开肩担背运。
那比厂活能细分,
坐着也可干晨昏!

我梦中也想当工人,
只是那厂门跨不进。

家森啊家森,

我试着帮你求求人,
看能否寻得解渴井。

七

求情电带着我的一颗心,
碰到了江山一秀毛赛春。
她的厂外销产品需包装,
接纳了钉钉木箱独腿人。

孩子捧书本,
家长挣月薪。
生活没倒退,
收入在前进。
好啊好啊,
家森脸面又红润!

春节将临,
我家迎来了满面红光的家森。
他又拎来一壶上好的家酿酒,
装着又一次脱贫的欢欣。
这第二壶好酒,
我饮!

八

从此每当春节近,
家森挂杖上我门。
次次少不去一壶酒,
壶壶装着他一片心。

喝了家森酒几壶,

心里已没准。
唯有那三壶,
滴滴香在心。
这第三壶呀,
就是庆贺大山的骄儿喜娶亲。

家森的儿子大学毕业后找工顺,
勤奋的帅哥很快赢得了靓妹心。
严元俭啊,
豪筵贵宴的"不能饮",
商友官朋们谁不闻?
这一回呀,
乐坏退休人,
闻香似有瘾——
红包带在袋,
老伴笑颜跟,
不怕路遥山大深,
驾车直向青石村。

九

车上青石岭,
车近青石村,
遇岔路不知往哪进。
问老哥,
问大婶,
怎么找家森?
往哪找家森?

新路老路随你奔,
客车货车到家门。
村民早已不上访,
户户路宽楼房新。

昔日等车的砂子盘山路呐已没影,
当年开店的崖边临时篷哟无处寻。
一路向着美丽变,
喜煞人!

青石岭飘着白云,
白云下忙着家森。
家森啊,
谢谢你为我铺了一串上岭的台阶,
谢谢你让我亲了几回山尖的瑞云!

十

《家森扶我》

我助家森靠时运,
家森扶我是正神。
家森的奔富脚,
步步震天云!
美味的农家酒,
滴滴塑我心!

第六集
记史郎

（第六十六章至第七十六章）

江郎山上观景，
烂柯洞中问仙：

今天王质柴休砍，
做饭都烧气或电；
今天王质担休挑，
船去车来机上天……
古王质变成今王质，
一瞬间穿越几千年。
这瞬变，
怎言传？

仙子答：
凡人懂凡言，
你问严某俭。

严某俭啊，
呈上纪实本，
敬请各位翻。

第六十六章
那兴工路

一片片山丘变成一片片厂房,
一身身蓑笠换作一身身工装。
我的家乡啊,
一下子冒出许多制造商。
我的乡亲啊,
一下子冒出无数打工郎。
我的祖国啊,
一下子跃升为世界工厂。

家乡的世界工厂,
世界工厂的家乡。
好呀,
我记录了她的诞生和成长!
乐呀,
我参与了她的加油与导航!

渴盼者

一

鸡蛋一篮手上拎,
姑娘一位身边跟。
街灯闪闪小民居,
老汉轻轻叩大门。

开门是"江艺"何厂长,
稀客是城郊种地人。

何厂长呀,
黄泥土再捏也变不了金,
两亩田只够三顿无饥馑。
听人说你们厂里要招工,
求求你让我女儿挣些陪嫁银。

多少厂长门槛身,
被人踏矮两三分。
某厂招聘工十个,
竟有近千挂号人。

改放之初看大地,
寻工路上尘纷纷。
他们走过前门走后门,
他们托了近亲托远亲。
连城里的多少近亲远亲啊,
也帮他们走前门又走后门!

二

月镰儿亮亮挂树尖,
姜恭水匆匆到门前。①
问我识不识一位专家的家,
他须会一会这名大腕的面。

他家我虽识,
只怕人已眠。

---

① 姜恭水是当年的江山县吴村乡党委书记。那时电话还没有进家庭,手机更未普及,工作的事一般靠面谈。

第六集　记史郎

夜来莫扰人,
能否等明天?

今晚再迟也要见,
专家明早离江山。

还好去相谈!
江山消防器材产业得诞生,
那良种啊就播在这灯光间。

白天加夜晚,
没有星期天。
尽力的官员百百千,
兴厂的步子跑欢欢。

他们是转型的官!
他们是兴工的官!
他们深知道啊,
厂子与国人的命运紧相连。

《办厂谣》

厂子是摇钱的树,
厂子是涌金的泉。
只有厂子兴,
百姓才会手宽心宽;
只有厂子兴,
政府才会盘满钵满;
只有厂子兴,
祖国才会月圆家圆;

只有厂子兴啊,
家乡才有美好的今天明天!

三

回家过新年,
弟弟来试探:
"城汉办厂缺土地,
咱家正好有房闲。
闲房可办代工点嘞,
你能否牵牵线?"

从此我多个小心眼,
给一家微厂把线牵。
弟弟买了台特型缝纫机,
山村冒出个拖把代工点。

我弟弟啊他哥哥,
大地上能人万万千。
他们一步步走出稻畈,
他们一天天忙在车间。
他们渴盼自家快致富,
他们手牵亲友过难关。

　办厂是可以涌流大金子的源泉,
　打工是可以涌流小银子的源泉。
他们渴盼大金泉呀小银泉,
快快涌人间!
多多流世间!

四

有一种渴盼，
来自衙门无奈的脸。

厂子是块台阶砖，
其砖不铺恐降官。①

厂家没影转不出活钱，
钱袋丢失接个客也难。

五

还有来自港澳台与国外的渴盼，
他们纷纷看好中国的今天明天。
不愿错失千载难逢的赚钱机会，
随着开放春风把中国大地走遍。

六

还有一种见不得人的渴盼，
来自某些缺少人格的恶商，
来自某些掌有实权的贪官。

他们的心是无底板的漏斗，
他们的欲是扑不熄的火焰。
在他们操控的工厂里，
工人为恶鬼流汗，
机器为妖魔造钱。

七

渴盼！
渴盼！
一个个渴盼助推一次次拆迁，
一个个渴盼交出一块块农田，
一个个渴盼激活一个个人才，
一个个渴盼引来一笔笔贷款……
正是这一个个渴盼，
推动农业大国向工业大国转变；
正是这一个个渴盼，
使清清浊浊的动力源无限。

那贪官奸商的渴盼是逆流，
逆流不驯生涡旋。
涡旋裂岸吞舟船，
怎挡得住正流滚滚勇朝前！

八

莫道草根记者的字儿轻又轻，
上了报纸广播啊个个重千钧。
我报道农民兄弟上田走出村，
我报道院所专家送技来培训，
我报道办厂的能人，

---

① 最早考核政绩是以工业产值和利润为主。

我报道兴工的先进……
我与同事们的一篇篇报道,
把千千万万兴工人塑造,
把万万千千渴盼者导引。

坎坷路

水向江河流,
人朝欲望投。
那渴盼者汇聚的兴工潮,
该往哪里走?

一

机器一开即造钱![①]

试产的水泥刚下线,
外观内质功还欠。
货稀缺,
人不嫌。
城里的高楼难落地,
乡村的屋子也遮天。
农家购物潮,
涌到厂门前。

模仿的电扇刚生产,

质量不高有隐患。
货稀缺,
人不嫌。
没啥名气有需求,
质量不高价降点。
居民购物潮,
涌到厂门前。

机器一开即造钱,
看得羡者口流涎。
乡乡竞办厂,
镇镇争飘烟。
那水泥厂的大烟囱,
更插满"石头县"。

货品欠优使劲产,
莫说政府不来管。

肚饿呀,
碗里争添苦叶草,
吃它总比受饥好。

身寒呀,
雪日添加烂裤袄,
穿它总比冻着好。

物缺呀,
解困不嫌"粗滥造",
有它总比全无好。

[①] 改革开放最初几年,城乡百姓购买力提高,民用工业品显得更为奇缺,致使一些质量不高或质量不稳的工业品在市场上仍俏销。

二

时时处处出喷泉,
库大塘深水也满。

厂方出现销售难,
机器一开就丢钱。
可多少地方呀,
还争先恐后把厂建。

你看那个乡,
资金无一元,
专家无一员,
设备无一台,
厂房无一间……
却想着空手套白狼吃肉的鲜,
偏忘记引狼进屋子被吃的险。

有前途的项目围着银行转,
没前途的项目围着银行转。
行长们呀,
恨不能自印钱。

乡乡动土少财源,
镇镇飘烟没远见。
家乡的领导们哟,
现场诊疗把病断。
该停的停,
该缓的缓,
该保的是重点。

手中几个"碎银子",
绝不撒胡椒面。
我采乡花寄北京,
《人民日报》要闻见。

三

跟风铺下烂摊子,
债务缠身出乱子。
怪怪的造厂不见厂子起,
荒荒的只见圈田长胡子。

拾瓦砾打水漂为寻乐子,
打水漂扔金币是败家子。
那金币若投老厂提档次,
好钢用刀刃,
钱少办大事。

设法办强老厂子,
公仆帮助动脑子。
厂情摸准下针药,
祛病健身显劲姿。

显劲姿!
显劲姿!
鲜花《人民日报》又开出,
那香味编辑也夸真适时。

四

县县推行包利术,
厂厂无不争基数。

第六集　记史郎

那承包基数偏低就是赢,
那承包基数偏高就是输。
江山水泥厂不争基数争贡献,
难得的新花快送出。

不是莽汉拍胸脯,
更非醉鬼耍糊涂,
他们里里外外挖潜力,
心有清白数。

这般贡献贡出了新,
如此包公包对了路。
《浙江日报》头版头条呀,
把一杆新旗树。

五
包公进厂有期限,
期限将满怪象现。

你看你看,
机衰带病转,
屋漏不修缮——
只要眼前得奖多,
管它明日厂瘫痪。

你看你看,
厂房未破关门修,
机器正常歇气检——
只想续包把基数减,
磨磨蹭蹭将上级骗。

啊,
莫单怪厂长们人品差,
更须说承包制有缺陷。
包对头哟可使恶人不作恶,
包错路呐能压善者难行善。

实情看眼里,
治乱到厂间。
承包期限将满,
秩序始终不乱。
今日包公新作为,
又跟读者见了面。

六
科研不配人,
生产没新品。
资本无增值,
技能也免训……
其他都不管,
只要产值和利润。
这样的包公走进厂,
哪能有后劲?

包公进厂包后劲,
又在各报发强音。

七
包公不进厂哟竞争性厂子死得惨,
包公把厂进呐这厂子又生新

病患。

一岁一包哟太烦，
多年不变呐谁敢？
盈暴利各方竞摆庆功宴，
亏大钱谁去救急收烂摊？
叫承包者赔呀他赔不出，
你想拿他怎么办？

包亏人不会入牢监，
包盈者却能赚大钱。
更有多少坏心肝，
包盈包亏都暗贪。

新厂上不上呐由谁上？
断案的包公们拍板难。
老企包给谁哟咋个包？
发包的领导者探河难。
承包的贪洞咋提防？
确是清官也下手难。
要当好姓公企业的包公哟，
除非天上如来到世间。

八

大胆改革大胆试，
承包太难就改制！
宜公则公，
宜私则私，
利民又利国的就是好路子。
让鸟入林，

让鱼归池，
让蚯蚓钻地玩泥屎……
那老是亏钱的"无底洞"，
也公开拍卖姓了私。

自从改姓私，
企业病生业主治；
自从改姓私，
"无底洞"变身"涌金池"；
自从改姓私，
后劲有人日夜思。

自从改姓私，
政府少了缠心事；
自从改姓私，
财政赤字变绿字；
自从改姓私，
某贪枯了吸金池……

谁试谁飞驰，
群奔成大势。

九

万马奔腾解禁桎，
新规竞塑新个私①。

出身不用查，

---

① 个私是当时个体私营企业的简称，现统称为民企（民营企业）。

第六集　记史郎

都可办厂子。
成人不用禁，
都可进厂子。
生产力大解放嘞，
连残疾人也搞来料加工挣饭吃。

你遵规守法我支持，
你违规犯法我惩治。
支持时你喜我喜，
惩治日依规依制。
政企都向光明走，
既清又亲好日子！

十

办个私！
办个私！
全年都是春，
遍地开花时。

全年都是春，
遍地开花时。
建工厂没夜没昼，
造老板每天每时。
我的家乡呀，
日产老板一桌子，
月产老板一屋子，
年产老板一场子……
当众叫一声老板呀，
满大街耳朵竖起像兔子，

不分雄与雌。

从此出门见了陌生人，
女的都叫老板娘，
幼儿戏称老板子。
问路也把老板叫呀，
那是碰上了大男子……

读者呀，
不知这五千载一闻的时代声，
是不是也能写进称呼史？
这是家乡工业化的一影子！
这是中国工业化的一影子！

十一

满足百姓老需求，
创造地球新物流。
产业链延伸织大网，
科技关竞占抢山头……
当代企业家呀，
风雨担肩头，
追着梦想走。
用智慧把栋梁铸就，
凝爱心将家国锦绣。
一年更比一年棒，
男也牛来女也牛。

十二

啊，
兴工看浙人，

最美是精神。

走遍千山万水呐哪里有道路
哪里就有他们的脚印，

说尽千言万语呐哪里有市场
哪里就有他们的声音，

想尽千方百计呐哪里有创业
哪里就有他们的坚韧，

吃尽千辛万苦呐哪里有风雨
哪里就有他们的艰辛。

活活"四个千"，
小记写难尽！

十三

我曾跟人打赌，
说你是个人物，
要不然，
面对兴工潮怎能鼓劲又探路。
遇困难你报《胜利属于爬坡者》，
搞兼并你讲《在磨合上下功夫》；
刚刚呼吁《"咬"住改革不放》，
接着又是《理清改革思路》；
更有那《"国鸟"莫恋笼》，
讲改革还带点小幽默……
今天我认识了你，
才知道那些大报之声，
竟是一个草根记者发出。

读报聊人谁打赌？
常山经委一干部。
当年读者多多少，
见我拙文目也注。

可爱的读者呀，
为了发出那可听听的声音，
你可知我下了多少苦功夫！

一站站历程重回顾，
汗星星洒在兴工路。

十四

忘不了啊，
洋铁、洋灰、洋布、洋油，
洋皂、洋车、洋火、洋楼……
解放前中华民族的生计，
被洋货紧紧扼住了咽喉。
多少人买不起洋布，
在啸啸寒风中瑟瑟发抖；
多少人住不进洋楼，
在破棚裂屋中忧风愁漏……

解放后，
新生的民族工业开始迈步走，
哪怕一路上风暴雨骤、坑深山陡。
跌倒了奋身爬起，
走错了纠正回头。
从此啊，

钢铁、水泥、细布、煤油，
肥皂、单车、火柴、新楼……
不再姓洋的货品，
在祖国大地纷纷发芽昂起头。
尽管凭票购买的日子过得太久太久，
但中华民族毕竟缓解了被卡的咽喉！

啊，
钱潮涌，
雄风吼。
一旦有了改革开放的好兆头，
那工业化就势不可当成洪流。

十五

兴工路，
兴工路，
那是全国人风雨同行的坎坷路！
那是摸石头摸出的中国特色路！
那是锤和镰引领的中华复兴路！
那是当代人越走越美的幸福路！

十六

历史老者眼一眨，
农业国变身工业化。

家乡一个有心人，
把这过程笑录下。

第六十七章
那城风景

真有幸，
真有幸，
我看到了千年难遇城风景。

时代风，
时代风，
一座座新城崛起在地球东。

快用功，
快用功，
把水滴融入城市化大潮中。

入城潮

看紫李红桃，
听鸡鸣狗叫，
伴溪山绿秀，
品茶酒香飘……

都道乡村好，
乡村人渐少。
故人离老井，
奥妙谁知晓？

我的时代我的风

一

恋人在镇中，
出嫁朝城冲。

这些个女儿红，
乡下并不缺好后生，
村中有的是脱贫兄。
难道你心牵着镇店的网红？
莫非她羡慕那城厂的富翁？

不！
君可知嫁人少不了带孩抱背哄，
我把那育幼的事儿看得重。
做个农家女呀，
带孩子还得洗衣做饭又务农，
这样的时辰想想也心恐。
哪比得做个城人妻，
把小孩都往幼儿园里送。

君可知嫁人少不了下厨蒸煮烹，
我把那一生的事儿看得重。
乡灶烧柴火呀，
柴干火大夏天受不住热烘烘，
草润烟多雨日熏怕了烟蒙蒙。
哪比得城里都烧液化气，
开关只要手一动。

君可知女人夜睡不愿身边空，
我把那结伴的事儿看得重。
嫁个乡村郎呀，
男人百里千里万里去打工，
扔下老的少的女的在家中。
哪比得城里人，
天天团聚乐无穷……

二

我要进城挣钱！
我要进城历练！

你们这些青壮年哟，
难道都将城里的楼林羡？
莫非全把长街的红绿恋？
怎忍心将父母妻儿扔！
岂可以把家乡山水厌！

不！
青壮不挣钱哟到老冬无棉，
打工比种地呐一年抵四年。

远离父母非离孝，
城里有老人的治病钱；
远离子女非离养，
城里有孩儿的进校钱；
远离妻子非离亲，
持家担男人挑在肩。

持家担男人挑在肩，

274

干今天更要想明天。
若要明天不住破泥屋，
今天就要挣些砖瓦钱；
若要明天种地少弯腰，
今天就要挣些机子钱……
我要的"钢镚子"往哪儿挣？
咕噜噜那城里有涌金的泉。

往城里冲啊在城里转，
还心藏一个发家愿。
人间老板多多少，
起步打工开小店。
诱人的老板我也思做，
思做就得将本事练；
诱人的老板我也思做，
思做就得将机遇攥；
发家运呐发家本，
不进楼林往哪攥？

三

孩子读书脚板小，
为啥也往城中跑？

升学分数一出挑，
就想进城入好校。
好校好师育星星，
明星明日光耀耀。

升学分数没得高，
就想进城入技校。

职教跟着市场转，
学识对路找工俏。

留守幼子在山坳，
更想进城入初小。
只要和双亲共起居，
菜盆少肉也能熬。

那城校啊，
跑道大多彩塑浇，
彩屏上课开人脑；
花园是校园，
书刊馆中挑；
口对口都讲通用话，
胸和胸竞把徽章耀……
一件件的新，
一桩桩的好，
引得多少农家子，
早晚向双亲求助又撒娇；
引得多少打工者，
缩用节衣也不亏我好宝宝。

四

谁说叶落归根土不离？
莫道人衰骨老家难弃！
乡村多少老人家哟，
也要住城里。

东村牛崽六十几，
为哪个锁门把故土离？

媳妇二胎顺，
带孙跃跃喜。

西村羊崽七十几，
为哪个锁门把故土离？
心脏不听话，
随儿便就医。

南村狗崽八十几，
为哪个锁门把故土离？
儿孙换大房，
三代乐一起。

北村鸡崽九十几，
为哪个锁门把故土离？
腿脚不灵便，
儿孙推轮椅。

亲亲的风啊，
把一叶叶晚霞吹到城里。
风愿意！
叶欢喜！

五

向县城挺进！
向府城挺进！
向省城挺进！
向京城挺进……
涓涓乡下水呐涌涌入城人，
时代汹汹潮哟潮潮百姓心。

六

看那入城潮，
逆流也不少：
深巷的黄毒赌，
车途的乱堵超；
街头的黑势力把好人欺，
商店的次东西把名货冒；
防不胜防的诈骗传销，
打了又打的明抢暗盗；
最可恨那造城的一块块巨砖，
却变成了污吏的一根根金条……

我说这城市呀，
不称心处似牛毛，
却敌不过迷人的好！
却挡不住入城的潮！

《入城谣》

入城潮，
人类闹。
家乡啊，
昔日十中八九乡巴佬，
今天十有六七城里鸟。

造城势

天要升朝阳，

第六集　记史郎

黑黑渐退场。
地要百花香,
潇潇春雨忙。
时要把城造,
势头谁可挡?

一
城里紧缺安住的房!

一家两小卧,
三代廿平方。
来客坐床板,
吃喝在灶上……
城鱼也苦挤哟,
涌入乡鱼往哪养?

乡下建筑军来造房!
新年零点第一声,
搬运柱梁号子响。
往岁田间耕地手,
今春云海种楼郎。

国企承包人来造房!
老国企劲吹深圳风,
吹活了房建大工场。
过去一天升两尺,
如今半日高十丈。

先富一族来造房!
江山十八亿民资进房产,

新小区争奇赛美颂开放。
有钱人啊,
战乱时忧富藏富把金窖,
盛世岁以钱生钱圈地忙。

一幢幢新楼哟雨后春笋往天长,
一支支春笋呐竞秀争鲜上市场。
城里人乐乐告别"老螺壳",
富乡汉源源来购"新富堂"。

二
城里紧缺就业的厂!

一家小厂子引千人仰慕渴望,
一杆大烟囱成万众讴歌对象。
市民找事做呐缺岗,
财政常枯竭呀"月光"。
无工不富,
工在何方?

农民走上田塍来办厂!
江山五位农民"发了狂",
收购废瓶磨粉闪绿光。
卖给近邻建筑队,
"新型材料"饰高墙。
我来采访,
我很欣赏!
农民股份制办厂的新闻啊,

在《中国农民报》先亮相。①

吸引外资来办厂！
江山第一家中日合资公司鞭炮响，
那响声竟漂洋过海惊动了日首相。
中曾根康弘寄来亲笔信，
贺公司开张。

城里能人筹资办厂，
机关干部下海办厂，
国鱼孵化子孙厂，
野鸟缘结鹧鸪厂……
办厂的绿灯啊，
中华大地时时亮。

政策放放放，
厂子旺旺旺！
乡下汉进城有了落脚地，
城里人做事有了选择岗。
那机器产出的都是人民币啊，
一张张放进工人腰包，
一把把归集税费大仓。
更有一捆一捆又一捆，

把企业家资本猛膨胀。
不管钱财谁入袋，
都奔工地做基桩。

三

城里紧缺兴市的商！

小巷暗无光，
大街空荡荡。
生活百货大都凭票买，
找个牙签那是你空想。
无商不活，
商在何方？

小贩的摊摊田汉的担，
一溜溜摆在那大街旁。
牙签衣裤摊中有，
新果鲜蔬担里香。

姓洋的"连锁"姓土的"王"，
一店店布网串百巷。
买玉买金买汽车，
家家比美霓虹亮。

摊摊担担车车袋袋啊，
把窄巷宽街挤断了肠。
政府连忙辟块地，
分流江海汇新洋。

---

① 这篇报道登在1985年3月5日《中国农民报》第1版，同年3月15日登在《经济效益报》第8版。这可能是全国公开报道股份制企业的第一篇新闻。

四

城里紧缺宽敞的路!

堵堵堵!
堵堵堵!
小巷骑行堵,
大街车辆堵;
上班日日堵,
路路过节堵……
出行无不堵啊,
哪里是通途?

快造路!
快造路!

路由金子铺,
金子在何处?

问政府,
政府挤财政,
兜兜金不足。

问市场,
市场一开口,
涌金铺我路。

乡乡连起大公路,
眨眼之间到县署;
县县通达高铁路,
香茶未冷至州府;
疏通瓶颈立交路,
你往我来轮叫舒;
整治江河建水路,
船舶逐浪串杭沪;
空中建起民航路,
增个邻居叫首都……

处处有通途,
天天彩带舞。
彩带舞,
将万水千山拉近,
给千城万寨串福。
啊,
宽宽畅畅连全球,
今日家乡路;
翅翅轮轮向快乐,
民心福气路。

五

城里紧缺宽进的校!

课堂要挤爆!
课堂要挤爆!
同个课堂啊,
当年排凳四十号,
稍后挤着五十号,
近日榨来六十号,
门边犹等几十号……
呀,

碰上入城汹涌潮，
课堂再大也嫌小。

莫道手无钞，
挤伤孩子不得了。
改革春雨沙沙到，
劲劲新苗朝上冒。

原来的中专高中职高在闹市，
寸土寸金买不了。
现在的高中职高中专迁新区，
划拨土地花钱少。
原址面积虽少呐值大钱，
新基占地虽多哟投资小。
地少地多巧转换，
将一变五好奇妙：
不仅变出座座校园新凳凳，
你看那衢江边，
还变出两座美丽的大学校。

孩子上学忌远跑，
小学校舍街区造。
停车场呐向地下要，
教课室哟在空中标。
植绿育红花草香，
入学孩子笑。

再往民间要幼教，
还朝外地引名校……
办学新拓路条条，

城里课堂不再爆！

《子谣》

昔日谣：
晚清的房子，
民国的桌子，
共和国的孩子。

今天谣：
花园里的房子，
多功能的桌子，
新时代的骄子。

六

城里紧缺公园绿道，
造！
城里紧缺医院车站，
造！
城里紧缺博物馆展览馆，
造！
城里紧缺特色街步行街，
造……

造造造！
造造造！
响应时代潮，
我们造！
追赶时代潮，
我们造！

引领时代潮,
我们造!

造造造!
造造造!
把一座座新城锻造,
把一区区快乐精造。
呀,
城市成长高速度,
哪朝哪代比得了?
但比比平民百姓的新需求,
还太慢,
犹嫌少。

七

《城市长势赞》

长高一日日,
长大一时时。

万众共生的骄子,
千年未有的长势。

在那长势里,
我看到了锤镰主导的大势,
我发现了市场发力的强势,
我读懂了历史呼唤的时势,
我听见了民心共鸣的声势……

啊,

那是钱塘江潮动,
那是高铁列车冲!
那是八九点钟的太阳,
那是一往无前的飓风!

八

《城里回头看看村》

一城崛起万村空,
畈尾山头几妪翁。
草进废墟雨进灶,
乡郎望月在城中。

一城崛起万村秀,
水绿山青别墅稠。
更喜农机追季节,
追出大地新丰收。

一城崛起万村变,
月异日新谁洞见?
欢者得欢悲者悲,
不妨历史车轮转。

美城风

家乡貌,
丽人颜。

一

丽人昔日脸,

曾被霾尘掩。

谁作践?
杆杆大烟囱哟乌龙日夜窜,
条条沙土路呐车过尘遮天;
煤炉户户灶呐灶灶冒灰烟,
个个起工区哟水泥倒又拌……

莫作践!
令乱烟囱向着无烟囱变,
令黑烟龙向着白汽龙变。
城外变工厂,
城中变饭店。
天长日久,
乌龙乱舞的大烟囱都不见。

莫作践!
让沙土路向着柏油路变,
让坑洼路向着平顺路变。
一刻变三步,
两年变九段。
天长日久,
随车走的扬尘都不见。

莫作践!
请煤球炉向着液化气灶变,
请柴火灶向着燃气厨房变。
一天变百户,
半岁变三万。
天长日久,

家家户户的黑烟都不见。

莫作践!
叫水泥倒又拌向着搅拌站变,
叫随处倒又拌向着搅拌车变。
三站拌一城,
百车进万点。
天长日久,
工地的尘虎们都不见……

都不见,
都不见,
我那丽人哟,
拂去尘埃露笑颜!

二

丽人昔日颜,
曾被水污染。

不要新生污水源!
企业要来我要选,
招商安起铁门槛。
排污若是超国标,
一律免谈心不软。

整清原有污水源!
厂子排污已数年,
限期整治不拖延。
帮监督有智能眼,
助达标有技术员。

能达标的促壮大，
难整治的把门关。

惩处偷排污水源！
暗放偷排天地怒，
杀苗废井人禾冤。
堂堂书记带人去，
就地查污在夜半。
依法处罚不打折，
停机荡产人禾欢。

各类污流入管道，
连环池里把身变。
潺潺清水入江河，
人也游来鱼也恋……

长治排污源，
水清流不断。
我那丽人哟，
花儿一洒鲜！

三
化工怪怪味，
呛我丽人肺。
还有那造路的废土、矿山的渣堆、建房的基泥、板企的屑碎……
结成一个个斑块，
欲把我丽人的血管摧毁。

护我丽人健美，
岂容恶鬼作祟！

化工的废气提纯粹，
出口源源换外汇；
矿山的废碎做砖块，
砖块托楼把云追；
辟路的废泥造大田，
苗儿绿绿稻香飞；
门厂的废屑榨油凝作板，
眨眼变身两宝贝……

啊，
空气向清新哟斑块在消退，
丽人的健美在回归！

四
昔日丽人身，
受伤难辨认。

江郎山，
陆放翁的惊人骇马峰，
辛稼轩的立地撑天身，
白居易与君共醉的向往，
严某俭促膝谈心的知音；
世界公认的自然遗产，
地球罕见的兄弟三神。
可是当年你那登山路，
却长满了荒棘野蕈；
可是当年你那清新景，

却刀削斧砍失青春！

开化，
百里山河西子身，
浙江绿肺世人珍。
啊，
当年那割肉换衣的刀斧，
每一下都砍伤了你的身；
当年那挖肺种粮的锄镐，
每一回都挖痛了你的心。
我那天生的西子呀，
血面痛心相，
今生怎见人？

把挡眼的住房搬，
把毁身的刀斧禁，
荒棘野薹淡出上进路，
绿岭青山拖住雾衣襟。
雾一退三红峰插入蓝天戏白云，
那抓魂情怎么会赢不了世遗心？
江郎山，
胸佩五星倾世郎，
心容四海迎游人。

水活开化清莹莹！
映天见日红哟照地显山青，
无色最出色呐有景皆真景。
开化大山郁葱葱！

神神黑麂蹦呐怪怪结瓜松，
冬暖夏凉泉哟春香秋爽风……
我那名为国家东部公园的西子啊，
招到灵灵上海妹，
引来侃侃北京兄。
羡得天上人间千万佛，
也长驻青山中；
慕个九州四海野生灵，
也齐聚再生宫。

还有等你尝的柯城橘柚香喷喷，
还有等你解的龙游石窟谜重重，
还有等你玩的常山美石块块奇，
还有等你寻的江常古道段段踪……

衢州成了国家环保模范城，
丽人不再伤真容！
衢州成了全国优秀旅游城，
丽人又见青春红！

五

昔日丽人魂，
飘离无处寻。

烂柯山破烂了长草，

孔（空）家庙搬空了住人，
天皇塔拆毁了砸心……

那是永生的古，
可培时代的新。

不是吗？
一瞬千年说烂柯，
烂柯故事启国人。
三天不见天皇塔就泪雨倾，
泪雨倾出乡愁心。
孔氏南宗家庙墙上的大同篇，
共鸣着世界的最佳音。

重塑孔子像，
请回烂柯神，
复建天皇塔，
继承文化根……
我那丽人啊，
找回了一次次丢失的魂。
中国历史文化名城啊，
在名副其实的路上奔！

六

丽人美在身，
更美一颗心。

养狗养猫不养耄耋亲，
亲钱亲上不亲奉献人。
诈来劲骗来劲做正事没劲，
赌有心嫖有心干常活欠心……

美美丽人心，
茫茫往哪寻？

家乡人的友善啊，
报头有字墙头有画口头有音，
广播有声电视有影网屏有云……
暖暖和风日日吹，
悄悄融入人人心。

校园里少来两个小朋友，
老师们寻路寻屋寻店头。
敲家门七唤八呼无应声，
寻人者搔头跺脚更急愁。
家长欠费手机停，
快代充值呼不够。
千声万声喊醒了沉沉昏睡的家长，
一户三口逃脱了煤气中毒的鬼手。

腊月寒风吼，
一位四川广元人却遇到了一暖流。
多年前他在江山赢牌公司打过工，
没想到老总把电话打进了他心头。

老总说：
"牵挂你呀我的工友！
厂子年年往前走，
怎能把你丢在后？
穷人过日子呐年底是关口，
不知你有无难越的坎与沟？
如果有，
请开口。"
此时他妻子呐重病在医瘦又瘦，
此刻他腰包哟出多入少愁加愁。
信息传到这一头，
爱心飞到那一头，
一家人呀遥望浙江泪水流……

《心良生大美》

啊呀呐，
莫说刀子都杀人。
下田割稻麦，
上岭砍柴薪。

啊呀呐，
莫说资本血淋淋。
心良生大美，
私企也扶贫。

啊呀呐，
城乡美丑看人心。
心恶人吃人，
心良人助人！

七

智能也会塑美心，
它与文明是连襟。

超市长了"亮眼睛"（摄像头），
窃贼一见变良人。

车路来了"测速神"，
神身一现杀手隐……

八

《大美之城》

肚急入城市，
归来爽满心。
洁洁解手处，
淡淡是花芬。
衢州创建卫生城呀，
我有幸成了舒心人。

酷暑入城市，
归来绿满心。
新街十里长，
步步树连荫。
衢州创建森林城呀，
我有幸成了乘凉人。

年老入城市，
归来乐满心。
公交全免费，
礼让语言亲。
衢州创建文明城呀，
我有幸成了参与人……

美城风吹亮了丽人的脸，
美城风吹暖了丽人的心。
我的家乡哟，
倾倒地球人！

九

城是文明花，
妖魔屡侵凌。
忘不了啊，
联军纵火烧圆明，
日寇挥刀屠南京；
我的家乡啊，
倭鬼空投生化弹，
万千无辜死于病……
解放了，
强我人民子弟兵，
寇来必灭不留情。
从此国人啊，
三十岁打基础，
四十年入化境，
地球东呈现千年一遇城风景！
呀，
那是中国镰收割的新成果，

那是中国锤锻造的新生命。
那是大美家乡新化身，
那是中华复兴看先行。

十

人逢好运，
莫负当今。

我为入城潮扫路，
我为造城势鼓劲，
我为美城风喝彩，
我为城风景操心……
我把一篇篇文字啊，
化成点点及时雨，
献给丽人润青春！

第六十八章
那宝器

听得懂风霜语，
看得着千万里；
脚不动也能逛地球，
门没出也可买东西……

啊呀呀，
多谢当今时代，
让人也拥有真真的宝器；
感恩这个星球，
教我也见些怪怪的神奇。

一

电视是妻的宝器!
缘结气象知天气,
天冷了不忘给孙孙添件衣……

电脑是我的宝器!
那里藏着心爱书,
那里待着保健医……

儿媳的宝器是手提!
那里有浇花的春日雨,
那里有园丁的切磋题……

儿子的宝器是手机!
屡接解渴雨,
频送春风意。
前几载虽隔万里援疆去,
空下时也在掌心会爱妻……

宝器进人家,
全球无数亿。
尚无的渴盼有,
已有的求升级。
这时代,
谁愿意耳堵塞呀眼遮蔽。

二

你听那大山小溪,
一声声呼唤宝器。

真的?
真的!

一九九八衢州六千干部下乡去,
问农友最缺啥东西,
那回答呀多少干部感新奇:
不少米呀不少衣,
只缺好信息。

农技信息一短缺,
时代羞咱亏待了祖宗田呀祖宗地,
地球怪我欺凌了家乡岭呀家乡溪。

农产品销售信息一短缺,
粮田骂我轻了谷米,
栏舍责咱贱了羊鸡,
果岭忧侬烂了桃李,
菜园怨俺黄了蒜荠……

百姓的缺和盼,
好官的给与干。
衢州创建"农技110",
让宝器上山下田进舍栏。

温水沤豆芽哟已然几世纪,
那陈叔竟敢全抛弃。
溪沙种新芽,
长个碧绿体。

那价钱比水沤货翻了一倍呀,
他连连向"农技110"报大喜。

牛崽误吃腐烂橘,
倒田临死仅微息。
乡医见此心无计,
翻遍医书唯叹气。
"农技110"啊,
可知怎么医?
不用开刀不用药,
快将牛肚使劲儿踢。
啊呀呀,
仅仅踢出几个屁,
那牛崽竟然慢慢苏醒又撑起。

好信息!
灵信息!
我时刻捕捉那宝器逗威新足迹,
向更多的农友快传递。

三
要掏当代科学利,
不毁子孙吃饭地……
科研院所的宝库一打开,
宝贝琳琅哟让你生惊喜。

真的?
真的!

那"龙绿"尝了宝库新科技,
一举省了百亩建厂地;
那"常化"吃了宝库高科技,
"吃煤虎"变成了"省能鸡(机)"。

四
夜无云哟天上星多人难计,
人有宝呐经商智多星莫及。

真的?
真的!

捞虾下南溪,
买钢到北地。
陈天豪啊,
倒倒颠颠获大利。
他搜索普天信息,
有两条过目狂喜:
北方急要某种特型钢,
竟睡南国一个仓库里。

百里龙游万树梨,
春风一到香千里。
往年花谢随风去,
落地纷纷变烂泥。
花儿花儿你莫谢,
请你入瓮应人急。
那购者海峡彼岸是台商,
多亏了网络传香通艳丽。

中国第一个网屏粮市在哪里？
休猜吃货大城，
莫道产粮基地。
是我家乡啊，
粮商们坐在电脑前用鼠标点点，
就点醒了北国南疆的库库谷米。

五

宝器进巷村，
社区向和稳。

真的？
真的！

村财积万金，
静夜扰千心。
怎不扰心呢？
财主是大众，
管钱只一人。
莫扰心，
莫扰心，
请你打开村账网，
财来财去迹能寻。

东街西巷闹纠纷，
木棍菜刀对骂音。
围观的群？
拍照的群。

喜乱的群？
促安的群。
微信条条唤救兵，
好风阵阵驱乌云。

六

那宝器光临衢州市府内，
一碗菜钱开了个"神仙会"。①

真的？
真的！

往年开此会，
会议厅内无虚席，
会议厅外车排队。
还有一餐会议筵，
大厨出手比滋味。
啊呀喂，
如今开此会，
免了赶路来回累，
按钮一开屏上会。
车耗筵金全省去，
只需付点网游费。

---

① 2003年2月9日，衢州市在网络视频上召开信息化工作会议，全市六个县（市、区）主要领导都参加，人称"神仙会"。将全市工作会议通过网络视频召开，这在浙江省是第一次。在这之后，衢州市党政机关实施无纸化办公，也是浙江省最早。

七

党政办公室宝器开,
无纸化新风进屋来。

真的?
真的!

往年这里嘞,
文件的山哟文件的海,
进门人不见,
山海把人埋。
啊呀喂,
如今这里嘞,
文件传达靠上网,
即发即到比光快。
这股新风呀,
救了几多海淹山埋的人,
省了不少造山做海的财。

八

宝器到了妖魔手里是妖器!
黑黑隐客窃私密,
丑丑狐妖美莫比,
伪伪水军造数据,
红红大佬骗金币……

九

《宝器的天地》

宝器宝器,
人施法铺天盖地,
鬼作祟昏天黑地。
鬼鬼人人,
争天抢地……

宝器宝器,
数字化化天化地,
地球村村天村地。
天天地地,
智慧游戏……

十

啊,
新宝器领跑新世纪,
新世纪争造新宝器。
新宝器既造福哟也作恶,
年年速变创新奇。

啊,
宝器的时代,
时代的宝器。
用快了用好了就跟上了时代,
不去用用不好会被时代所弃。
那一条条醒世利民的真信息,
媒体人让它进家入户长灵翼!

第六十九章
那块田

摸鱼鳅踩个鳖,
我喜笑颜开的那块田。
治稻虫不见效,
我热泪涌流的那块田。

那块田,
我摸爬滚打了一年又一年,
我鞠躬跪拜了一年又一年,
我粗翻细搓了一年又一年,
我又亲又恨了一年又一年……

那块田,
辈辈跟它恋,
熟熟与碗连。

那块田呵,
我种下心情一畈畈,
我收得忧乐一镰镰。

一

亭亭乌桕树,
立在棉田边。
生产"大呼隆"时代呀,
社员经过树荫下,
总要歇歇聊会天。
日久天长得绰号,
人人竞叫"停车站"。

亭亭乌桕树,
立在棉田边。
农田包到户第一年呀,
农民经过树荫下,
脚步匆匆像射箭。
春种秋收忙不迭,
家人送饭到田边。
日久天长得绰号,
人人竞叫"快餐店"。

"停车站"看见,
秋花难盖土呐星星点点。
"快餐店"看见,
秋花盖了土呐雪白一片。

我请这树亮报端,
教更多人确认了大包干!
我请这树亮报端,
催更多村采纳了大包干!

二

包干喜了大柏树,
包干愁煞农机店。
你看你看,
那公社的老农机,
锈成了烂铁片。
这农业机械化呀,
才出生就气蔫蔫?

解疑释惑莫迟延,
快去瞧瞧那块田。

龙游县老张那块承包田,
七十六亩一大片。
全家兵八把锄头都上阵,
攻下畈心没畈边。

大户没添电视机,
暑天不置电风扇。
嫁女舍不得放鞭炮,
嫁妆更没有送"家电"。
挤钱凑数换农机呀,
田地精耕又细灌,
运输脱粒加磨面……
种田劳力省,
成本降一半,
一元投入赚三元。

哎呀呀,
钱袋亲农田,
小钱变大钱。
最底层那个张廷俊,
跃上了《人民日报》好版面。

我看见,
越来越多的张廷俊在涌现。
那块田,
即将迎来农机化的新春天!

三

尿粉大把放,
氨水满田淌。
只见禾苗绿,
难寻稻谷黄。
我的一些农友呀,
欲满柜偏偏浅了仓,
想欢欢反倒泪汪汪。

请来田医生,
诊病查土壤。
多少钾磷多少氮,
丘丘列表说端详。
龙游对症施肥五万亩呀,
少下了十万元"糊涂肥",
多收了两万担"清楚粮"。

田科技张开双翼传农友,
农友们节本增收喜洋洋。
我的那块田,
身骨更无恙!

四

一代代寻泉爷,
一村村盼水娘,
拜天拜地拜龙王。
拜了九千年①呀,

---

① 专家考古发现,约九千年前,家乡就有人种植水稻。

仍旧旱魔一到禾焦黄。

田地包干进矮墙，
矮墙抗旱靠溪塘。
劈山引水没能量，
大旱来临怎抵挡？

"是岁江南旱，衢州人食人"，
这是白居易笔下的我家乡。
有谁愿意哟，
再现惨凄状！

十万农民引水忙，
衢南百里战旗扬。①
三年热汗化清水，
清水哗哗到旱乡。

寻白了头的爷，
盼瞎了眼的娘，
这天都聚到了大渠旁。
鞭炮花把爷的头染红，
长清水把娘的眼洗亮。
我家乡的那块田哟，
碰上大旱魔照样稻花香。
白居易瞧着这景象，
红霞片片化诗章。

---

① 乌溪江引水工程，人称"浙江红旗渠"。

五

谁听过筑路得田？
谁见过筑路得田？
看吧，
绿绿那一片，
就因筑路降人间。

小小下方村，
弯弯溪埂边：
清清埂外水，
埂内荒荒滩。

荒滩欲姓青青田，
取土遥遥改姓难。

一季又一季，
两年又两年，
"荒"姓不能改，
就因缺土源。

新近下方喜讯传，
金衢高速过村边。
那高速啊，
夯基要把田泥搬，
废土多多运哪边？

运哪边？
运哪边？
附近青青庄稼白白屋，

远方绿绿树林茂茂山。

啊,
工农为鍪两愁颜,
兄弟相亲都笑脸。

拱拱推机糙路见,
车车废土黑田显。
嗬,
那黑田又肥沃来又松软,
播一把瘪籽儿也长个欢。

筑起路一段,
喜得百亩田。
新闻传大地,
好事福人间!

六

在田头每日把那泥巴弄,
不睡觉也难弄圆房建梦;
甩下泥巴去打工,
田长野草戳心痛。
呀,
对着那块土疙瘩,
心里纠结谁会松?

黑夜一过太阳红,
政规再宽农路通。
我的那块田呀,
流到西来转到东。

有路的自由恋爱,
没门的村干做媒。
只求意配情合,
不必门当户对。
转出的租金现得,
转入的田产翻倍。

嗨哟哟,
新闻登上省报央报,
喜讯遍传村头地尾。
我的那块田呀,
朝肥朝贵,
百转不累!

七

笠帽丘,
蓑衣丘,
螺蛳羊腿大肥狗……
千奇百怪的象形田,
堆在我山沟沟。

牛耕难到角哟旱涝易绝收,
旱涝没来损呐秋得谷几斗……
祖祖辈辈喊难种,
可又舍不得丢。

万象变方格哟小田并大丘,
山梯一道道呐叠到白云头;
串起机耕路呐路边渠水流,
农机能下田哟旱涝都保收……

啊，
祖祖辈辈梦中也无的队列田，
排到我门口。

那改田的费用国家掏，
那包雇的推机赛九牛。
那改好的大田还给农家种，
那获得的庄稼都归农户收。
那农机助力兴田畴，
那税费免交喜户头……

嗨哟哟，
碧玉春，
金夏秋，
雪舞冬棚花果稠。
我的那块田呀，
四季美滋滋，
千村香久久！

八

啊，
那田土是我赖以生存的根，
那田艺是我赖以立身的根，
那田信是我赖以致富的根。①

---

① 田艺，包括农机化、智能化等现代种田技艺。田信，指科学种田、农产品产供销运贮、农业资金融通、农业生产资料运营等涉田信息。

三根扎土深，
田畈现青春。

九

真荒唐！
真荒唐！
当年把地造，
今日将田荒。
饿过肚皮的记者呐，
见荒心受伤。

下田访婶妪，
入户问爷娘：
田是农家宝，
为啥不种粮？

荒田甩在山坡上，
田空草疯长；
荒田撂在工厂旁，
土裸褐红黄。

山田咋会荒？
或因土不肥哟禾苗欠茂旺，
或因水不顺呐遇旱难收粮，
或因路不畅呐车子无声响……
种地打工算算账，
不如任草霸瘠壤。

厂田咋会荒？
或因盖废渣哟渣多苗不长，

第六集　记史郎

或因近废气呐气重叶焦黄,
或因浇废水呐水毒害果粮……
种它烦恼多,
无奈就抛荒。

田荒饿断肠,
人死减村庄。
史书一页页,
无不泪汪汪。

入户问爷娘,
下田访组长(村民小组长):
如今田有荒,
农户可缺粮?

不缺粮!
不缺粮!

村里那张三,
曾称大肚肠。
过去一餐五大碗,
还说肚子空荡荡。
近年酒肉天天尝,
两碗犹言肠胃胀。
众乡亲啊,
户户增油水,
人人降饭量。

村里溪头畈,
年年都种粮。

昔播老品种哟一亩几箩筐,
今种杂交稻呐却需车子装……
田荒减减十丢二,
亩产升升成倍涨。
众乡亲啊,
过年看看粮,
谁也不亏仓。

当年青壮全玩土,
村里人人喊饿肚;
今日下田翁与妇,
晚上犹歌舞。

啊呀呀,
不问心里慌,
查实喜洋洋:
种少也能米满缸,
种多往哪销余粮?
原田复垦蛮容易,
粮价一高禾就旺。

《饱不忘饿谣》

饱时不忘饿时粮,
饭碗才能端久长。

饱时不忘饿时粮,
饭碗才能端久长。
我的那块田,
挂在人心上!

第七十章
那幢房

有遮雨挡风的瓦墙，
有接福纳乐的门窗，
有飘香给力的厨舍，
有立地顶天的柱梁。

有狗洞猫窝，
有猪哼鸡唱，
有犁锄刀剑，
有缸瓮柜仓。

有聚友娶亲的喜畅，
有养心启智的诗香，
有传宗接代的香火，
有继善弘良的路向……

我的那栋房呀，
是祖祖辈辈歇息加油的地方，
是岁岁年年养育美好的天堂。

一

石基黄土墙，
草盖雨难挡。
改放之前走百乡，
百乡见此原始房。

砖砌马头墙，

瓦鳞映暖阳。
改放之前走百乡，
百乡见此老徽房。

台湾老兵第一次回故乡，
在村里南瞧瞧来北望望。
临别两句话，
把我心击伤：
入眼房屋更破旧，
村容还是老模样。

二

壁槛门窗，
檩椽柱梁……
钢砼不见影的年月，
无木不成房。

兄弟分家要灶房，
畜禽多养需栏房，
儿孙长大催婚房，
椽蛀梁塌急危房，
夜思宽敞梦新房……
大包干后有了温饱的农民呵，
日夜找门窗，八方寻柱梁，
直闹得黑市里的木头价格涨又涨！

木头唤市场，
市场难开放。

难开放！

第六集　记史郎

难开放!
火车枕木短缺跑不动,
煤矿短缺坑木会塌方……
那山头的大树呐癫发三根,
却汇聚一双双渴盼的眼光。

百姓要木头,
木头在何方?

在何方?
在何方?
百姓需求是海,
百姓需求是洋,
就是把千山大树全伐光,
也填不满那滔滔浪。

啊,
建婚房不可等,
换危柱抢时光。
农友们政府没批斧子批,
黑夜里竟然冒险上山岗。

我的农友们呀,
你们的难处就是我们的难处,
你们的念想也是我们的念想。
只砍不植哟树砍光了也不够,
多植少砍呐越有劲道林越旺。
谁要造房先种树,
咱们商量立个乡规民约怎么样?

好啊,
我们要订这一章,
我们看重这一章:
只要植活二十亩的绿,
就能换建八十平的房。

土规章落到实处,
上山岭见荒不让。
男男女女种新苗,
郁郁葱葱林木旺。

土规章落到实处,
勤奋户烟花竞放。
栋栋新房如笋发,
寒冬也见春风光!

三

橘香橘乡,
橘乡橘香。
衢州橘柚漫山野,
剪采下来往哪藏?

特批特建嘞,
既是荒山承包者的家,
又成当代橘柚族的仓。

好哇好哇,
建了一栋新房,
富了一户人家,
醒了一片山场。

好哇好哇,
绿色的海洋,
清新的花香。
成千上万包山者,
云上人间垦乐堂!

四

我祖宗住惯的那栋房!
我祖宗传下的那栋房!
人舍与猪栏,
只隔一堵墙。

猪叫唤了我睡不稳,
只怕它饥了肚肠,
只怕它不吃有恙。
莫道满栏的猪粪尿臭难闻,
一堆堆一桶桶都含着五谷香。

种田郎,
种田郎,
欲求碗里不缺粮,
还要请猪帮个忙。

政府放开猪市场,
有钱可赚猪多养。
你多养,我多养,
那猪栏挤进了厨舍和厅堂。

哎呀呀,
真遭殃!

不值钱的猪粪尿没人要,
渗进了井泉又流下了塘。
那井水不能煮饭吃,
那池塘不可洗衣裳。
更有那大猪小猪一路乱撒欢,
人出门乡路村路都沾猪粪浆。

哎呀呀,
真遭殃!
远方客怕来这里走亲,
城里人怕到这边下乡。
那一近村就闻到的刺鼻臭,
赶走了欲来投资的好客商……

猪可以兴旺,
人不能遭殃。
人猪分户吧,
请听时代之声,
这是民心所向。

家猪来自野猪,
野猪来自山岗。
请猪们回故乡!

家猪出我屋,
花草进门墙。
晨起看花开,
夜来梦也香。
这滋味嘞,
祖辈不曾尝!

五

我祖宗住惯的那栋房！
我祖宗传下的那栋房！
建在深山冷坞是为了避刀枪，
隐于远岭僻沟是为了逃祸荒。

啊呀嘞，
家乡解放以来无战乱，
农户改革之后无饥肠。
我山山坞坞中的那栋房，
你何必孤孤寂寂守山岗？

你朝山外望，
万千破旧矮一冲变大厦，
无数泥巴墙一跃成楼房。
你向山中看，
破旧矮还守着破旧矮，
泥巴墙还面向泥巴墙。
我那大山里的农友们啊，
还困在无车无电祖宗房，
瓦缝间仍在漏着日月光。

难道房主人手硬脚僵？
莫非守山汉脑残智障？
不不不！
强健的走山腿迈得再野蛮，
怎比得车辆轮子又飞机翅膀？
有劲的挖山镐舞得再风快，
怎比得钢马铁牛又田宽地广？
聪慧的脑袋瓜动得再勤奋，
怎比得人脑电脑又信息共享？

奉祖宗牌位，
卷床上被帐，
锅碗瓢盆下竹筐。
牵儿携老，
翻岭越梁，
担担挑着新向往……

山农十万下山岗！
山农十万下山岗！
老祖宗传下的那栋房哟，
还给地球把绿肺长。
新朝阳照我的那栋房哟，
从此巍巍然立富乡。
面对祖宗的新牌位敬支香，
香烟袅袅呐请其下凡把福享。
面对东方的红旭日敬支香，
英姿飒飒哟山民跟你奔小康。

六

我祖宗住惯的那栋房！
我祖宗传下的那栋房！

当年哟，
石头垒大基，
灰草拌黏浆，
箕担担挑来艳艳的黄，
木槌槌举起实实地夯。

秋收后开工,
过年前上梁。
爷爷在这里拜堂,
爸爸在这里成长,
我在这里吸奶香……
一代又一代哟,
肤色墙颜一个样。

如今我那小山庄,
栋栋新楼比漂亮,
更舍不得拆了"黄土墙"。
装装修修,
把那民宿新开张。

这"黄土墙"呀,
不安空调,
冬暖夏凉。
欢迎你,
过一过老祖宗的日子,
消一消新欲海的迷茫。

古墙土里品新时尚,
新住家中尝远古香!

七

家家要采光,
户户求宽敞,
无奈土地不生子,
地球拉不长。
问嫦娥,问嫦娥,

我的那栋房,
能不能建在月球上?

目前还建不到月球上,
但可以朝着月亮长。

农友们新建"向月房"!
农友们爱建"省地房"!
大厦入云霄,
屋冠飘果香。
家家接地通天,
日日车来人往。
把种花小院移空中阳台,
变单家独户为多户联墙。
虽少了点别墅居的惬意,
但多了些串邻易的欢畅。

好一栋新新"省地房",
在《人民日报》亮了相。
帅呆了大地,
红遍了家乡。

八

插入城市的村庄!
融进城市的村庄!
我那栋城郊房呀,
在笑声中变了模样。

一日三餐饭菜飘香,
却不见炊烟升降。

碗里盛着猪肉鸡蛋,
却不闻禽畜吵嚷。
屋边虽没有瓜菜园,
锅里却天天换花样。

墙壁上锄镰蓑笠退堂,
清雅雅字画占了中央。
大厅中草凳木桌不摆,
洋味味沙发茶几套装……

哎呀呀,
房中屋外咋无农气象?
糊口养家你做啥行当?

我原在城郊滚土浆,
我如今城里走街巷。
我们的田地被征用,
现在变成了大工厂;
我们的旧舍被拆除,
现在变成了购物场;
我们的锄镰蓑笠进了村情博物馆,
我们的新行当啊职工老板小网商……

征地加拆房,
失田又改行。
可肚痛?
可心伤?

肚痛丢无影,
心伤早已忘。
城中房子抽签选,
拆旧偿新不少方。
那征用钿若用来保温饱,
连儿孙也用不光。

九

今日家乡农户房!
鱼鳞瓦,
马头墙,
玻璃窗子大且亮。

今日家乡农户房!
瓦涂彩,
墙着装,
房体造型争比靓。

今日家乡农户房!
门联红,
院花香,
大堂迎客多宽畅。

今日家乡农户房!
车漂亮,
水滚烫,
能量自来收太阳。

今日家乡农户房!
日照福门事事兴,

身居宝地家家旺……

台湾老兵又一次回故乡,
在村里东瞧瞧来西望望。
临别两句话,
送我心蜜糖:
一次回来一个样,
如今的房子比台湾还漂亮!

第七十一章
那座山

前山入心,
后山托梦,
左右山绿在乡愁中。

我把千山树摇醒,
听悲悲喜喜山风。

一

我那可怜的山,
每寸泥都有镐翻,
每棵树都有刀砍。
往脚翻着涧,
朝头砍到天……
饥饿的年代呐,
大伙恨不得把山上的泥团团,
都搬碗里变成饭。

我那变身的山,

最感激大包干!
农友们从田里刨出了饱与暖,
种粮再不上高山。

高山不种粮,
咱就改植钱:
植一坡铜紫的板栗脆加鲜,
植一坞金黄的柑橘香又甜;
植一峇绿油油的桑树养白了蚕匾匾,
植一山黑润润的木耳听闹了鸟喧喧……
哎呀呀,
金山银山聚宝山,
你赞他夸养眼眼。

二

昔日上山带斧头,
如今上岭带锄头。

为啥带斧头?
山地未包林欠管,
谁伐谁运走。

为啥带斧头?
山证迟迟没到户,
砍多才算"牛"。

为啥带斧头?
界址纠纷扯不清,

各方争下手。

为啥带斧头？
木料稀缺卖价高，
上门人竞购。

为啥带斧头？
户户吃柴老虎灶，
张着挨饿口。

快快快，快快快，
快把住斧头上岭五关口，
那麻麻密密森林在喊救。

迎"快"而出的汗呐没白流！
前面三关把住了，
斧头放下换锄头。

后面两关不易守，
山山岭岭仍忧愁。

幸好幸好，
替身神大步进山沟。
那钢筋水泥顶代了木头，
那液化气瓶走进了灶头，
那太阳能板登上了屋头……
占了这头占那头，
叫那刀斧渐生锈。

好呀好呀，

正月初一我把亲走，
竟看到有人植绿挥锄头，
树苗儿种下一蔸又一蔸。
呀，
那是给子孙造一个绿山头！
那是给家乡建一个美衢州！
那是给宇宙扮一个好地球！
那是"一村万树"①新风流！

我的那座山呀，
穿绿绸，
心乐透。

三

一只铁虫虫②，
爬绿两座山。

铁虫虫带个密封罐，
一趟趟跑城拉粪便。

荒山姓贱！
你看你看，
铁虫虫爬不起米来爬不出钱，
只爬起黄土飞舞一龙烟。

---

① "一村万树"：2017年首创于衢州市柯城区的植树活动。此活动在全省推广，不仅绿化、美化浙江，还拓展了美丽经济的新路子。
② 铁虫虫：手扶拖拉机改装成的运肥专车，远看像一只铁爬虫。

五年后回家山，
铁虫虫却不见。
是重重绿荫，
将宠物遮掩。

这宠物爬得橘林竞挂金灯笼，
枝头再壮也压弯弯；
这宠物爬得瓜地争凸圆肚子，
绿衣再茂也没遮严……

一季又一季，
百年接百年，
看惯山泥随水往低流，
哪来肥水坐车流上山？
只有当今时代嘞，
才见这贫贱山越改越姓金，
才见这铁虫虫越跑越撒欢！

四

我的那座山，
刚勃勃绿起，
又怅怅枯离。
自从这里办家厂，
一病缠身盼就医。

那家厂神秘兮兮，
到半夜放出怪气。
怪气进山林，
山林犯萎靡。

那家厂还在半夜偷偷撒尿，
尿液渗地下，
树根腐泥里。

快把那家厂关闭！
山农的呼唤呐频频传到乡里。
可那家厂就不关，
因为这是乡官们招进的伟绩。

怎能全怪你！
你也不得已！
政绩考题主答"鸡的屁"（GDP），
此厂就是一只"放屁鸡"。

倘若杀了"放屁鸡"，
此乡少块"鸡的屁"。
失"屁"即失分，
失分把位弃。

不好不好，
这样的毒"鸡"不止一只两只，
它越来越多地飞进了山里。

真神奇！
真神奇！
一声政令到山乡，
千岭万坡悲变喜：
对山乡不再考核"鸡的屁"，
有本事做优生态竞高低。
从此呀，

乡下拒招"放屁鸡"。
原有的毒"鸡"再放肆，
也一命呜呼死兮兮。

好啊好啊，
考核卷改换一答题，
政绩分越高山越丽。
我的那座山呀，
嫩芽处处起，
又现新生机。

五

我的那座山，
被炸出了百孔千疮。

多山多宝藏，
有宝有人想。
嗬，
莹洞铅锌矿，
铝坑轻钙碳……
一窝窝哟沉睡的钱，
一样样呐饿厂的粮。
那矿土土塑咱暴富车，
那石粉粉造我豪华房。
嗬哟哟，
建小矿两三处，
赚真金千百两。

万炮竞响，
千山开膛。

直炸个狗急跳院墙，
直炸得鸟号飞他乡。
直炸出那宝贝呐，
向上冲碎成霾雾遮青天，
朝下落融入水流浑碧江。

好宝贝怎能取了一件毁一仓！
采宝藏怎可宝也取来霾也放！
我的家乡啊，
　关闭了那些毁宝放霾的小厂矿。

六

东岭有深疮哟西坡有旧疤，
我山在渴望呐来个好医家。

昔日开膛取宝的伤口，
如今寸草不生的痛痂。
每当大雨猛冲刷，
痂血夹脓路路下。
路路下，
经山杀草木，
入水毒鱼虾。
如让大山自康复，
恐得千百好年华。

等不得啊，
大山伤口每时每刻流脓血，
生态病情这里哪厢在恶化。
等不得啊，

我的时代我的风

祖国每一寸土地都贵如金银,
怎能让万千大山哟长卧病榻!

那满山渣滓把青松栽下,
那灰矿渣山咱栽种枇杷,
那岭脚渣泥点豆种芝麻,
那城郊矿址修园建大厦……

宜草则草呐宜花则花,
宜粮蔬咱就种庄稼;
宜路则路呐宜游则游,
宜安居咱就建新家。

千疮百孔消失啦!
绿底花衣穿上啦!
那座山哟,
青春又焕发。

七

我山有远也有近,
浙闽赣皖是毗邻。
毗邻呀,
平日亲亲唇护齿,
惑时恨恨齿咬唇。

齿咬唇,
民警乡官汗津津,
讲情说理扣人心:
刀下留得边界林,
各方都有伞遮阴。

你挥刀哟我动锯,
绿树倒光咋养人?
界址不清找证据,
渊源总会露出真。

好雨洗污尘,
和风驱恶云。
毗邻边界山,
长起葱葱林。

一山连一山,
山高高不过电杆;
一沟接一沟,
沟长长不过电线。
浙江的开化山民通了电,
赣地的婺源兄弟好艳羡。

艳羡艳羡来相见,
我们能不能接你的线来通你的电?
要不然,
山深路远啊,
我们夜见光明不知在何年。

好说好说!
电杆们都竖在中国的山,
电线们都走在中国的天。
谁让咱们都是中国人呢,
电流送到你门前。

308

第六集　记史郎

四省边民同根线，
电来共亮一片天。

我那齿和唇嘞，
时时报平安，
步步朝美满。

八

开天辟地第一程，
荒岭迎来山杜英。

山杜英，
山杜英，
无花也无果，
一岁四季青。
叶老变红紫，
如花是胜景。

岂止来了山杜英，
红枫翠柏香樟树，
老品新种数不清。

我的那座山呀，
从种粮到种钱（经济林），
再到种钱又种景。
一步步，
走上了美途径。

九

那一座青山岗，

原住民又亮相。

秋风送栗香，
采栗山民忙。
嘀哟哟，
那多年不见的小松鼠，
也吱溜溜爬树上。
你看它，
利爪剥开细刺蒲，
尖牙撕掉紫皮裳，
一口口啃吃鲜栗肉，
见人也像无人样。
农友持竿不去打，
让它尽意尝。

大黑熊，
大黑熊，
多年踪迹无，
今现密林中。
还有那白鹇黑麂，
如今也频露美容。

你听你听，
方圆百里蛙声响。
昔日树伐光，
石蛙无处藏，
蛇吃人更捉，
沟坞寂凉凉。
哟，
如今林茂草兴旺，

山上石蛙又喜唱。

你看你看,
青猴玩紫果,
黄翅戏白朵,
雕劲飞长天,
鼠灵跑树萝。
哟,
那蝶没看过,
那鸟没听过……
那禽呀兽呀虫呀蕈呀,
没见识过的何其多。

嗨呀呀,
我的那座山,
又成了原住民的安乐窝!

第七十二章
那汪水

那汪水是活溪唱戏清涟涟,
妹子洗衣不用肥皂碱。
甩呀甩呀甩呀甩,
被面开花红艳艳。

那汪水是老井养村一涌泉,
哥们舀起当茶醇又鲜。
品呀品呀品呀品,
碗中长脸笑甜甜。

那汪水是溪江过堰绕山转,
乡亲抗旱浇园不用担。
灌呀灌呀灌呀灌,
流出美酒家家宴。

我的房屋就依着那汪水兴建,
我的种族就靠着那汪水繁衍。
我的家乡我的国,
就是浮在那水上的船!

那汪水令我愁流滚滚,
那汪水给人乐浪连连。

一

我的那眼泉,
谁是你生身母?
我寻哇寻血缘。

大大小小山,
层层叠叠田。
山上头,
田中间,
咕嘟嘟那是泉眼眼。

盛夏日上山下田,
用不着担桶拎碗。
热渴嘴一张,
清凉金不换。

最绝数我堂奶奶,

日日餐时到井边。
划几颗饭,
配一口泉,
搭配着吃过几十年。

把我养成了青少年,
突然间乡井翻了脸:
小旱年,
大热天,
禾焦它却渐枯竭,
人渴它偏变少浅。
一出抢水戏,
半夜有人演。
近水抢光担远水,
压伤多少村人肩。

乡亲们发现!
乡亲们心颤!
山头林茂清泉深,
岭顶草疏乡井浅。
村寨树多乡井涌,
家乡绿少清泉干。
正是"大炼钢铁"时把山林滥砍呐,
乡井才翻脸。

好在来了种树官,
一连几任接着干,
终让裸山把绿穿。

回乡时,
正大旱。
只怕乡亲没水吃,
一瞧村井清清满。
山头畈尾转一圈,
老井新泉涌不断。
长塘岗井呐,
往年的春夏季节泉,
竟有涌流在秋燥天。
馋得我跪伏喝两口,
甘爽入心田。

哦,
绿味悠悠的生命泉!
林香满满的母亲泉!

二

水塘可种摇钱树!
你看你看,
张户养鱼养蚌珠,
一年回本两年富。
三年再养起,
笑做万元户。

塘中陷进返贫路!
你看你看,
李户养鱼养蚌珠,
两年猛赚一间屋。
三年再养起,
蚌死鱼亡哭。

同样养鱼养蚌珠，
一兴一败咋悬殊？

哦哟哟，
那蚌鱼不爱陈食不爱馊，
那鱼蚌也排粪尿也排污。
老张户花了一些清淤的钱，
鱼儿蚌儿活在清塘好舒服。
老李家收获后见淤却不除，
夏季秋季污泥发酵生毒素。

摇钱树！
返贫路！
我的那汪水呀，
珍惜它它就逗人笑，
糟践它它能逼你哭。

三

为争塘里水，
睦友变冤家。

塘边种稻麻，
塘里养鱼虾。
雨顺风调啊，
塘岸稻麻香，
塘中鱼虾大。
过年时鱼稻聚一桌，
酒碗笑哈哈。

只恨那年夏，

老天雨不下，
直晒得焦了苗啊黄了麻；
直晒得那种田汉，
将水桶挑，
把水车架，
跟鱼抢水救庄稼。

那塘水是养鱼人的血汗化！
下雨天引水入塘的是他，
天晴日固堤堵漏的是他。
如今天旱了，
怎可拿他的满塘性命换庄稼？
将水桶扯，
把水车砸，
直闹得与种田汉成了冤家。

坐不到一桌喝酒猜拳寻快活，
却也能谈个和约细拉呱。
天旱保鱼咱画道最低水位线，
这条"三八线"谁也碰不得它。
线上自由浇稻麻，
留的只准养鱼虾。
要不，
损失一产生，
定按规章罚。

民约走进小山村，
稻也认来鱼也遵。
稻鱼都有守约心，

不做冤家做睦邻。
啊呀呀,
乡水照人美哪来?
民约静静养清纯!

四

我那渠水呐,
从深山水库的云端往下流,
从江畔电机的龙口朝高抽。
向田畴,
绕山头,
没日没夜在奔走。

啊,
那渠水赶到乡村厂门口,
那家厂就为放假吵不休。

厂长呀,
溪奶断,
山青丢。
炎日吸田血,
禾苗在喊救!

员工们呀,
厂子里只开节假病假探亲假,
争请放水假是何由?

当年吃大锅饭的时候,
只有管水员一把锄头。
如今千百把锄头争水呐,

种者不勤候,
稻田水断流。

苗死人难活,
人亡厂咋留?
特放假期半周,
厂长无不开口。

万家争水动锄头,
水未到田血已流。
田缺渠缺人心缺,
谁管得住呐谁能守?!

虽说大锅饭味儿不好逆民口,
管水一把锄倒是乐禾解众愁。
该统的分不得啊,
泼脏水莫将孩子澡盆一起丢!

丢掉一时的孩子往回捡,
放水假命归终点没留后。
十里渠流百日安,
卸一重负润千畴。

五

年年都把村头缠,
次次村头遇考验:
水库养鱼人欲包,
甩出一把红红的钱。

若收下红钱哟怕丢了绿水,

若保得绿水呐恐失去红钱。

百年千年亿万年,
水生鱼虾是天然。
我并非反对包塘包库养鱼虾,
是绝不任其倒粪倒磷水受难。

水清氧富绿湖满,
虾蹦鱼游身矫健。
那水草水虫花树粉,
饵食都是纯天然。
鱼吃天料长得慢,
跃上餐桌味特鲜。
承包办个渔家乐啊,
　观天然, 钓天然, 浴天然,
吃天然……
城里人哪个不流涎,
乡下汉有谁不艳羡。

鱼游抚响溪弦,
湖静洗出笑脸。
我的那汪水,
清清的也能变红钱!
清清的更能变红钱!

水长清哟鱼长欢,
民长富呐乐长远。

六
我的那汪水,

有时会变脸。

我叫汪讨饭,
真叫汪讨饭。
请瞧身份证,
不是逗人玩。

我一出生啊就随父母讨饭,
父母饿死呐我独伢儿开喊。
直喊到再生父母来收养,
我才将打狗棒儿斩两段!

长大后扛木头呀种小田,
眨眼间日子已过几十年。
没料想百年一遇山洪水,
顿时黑尽我的天。

涨涨一楼被水淹,
慌慌忙往二楼搬。
忽觉房子会摇动,
立马全家跑上山。
我与两儿三栋房呀,
山洪一卷全不见。

三代八口,
雨中打战。
衣湿似裸,
泪水涟涟。

老天老天!

莫非我汪讨饭,
还要再捧那讨吃的破海碗!

老天老天!
莫非我汪讨饭,
还要再捧那讨吃的破海碗!

失声我喊喊,
老少哭团团。

云开红日艳,
洪退贵人现。
姓锤镰的干部送来米与面,
还有那衣和棉。
引我暂居进校舍,
夜来灯亮谈新建。

你看你看,
父子仨三栋美美的楼,
现已牢牢立在小溪边。

小溪这汪水,
当年哭我无灾去讨饭,
今日笑咱灾后过得甜。

镜镜曲曲的一道水,
真真切切的两重天!

七
办了几年土纸厂,

坏了一道石梁溪,
溪水天天在哭泣。

怎能不哭泣!
大妈家奇痒难熬抓破皮,
得病处埠头溪水洗了衣。

怎能不哭泣!
大叔溪水兑农药治虫虫加剧,
把药钱工钱粮钱果钱丢水里。

怎能不哭泣!
"土地爷"成千上万呐,
过溪不敢蹚水,
洗手不能就溪。
夏日想游泳,
只能频叹气。

怎能不哭泣!
游鱼蹦虾绝形迹,
绿草青苔穿褐衣;
鸭子不知溪有春,
羊儿怎晓溪能吸……

关厂莫犹豫,
别让溪再泣!

千万莫关闭!
关了这个厂,
失业人一批。

千万莫关闭!
污碗一丢弃,
洁盆在哪里?

快关闭!
快关闭!
受污水之灾的人啊是整个流域,
靠排污吃饭的汉呐却寥寥无几。

快关闭!
快关闭!
排污只要合国标,
厂子再多我也喜。
要不然,
只有快关闭!

看着那黑黑的臭流翻滚不息,
办厂人苦苦的泪水对溪长滴……

污管闭,
洁门启。
人端新饭碗,
厂换好机器。
鱼虾游浅底,
畜禽唱小溪。
乡男舀溪水浇园菜,
村女跪埠石洗艳衣。

光屁股的孩子们哟,
打水仗把夏云嬉……
一幅百乐图,
再现石梁溪。

多少石梁溪!
多少石梁溪!
我的那汪水,
终于流过了痛苦的工业化起步期。

八

那汪水呐镜头闪,
拍下了想不到的军民新照片。

暑日天,
衢江边。
绿军装背起花衣裳,
汗雨雨洒进卫生院。
花衣裳是部队驻地的农家嫂,
绿军装是驻地某部的卫生员。
那大嫂治稻虫农药中毒,
倒田间命挂一线。

农家哥挥汗到,
农家嫂已脱险。
"解放军,你救了我们一家啊!"
"沾土蓝"与"和平绿",
难分难解抱一团。

屋里咋滴雨点点?
呀,
泪花花洒上了对方的脸。

多情水夏天拍下爱民曲,
暖心江冬日又照拥军篇。

那日江里涨暮水,
大妈找鹅到江边。
忽见啊,
江心有位绿军装,
被困沙洲冻僵天。

再不把鹅找,
将人一路喊。
喊出星火汇长龙,
游向急流战险湍。

水性好的脱了身上棉,
跳江勇向前;
水性差的急忙找渡船,
急往家中烧热姜汤把被窝
暖……

呀,
这位被人救的解放军,
就是救过人的卫生员。
他叫张绍忠,
白天下水抢国木,
才被洪峰卷。

我的那江水,
拍不尽家乡的鱼水情,
照乐了当代的长城砖!

九

奇奇奇!
友人带我去观鱼,
不到湖塘不到溪。
双脚向山又向山,
进了农户才歇气。

那鱼呀,
不在农户引山泉的竹桥里,
不在农户盛山泉的水缸里。
在哪里?
在哪里?

请你看厨壁!

厨壁无钩吊,
哪来鱼挂起。

看仔细!

厨壁无暗门,
更无鱼藏起。

那是什么呢?

呀,

我的时代我的风

小小鱼尾巴，
条条贴厨壁。
怪怪是习俗？
奇奇啥用意？

深山户很难吃到鱼，
每一条都想留佳忆。
盼着岁岁有鱼啊，
也图个吉利。

一条鱼尾巴，
贴到我心里。
十年后进山再去看，
偏偏找不到那厨壁。

别找了，
如今这里吃鱼难变易，
谁会再贴那个腥东西。
不过啊，
深山户户养鱼却好奇。

新一奇！
新一奇！
筑一池小小水连溪，
养数尾鱼鱼池里嬉。
那鱼啊一岁能长三四斤，
养户想尝就捞起。
流水清清鱼味美，
海鲜也敢比。

我深山里的小溪呀，
潺潺而唱好欢喜。
我深山里的小溪呀，
和鱼共舞好欢喜。

第七十三章
那墟场

赶不厌的墟场，
写不完的海洋。

一

曾经啊，
疏了担担摊摊，
短了熙熙攘攘。
只有空中烈太阳，
仍然猛照旧街坊。

那时候，
乡墟是"恶壤"，
"资草"时时长。
时时长草时时铲呐，
直铲得海水天天降，
欲铲个海枯不见浪。

啊，
天旱加天旱，
海洋变晒场。

二

今日海洋呀出自一只魔术箱,
这位魔术师哟名叫改革开放。

不是吗?
田地大包干哟家家做谷仓,
库塘责任制呐水水闪鳞光;
坞山专业户呐橘柚争飘香,
禽畜一条龙哟猪鸡场场旺……
独一无二流通渠道小鸡肠,
怎容得下遍地涌泉滚滚浪?
渠小河小浪朝哪?
向东向东汇海洋。

不是吗?
当时城里人,
吃也可怜相:
咸菜盆中汤哟陈年碗里粮,
新鲜乐胃果呐梦里才得尝……
你知道吗你知道吗,
乡村墟市新开放,
那里有新鲜的猪肉活着的鱼,
那里有刚下的蛋儿才打的粮,
还有那刚出泥的荸荠赛蜜糖,
还有那才下树的桃李喷喷香……
欲香欲鲜脚向哪?
赶海赶海下乡忙。

啊,
人和物同汇的墟场,
城与乡共享的海洋!

三

包干到户饱了安徽,
市场放宽活了浙江。
浙江啊,
粮田的小省,
商贩的天堂。
墟潮市浪谁先推?
不缺报道族,
有我江山郎。①

墟海该不该把浪扬?
答题看老乡。
下乡入海无须问,
浪浪翻腾海气旺。
啊,
如实传上海中景,
自有回答响报章。

---

① 1982年8月25日,《浙江日报》2版头条就登载了我们采写的《贺村墟日见闻录》,这一报道比义乌小商品市场的开市日还早了几天(义乌小商品市场于1982年9月5日开市)。1983年8月28日《中国财贸报》第2版发了我们的通讯《贺村赶墟记》,1984年4月15日《人民日报》第2版发了我的通讯《贺村牛墟》。

农户爱啥浪?
下乡细采访。
新闻报大海,
实况告工商……

啊,
媒体人关注的墟场,
老百姓复兴的海洋!

四

买货客千摊百店,
赶墟人四面八方。
记者提前去探望,
大墟竟是空荡荡。

莫说空荡荡!
一辆辆货车开进庄,
两排排停下百多辆。
啊哟哟,
车队长街已刨成,
一车一店正开张。

那店主啊,
有慈溪诸暨的"赶墟迷",
有丽水金华的"老客商",
还有本乡的新面孔,
把"老赶墟"的徒弟当。

陆轮转转海船航,
插翅上天飞远方。

哪里有需求,
都能见浙商。

啊,
浙商的墟场,
移动的海洋!

五

那白菇墟是"夜猫子"的地,
那白菇墟是"夜猫子"的天。
鲜菇买卖呐,
赶夜间。

盏盏夜市灯,
闪闪照菇颜,
柔柔映客面。
抢手时菇笑人也笑,
滞销日菇蔫人也蔫。

绝佳买卖时,
最闹海洋喧。

贩贩挣勤钱,
人人夜少眠。

啊,
抢早的墟场,
争鲜的海洋!

六

历史上从无闹市的大峦口，
山民们想赶一墟得往外走。
一去一回近百里，
卖出买进都难受。

莫愁莫愁，
百姓有呼政府应，
山墟新辟人流稠。
信息传到我追访，
民众笑声送报楼。

家乡墟热闹背后，
都映照镰刀锤头。

啊，
盛世的墟场，
聚心的海洋！

七

闹闹闹！
闹闹闹！
新疆的苹果红红耀，
嵊泗的海鱼蹦蹦跳。
选东北人参的老头儿笑，
挑西藏虫草的老婆子俏……
家乡的海洋，
祖国名品汇新潮。

闹闹闹！
闹闹闹！
美姑娘在买某国的开胃果，
小宝贝在吃缅甸的大香蕉。
新生代喜瞧韩国的手机，
老农民乐购日本的草刀……
家乡的海洋，
汇入源源世界潮……

万国货品旺，
天下衣冠靓。

啊，
新时代的墟场，
地球村的海洋！

八

你听你听，
海浪有曲奏前行，
和着小记脚步声！

第七十四章
那头猪

穷家有宠物，
栏里一头猪。

我的那头猪，
改革初挤进千家万户，
近几载退出千家万户。

农民的儿子啊,
不忘它来路,
瞧着它去路。

一

那是在寒风中发抖的猪!

嘴边野菜糊,
身上破衣裤。
临死想吃口肉却难遂愿的年代呐,
多少农人梦养猪。

自打粮田包到户,
家家竞养梦中猪。
哪晓得啊,
猪少那时苦,
猪多也有苦。

养猪千万户,
收购唯一路。
若见收购官压价压级,
便闻卖猪嫂又求又哭。

猪抬邻省虽能多卖几元钱,
汗洒陌途却要再滴几万步。
可千千万万汗珠呵,
换得回老母一条裤。

多想挣条过冬裤,

通途要道偏卡住。
关卡呐,
拦停了一个个汗流满面的人,
运走了一头头颤抖逆风的猪。

你大路把关我走小路,
你白天设卡我夜摸步。
拦猪的吃肉不养猪,
养猪的卖猪像偷猪。
关拦道道隔官民啊,
官吃力来民喊苦。

允许自由运销计划外生猪!
家乡新政出,
路路闻欢呼。

猪市场欢呼接欢呼,
开小闸渐变放全部。
欢欢飞上报,
催我改革步。

二

那是专家看看摸摸的猪!

猪崽长得慢,
养家心里烦。
慢一时啊亏个蛋,
慢一天啊亏个篮,
若是一天一天亏下去,
会亏到砸饭碗!

浙农大的教授进了家，
浙农大的教授进了栏，
问食问浴问习惯，
观粪观膘观闹玩……

老兄啊，
祖传饲养法，
你已居高端。
要想有突破，
可得向那姓科的买个单。

啥个单？
啥个单？

教授一环一环讲仔细，
养家一点一点不怠慢。
哎呀呀，
出栏时过磅记斤两，
比旧法快长超半番！

那养家，
快一时他挣个蛋，
快一天他挣个篮，
一天一天都快长，
他挣了只金饭碗！

新闻上报纸，
民众来参观。
那千千万万养家呀，
木圈变金栏！

三

那是爱听男人呼唤的猪！

男玩土，
女弄猪。
千百年来哟，
懒猪听惯勤婆唤，
勤女爱听懒畜呼。

勤女懂猪呼，
智男知市呼。
墟摊肉俏声声呼呀，
快快回家多养猪。

栏里一头猪，
爱妻受点苦；
栏里两头猪，
爱妻能顶住。
温柔似水的女人呀，
怎受得了栏里暴增三四五？
温柔似水的女人呀，
哪养得了几百上千"八戒祖"？

男儿一站顶梁柱，
哪怕养猪活计苦。
他喂养清栏做主力，
她退居二线当夫助。
啊呀呀，

男女活儿重调排,
猪群拱拱上规模。

家乡啊,
男人数万当猪倌,
崛起万余专业户。

男子弄猪猪,
女人闲不住。
打开电视打开书,
学手佳佳做菜术。
切莫淡薄了好丈夫!
切莫淡薄了好丈夫!

四
那是县官不让拱贫的猪!

章戴街村半万猪,
急着上市嗷嗷呼。
再不出栏本会亏呀,
猪嘴巴就要拱出贫困户。

车子进村路,
县长访养户。
机会到,
快求助!

人家是吃肉的官,
哪晓养猪的苦?
他即使愿帮助,

也非市场的主。

他非市场主,
但愿当民仆。
"明天进省城,
一起跑销路。"

可县长上头还有市长省长,
当民仆中意哪能作数定数。
还没到明天哩,
他接着了走不掉的急公务。

唉,
我说这是吃肉的官,
哪会真当为民的仆?

可县长昨晚煲了"电话粥",
已约定明天见面多求助。
他让出车子给我们用,
意在赶时速。
他找的老驾是"省城通",
免得跑错路。
那是一九九五啊,
小车还是珍稀物。
有它跑买家,
一路无拦阻。
他上下班改踏自行车,
把四轱辘换成两轱辘。

让小车的县长,

干实事的民仆。
章戴街没有出现返贫户，
养猪汉赶着猪群奔富路。
整个县呀猪嘴朝着市场拱，
拱出了全省第一的好称呼。

五
那是挂着金项链的猪！

猪身挂项链，
肉价牵民怨。

买肉大妈道肉贵，
养猪老汉说猪贱。
贵肉贱猪谁造成？
人传屠户赚黑钱。

跟着屠汉去杀猪，
早上起床才四点。
那汉子单身难把大猪擒，
雇一帮手在身边。

一畜杀白天大亮，
上街卖肉常一天。
开灯算算已收入，
也就薄薄百几元。

杀猪屠户百千千，
买卖自由无垄断。
挣碗饭的乡乡有，

发横财的却不见。

屠户只挣了辛苦钱！
屠户只挣了本分钱！
不时还卖"跳楼价"，
"楼"不算高却有险。
那么贵肉贱猪的差价谁赚了？
有人剑指猪食店。

饲料店中访店主，
进门就是一长叹。
干这行啊，
东店西摊争客户，
赊销出货也难免。
没料到啊，
养猪的亏本难清欠，
连累我活钱变死款。
虚赚实亏呀，
小店难开又不可关，
如今是熬过一天算一天。

那店中的饲料呀，
出摊要价比前贵，
进货价格也不贱。
难道厂方在造孽？
追根问底进厂间。

看料仓粒粒金黄是玉米，
问产地斤斤只涨几分钱。
为何厂里转一转，

一涨高高一座山？

运输费用是涨高的潮，
饲料价格是潮上的船。

说运费哇，
以前路也远，
以前轮也转，
为何现在贵呐以前贱？

那难逃的路费，
那不测的罚款；
那不可不交的税金，
那逢关逢卡的打点；
那借贷利息驴打滚，
那职工劳务必提钿……
一样样呐，
都顶起了上浮的船。

砧板一刀肉，
价钱百线牵。
明时牵苦平民心，
隐处牵疼访者肝。

六

那是一群群爱干净的猪！

户养十头猪，
出门路也污。
今日养猪百百千，

家家都是清洁户。

大猪中猪小小猪，
难道头头没屁股？
不不不！
不不不！
现代人争养清洁猪，
猪粪尿有了好去处。

那猪粪走上了变香的路！
进厂变作有机肥，
粒粒黑珠胖乎乎。
下地香禾薯，
上山香果菇。
那猪场邻居呀，
桃花谢罢橘花出，
杏蕾开了莲蕾露。
一年香不断，
像个百花圃。

那猪尿流向了能源的路！
发酵变成电，
进村又入户；
上堂灯照喜，
下灶火红炉。

农家泔水养头猪，
饭菜剩余有去处。
猪粪尿做肥施菜园，
果蔬瓜出土旺吃福。

啊,
东游的八戒当惊呼,
美丽的猪庄处处出。
当代新乡村,
奔跑着我那爱洁猪。

第七十五章
那碗茶

山茶一碗敬亲人,
那是民俗待客馨;
青青(亲亲)几叶压红帖,
那是订婚约有信;
田头举筒倒而尽,
那是人间最美饮;
粮实仓柜来一壶,
那是丰年慰喜心。

大文人作赋吟诗慢慢啜,
那是有形盏现无形魂;
好官员月下提壶论古今,
那是清香杯里漾祥云;
老百姓撤盆收筷泡一碗,
那是减肥解酒请医神……

一杯杯山魄健身,
一岁岁云香清心。
家乡的茶哟千年慢火煮国饮,
记史的汉呐此刻舀瓢品我春。

一
鲜活的绿,
持久的馨。
那碗茶名叫江山绿牡丹,
形质如花沁我心。

那茶产在仙霞岭,
云雾山中绿茵茵。
一条路黄巢顺岭开,
绿牡丹曾贡帝王饮。

茶厂暗访掌舵人,
正见一农来咨询。
给利再多也不让茶名,
只因地处低山少瑞云。

呀,
见财不卖名,
只要名茶真。
碗里绽开绿牡丹,
年年岁岁香阵阵。

二
开化的茶歌在上海唱响,
南方的龙顶在北京飘香。
那促销活动要花多少钱哟,
真是败家的勾当。

败家的勾当?

兴县的良方。

你知道吗？
先前百万票子助农种茶撒大山，
那销路呐越撒越渺茫。
眼看茶苗密密朝天长，
山山岭岭却长出了一片荒凉。

你知道吗？
后来百万金子助农销茶种市场，
那销路呐越种越通畅。
耳闻茶价坚挺嗖嗖涨，
山山岭岭竟长出了一片兴旺。

深山与市场结亲常往返，
越走越亲和福气涨城乡。

呀，
一叶山茶百样味，
香香苦苦茶农尝。
吃苦之时叹命苦，
吃香之日感心香。

三
岭上访摘茶，
清明雨蒙蒙。
姑娘们双手胜如鸡啄米，
啄好久得春一把放篓中。

姑娘啊，
长摘不见歇，
手指可酸痛？
"从晨到晚没得空，
歇之初手指紧抽腰背绷。"
老板呀，
摘茶能否智机换手工？
"手不选精细，
名茶难见功。"

进门访制茶，
屋里香浓浓。
锅铁暗红色，
灶膛火熊熊。
大嫂手当铲，
抓抛锅汽中。
炒好一锅她手暂歇，
细瞧那手我泪泉涌。
天啦，
十个指尖十个泡，
连心骨肉可疼痛？
"炒时浑不觉，
夜深人静呐方忽闪忽闪钻心胸。
只是制茶不敢误，
天明又上工。"
老板呀，
炒茶能否智机换手工？
"手不触锅红，
名茶难见功。"

呀,
山中一叶春,
山外万杯香。
若问香出处,
草根泪汪汪。

四

莫说悯女言,
且看开心颜。

江源三月天,
景景喜人间。
碧溪把茶乡照得好艳好艳,
云雾把茶乡润得好鲜好鲜;
清风把茶乡吹得好爽好爽,
彩蝶把茶乡舞得好欢好欢。
呵,
春天的茶乡,
茶乡的春天。

三月好江源,
人人亮我眼。
茶妹把春天采得好嫩好嫩,
茶嫂把春天揉得好软好软;
茶哥把春天炒得好香好香,
茶叔把春天销得好远好远。
呵,
春天的茶乡,
茶乡的春天。

五

云雾掩茶村,
难遮岭上嫩。
爽风一阵过,
揭露半山春。

泥肥叶片肥,
露润芽儿润。
水绿叶芽色,
阳和香气魂。
嗨,
你看那千山抖擞竞登云,
那是喝茶提起了精气神。

我那茶乡哟,
虹彩亲着采茶女的裙,
清香挤破炒茶郎的门;
山风唱不尽茶人的新,
溪雾腾起了茶寨的轮。

腾腾轮翅向前进,
世界迎来不老春。

第七十六章
那只蜂

蜜蜂蜜蜂,
你追花哟我追你,
一追追到人心里。

蜜蜂蜜蜂，
你采蜜呐我采蜜，
爱花本性谁曾移？

一

甜蜜的产业，
腾飞的甜蜜。
插翅的乡亲追蜜去，
不飞的笨土谁来理？

请看这兄弟！
大哥追外花，
老二弄乡泥。
蜜桶添哟饭碗溢，
新楼拔地起。

请看那夫妻！
鸳鸯一对养蜂去，
土地转包给邻里。
邻里谷仓实哟夫妻钱袋鼓，
一心专业两家喜。

当年啊，
蜂儿不酿蜜，
偏酿毒东西（资本主义）。
大会斗来小会批，
狠折双翼坠尘地。

斗不死的蜂儿啊翅膀又重举，

飞不休的翅膀呐目标是甜蜜。
啊，
情依依展改革翅采得了中国桂冠，[①]
志远远乘开放风飞揽那世界名气。

二

天下活儿谁最甜？
领蜂采蜜永春天。
阅天涯海角人无数，
看名胜乡风景万千。
扛张馋嘴走八方，
特产名食尝个遍。

果真上述言？
去问众蜂仙。

老乡老乡，
常人有四季，
你却永春天？

盛夏京郊日炎炎，
荆花怒放香满满。
进山体验骑车去，
汗打衣衫步步艰。
欲遮阳哟热浪滚滚路无荫，

[①] 江山连年夺得"人均养蜂量全国第一"和"人均蜂产品全国第一"的桂冠。

第六集　记史郎

忽入眼呐绿篷孤孤家在前。
口渴者闻泉！
落江人见船！
我们赶紧向那绿色帐篷冲，
我们赶紧往那绿色帐篷钻。
谁料进身即外弹，
人人像触电。
呀，
那篷吸热不排热，
更比外头热翻天！

荆条矮矮不荫人，
溪水凉凉离我远。
那养蜂人啊，
白天劳作酷阳下，
夜晚歇息蒸屉间。
呀，
皮黑肉燥畏天热，
却盼暑阳火更炎——
气温越走高，
花蜜越流欢。

老乡老乡，
好看的京城风景点，
养蜂人肯定游玩遍。

唉！
在此养蜂八大仙，
无一游过园坛殿！
为将蜂蜜行情探，

只我进城急速转。
人在京郊心在蜂，
竟没沾过故宫边。

你们没有采风心？
你们短缺观景钱？

也缺那个心，
也少那张钱，
更短那时间。
领蜂追花像作战，
一战一战紧相连。
能战不战要赔本呀，
败家之游谁会干？

老乡老乡，
地方土特产，
各位总尝全？

逢价低哟日日尝新鲜，
遇货贵呐馋馋也断缘。
此地名吃大杏仁，
一斤就要十多元。
滴滴蜂蜜汗凝成，
哪会三斤去把一斤换？

荒山野岭一孤篷，
恶兽毒蛇常做伴。
凝望着老王脚杆密密麻麻虫咬疤，

抚摸着小郑手臂挨挨挤挤蜂叮瘢，
回味着老乡们直去直来肺腑言，
我的泪呀禁不住湿了衣衫。

劲翅翻飞两两三三，
荆花似雪星星点点。
不知情的看客嘞，
都说蜂崽玩花闲。

养蜂的事业蜜样甜，
采蜜的活儿苦黄连。
那苦业人啊，
日日操劳天地间。

三
甜活把苦蕴，
怎阻好基因！

我的蜜蜂为什么飞得那么来劲？
因为有勤奋基因！
我的蜜蜂为什么飞得那么长劲？
因为有坚韧基因！
我的蜜蜂为什么飞得那么强劲？
因为有乐群基因！

追花之路不平顺，
踏踏来了徐汉瑾。
千四里程两昼夜，
烂泥暴雨一路跟。
终于来到目的地，
遍地鲜花好喜人。
谁料开箱一看黑了天，
花前跟跄猛倾身。
他要倒下，
他要倒下啊，
车起运时活蜂六十九群，
车运到时死蜂六十九群。
不能倒，
不能倒啊，
默默扫除死尸，
蜂箱还是家珍。
从头再干莫灰心，
雨雨风风又九春。
徐汉瑾呀徐汉瑾，
他不仅把本身干成个"蜂王"，
还把兄弟姐妹带成了"飞人"。

本该众翅翻飞的花海春晨，
却断响了天籁般轻柔乐音。
呀，
那种田人打农药治虫护绿，
毒死了王以明的所有蜂群。
一友受灾众泪倾，
一人被困众帮衬。
养蜂合作社的社员们，

给力给蜂各尽心。
跌倒之人又站起，
恩蜂救主更成群。
呀，
往岁人扶我，
今朝我助人。
结群出自愿，
采蜜增强劲。

最多只有半年命，
绝症晚期必死人。
细嚼过京医诊断书，
汪礼国有泪不丢魂。
他是蜂农科技尖，
兴蜂法子等他寻。
回家乡脚快眼捷，
做事体忘食少寝。
但他呀，
早起忘不了喝口蜂王浆提提神，
晚睡忘不了喝口蜂王浆健健身。
六个年头眨眼过，
竟无一日是闲人。
行踪跑遍大半个中国，
脚印化成廿万字论文。
国家发明二等奖拿到了手，
医院复查鼻咽癌遁出了门。

生，就要飞翔酿造；
聚，就要互帮益群；
活着，就要不畏艰险向前进。
啊，
家乡的逐蜜长者，
个个是蜜蜂化身！

四

《心愿》

蜜蜂蜜蜂，
借你黄巢一个孔，
暂居几日我心虫。
蛹儿长大破门飞，
世上又添酿蜜工。

第七集
新吟翁

(第七十七章至第八十一章)

品品今,
嚼嚼古,
一不留神诗冒土。

向诗峰,
迈我步,
无限风光夕照路。

第七十七章
追新趣

避开虚假词,
选用真诚字。
嗨嗨,
三十几载细微笔,
记下家乡一段史。

影响一些人,
助推几件事。
嗨嗨,
三十几载细微笔,
融入祖国一段史。

适世文哟写不够,
新闻路呐有奔头。
谁知一到退休龄,
采证就脱记者手。
呀呀,
热路熟门不再通,
余年我往何方走?

一

《我有幸生活在诗国》

出生看祖窝,
堂上对联红火火。
死后睡青山,
坟头韵语乐坡坡。

生生死死不离诗,
这叫作中华民族诗里活。
处处时时都有诗,
这可称华夏一绝诗养国。

平平仄仄呐人生走坎坷,
仄仄平平哟山海涌潮波。
苦辣酸甜时代韵,
喜忧哀乐发心窝。

啊,
我生有福,
活在诗国!

二

《诗颂》

离家遥远把诗读,
读着读着就缩短了路;
日子艰难把诗读,
读着读着就赶走了苦;
受到冤屈把诗读,
读着读着就挺起了胸脯……
人活着真朋友不易得呀,
那好诗跟我融心入意伴一路。
人活着靠的是一口气呀,
那好诗助我养心修性人自如。

三

每时都在的诗国大地，
谁个乐得了美好诗意？
诗意不得享，
人生一憾遗。

憾莫遗！
憾莫遗！
莫违水色山魂，
莫负天经地义。
来到诗国一趟，
哪能空手而离！

四

唉，
读诗我有心，
偏少读光阴。
刺骨寒风雪夜侵，
少年的我却弱身颤颤出家门。
寒夜别被窝并非我所愿嘞，
但灶头冷冷等柴烧，
天再冻也得夜动身。

唉，
读诗我有心，
偏少读光阴。
大浪滔滔时政新闻海样深，
青年的我却采"包"冒险下乡村。
不眠战恶蚊并非我所愿嘞，
但媒体盯着渴望眼，
我怎能躲避嗡嗡音。

唉，
读诗我有心，
偏少读光阴。
在记者站干多干少凭良心，
壮年的我却日忙夜起追新闻。
险崖踩冰雪并非我所愿嘞，
但乡亲被困失音讯，
我哪有闲心把冷玉吟。

那些年啊，
为了自家人的生存，
为了同命人的生存，
为了几代人的生存，
唐诗虽好也蒙尘，
蒙过一晨又一晨。

那些年啊，
为了自家发展走好运，
为了家乡变美走好运，
为了祖国复兴走好运……
诗笔嫌拙弃在边，
弃了一春又一春。

今天啊，
自从走进老年群，
忙汉成了有空人。

我拥有了自由吟诵心，
我捡回了自在诗光阴。

五

诗，
有义有情又有韵，
几行短短蕴乾坤。

寒月小山村，
响着天籁音。
《草鞋谣》，
《草鞋谣》，
唱者是母亲。

寒月小山村，
响着天籁音。
勤之歌，
勤之歌，
唱者是我心。

老是听古不过瘾！
老是唱旧不过瘾！
今天呀，
邮发诗刊我都订，
自费读鲜新。
一旦逢着合胃口，
细嚼慢品又三吟。

可惜，
多少诗读不懂，

多少诗不养人，
多少诗一看就头晕。
啊啊，
速读又速扔，
不扔生烦心。

六

今日诗国啊，
诗人遍地却罕闻诗岭诗峰，
诗叶满天却少见诗秋诗春。
我信学洋诗有利于开拓诗疆界，
但不信跟屁虫可以创诗新；
我信老祖宗传下了千万诗瑰宝，
但不信僵守奴才是得宝人。

我要下诗河，
试它水浅深；
我要驱诗霾，
扫出天地新；
我要推今诗，
朝着活路奔。

新时代钟情新作品，
老白头呼唤老青春。

七

丁零零，
丁零零，

电话响声声，
某厂来邀请：

你退休了，
能否帮我们干点事情？
论钱财谈不上高薪，
但干少干多凭你的高兴。

谢谢你的邀请！
谢谢你的真情！
我退休后，
活路已排定。

八

丁零零，
丁零零，
电话响声声，
报媒来聘请：

帮我们评评报吧，
每月只需交一篇稿评。
活儿不会太重，
只是报酬有点儿轻。

谢谢你的聘请！
谢谢你的真情！
我退休后，
活路已排定。

九

谢绝叩门的小财神，
迷上贴本的新幽灵。
为啥哟？
既然一粒诗种播入心，
就要吐芽出土添春景。

十

傻牛不赖圈，
憨雨不留天。
骨头痒痒的严元俭，
拙笔一拿写韵篇。

第七十八章
找诗路

一

当今不少诗歌真是怪！

怪怪怪，
"密码"垒长块。
杜甫也难懂，
有人却最爱。

怪怪怪，
隐私当众晒。
不关民痛痒，
自恋影独哀。

怪怪怪，
无病呻吟态。
一看就失真，
"粉丝"从哪来？

怪怪怪，
霉食做不败。
上桌馊饭菜，
食客胃难开。

怪怪怪，
"回车"敲键快。
分行就是诗，
韵味抛天外……

怪怪怪，
怪怪怪，
无情无义无韵无趣无美无理更无气呀，
　只有"远民"大竞赛。
　直怪得读者还没作者多，
　直怪个某诗得奖无人睬。

　我要写的诗，
　不搞跟读者疏离又疏离的"怪"！
　我要写的诗，
　要追与凡人亲近再亲近的"爱"！

二

天音地音人音，
可飞进许多许多的读者心。
铜贵银贵金贵，
贵不过稀缺稀缺的读光阴。

你听你听，
"离离原上草"生我盼荣春，
"更上一层楼"激我上进心；
"明月松间照"引我爱自然，
"留取丹心照汗青"啊健我爱国魂……

我要学前人，
滴滴心血化春雨，
暖润人间冷渴心。

我要继前人，
辟它一段新诗路，
诗走人心结个亲。

三

草老发不出劲丛，
枝枯挺不上高空。
新时代钟情新写法，
诗"粉丝"呼唤诗先锋。

那诗先锋啊，
摸石子过河让我感动，

无禁区尝试使人敬重。
但以真善美的韵语与心交流，
才是我诗国的神功。
但以真善美的韵语与心交流，
才是我作诗的初衷。

这诗心，
在你我他胸中！
这诗心，
在你我他胸中！

假如此轨有违胡乱冲，
只怕变成找死鳅先锋。

你见过吗？
有鳅一到汛期沟水涌，
竟是逆流忙向高山冲。
鱼鳖远远离，
近近是杉松，
却听见加油加油不断声，
却看着这奖那奖频繁送。
鱼鳅挤挤好激动，
虽向山山从者众。
逆流而上的鱼鳅啊，
一旦山洪退，
有谁把你容？
拓疆的向往诚然好，
只是水族怎可上山峰？
路向一出错，
龙门总是空。

我惋惜呀，
鱼鳅们一个劲地冲冲冲，
欲赶路偏偏赶进死胡同。

飞进人心的诗路通不通，
先瞧自己的路标中不中。

四

今人作古诗，
难去腐酸气，
那读者呐，
有谁不远离？

国人作洋诗，
水土多不宜，
那读者呐，
有谁不远离？

今人作今诗，
字字时代气，
那读者呐，
有谁不欢喜？

国人作国诗，
句句民族味，
那读者呐，
有谁不欢喜？

五

诗路本无穷，

条条读者涌。
游者寥寥哟可是风光难诱众？
诵人绝迹呐莫非寂寂死胡同？
我的诗路呀，
不可缺风景，
更该处处通。

诗者本无种，
寒门也产雄。
读者没来哟莫怪人家不识货，
"铁粉"不见呐只愁作品少魅风。
我诗人不看，
只恨己缺功。

六

诗地欲丰收，
诗种当上优。

上优的新稻种可育，
上优的新诗种可求。

新时代上优的诗种籽何在？
一双双渴望眼关注着韵畴。

我羡慕袁隆平的地头，
我想当育诗籽的能手。

请当今的好句跟祖传的美韵合流，
再融进民歌的魅力与洋诗的自由。
接地气呐芽壮，
承天霖哟花秀。
结民族的时代果哇鲜透，
供地球人品千秋。

七

老途养马掌，
新路炼足板。
新路辟通新地点，
老途连起老家园。
新可宠，
老别嫌。
利我出行即好路，
宽宽窄窄由人选。
诗路走活活，
韵声传远远。

第七十九章
请老师

一

唐诗宋词又元曲，
一本一本看不够。
请写诗的老师们啊，
带我朝着活路走。

名诗名句翻《辞典》，

对字对行瞅又瞅。
请评诗的老师们啊，
领我朝着美海游。

外国名著也粗看，
撰写新奇称自由。
但某些译过的百灵鸟啊，
似有啥西噎在喉。

二

你想诗想昏了头！
请教好诗师，
竟朝乡下走。

莫昏头！
莫昏头！
我诗出我手，
字字行行心感受。
生活若写错，
感受断源流。
欲检验农村生活真与否，
瞒不了泥里长大众明眸。
欲让拙诗接地气，
就得紧紧贴近大地母亲热胸口！

三

你想诗想昏了头！
请教好诗师，
外行门也叩。

莫昏头！
莫昏头！
劳作汉写诗或外行，
读诗歌往往称能手；
劳作汉写诗或外行，
鲜活言往往吐出口。
我诗要育高飞翅，
营养朝其话语求；
我诗长翅向前飞，
天路在其心里头。

四

你想诗想昏了头！
请教好诗师，
"垃圾"也会留。

莫昏头！
莫昏头！
诗句做佳少近路，
脑汁当墨长凝就。
长凝就嘞，
无视前车倒毁鉴，
脑汁岂不白白流？
正心的能者我须请，
反面的教员也不丢。
正反之师都不缺，
征程坎坷少跟斗。

五

有师屡把红灯提：

切忌跟风学某体。

圈中某体号名体,
圈外若读也叹气。
唉,
有生命力的良种碰上天时地利芽即发,
缺壮实胚的烂籽纵然千灌万浇萌不起。

六
有师常提醒:
好诗句前人已写尽,
入此途难把前人赢。

不!
文笔是犁处处耕,
生活是地时时青。
生活无尽诗无尽,
文笔有灵诗有灵。
我写不出亮眼句嘞,
只怪自身少感悟,
只愁本笔缺灵性。

七
有师再忠告:
当代诗人多似草,
杂杂乱乱赛牛毛,
无细无粗无短长,
自生自灭自烦恼。

你如走此路,
只怕白辛劳。

不!
播下应时种,
哪能不冒芽?
育得茁壮树,
怎会不开花?
养个好姑娘,
岂愁没处嫁?
诗若写得人共鸣,
今人哪会不读它!

《崽饿盼娘奶》

崽饿盼娘奶,
火低盼燥柴。
清泉出旱地,
自有渴羊来。

八
师良明正路,
师慧有前途。
但亲子须亲生啊,
师好莫能助,
我诗我为父。

作者诗之父,
读者诗之母。
父母共需求哇,

此诗才有诞生机遇世传福！

第八十章
亮心迹

一
我手写我心。
草鞋接地气，
字字溅清新。

我手写我心。
俚语藏珠宝，
采来赠诵人。

我手写我心。
我心攀险峰，
已过数十春。

二
人生诗意中，
诗意笔头下。
今日属于我，
我开诗地花。

三
存矿挑拣过，
新材精选过，
放在脑中肚中炼呐炼，
亮于纸上屏上磨哟磨。

《心迹》呀，
孕我心中多少年，
终于献丑呱呱落。

四
读者读诗我，
好评一大箩。①
这个夸接地气，
那个赞最生活。
刚闻大土大雅哲理多，
又见悲悯情怀把真说。
有领导读到了时代感，

---

① 接地气，指《衢州日报》原副总编庄月江的书评《最接地气的民间歌谣》；最生活，指曾忠诚的网上书评文章《离生活最近的诗》；大土大雅，指衢州市人大常委会副秘书长徐须实的书评"赵树理的小说严元俭的诗"；哲理多，指衢州市人大常委会原副主任王建华的书评，"这本诗集哲理多多，我放在案头，有空时看看，很有味道"；悲悯情怀，指《衢州日报》高级编辑徐勤在《浙江日报》《衢州日报》发表的长篇书评，其中有一部分专论诗作者的悲悯情怀；把真说，指《光明日报》高级记者严红枫的书评，"严元俭的诗有一种难得的真实客观"；时代感，指中共浙江省委原常委、宣传部部长茅临生对《心迹》一书的批示，其中有"时代感较强"等评语；正气锣，指《浙江日报》高级编辑林永年的书评"诗集充满了正气、骨气，也从中看到了作者的人格"；不愧是农民的儿子，指江山市政协原秘书长戴明桂发表在《深圳晚报》的长篇书评《他不愧是农民的儿子》；"平凡而伟大"，是网民"LISD"和"一脸懵的兔子"的诗评……

有同行听到了正气锣……
更有人啊,
把"不愧是农民的儿子"赏给了我。

啊哟哟,
还有网民用"平凡而伟大"来概括。
"平凡而伟大"啊,
五个字里内涵多。
"平凡而伟大"啊,
一下就击穿了我的心窝窝。
"平凡而伟大"啊,
这正是一艘小船起航的舵,
这正是一棵小树初收的果!

江山虎一名高管将出差,
行李包装点啥西听老婆。
《心迹》一书包里放,
柔柔叮嘱暖心窝:
有空翻翻这本书,
多读细看总没错。

玻璃板下诗一首,
摆在江山文联书记办公桌。
那是《心迹》里的《江山人》呀,
或说可把市歌做,
竟有谱曲寄给我……

啊,
我和读者心弦,
同个音区起搏。

五

此书首印五千册,
八印共销两万多。
"真是奇迹呀!"
出版社总编这么说。

第八十一章
再登一座山

一

退休有点闲,
缓步仍朝前。
趁有夕阳在,
再登一座山。

这座山啊,
名叫诗自传。

从幼到老诗自传,
诗国悠悠谁曾见?
孤陋寡闻老井蛙,
窥着诗史空白点。

空白恨恨数千年,
伟大的时代需人填。

空白哑哑在呼唤，
有空的老头可试填。

二

空白点上填些啥？
臭烘烘呀狗屎，
香溢溢呐鲜花，
不臭不香豆腐渣。

我诗若在诞生后，
此问当由读者答；
我诗若在孕怀期，
此问只能考自家。

三

登此山，
有风险。
写那真人真事真情感，
必将诉己诉人诉上天。
下笔益人本我愿，
把人得罪错谁免？
想起得罪人的后果呐，
暑天也会打寒战。

登此山，
难又难。
把征途脚印化长诗，
难！
把几多感悟化长诗，
难！

把万千俚语化长诗，
难！
难啊，那长诗——
抒情不易呐叙事更难，
叙事不易呐写真更难，
写真不易呐蕴神更难，
蕴神不易呐播义更难……
欲将真我蕴真神，
欲让正神播正义，
更是难难难！

珠峰难上有人攀，
千载无人是此山。

四

诗自传向人讲微我故事，
但微我不微哟宽广无边；
诗自传向人抒即刻感情，
但即刻不即哟可越千年。

诗自传是真实的时代风，
纪实诗是思想的火花闪。
啊，
回顾人生道路一段段，
再温人世风情万千千。
有心人追求诗意的生活，
诗自传就是生活的诗展。

这诗自传呀，
写不好垃圾几摊，

作得佳风景一山。

五

我当然要风景一山,
这山哟我能不能攀?

昔日写《心迹》,
也逢道道难。
有难有机遇,
无难无佳篇。
啊,
迎难而上机才现,
倒在崖前山咋攀?

《心迹》动呐把笔头练!
《心迹》生哟将自信添!
没出过诗集的我可以捧出好《心迹》,
出过好诗集的我为啥写不了诗自传?

六

我当然要风景一山,
这山哟我可值得攀?

白霜头顶延,
身体渐失健。
假如再绞尽脑汁写下去呐,
只怕那山还没登到尖,
炉中火化我已变云烟。

这不是耸听的危言!
有一天肚子饿了我回去赶中餐,
小区里走来走去竟不知家哪边。
有一天我哮喘突发将窒息,
幸好妹妹叫车急救送医院……

母亲将子劝,
妻子对夫言:
咱家现在不缺吃住穿,
何必退休自找煮熬煎。
写垮病衰体,
吃亏在眼前。

妈妈呀,
你儿子干活在外几十年,
拗性如前没有变。
想干的事情就要尽心干,
要不然啊日不欢。

老伴嘞,
"身体第一"好语言,
我得日日记心间,
我会常常去锻炼。
我也知道,
那生活自理离不开手脚灵,
那写作诗歌必不少身心健。
要不然,

脑子呆痴手僵硬，
怎能动笔敲字键。

啊，
《心迹》人读夸又羡，
竟说我是一诗山。
前山更美在云间，
脚板不磨心不甘。

攀登攀登，
那诗路得由心血凝练，
那诗山需要寿生置换。
登攀登攀，
我用余生登此山，
途中倒下也开颜。

七

我当然要风景一山，
这山哟我可怎么攀？

前不见足迹，
后缺人指点。
只能靠自己，
步步探深浅。

逢着棘刺拔刀砍，
碰到坎沟挥镐填。
遇石崖可绕即绕，
不可绕就开凿向前。

八

韵无蝉噪尘，
韵有鸟愉心。

我说本地话，
我字方言韵。
外地吟人吟我诗，
我诗无韵属蝉音。

啊，
欲让国人把我吟，
只能翻字典啊人生识字又始今。

一字字查着写，
几章章核对准。
呀，
白雪雪满头老者发，
活脱脱一个蒙童心。

九

好诗在哪里？
只知道搜肠刮肚，
常掏得粪尿臭气。

好诗在哪里？
光凭靠摘书剪报，
一大堆剽物难弃。

好诗在哪里？
勤诵写积学养字，
长粗芽自有沃地。

好诗在哪里？
带颗心察看生活，
写不尽真情新意。

十

俗语是沙，
沙中有金。
淘得沙里金，
才是大俗人。
呀，
大俗蕴大雅，
谁可将其分！

十一

地里长的红高粱，
酒师出手酿琼浆。
红高粱不见了，
坛中留下它神香。

山上生的野葛根，
母亲出手洗山粉。
野葛根没影了，
盆中留下它精魂。

百姓过的小日子，
学翁点化欲成诗。

小日子过去了，
书中留下它真姿。

十二

亲着雪的萝卜甜，
染过霜的白菜软，
淋雨长的梨子脆，
向阳大的桃儿鲜……
阴晴雨雪天来写，
元俭学诗贵自然。

十三

北雪深知山气质，
南风常带海精神。
学诗一老头，
兼爱揽鲜新。

十四

云走留白天，
风抚长绿地。
呀，
我向风云学写诗，
悠然几笔展生意。

十五

诗啊，
它是电，
就看我有没发现的眼光；
它是海，
就看我有没容纳的雅量；

它是酒，
就看我有没生活的精酿；
它是趣，
就看我有没开心的钥王；
它是力，
就看我有没寒冬的暖阳；
它是缘，
就看我有没好运的恩赏；
它是美，
就看我有没呈现的良方。

诗啊，
它恭候在前行的远方，
手搭凉棚将我望；
它还活在现今的身旁，
入眼进心任碰撞；
它更飘在流失的以往，
借物还魂无限量。

十六
我的心回放一行行脚印，
我的笔跟着一路路前进。
回归受苦日草鞋泪倾，
进到欢愉时大地笑频。
啊，
人间世我没枉走这一回，
苦甜留下痕，
哭笑都舒心。

十七
小笔头试写大潮浪，
近事物遥接远考量。
言俗含义雅，
行特显心壮；
浅句寓深意，
短章余韵长。
整纷杂哟循理路，
去腐臭呐留鲜香。
托红花以绿叶，
化死板为活荡。
曲里藏直才耐看，
隐约不隐凸明朗。
遇难当锻炼，
逢顺不彷徨。
以史鉴今明，
逢山开路畅……

啊，
莫道满头霜，
经多积也旺。
诗风激醒那积淀，
老日子也过出新气象！

十八
好嘞！
国风宜古亦宜今，
民唱适民更适君。
笔拓承宗的新路径，

心吟当代的民族音。

译作姓洋过远洋,
也融我墨写诗新。

十九
好嘞!
化静为动哟活色生香,
格动见静呐美姿永芳。
以物状人哟物活情生,
将人比物呐神凝气扬。
啊,
学一些浪漫,
写人写物写家乡。

二十
好嘞!
下水池抓鱼抛岸跳蹦蹦,
登秋岭采果进篮红通通。
笔逮鲜活事,
诗生大美风。

二十一
写诗诗作体,
魂是心交流。
自个心交流啊,
修身养性有诚友。

写诗诗作体,
魂是心交流。

对人交我心啊,
真韵奋飞荡九州。

写诗诗作体,
魂是心交流。
交流互碰撞啊,
撞动咱的心,
撞开你我口。
撞出你我情,
撞美小宇宙!

写诗诗作体,
却把好诗愁。
诗好长灵翼嘞,
翼灵才会飞心头;
诗好长鹏翼嘞,
大鹏才会飞全球;
诗好长恒翼嘞,
翼恒才会飞千秋。

二十二
心交是首共情诗,
作者有严也有你。
严与你,
两相依。
无严怎有此诗句,
有你诗芽才落地。

二十三

大地有声，
咱们共鸣。
一句句，
日月在听。

长天有应，
雨过虹明。
一章章，
水丽山青。

二十四

好诗如好菜，
开胃更开心。
咸辣酸甜辛，
不缺偏爱人。
它更可以做得鲜活生香啊，
客官信不信？
若不信，
我烧半碗汤，
供你尝尝新。

二十五

人生有了新目标，
脚下坎坷何足道。
写中有苦苦逃逃，
苦逃逃哟诗意到；
写中有乐乐陶陶，
乐陶陶哟字撒娇。
乐育诗花心不老，
勤掰诗果梦常笑。
人生浩气诗长骨，
崛起诗峰向九霄！

二十六

世上魂，
互依蕴。
我写诗来诗写我，
写出一片夕阳心。

二十七

我心自投诗炉炼，
我心向着诗心变。

二十八

我诗播大地，
入土有芽发。
得势赖春风，
风来处处花。

第八集
至亲情
（第八十二章至第八十六章）

尽舀东海水，
难计至亲情。

第八十二章
母子泪

可断肚脐带，
难分母子爱。

一

过年！
过年！
万家齐放万种鞭，
一霎红了一片天。
嗨呀呀，
天红不算美，
美在张张脸。

你看！
你看！
九十二岁我妈妈，
也聚一堂撒欢欢。
啊哟哟，
一张红润春风脸，
忽地煞白倒凳边。

快搀！
快搀！
动作轻微也剧痛，
莫非哪里骨跌断？
急哉哉，
车送桃源路口去，
骨科那有名医院。

二

ＣＴ一睁眼，
果然髋骨断。
医生忙上阵，
接骨不迟延。

术后陪床谁？
亲们让我先。
退休正有空，
怎会没时间！

卧床人痛苦熬煎，
兄弟妹轮流照看。

三

新新蓝便盆，
净净映儿颜。

娘呀，
幼儿时您为我洗便布臭不嫌，
今日里我为您端便盆心如煎。
臭不嫌啊，便便屡洗您将我洗大；
心如煎啊，频频失禁我怕您做仙。

娘呀，当年您为儿——
早洗便布空着肚，

晚洗便布强睁眼；
冬洗便布冰扎手，
夏洗便布蚊叮脸……
那块补丁加补丁的小厚布，
托升了一个新生天。

娘呀，今天儿为您——
第一次离便盆近，
第一次把便盆端，
第一次将便盆刷，
第一次往便盆看……
这个纯净又纯净的小容器，
顶起了一方崩塌天。

四

床前洗脚工，
心愿在盆中。

汤往冷盆注，
水朝热气冲。
一回回伸手试寒暖啊，
莫让妈妈脚受冻，
莫把妈妈心烫痛。

下手不能重！
皮衰骨质松，
过重易伤痛。

下手不能轻！
久久卧床上，
手轻脉怎通？

洗一洗脚趾缝！
趾间洗净再擦干，
才有舒服进两胸。

五

妈妈日夜把床卧，
脉络欠通不好过。
啊，
按摩利血活，
此事我学做。

摩娘亲，怜娘亲，
按摩摩在娘亲心！
妈妈摸索抚儿手，
母子扭头泪雨淋。

六

兄弟妹精心照料，
老人家发力锻熬。
一月之后啊，
妈妈站起挺直了腰。

挂一支孙儿网购的软把钢杖，
走百步去看毗邻的新街热闹。
再赶梦中墟，
今天如愿了。

开颜正喜笑，

忽被车擦倒。
没给开车的愣小伙半句责备,
不拿犯错的陌生人一分钞票。
这一幕呀,
　被一位赶墟的亲戚全看到。
那亲戚跑过来扶起我妈妈,
老人家黄豆大汗珠额上冒。

骨头又断了!
臀部又疼了!
速速就医换骨头,
妈妈又受大煎熬。

七

撑手把床下,
好坚强的老人家!
拄杖开新步,
好顽强的老人家!

日落西山娘进家,
儿提热水把盆拿。
该洗脚了,
妈妈笑拒:
我会啦!我会啦!

月上树尖娘躺下,
儿撸衣袖把掌擦。
该按摩了,
妈妈笑拒:
不用啦!不用啦!

妈妈不再让儿洗脚丫!
妈妈不再让儿摩伤疤!
遨游诗海那支笔,
儿又接着胡乱画。

八

啊呀呀,
娘又跌跤骨散架,
从此啊,
没晴没雨卧洁榻。
一年年,
百岁跨。

啊,
出门人叫我"老人家",
归户我成了"绕榻娃"。
年过古稀的我,
出门归户心都挂:
艰难的高寿妈,
喊饿的诗伢伢。

第八十三章
老婆歌

写报道写出读者多多,
　赢得读者的幕后呐站着个老婆!

吟诗句吟出点赞箩箩,
　赢得点赞的幕后呐忙着个

老婆！

一

老婆呀，
相遇没得迟早，
缘分就是恰好。
那天你出户相亲，
对眼时两情互照。

脸红看脸红，
心跳闻心跳。
向对方点点头，
跟父母笑一笑。

点点头许终身，
笑一笑结美妙。

从此呐双栖双飞，
遇难哟不怨不躁。
多年同苦乐，
一路共关照。

二

《家乡一古谣》

柴索[①]离不开柴冲，
老婆离不开老公。

---

① 柴索：用棕毛打成的粗绳子，专用于捆柴。

为解丈夫孤寂愁，
你携幼子到衢州。
乡妻户口不能迁，
"黑户"也朝傻子走。

衢城没你承包田，
能干农活却无处显身手；
衢城没你打工岗，
失业在家你愁浪上额头。

我曾想寻寻市领导，
门刚出想想又回首。
找工纯是自家事，
怎给忙官添这忧？

你催着要上班，
我无奈终开喉：
去做临时工吧，
补补城里人不愿干的那缺口。

三

真憋气！
真憋气！
干活儿比谁都脏，
领薪水偏我最低。

隔日就生气，
可别憋坏你！
你如不愿干，
咱就回家里。

你发我多少工资?
你给我哪些福利?

我的就是你的,
家计分啥我你。
兜装薪我是扫街工的三倍余,
碗有肉咱的小日子呐已得意。

从此呀,
懒汉丈夫就是我,
楷模妻子属于你。
你还是"义务阿姨"啊,
有空就来小站里,
揩桌拖地擦玻璃。

四

老婆呀,
洗不尽的衣服做不厌的饭,
舞不嫌的拖把提不完的篮,
天天老套路呀你从不烦。
陈饭菜你舍不得一粒丢,
旧衣服你勿允许半滴斑。
买苹果你只图合算不怕烂,
那块烂的你用小刀剜一剜。
我单身出外那些年,
你包下田头活流了多少汗。

生小娃得忍几多疼哟你不喊,
带孩子平添多少事呐你没乱。
有拳脚你打天打地不打人,
有争功你争气争勤不争玩。
近五十年啊,
有了你苦日子过得顺顺当当,
有了你难日子过得平平安安;
有了你美日子过得锦上添花,
有了你好日子过得人知人赞。

五

我那姓老的婆,
开言像广播。
骂人脸带笑,
打我手如摸。

我那姓老的婆,
霜雪满头落。
脚杆凸青脉,
老茧手上多。

出门想唱歌,
我有姓老的婆。
家务累人她竞做,
带孙助子敬公婆。

归家想唱歌,
我有姓老的婆。
洁净衣裳叠在柜,
清香饭菜热于锅。

病轻想唱歌,
我有姓老的婆。

我躺医床她夜护,
难熬酸痛她按摩。

天天想唱歌,
我有姓老的婆。
12 32 3—,
32 12 1—!

六

我要唱支歌,
夸夸姓老的婆。

姓老的婆是相伴到老的婆!
姓老的婆是互爱到老的婆!
若是没有好老婆,
哪能活出今天我。

七

《筷成对歌》

淡淡筷一对,
夫妻长伴随。
开合有默契,
荤素同滋味。

竹气质哟来于山,
洁风格哟出自水。
中华山水魂,
夹起良缘美。

第八十四章
炼儿谱

一

炼铜炼铁,
炼一个健儿把香火接。

二

《养儿谣》

儿如家养鸟,
愿是高飞鹰。
喂料过多笼易恋,
给食偏少远难行。
长放飞哟怕家不归,
短笼养呐忧翅没硬。

管它短放与长放,
都要把人间风雨经。
无论喂多与喂少,
全归于时代至亲情。

三

看人家,
父做陪读母辅导;
你倒好,
母痴拖地父痴稿。
看人家,

给小孩上名校呐请家教；
你倒好，
叫娃子出府城哟读乡校。

暑日学农割早稻，
炎阳似火汗如浇。
可怜一刀割破嫩脚杆，
只用几层破布包。
鲜红的血液刚停住，
滚烫的水田又去泡。
啊呀呀，
消息传到娘心焦，
你竟不让她去照料。

你的儿期末考试得分不高，
班主任召来家长有语相告：
家庭也是学校，
父母不能不教。
教不严是父之过呀，
可你却师言常忘老一套。

四

高考后不能如愿进名校，
我的儿欲练一年再去考。
我劝他：
算了算了，
考什么分你就上什么校，
读电大也通上进路一条。

爸爸呀，

你对我的要求也太低了！

我要求虽然低，
你努力要向高。
只有常常超越小标杆，
才能日日过出新味道。
至于你想读名校，
有这愿心肯定好。
但是读书如充电嘞，
人生坎坷路迢迢，
看路加油更重要。

五

独生子上父亲的当了！
独生子上父亲的当了！
毕业文凭校号小，
找工路上屡跌倒。

人家不要我来要，
学采新闻好不好？
儿子点点头，
父亲将徒招。

跟我采新没几月，
即逢"衢报"来招考。
好啊好啊，
他的答卷上了报。

吃过苦滋味，
更惜甜味道。

冻灾里进山访老少,
他踩冰踏雪无须叫;
拍照时田水冰冰凉,
他鞋袜一脱往下跳;
同事爱邀他把鲜活的新事找,
上级常让他把报道的大梁挑。

他夜读这本那本业余书,
他融入叽咕叽咕英语角……
挤时充电呐,
他要不停跑。

省市新闻奖他得了一大抱,
衢州抗雪灾他先进名儿标。
他自学本科门门功课红旗飘,
他成了衢州报最年轻的副高……

六

龙游贺康村的留守翁媪,
想吃新鲜菜爱把他念叨。
那天他上山岭走家访户,
问问老人家有啥个需要。
老人们说,
时新蔬菜新鲜肉,
手上有钱吃不到。

访罢下山问菜贩,
为啥不往贺康跑?

青壮打工进镇城,
娃儿住校出山岙,
山上的生意呐委实小,
卖菜钱还不够买油料。

如把油料钱补给你,
你还愿不愿上山跑?
一个星期去一遭,
约时才可把本保。

从此啊,
有个每周买菜时,
新鲜香味家家飘。
老人们不知道,
这油料钱是哪个掏了腰包。

再上山听到老人夸党好,
傻儿子爬起山来劲更高。

七

家中老老少少,
无不说他好。

为生病的母亲求草药,
他走了三百里陌生道。
我病急住院开了刀,
他夜睡身边勤照料。

下班回到家,
孙子黏他跑。

只要父亲在，
爷爷他不要。

小两口双休陪奶奶逛商场，
童车坐个幼呐轮椅推个老。
时新衣这店艳来那摊俏，
问价后老人总把头摇摇——
舍不得花掉孙孙红大钞。

教训在心知奥妙，
店摊再逛有门道。
老人家不识数字眼昏花，
价格表虽在面前从不瞧。
每逢奶奶问啥价，
孙子只将小数报。
哎呀呀，
价格不贵丝绵造，
同样衣服要两套。

老人回到家，
连日乐陶陶。

儿媳将"秘密"暗传我，
逗得我哈哈笑。

八

他跳槽接跳槽！
起初不恋新闻的副高，
参与公务员竞考；
考上后过得顺顺的，

情愿下乡把重担挑；
下乡带领大家干出个全国先进，
又去援疆万里遥。

他在忙着自锻造！
如果炼成钢柱一条，
人民大厦更坚牢；
如果炼成金子一粒，
可为祖国添荣耀；
如果炼成翅膀一对，
长天多个复兴鸟。
啊，
展劲翼把祖宗超，
飞远方将父母抛，
那老鸟啊，
夕阳倚树犹欢笑。

九

《飞的基因》

友家鸭两群，
突被山洪吞。
它们羽翼丰满，
但是无一脱身。

呀，
家鸭翅膀的羽毛不少一根，
却不再是翱翔于天的野禽。
是一把又一把饲料，

废了它那飞的基因。

安于"啃老"的鹰儿鹰孙哟，
你有没有啃掉那飞的基因？
乐于"喂青"的鹰父鹰母呐，
你有没有喂强那飞的基因？

十

儿子承接了自强的基因，
我当了一个轻松的父亲。
谢谢儿子，
让我多了一分登山的自信！
谢谢儿子，
让我添了一分登山的专心！

第八十五章
爸爸妈妈

爸爸

一

爸爸，
十三您把校门离，
接过爷爷的担子挑生计。
向南奔福建浦城，
向北闯安徽屯溪。
芹江沟远远甩身后，
五显岭高高踩脚底。

向西向西向西，
面朝革命根据地。
您挑到江西横峰的布，
做了红军御寒的衣。

向东向东向东，
脚向国人抗战地。
您在衢州埠岸挑的米，
充了抗日官兵的饥。

衢江边，
年轻的您挑着埠头担一步一做劲，
硬硬的石阶留下了足迹。
摩天岭，
年老的您挑着干柴担一步一颤抖，
苦苦的山泉忍不住哭泣……

左肩接右肩，
春季又秋季。
夏顶炎炎大暑日，
冬磨刺刺冰凌地。
追太阳晚睡，
赶明月晨起。
从小儿郎挑到做爷爷啊，
五尺扁担搏万里。

二

肩头磨破结茧疤，

脚板炼钢撑苦家。
爸爸啊，
布胀箩而身赤膊，
那是您给客商挑货登仙霞。
蛋在筐而菜无荤，
那是您一分钱掰作两分花。
夜晚不歇旅舍歇农户，
那是您把宿钱多省下。

省分省厘，
挣衣挣米……
老鸟得虫饿不食，
衔回巢穴喂饥稚。
爸爸呀，
被您养大的儿郎怎么能忘记？

三
爸爸，
儿子少年上大山，
是您教我捆柴用"担抵"。
儿子青年卖苦力，
是您教我做人重义气。

大包干媳妇不会育秧做田壁，
您清早下田教仔细。
每遇抢收抢种大忙季，
您帮媳妇晒谷汗淋漓。

我每次给您零用钱，
您五十一百都存起。

啊，
您是留着做善事，
唯独不怕亏了己。

四
我爸青壮之时有力气，
使在锄里刀里扁担里。
夜晚帮家务，
妈妈笑嘻嘻。

我爸年老之时有福气，
赌场嫖场毒场从不嬉。
有空读读报，
不时笑眯眯。

爸爸呀，
您的正气一直浩荡在我心里。

五
爸爸，
听您说冬日夜长寂得慌，
我忙购黑白电视回故乡。
这是全村第一台呀，
我把它捧到您房间，
您定要请它坐大堂。
月升不忘把家门敞，
挤在人堆您喜气扬。

忧您哮喘不舒服，
天气一寒会受凉。

我五千多块勿嫌贵，
抬进空调安卧房。
这也是全村第一台呀，
村人挤进看，
亲友都来望。
您把"改革开放带来的春气"，
打开来让大伙尽情分享。
可村人和亲友一走哇，
为了给儿省电费，
您让它日日静默守空墙。

邻居建造新屋钱"闹荒"，
您道支持装饰一间房。
大限将临已气不顺，
您还来村路扫尘脏……

爸爸呀，
您把村人心上放，
村人怎不把您想？

六
爸爸，
儿孙每次回江山，
您那神情就特鲜。
靠在大门等又等，
对着村口看啊看。
见儿如见心上宝，
呼媳像呼亲生囡，
孙子相机未举您早已眯眯笑，

孙媳爷爷一喊您应得蜜蜜甜。
出生五个月的曾孙女到身边，
您再无力气也要亲亲抱怀间。
孩儿一家子回衢州，
您一步一步送到汽车边，
送到车轮转，
送到车影转弯看不见。

爸爸呀，
您将后代时时黏眼里，
后代将您岁岁留心间。

七
爸爸，
您带我娘到府城，
儿孙无不乐陶陶。
双亲欢喜吃啥菜，
儿媳下灶烧；
双亲欢喜穿啥衣，
孙媳逛店挑。

星期日全家嬉府山，
您一边赏景一边笑。
您的孙一路跑前又跑后，
为爷爷奶奶忙留照。
相片今存电脑里，
声音在我耳边绕。

爸爸，
生日九十才做过，

您身一垮如山倒。
医生有妙手难回春,
山水虽挽留不奏效。

八

爸爸,
加减乘除,
算不清您培养子孙的付出;
诗词曲赋,
写不完您撑起穷家的苦楚。

爸爸,
木勺再大难将滔滔东海尽舀,
言语再长怎把父子深情全诉!

九

爸——
我出生日停哭在您的怀抱,①
您逝世时微笑在我的怀抱。②
父子的心啊,
不管生生死死,
都一起跳。

爸——
我出生日哇哇哭叫呐您甜甜微笑,
您逝世时甜甜微笑呐我失声悲号。
出生日我哭错了呀爸爸,
我做了您的儿子应该笑!
永别时您笑错了呀爸爸,
您一走您儿苦苦长哀悼!

十

左一声,
右一声,
声声呼唤无人应。

长一声,
短一声,
爸爸安眠再不醒。

醒一声,
梦一声,
心缺一块谁能平?

十一

爸走了——
天上催归一酒神①,
人间恨少一真人。
曲曲哀乐揪心肺,
面面悲声痛子孙。

---

① 妈妈说,我出生时哇哇大哭不止,爸爸笑着抱起我一哄,我就不哭了。
② 那一夜,我把衰老的父亲抱在怀里睡觉,左手抱累了换右手,右手抱累了换左手。清晨,父亲在我怀里含笑去了天堂。

---

① 爸爸的小名叫"酒神"。

爸走了——
人间耸起一高山,
岁岁年年荫后人。
呀,
后人有靠更前行,
锦绣家乡日月新。

十二

思父夜深泪,
十年枕不干。
一滴做墨水,
写给星星看。

妈妈

一

妈妈,
谢谢您给了我一个学生头,
小时候读凳头桌头场头,
长大了读田头山头街头,
退休了读物读人读不够!

二

妈妈,
谢谢您给了我一双干活手,
干粗活能挥锄头,
做细活能捏笔头,
粗粗细细美我地球!

三

妈妈,
谢谢您给了我一个大肚兜,
能装饭来能装酒,
能装喜来能装愁,
装得下一个小宇宙!

四

妈妈,
谢谢您给了我一双大脚板,
南北东西到处走,
春夏秋冬不滞留,
人间福气我追求!

五

妈妈,
谢谢您给了我一颗自强心,
路逢坎坷眉没皱,
天劈雷电魂没丢,
量力而行步久久!

六

妈妈,
谢谢您给大地添了一头牛①,
月月年年耕地球,
畈畈坪坪把汗流,

---

① 我属牛,一头"傻牛"。

一生屡屡喜丰收!

第八十六章
兄弟姐妹

弟弟

一

弟弟,
两家新建楼房共门间,
走遍全村只有我与你。
谁家有了好吃的菜,
大大小小聚一起;
哪户有了开心的事,
男男女女笑嘻嘻。

门前草绽花,
两户共香气;
屋边柚果熟,
众口同甜蜜。

二

弟弟,
你大儿子在京工作有出息,
国外买回贵重补品给你寄。
你吃后觉得效果好,
把一瓶捧到我家里。

我每回生病住了院,
探望问医的总有你。
去日本旅游你带回眼药一大把,
说是或能把我眼疾医。

三

弟弟,
上辈遗留的非苦即贫本地戚,
你一一接待不嫌弃。
不管谁走进咱家门,
醇酒热茶总不离。

一老乡自己病了又病妻,
日子过得苦兮兮。
是你及时提醒我,
过年同去表心意。

妹妹

一

妹妹,妹妹,
严家的宝贝。
父母唯一的贴身小棉袄哇,
哪能不贵!

哥哥们欲进校门却走不出村,
你闯进县城学府争了一座位。
哥哥们书本失手把锄头背,
你揣着一纸高中毕业文凭呀,
走进了乡办水泥厂挣薪水。

二

妹妹,
你没有辜负父母和哥哥们的栽培。
哥哥有难处,
你能帮就帮从不推;
父母有伤病,
你请医买药不需催。

出嫁后,
你仍把父母的安危冷暖挂心内。
不管多忙累,
隔三岔五把娘家回。

三

因了你,
父母实了衣橱柜,
四季穿着都有新,
适时又显朴洁美。

因了你,
父母心情更欣慰,
一旦有了烦闷事,
女儿一到春风吹。

因了你,
突发险病的我被抢送到了医院内,

医生急救险情去,
拙笔续拿又笑眉……

四

《共林松》

弟兄姐妹共林松,
有细有粗各不同。
接叶连根互照应,
一年四季郁葱葱。①

附:《至亲情》总韵

至亲的好呐不间断,
深厚的情哟说不完。

我的至亲们呀,
沿途为我帮扶搀,
一路解人愁怨烦。
让我手脚放开闯世界,
让我一心一意写新篇。
数十载如一日啊,
助我攀高山!

---

① 兄弟姐妹们待我都很好。像哥哥,每逢花生、番薯、黄瓜、清明豆等"地头货"登场,会拎给我一袋尝尝。我有个舅舅的女儿嫁到本村,我们兄弟妹都叫她姐姐,像亲姐姐一样来往。我父母还有个带了几年被接回去的养女,现在也像亲妹妹一样走动。

第九集
回头叹
（第八十七章至第八十八章）

叹一
活过七十长不大，
孩儿一样喜人夸。
这一心性啊，
欲化国风进万家。

叹二
草鞋赶路串连串，
一串数千年。
呀，
今天忽不见，
奥妙有谁传？

第八十七章
活过七十长不大

雾罩路呐我眼昏花，
崖挂山哟我步难跨。
此时谁给力？
读者声声夸。

一
你那新闻威力大，
见着我就想读它。

当年走进贺村墟，
墟里乡亲把我夸。

你这老乡亲，
大白天说鬼话。

非鬼话，
是人话。
《贺村牛墟》上报端，
哪个不说佳！
牛贩揣着《人民日报》赶墟来啊，
　传看得心头热辣辣，
　传看得双脚呱嗒嗒，
　传看得眼绽泪花花……

啊呀呀，

昔日赶墟的牛贩挨批斗，
如今牛贩子赶墟央报夸。
这并非我那新闻威力大，
而是党的政策顺了农家。

二
你那新闻创意大，
瞭着我就阅读它。

昔日同行相会在杭州，
永康的周绍雄把我夸。

那是你偏爱，
豆渣看作花。

非偏爱，
是真佳。
就说前不久的《江山利用价格杠杆调整冬种布局》吧，
　央报二版头条配评论，
　那叫顶呱呱！
连人民日报社的值班编委啊，
也对你文说好话。

京城编委说啥话，
你在永康听见啦？

《新闻战线》已发稿，
编委真真说到它。

找来此刊查一查，
心里乐开花。

啊呀呀，
周绍雄啊，
我稿虽然领导夸，
怎及你稿写得佳。
你得中国新闻奖，
我想争取总未达。

三
你那新闻名气大，
抽时我也细读它。

当年走进江山市委组织部，
部办主任毛长明把我夸。

都是江山郎，
莫说客套话。

并非客套话，
而是诚实话。
比如你的《春雨帘中植树图》啊，
多少年过去我还记得它。

啊呀呀，
开喉一背我惊呆，
句句如读字不差。
见报虽然十岁过，

在他心里发了芽。

新闻都是易枯草？
也有偶开长寿花。

四
你那文章魅力大，
读了我又再读它。

当年走进前山头村一友家，
退休教师周源淮把我夸。

你这老前辈，
也说虚假话。

非假话，
是真话。
比如你那《回忆父亲》啊，
看得我泪珠两眼挂。
常品常读我所愿，
全文字字都抄下。
抄得稿纸湿乎乎，
几次手巾吸又擦。
抄得红日往西斜，
手颤频频笔画花。
这事就发生在几月前，
这情就激动在邻居家。
文章抄稿今还在，
不信拿来看看吧！

啊呀呀，
谁说读报的无非被写者，
我次次写的都没他。

五

你那文章启迪大，
见着我就研读它。

当年走进衢州市委宣传部，
从央报培训归来的小林把我夸。

北京讲课我未去，
我稿有人抄袭它？

非抄袭，
是印发。
培训时间短，
所学皆精华。
读的是名篇，
听的是名家。
你的《冲破警戒线》，
作为辅导材料发。

啊呀呀，
一篇小文说采访，
央报培训中心竟然看上它。

六

你的消息影响大，

复旦上课也讲它。

当年走进衢州报，
总编王建华把我夸。

都是媒体人，
莫说外行话。

不是外行话，
正经内行夸。

讲台夸者谁？
教授叶春华。

那天叶教授来衢州，
大会堂满满静听他。
啊呀呀，
若非亲耳听原话，
谁能信我执笔的那篇《挂一牌守门　挡八方伸手》呀，
竟成了"消息的经典之作"美佳佳！

七

没想着你这个老新闻，
一个华丽转身入诗门。

当年双脚才把衢州文联进，
就迎来副主席王青阳的赞频频。

《心迹》一书印又印，
八方点赞音连音。
那是我字抒了我的情，
那是我情动了读者心。
要不然啊，
怎么会有男有女陌生者，
也来夸无势无权衰老人！

八

当年几次骂，
我也听成夸。
有同行骂我重头稿子太多了，
使他压力大；
有编辑骂我并非次次投精品，
挥刀把稿杀；
有上峰骂我眼中没有他，
耳大不听话。

啊呀呀，
我的存在使同行有压力，
真个得罪人但我也没办法。
上上下下天天催我采新闻，
我已成习惯怎么慢得下。

啊呀呀，
投稿并非次次皆精品，
说明也有一些是上佳。
谢谢好编辑呀，
激我采来朵朵皆鲜花。

啊呀呀，
有耳听不进上峰话，
我颈上竟然长脑瓜。
尊敬的报社领导呀，
其实你们也爱痴痴的老部下，
要不然，
衢州往往"一人站"，
怎会放心奔野马。
尊敬的驻地领导[①]呀，
其实你们也爱傻傻的老部下，
要不然，
若把坑民当作政绩报，
我们心怎安呀脸咋挂。
要不然啊，
市领导怎么会亲自到我家，
要我调衢州报把那业务抓。

九

我也常常做错事，
我也常常说错话。
人也常常讲我呆，
人也常常骂我傻……
这些个就当阵风吹过树丫丫，
该我干啥还干啥。
追夸的脚步呀，
没停下。

[①] 当时体制，浙报驻地方记者站须接受本报社和所驻地方党委的双重领导。

十

脚板不嫌水土砂,
跑了秋冬跑春夏。
跑着跑着跑亮了书报的版面,
跑着跑着跑进了读者的心洼;
跑着跑着跑来了"粉丝"把油加,
跑着跑着跑得了"铁粉"把我夸。

十一

友人劝:
莫受人家夸,
谦虚才伟大。

退休前我是个无权的小记者,
年老后我属于编外的弱吟家。
我尊崇大度的谦虚,
也珍爱诚实的赞夸。
对发自内心的评价,
不管好和坏,
——都笑纳。

《假夸与真赞》

假夸如恶霾,
真赞似鲜花。
霾恶毒生态,
花鲜美万家。

我感谢他们啊,
赠我土地,
送我种芽,
奖笔杆插地成活结个瓜。

我感谢他们啊,
时时把路引,
处处把油加,
激励我车轮滚滚莫停下。

我感谢他们啊,
给我塑魂,
燃我火把,
点化我心生浩气描中华。

十二

长不大!
长不大!
活过七十长不大,
孩儿一样喜人夸。

孩子爱听父母夸,
上学争那考分夸;
种田切盼谷仓夸,
蹲点要赢民众夸;
写稿不输读者夸,
老了还想子孙夸。
人夸不过瘾,
还要乱涂画。
一诗写自传,

第九集　回头叹

万句自吹夸……
喜夸是我真心性嘞，
一路老追夸。

追夸！
追夸！
追得个七十多年邪火满膛熄不下，
直追得半个世纪一支拙笔乱涂鸦。

追夸！
追夸！
追得我将这辈子交给夸我的人，
追得我希望后来人还会把我夸。

这是因为啥？
这是因为啥？

因为有私心，
我心爱我家。
一家人个个值得夸，
才会活得舒畅又潇洒！

因为有私心，
网群是我家。
群友们个个都出色，
我岂做人渣！

因为有私心，
此乡是我家。
好家园处处香花草，
我岂变毒瓜！

因为有私心，
我进了党的家。
先锋队人人誓为民，
我岂惹民骂！

因为有私心，
祖国是我家。
五千多岁大观园，
我亦一枝花！

因为有私心，
地球是我家。
远远大于七十亿的命运共同体嘞，
要的是宜人宜物宜长久，
离不开赞你赞我也赞他！

咋生这想法？
咋有这说法？

请你问问萤石吧！
江山一块小疙瘩，
日月临身也会放光华。

请你问问耕牛吧！

大地一头牛老傻,
闻夸更想耖耕耙。

请你问问干柴吧!
入灶柴一把,
得风焰就大。
那灶膛的柴火就是我,
那好风就是亲们的夸。

十三
夸声乐乐我喝了醉心的酒,
赞语激激我加了前进的油。

十四
追夸的赤子在吟诗,
年老的少年又犯痴。

十五
爱我你就夸夸我!
夸我你就读读我!

第八十八章
草鞋新谣

一
开言句句当时话,
往事出出人似昨。
诗路遥遥千万里,
走来犟犟草鞋娃。

草鞋娃,草鞋汉,
草鞋赶路串连串。
串连串啊几千年,
不间断。

今日草鞋忽不见,
个中奥妙谁来传?

二
草鞋寂寂睡书橱,
老汉瞧瞧勾往古。

啊,
贱贱的过时物,
实实的历史书。
眯眼看,
我看见了田头的稻客,
我看着了岭上的樵夫。

啊,
隐隐亿人哭,
约约千岁诉。
侧耳听,
我听清了慈母的《草鞋谣》,
我听到了父亲的踉跄步。

多少年啊多少处,
贫民似你任人辱。
踏烂路边弃,
年年处处无其数。

是时代春风进了千家万户，
把草鞋兄弟请到史馆展出。
从此啊，
村寨再不闻掉泪谣，
儿孙再不受草鞋苦。

三

草鞋寂寂睡书橱，
老汉瞧瞧勾往古。

草鞋忘不了长征的红军，
草鞋忘不了支前的民夫。
为了国人不受压，
它曾顶起擎天柱。

草鞋忘不了造水库的坡路，
草鞋忘不了交公粮的脚步。
为了国人谋幸福，
它曾驮起补天族。

草鞋忘不了我这个曾经的稻客，
草鞋忘不了我这个曾经的樵夫。
我是补天族里蚁一个，
是它伴我吃了无数苦。

自从挤进上班族，
我收入倍增不弄土。
加上稿酬又恢复，

瞬间穷汉变"先富"。
袋有小钱啊，
裹脚可皮也可布，
草鞋哪有它舒服。
从此啊，
"老交"长断交，
它把我深妒。

草鞋呀，
如今若叫我穿你，
我会连声喊"不不"。
因我今生忘不了，
世人穿你苦难诉。
但"老交"不愿弃呀，
我诚诚请你进书橱。

我在书房睡，
你和书友住。
睡前相看虽一眼，
你入我心再不出。
你告诉我，
乡下一些苦汉子，
征途仍受草鞋苦。

自量无德无能让我乡亲同致富，
只能赶日赶夜为其多跑采新途，
官们都道我的活儿苦。
但是我清楚，

比比红军长征两万五,
比比勒紧裤腰造水库,
比比暑日"双抢"当樵夫……
今天的苦呐算不得数。

四

我碌碌忙忙到退休,
你孤孤寂寂留书橱。

这时候,
乡下最穷的嫂子也有四季衣,
乡下最穷的汉子也有饭饱腹;
走遍田头看不到穿草鞋的哥,
爬遍山头看不到穿草鞋的叔。

我的时代呀,
乡亲们穿着"起步鞋",
搬山拓活路;
乡亲们穿着"包干鞋",
走上温饱路;
乡亲们穿着"特色鞋",
走上小康路;
乡亲们穿着适路适天适脚的"新时代鞋",
走向幸福路。
呀,
穿这样的鞋哟走这样的路,
千年万年史所无。

啊呀呀,

咬脚的草鞋变成了养脚的皮或布,
有人却道改革开放使中国迷了途。
他们似乎没有听过母亲的《草鞋谣》,
他们似乎没有看过父亲的跟跄步。

可我忘不了这一幕!
可我忘不了这一幕!
忘不了这一幕呐,
我盼望继续拓宽改革开放的路;
忘不了这一幕呐,
我盼望改掉那些违背民心的误;
忘不了这一幕呐,
我盼望国人迈出更快更实的步。

我已多年不与草鞋为伍,
但没有忘记穿草鞋的苦。
曾与贫弱愚抗争过的丝丝缕缕,
是留给千秋万代的真书。

五

看当今!
看当今!

乡亲们追梦的鞋呀，
再也不姓草，
但也不姓金。
不满老穿旧，
也没乱买新。
呀，
若问穿啥好，
得听赶路人。

六

《草鞋新谣》

草鞋草鞋，
过去屈居脚下任人踩，
如今摆上展橱当教材。

新编两句《草鞋谣》，
唱美几多小村寨。
听得那旭日放光彩，
听得那春风送暖来。
听得那山山水水嘞，
载歌载舞乐开怀。

子子孙孙们嘞，
草鞋新谣前辈编，
前进新路后人开。
但愿你们穿上好鞋走好路，
奔向那更加美好的新时代。

尾声
新青春

人老身闲爱忆旧，
乡愁牵我故乡游。

我回来了，水井！
我回来了，水井！
当年你送我时我衣缝补丁，
你与母亲看呐看呐泪淋淋；
今日你接我时我上下一新，
母亲与你瞧哟瞧哟乐欣欣。
这个年头，
井索放开不绑心，
井台再不围乡亲。
你送走了半村汉，
你接回了千百人。
我的脚步，
曾在你的青石上踩出印痕；
我的汗水，
曾在你的青石上溅出花痕。
那汗痕脚痕尽管渐渐淡去，
却永远淡不了你的养育恩。
啊，
吃你乳汁的黄稻穗鞠躬无尽，
正是金金游子心！

我回来了，田垄！
我回来了，田垄！
当年你送黑发弄泥汉，
今日你接白头玩字翁。
你送我日一额愁浪，
你接我时满脸笑容。

你说我的报道促你青春焕发，
你道我的诗歌让苗如沐春风。
你夸我是黄土地的好儿子，
有了我，
泥土里长新闻地气冲；
有了我，
泥土里长新诗野味浓。

我回来了，村路！
我回来了，村路！
那日风雨之中你送我，
泥浆点点溅衣裤；
今天暖阳之下你接我，
沿路新新赠乐福。
那时的你不是捆山就是绑田，
像条索把我牢牢缠在大山坞；
现在的你通山通畈更通世界，
把一个个我送出山岙创财富。
当年山捆田绑的我呀，
看不到前程心最苦；
今日走南闯北的我呀，
看到了祖国复兴好前途，
看到了人类共兴好前途。

我回来了，大山！
我回来了，大山！
登上山之尖，
当年又重现。
柴担千山重，
沉沉压万肩。

尾　声　新青春

啊，
那雾那山那崽，
如诗如画如仙。
那担山前行的每一步都是汉字，
一字字化成了曲折跌宕诗长篇。

我回来了，乡亲！
我回来了，乡亲！
那日你送我时走出旧屋门，
男男女女无不为饥寒忧心；
今日你接我时走出新楼门，
男男女女无不向小康喜奔。
以往你我他都是苦命人，
如今他我你属于有福群。
只有几名命太苦，
天灾人祸难脱身。
啊呀呀，
我命由天由地也由我，
不可缺一天地人。

啊，
走出村路，我心还在弯弯带上游，
不挑井水，我情还在清清泉里留。
别了田垄，别不了入骨泥土气，
丢掉柴冲，却自寻一担压肩头。
离开乡亲们啊，
更离不了魂魄相牵志同酬！

啊，
我走过的山河并不多，
寥寥水土记得我；
我经历的春秋并不多，
速速行星没忘我。

村溪叫我，
樟树迎我，
乡土沾我，
大山小路重温我。

人生脚印印山河，
印月印阳心上过。
多谢贵人当向导，
走出旧我变新我。

我俯伏亲吻大地，
大地开怀亲我；
我抬头仰望长天，
长天俯首瞧我。

我是星辰之子，
光明没弃我。
山河是我良友，
美景永随我。

感慨多多看不够,
牵心之地走呀走。
今愁只有老花眼,
更恨偏无灵笔头。

啊,
山向新哟旧泥不抛,
水讲古呐今浪滔滔,
世风虽伴时光去,
留下乡愁永不老。

我的时代呀,
七十几岁年纪,
五千多年经历。
看到过原始社会的斑迹,
承受过封建残余的侵袭;
见识过资本发达的魅力,
分享着改革时代的红利;
一生没有亡国奴的耻辱,
却有许多前进者的欢喜。

我的时代呀,
喜欢与贫弱愚抗争不息,
更赐我同一脾气。

我的时代呀,
我没有辜负你!
我甩开膀子追着你,
我洒下汗珠滋养你,
我劲冒一芽丰富你,

我奉出生命创新你。

我的时代有股我的风,
那是当代中国人的风貌,
那是当代黄土地的风气;
那是中华民族的风骨,
那是当代国风的气息。

我的风遇上我的时代,
源源不竭迸活力;
我的时代有了我的风,
生生不息更瑰丽。
我的时代我的风呀,
把那蓬蓬勃勃的青春,
送到千千万万人心里!

我的时代我的风,
翻开路上新史记。

附:《天开幕》

天开幕,
红日出。
时育我材世有用,
我材世用我得福。
谁为我一悟!

后　记

本书最早起名为《我摸我》，这个"摸"是"摸实情"的"摸"，没想到征求修改意见时老师们嘘声一片，说"生得了孩子起不了名"。他们大都是敢说真话的主儿、要我好的友，有的还是名响一方的笔杆子。叫差声传来，我一改再改，直到改为《我的时代我的风》，大多数老师才说"可以了"。

本书初稿写了一百零二章，有老师提出：太长了，会产生审美疲劳。现删了十四章，留下八十八章。

本书修改，老师们向我提了一百多条意见，内容涉及方方面面。

师心带春风。风动一处文字，书增一分春色；风暖十章百节，花开万紫千红。若此书能呈现一山风景，春风的功绩岂能埋没！

老师们有忙有闲，不管忙闲都抽时间看我的稿；老师们的收入有高有低，不管高低都不要我一分请教费。这超越金钱的深情，即使是掏心掏肺也难报万一，我只能在此一一列名感谢（大致按年龄排序）。

他们是：江山市贺村镇吴村村民吴世伯，《人民政协报》原副总编汪东林，《衢州日报》原副总编庄月江，《人民日报》原群工部主任江世杰，宁波工程学院教授竹潜民，江山市原广电局局长邵作彬，江山市委党校原党委书记、江山市诗词学会名誉会长姜寒松，江山市诗词学会原会长、江山市书法家协会原主席刘毅，金华市商业局原局长、书评家吴拯修，江山市政协原秘书长戴明桂，江山市文化馆副研究员、原馆长毛立强，衢州市政协原副主席、衢州市诗联学会原会长祝瑜英，江山市文化馆副研究员、原副馆长徐江都，江山市石门镇语文教师周宝昌，原《衢县报》总编徐震仪，深圳报业集团原总编辑兼《深圳特区报》总编辑王田良，浙江省高考语文作文阅卷组原组长严旭东，江西省新余市诗歌理论研究者严一新，浙江在线新闻网站董事长项宁一，江山市广电总台资深记者徐义祥，《衢州日报》高级编辑徐勤，原《龙游报》总编余怀根，江山市政协原副主席胡韶良，江山市教育局原局长毛卓兴，衢州市委政研室原副调研员王根钍，江山市作家协会秘书长唐晋枫，江山市科技局原党组成员夏介树，江山市赢牌体育用品有限公司创办者姜新民，《浙江日报》原首席记者洪加祥，浙江日报报业集团宁波分社原社长李建新，《今日衢江》原总编杜一岳，衢州市教育局毛山莺，衢州市监管办调研员杨少峰，等等。

另，感谢几位艺术家朋友赐墨宝。

两点说明：《我的时代我的风》一直在修改，诗评文章中的有些引诗也随之做了相应的变动；此书所记作者的年龄均为足岁。

我没有写过日记，写此纪实长诗时有许多事情已记忆模糊，书中所叙之事的时间、情节如不确当，望知情者予以指正。

附诗评一：
国风润润史诗出*

◎徐义祥

    2019年3月7日，在微信上收到好友严元俭的诗自传《我摸我》，当我点击阅读这部长达一百零二章的诗作时，被这史诗强大的磁场牢牢地吸引住了眼球。不怕人笑话，我这个写了40余年文稿的"老记"，还从来没读过这么有亲和力、这么有感染力的新诗。从2020年5月1日起，经严元俭精心修改，诗自传又以全新书名《我的时代我的风》亮相于浙江新闻客户端，连载90期。"独一无二的诗风，独一无二的内容"，记录了时代与社会的变迁，演绎了作者从"草鞋养的娃"一步步蜕变成为《浙江日报》高级记者的奋斗史。我再次为这部九集八十八章的诗自传所倾倒。

    对着新书名，我拍案叫绝。

    "我的时代"是什么时代？《序曲》的回答引人入胜："我的时代呀，喜欢跟贫弱愚抗争不息，也赐我同一脾气！"《尾声》的感叹让我产生共鸣："我的时代呀，七十几岁年纪，五千多年经历。看到过原始社会的斑迹，承受过封建残余的侵袭；见识过资本发达的魅力，分享着改革时代的红利；一生没有亡国奴的耻辱，却有许多前进者的欢喜。"

---

* 此稿以《风味缕缕品严诗》为题载于2021年1月31日浙江新闻客户端。作者为江山市广电总台资深记者。

"风",在甲骨文里的本义是"由空气流动引起的一种自然现象",后来虚化引申为风景、风貌,风俗、风气;再引申为风骨、作风、文风、风韵……"我的风"是什么"风"?严诗的回应荡气回肠:"那是当代中国人的风貌,那是当代黄土地的风气;那是中华民族的风骨,那是当代国风的气息。"依我看,"我的风",也是严元俭自己为人处世的风骨、风范,也是严元俭写稿吟诗的风格、风韵。

七字书名,层见叠出,虚实结合,概括主题,言简意明,朗朗上口,通俗易懂。

史诗读几遍,掩卷有余味。

什么味呢?不就是严诗风味吗?不就是国风的味道吗?

严诗里有激荡九州的大我之风

作为自传,严诗风味,当然是严元俭个人的"小我之风"的味道。但我读来,这"小我之风"时时处处都蕴在"大我之风"中。这"大我之风"就是"我们的风"——"我们的家乡风""我们的祖国风""我们的世界风"。

不是吗?

严元俭新闻从业40余年,一直把发现、记录家乡发展变化的时代风貌和社会风气当成自己的职责,无论在诗集《心迹》,还是在诗自传《我的时代我的风》中,总会情不自禁地描绘当时的景观与风貌,以景叙事,以景抒情,以貌论理,以貌显神。特别是11篇以"那"字开头的诗作,简直就是讴歌时代风的绝唱。《那兴工路》《那城风景》《那宝器》《那块田》《那幢房》《那座山》《那汪水》《那墟场》《那头猪》《那碗茶》《那只蜂》,把时代变迁中衢州经济社会发展的曲折道路、城乡容貌焕然一新,以及人民富足、能人辈出的情景,用诗的语言展现出来,构成一幅幅家乡政治、经济、文化、社会发展的美丽画卷,让人赞叹不已。第六十七章《那城风景》,他没用读者常见的直描笔法——城市建筑的改观去写城市的新貌,而是用女人嫁郎、男人挣钱、娃娃读书、老人养老的"入城潮",造工厂、商场、造医院、车站、造博物馆、展览馆、造特色街、步行街的"造城势",治理"三废"、文明建设、科技安保的"美城风",看"千年难遇城风景",夸"新城崛起在地球东"!别具一格,生动形象。严诗中的那潮、那势、那风,不正是"烂柯山下看新变,一日胜昔多少年"的家乡风吗?

严诗中还浩荡着祖国风。那是历经磨难而不屈,东山再起而重振的东方雄风。严元俭,出生之日比中华人民共和国成立之日迟了100多天,同处农历己丑年,当属与共和国同岁的一辈。"生在山区,却树缺草稀。忙于地里,却腿寒肚饥。"这就是严元俭对新旧社会交替时代的描述。小小年纪还碰上了高指标、瞎指挥、浮夸风泛滥的"大跃进",承受了"左"倾冒进、国民经济比例失调、经济严重困难的磨难。他还在"文化大革命"中吃了不少苦头。他如实写出了自己的苦难,如11岁就黑夜挑着草鞋到30里路外的墟市叫卖,草鞋赤脚走远方,"横一道竖一道的血印子,那是系鞋麻索给的赏";13岁就充当"大人"到外省当"割稻客","我个子虽无牛背高,但嫩肩能把百斤挑";14岁就参加生产队劳动挣工分,为父母分忧,为家庭分担;长大成人后因家里穷而媒人几次牵线不成功;等等。他写苦难,但他没有抱怨时代对自己的不公,没有在苦难中无望,而是写怎样战胜苦难,更写党和政府没有忘记当年造成苦难的原因,带领全国人民勇于改革开放而重振雄风。在第二章《草鞋谣》的末尾,他这样写:"喜当今!喜当今!/顺搓反搓不再闻,日月未忘那谣音!大路宽宽通富强,路标亮亮照国人。先改革的先解困,快开放的快前进。当领导的前头引,做平民的腿有劲。/顺搓反搓不再闻,国人未忘那谣音!农田大包干,懒汉变勤人。市场系人心,人民执政本。有需就有供,黄土要长金。/顺搓反搓不再闻,山河未忘那谣音!国库撑新顶,衣食不稀珍。科技打头阵,国魂凝众心。日月刚赢温饱线,国人又向小康奔。"

我们的家乡、我们的祖国,是世界的重要组成部分。从这个角度说,我们的家乡风、我们的祖国风也是世界风。严元俭的眼睛里是映着地球的。你看第五十三章《唤清新》的后头这样写:"百姓政之根,自然人之本。只要根梢不倒置,地球便是幸福村。"在第八十七章《活过七十长不大》中,当人家问他为什么喜欢人家夸赞他时,他更是直抒胸臆:"因为有私心，地球是我家。远远大于七十亿的命运共同体嘞，要的是宜人宜物宜长久，离不开赞你赞我也赞他！"严诗有民族特色，严诗中的风有中国特色，有中国特色的风更是美我世界的风。

严诗里有暖人身心的春日之风

严元俭憨厚谦和，真诚亲和，情感丰富，容易与群众水水相融。这情景，在他的待人处事中处处可见，在他的诗文中一以贯之。

严元俭在刚当区委报道员时驻村蹲点，"蹲点十天超，进村狗不叫。蹲点一冬超，进村有至交。蹲点半年超，进村人竞邀"；甚至是"蹲点蹲入心，蹲得双干亲"。文山里大队党支部书记杨仁怀，无儿无女，年老卸任后，曾在大队蹲点的严元俭做了他的"老倪"（干儿子）。"有病我探望，缺钱我分薪""年年如此几十载，直到干娘干爸永安寝"。

在一般人看来，人总是喜欢与社会地位和名誉比自己高的人交朋友或结亲带故。严元俭却有情牵百姓、心系人民的大家风范，有同情弱者、援助残者、一心向善的风度。他结交"独腿农友黄家森"，新闻为媒，使他娶到心上人；热心助学，使他子女上学无忧；牵线搭桥，使他当上了工人。"从此每当春节近，家森拄杖上我门。次次少不去一壶酒，壶壶装着他一片心"。

作为记者，他更关注弱势群体的命运。1992年初的一股寒流，冻伤了浙江橘乡的柑橘树，橘农面临绝收，怎么自救？严元俭彻夜难眠，当想到高枝嫁接可以化危为机时，马上起床去找柑橘专家请教，得到肯定后立即发出独家新闻，在《浙江日报》一版登出。这是驱走寒流的春风啊！作者的大喜化成了诗："一念成真！一念成真！一轮红日照橘林，那千千万万新梢哟，新芽粒粒赶新春。/一念成真！一念成真！甘霖几场洒橘林，那鲜鲜劲劲新枝哟，新花雪雪竞新芬。/一念成真！一念成真！秋风阵阵过橘林，那坳坳坡坡新树哟，新香累累迎新人。/记者一个念头，成了新闻源头，舒了橘农眉头，香了橘乡枝头。"

贫困人家、留守儿童、残疾人员、孤寡老人、找工青年等，是严元俭当年采写新闻的热点，也是严诗中常常出现的人群。

附诗评一：国风润润史诗出

严诗中有发自大地的原真之风

新闻报道要写新近发生和正在发生，或新发现有价值的事实。被誉为"史诗""诗史"的严元俭诗自传，最显著的风格特点就是真实。

第三十一章《重上地山岗》中有这么一段诗："就在这里啊，工地只只大喇叭，从晨到晚叫喳喳：样板戏红红反复唱，英豪言亮亮震山洼；亲见亲闻热烙烙，好人好事顶呱呱。/就在这里啊，骑车过坞过山过土塍，张眼访田访路访繁星。那一天半路义祥刹线断，呼呼响飞车失控下山岭。吓死人呀更庆幸：长长路上无人行，车上高坡终自停。"说的就是我与严元俭亲身经历的事。我与严元俭同是县广播站驻区报道员。1977年9月，我俩被派到"地山岗治山治水大会战"指挥部建工地广播站，既当记者到工地采访，又要录制领导干部讲话和先进人物发言，有时还要替播音员值机，早晚播放军号，播送工地新闻和样板戏，为奋战在工地的民工鼓劲加油。一次，我俩骑自行车到工地采访，下长长的陡坡时，我绷紧的自行车刹闸引线突然崩断，失控的自行车直冲而下。幸好路上无行人，有惊无险，至今想起还有点后怕。

严元俭出生在农民家庭，我是铁路工人家庭出身的杭州知青，两人出身不同，但也有许多感同身受的地方。诗自传第三章《路答》中有一段描写，若不是亲身经历过是根本臆想不出来的："走啊走，没防暗地有石突，一下踢着脚指头。啊，草鞋红处血微流。/撕片破衣做绷带，撮些烟草敷伤口。五叔帮我包扎好，教我路该这样走：/上岭步抬高，不踢脚指头；下坡步放低，不会跌跟斗；平路头前伸，步轻劲久久……"寥寥几笔，使严元俭叔侄黑夜走山路赶墟的情景跃然纸上。这不禁使我想起刚下放农村，初次进山的情形。我也是走山路时踢破了脚指头，是同道大叔用烟草为我敷的伤口，教我走山路要注意。惊人相似，如出一辙。由此可见，整部诗自传就是由这么一个一个真实故事凝结而成的史诗。

严元俭的诗，处处都有原真之美。如在《对虫哭》中，他这样写催芽育秧："种籽没烂胚，社员笑微微。春风暖暖田头过，摇我秧苗扬我眉。""种籽多烂胚，社员笑颜褪。冰雹乱乱田头过，断我秧针刺我肺。"

再如在《寻乱源》中,他这样写"稿响大中国,人奔小角落"的"秘诀":"一果多因说不清,领头一窍君且听:滴水映天光,粒泥蕴地性;脚下泥巴踩个透,家乡地气通国情。/藏心更有一机密,十用七灵君可记:若往北京把稿寄,先封自己当'总理';'总理'若赞一声好,你就不曾白费力。"如此具有原真之美的金句,光靠几十天的所谓深入生活是不可能写得出来的,只有当过催芽育秧员的严元俭才写得出前者,只有当过多年记者的严元俭才悟得出后者。

严元俭沉稳睿智,着装简朴,成了高级记者,仍谦卑为人。文如其人,他的诗文也是朴实无华、平淡质朴的,善于运用群众语言,散发着一种特有的"泥土的芳香"。

严诗中有斗邪驱鬼的刚正之风

敢怒敢言,忧国忧民,不趋炎附势,不向权贵献媚取宠,这是严元俭傲视世事的铮铮风骨。

党的十一届三中全会作出了把工作重心转移到经济建设上来和实行改革开放的伟大决策。安徽小岗村农民实行粮田"大包干",开了农村改革先河。当时江山未推广,大桥公社文山底大队瓦窑队"分地到家种饲料,饲料一多猪就多",严元俭写报道上广播,惹得"公社书记点名批判严元俭把谣造"。严元俭不理会,"带恨采新再报道"。采访"王村有队包干快,稻浪香风传社外",不怕"干部大都聋或哑",不怕吃剩饭菜、睡"尿湖"边,坚持"采风日日到乡间"。敢于逆风前行,不怕艰难,严元俭具有草根记者的风范。

1986年9月,浙闽边界"忽忽收猪战,愤愤谁喊冤"。严元俭写稿反垄断,新闻在《浙江日报》《人民日报》登出,引起一些国营收购部门的谴责:"几条黄刺鱼,搅浑水一渠;一名傻记者,乱我棋一局。/堂堂国企怎能欺!堂堂国企怎能欺!证'假'调查印数份,公章盖印红兮兮。洋洋千语澄'真相',省里京中各报寄。"是盖有级级公章的调查材料真实,还是农民的冤屈真实?严元俭再次到一家一家养猪户中收集证据。最终是"你盖公章红艳艳,我集指印呈纹理。证真材料寄出去,平地风波从此息"。

一旦发现某些部门单位违背党的宗旨坑了民，他也敢于发声。农村实施大包干几年后，有些部门单位看见农民钱兜里多了几张小票，就禁不住流涎水、乱收费。面对这一坑民邪风，他写道："唉，人挑稻草偏逢雨，点点滴滴人渐低。雨重人低谁看见？衢州一记泪湿衣。""农友们钱袋与心灵难承受，深夜里我无声笔泪纸上流。且把那农友声声减负盼，喊响在党媒一版最前头。"结果，"农友的呼声哟好官的圣旨，调研的脚步呐探到了源头，禁令适时哉响遍衢州：谁再乱掏农友兜，即挥利剑斩黑手。/少了掏钱的恶手，护了农友的钱兜。减负即扶贫啊，锤和镰又带农友翻越了一山头！"

严元俭坚守正道，讲真话、讲实话，针砭时弊，敢于亮剑。他到了哪里，哪里就会多一些让百姓称道的刚正之风。他的铮铮风骨、坦坦风度，一一在诗中凸显，得到了张扬与展示。

严诗是应时而生的当代国风

刚读到《我的时代我的风》时，我眼睛一亮，这不就是大文学家胡适说的那种诗吗？"不拘格律，不拘平仄，不拘长短；有什么题目，作什么诗；诗该怎么作，就怎么作"[1]。（摘自胡适《谈新诗》）。但又想，胡适提此已有一百年，百年间，为什么读者爱看的新诗还很少呢？当年胡适自己这样写《尝试集》，没什么好评；严元俭这样写《我的时代我的风》和《心迹》，却赢得了众多赞赏，这怎么解释？

我想起了毛泽东写给陈毅的信中有几句谈诗的话："用白话写诗，几十年来，迄无成功。民歌中倒是有一些好的。将来趋势，很可能从民歌中吸引养料和形式，发展成为一套吸引广大读者的新体诗歌。"[2]严诗，正是这套吸引广大读者的新体诗歌中的经典之作，所以才引来好评如潮，赞声不断。早在20世纪70年代中叶我俩共事时，我就经常看到严元俭研读平平仄仄的古诗词到深夜，致使诗自传有时也汲取了不少传统诗歌中

---

[1] 游兴中、黄代燮：《中外诗学大辞典》，四川辞书出版社2021年版，第731页。
[2] 中央文献研究室编：《毛泽东书信选集》，中央文献出版社2003年版，第572页。

的经典佳句的营养，如第十八章《杆测心》中的"水戏天边云，荷香池埂人""山草半枯焦"等诗句。但严诗更多的是向民歌学习，当然包括民谣、民谚、民间段子、民间顺口溜、民间打油诗等，也包括手机里传来传去的民间诗。凡是老百姓爱听爱唱爱传的，他都学习、借鉴。电影院放民歌剧《刘三姐》，他连看三场，第三场带了采访本，速记加盲记，把唱词全记下来，反复品味。在民间，善于写诗的人比较少，但乐于享受诗歌的人极多，喜欢评论诗歌的人也不缺。严元俭写出来的诗，请他们品尝，他们说好，就留下；他们说不好，就改。这样一来，严诗又汲取了许多民间享诗者、评诗者的智慧，诗体诗魂诗味就更像民歌了。或许就是这一原因吧，有不少读者说严诗是"当代诗经"，赞美严诗的民歌味浓，群众语言多。有了这"一浓一多"，诗作的原真之美也就随之亮了许多。我们知道，《诗经》的代表作是《国风》，而《国风》就是古时的民歌选集。

　　严诗也确实如此，很像精彩的民间创作。你看，他讽刺吃喝风的《吃楼谣》："三顿吃头牛，半年吃栋楼。/吃牛的，牛角扎；吃楼的，楼基塌。"前一联写当前，让人痛心；后一联写预后，让人惊醒。这样的民谣，思想性、艺术性之佳，是不言自明的。再看，他叙述地方自设关卡阻碍生猪跨省买卖的情景："拦猪的吃肉不养猪，养猪的卖猪像偷猪。关拦道道隔官民啊，官吃力来民喊苦。"这是把民间顺口溜点化而成的诗句。有人评论，到目前为止，这几句诗是他看到的反映计划经济弊端的最生动、最典型的表述。接着看，他的《底线歌》："缸有底，贮我米；箱有底，叠我衣。桶底不漏挑我水，池底不渗鱼虾嬉。/河床不泄呐流万里，大地不塌哟千峰立。底线在心头，做人有浩气！"这是啥诗？不是活脱脱的当代《国风》吗？

　　看来，具有民间歌谣味道的严诗，或许就是胡适想要的新诗之一。这样的新诗，读起来轻松顺口，想一想余味袅袅，更容易被快节奏生活的当代人所接受。

　　《我的时代我的风》约有17000行，有人把它称为"当代中国的《荷马史诗》"。全诗长而精，精而新，新而土，土而真，真而深，种种风味，很难详尽。它是满汉全席，每一碗都有其味道。即使诸多食者同品一碗，也会你有你的口感，他有他的舌觉。

　　华夏一方诗土地，国风润润春花开。严元俭的《我的时代我的风》，诗味无穷，史味无穷，不愧是一朵史诗之花。

附诗评二：
美丽蜕变*
◎吴拯修

一

浙江新闻客户端连载《我的时代我的风》。作者严元俭，这个名字似有印象。过去在浏览省报标题的时候，看到有关家乡江山或者衢州的新闻，目光自然会有多一分的停留，顺带看看文后的署名，经常出现"元俭"这个名字。

一章又一章，用诗来写自传？这颇有点剑走偏锋的意思。会不会是作者的一个噱头呢？我边看电视边读诗。渐渐地，我发现自己误判了；读到第二章，我告诉自己，作者是一个需要认真对待的家伙。终于，我关了电视，开始专注地读诗。且看且惊异，且看且敬佩，直至最后一页。

这个从小饿饭的山里娃，一开始，就对九岁那年的大折腾刻骨铭心："狗躁跳墙高，官急出损招：民兵派几个，逐户找锅刀。""稻禾见穗齐，来个大迁徙，十亩并一亩，株株要带泥。"后来是，"家中无粒米，肚饿

---

* 此文载于2020年9月24日浙江新闻客户端。作者系江山市人，历任浙江省金华市商业局局长、外经贸局局长、贸促会会长等。

谁来医？""野菜成珍稀，村人遍野觅。"这些令人印象深刻的诗句，强烈地撞击着我的神经。尖锐的语言，来自深刻的灾难经历；明白如话的诗句，跳广场舞的大妈都能看懂，颇有白乐天之遗韵与李季《王贵与李香香》之诗风。

是天将降大任于斯人吗？命运偏要处处和他作对，人生的转机被迫频频丢失。

公社办起耕读班，忙时种田闲读书，这正合他的家境，学校又碰巧就在家附近，失学的元俭兴冲冲去报名，学校说要两元钱。母亲为难了半个月，"月晦开学到月圆，母亲给我一元钱：'……可读咱就读，不可种咱田。'"总算运气还好，"碰上学生招不满，老师接下我的钱"。但是，"书本未读全，'文革'战火燃"。同学一致选他当代表进京。儿子要进京，忙坏好母亲："油灯如豆光萤萤，娘做新鞋一针针。""美美新鞋刚结针，乌鸦忽噪惊悚音""你那外公是地主，有谁敢把你推送？"他的"京华梦"破灭了。

"十八年正轻，我想去当兵。"那时候当兵几乎是农村娃改变命运的唯一出路。榜上无名，武装部长说他扁桃体发炎。借钱、进院，到金华割了扁桃体，好一阵折腾，还是过不了关。领导向他说了实话："政审一关通不过，外公地主咋当兵？部长怕我把心伤，故意隐真推小病。"他的"兵愿"毁灭了。

好不容易得了个"泥饭碗"，到粮站助征做临时工，"付货保洁又库管，一人顶两人"。本想好好表现混个好出路，但是，一天政治学习刚结束，"书记忽然拉下脸"："一支啥子歌，近日在传播：'起身比日早，工资领得少；白日赖床吙，工资领得多。'/歌句是谁编？据说是小严，小严你想干什么？在此谈谈看。"小严哪里经得起书记的问，自然凶多吉少，结果是，"月满领了薪，我们送送你"。临时工不堪一击，"就要把家归"。编顺口溜是要付出代价的，"泥饭碗"被砸粉了。（据此而言，小严写诗是有点天赋的。若干年后，他把这个天赋发挥到极致，他的白话诗集《心迹》在诗界一炮走红，应属其来有自。）

后来，命运终于有了转机。那年生产队要设报道员，他主动请缨，如愿以偿搭上了宣传车。1974年，他进了县广播站，做了驻区报道员。

"'县站一痴笔',小名响全县。"他终于脱颖而出。又十年,他进了《浙江日报》衢州站当了站长,成了浙江日报社的一名记者。

一个贩履打柴的稻客樵夫,终于能摇笔敲键,以码字为生,而且还搞得风生水起、名雄一方,不能不说元俭是一个异数。

一旦被时代选择,他便锲而不舍、竭尽全力。"脚下泥巴踩个透,家乡地气通国情。"他爱跑新闻第一线,发现新闻、采访新闻、撰写新闻,新闻生涯为他的生活注入了蓬勃的生命力。发现之美、采写之乐、见报之福,成为他生命的璀璨华章。

一个农民,一个山区农民,一个小学毕业的山区农民;一个记者,一个高级记者,一个频频得奖的高级记者;从此岸到彼岸,光年的距离,终于被他跨越,用了近半个世纪。

他与共和国同年,与时代同行。在这部诗自传中,他复制下他的一个又一个脚印,用历史的节点组成时代的轨迹。

他的新闻生涯赶上了改革开放的好时代。写过的每一条新闻,他都历历在目,如数家珍。

他是改革的报喜鸟。"我一年报喜百余篇","一九八一年,乡亲喜悦年。农民喜悦我喜悦,三中全会喜之源"。这一年,他歌颂党的十一届三中全会带来的农村新变化,《山区农民的笑声》被评为浙江省好新闻,《"老倒挂"变成找归户》和《穷大嫂穿上新涤卡》被评为地区好新闻。

他是农民的感受器。农村改革搞联产承包试点,摸着石头过河。他有一颗敏感的心,从农民不向承包田施放基肥的行为中,敏锐地觉察到土地制度改革不应是权宜之计,"包期一短行为短","黑土向黄变"。当时许多人的思想还在禁锢中,他冒着巨大的政治风险,发出了"联产要长联"的"中国第一声":"联产要长联,种田要养田。笔写我心处处寄,《中国农民报》来信照登天下传。"1984年初,"延长联产承包责任制"的决定上了中央一号文件。他的新闻稿两年前就踩在了过河的第一块石头上。

他也是改革的积极参与者。城市经济体制改革大潮刚刚兴起,他立刻投身到报道第一线。"直奔县委办公楼,汇报书记吴海松",建议书记公开支持何清源,推动江山的企业改革。报道何清源搞改革的新闻,"《浙江日报》头版登头条,《经济日报》通讯分量重"。

附诗评二：美丽蜕变

他是一只时代的"春江鸭"。举凡乡镇企业崛起、农村商品流通体制改革、国有商业改革、环境保护、生态保护、治理"三废"、农业税改革、保护钱江源、食品安全、农村留守娃、山海协作等关乎国计民生之事，他总在第一时间反映时代的冷暖。

因为他本来就是一个农民。他在农民中，就像水与水在一起。由语境深入到情境，他的心永远系于农民。他为改革呐喊，为广大农民发声。"想当年，哪根舌头不舔碗？哪个碗里不照脸？吃饱了莫忘饿时苦啊，手中那个碗，永驻民心田！"民以食为天，这句老话文化人都会说，但如果不是亲感身受，是断然说不出"舔碗""照脸"这样的话的。

他爱家乡，爱家乡的一切。那块田："亭亭乌桕树，立在棉田边。"那幢房："砖砌马头墙，瓦鳞映暖阳。"那座山："青猴玩紫果，黄翅戏白朵。"那汪水："鱼虾游浅底，畜禽唱小溪。"那头猪、那碗茶、那只蜂……他用他的笔，演绎着伟大变迁。在他的笔下，家乡的山山水水、一草一木忽然有了鲜活的生命，显示了他对现实主义诗歌创作把握的能力。

在严元俭的新闻稿中，生活的感受十分明显。这是一个新闻记者在漫长的旅途中的感受。这部诗自传，是他生活的总结，是他与人民群众忧喜与共的情感表露，是他对新闻事业最深沉和最富有诗意的爱恋。

当年《人民日报》《浙江日报》都想要他，家乡江山也留他。他最终去了《浙江日报》衢州记者站。"家乡的风雨家乡的事，昨日的新闻今日的史。家乡史，为它洒汗已十年，续到头白是我志。""写出传世稿"是他的终极追求。

元俭在一个地方当记者，方方面面都自己动笔采写，一个地方的真实变化都记录在他的新闻作品中。为历史存真相，为时代立存照，是元俭新闻稿（包括因故未发的）的传世价值。

二

"我退休后，要干一件自己很想干的事情！"

对于大多数人来说，职场的事业做得再好，都是为了谋生，退休之后的任性选择才是自己的最爱。有那被书记请问想干什么的顺口溜在前，他的余年走向诗歌，应该顺理成章。

于是，便有了严元俭诗集《心迹》的横空出世，中国现代诗便增添了一座奇峰。

《心迹》甫一发行便好评如潮，在诗歌式微、纸质书衰败的今天，居然连印8次，发行数达2.2万册，被出版界视为奇迹，也在情理之中。

我与作者至今尚未谋面，熟悉他的人都说他朴实、真诚。他的诗，同他的人一样朴实；他的诗，同他的人一样真诚。

《心迹》出版已经十余年，至今仍耐看，在于作者的文字发生了美好的蜕变。作者从撰写新闻报道转向诗歌，通过一段时期的茧封而升华，他的文字发生了形或质的改变。但改变的是文化形式，不变的是农民情怀。

30年记者的文字训练造就了今天的诗歌，今天的诗歌为当年的辉煌锦上添花。

有了30年的文字打底，才会有今天这样的诗句："只有出门不怕暗，方可归路有光明。""世上光明贵似金，最惜当属夜行人。"（《心迹·摸黑赶路》）"挑担往家赶，突然发奇想：明天米价朝下跌，柴价嗖嗖往上涨……"（《心迹·柴刀伤手》）"平常跟你手拉手，运动一来变怨仇。"（《心迹·浑水路》）"灶叠三块砖，火煮两勺泉。客带一张口，桌留五角钱。"（《心迹·古镇小茶馆》）……

有了这些灵光闪烁的诗句，有了"身历眼见心之歌，一一无拘出胸间"的《心迹》，有了这本诗自传，他就不再是个记者，而是诗人，真正的诗人，一个心贴黄土地的农民诗人。

"世有奇诗须汝写，天降大任与人担。"（聂绀弩《有赠四首其二》）奇诗就是大任，大任就是写出奇诗，有了这份自觉，虽已年过古稀，他仍追索不停，屡改屡删，苦苦寻找语之神，朗朗抒发心之歌。

末了，容我仿学严氏诗体作一段结语：

少作顺口溜，后创传世语；

一朝茧破蝶，奇诗飞寰宇。

附诗评三：
讴歌大地上的真实生活*

◎余怀根

严元俭的自传体纪实长诗《我的时代我的风》，以前我看过征求意见稿，最近又看了浙江新闻客户端连载的内容，一读再读，深深觉得这是一部讴歌大地上真实生活的好诗。

这部诗的文字气息温润而绵长，意境清新而冷峻。在他的笔下，城乡的面貌、消逝的旧物与人事、过去农业生产方式与现代文明的冲撞，一一得以复原。他以一个记者的眼光，在大格局大视野的激荡之下，记录和议论那些自己经历过的事。

这些文字有一种洞穿岁月云淡风轻的美，又有一种浸染人世烟火的活泼生动。"日染云红柔，山牵路小陡。茫茫荒野长天下，小脚跟着大脚走。/走啊走，没防暗地有石突，一下踢着脚指头。啊，草鞋红处血微流。/撕片破衣做绷带，撮些烟草敷伤口。五叔帮我包扎好，教我路该这样走/上岭步抬高，不踢脚指头；下坡步放低，不会跌跟斗；平路头前伸，步轻劲久久……/前辈在前我在后，声声话语记心头：不怕年龄太小脚儿嫩，只怕父母宠儿路少走；不怕明里暗中石子多，只怕忘了教训血白流；不怕路途

---

* 此稿载于2020年9月26日浙江新闻客户端。作者系浙江省龙游县人，原《龙游报》总编。

坎坷跌跟斗，只怕跌破胆儿脚滞留。"寥寥几笔，可看到作者童年的影子，一对叔侄一同走路的心酸悲喜之感受、之趣味跃然纸上。

一个好的诗人，一定得有一颗世俗心，同时兼具一种灵魂的追寻。所谓的好，就是要从俗世中来，到灵魂里去；所谓的文雅和美感，即来自灵魂对俗世的觉悟。严元俭的诗就具备这样的特性。他写时光对生活的击打，写命运对自己的冲击，在苦难无望而又无处倾诉的岁月，把希望寄托在个人的苦斗上。他笔下的砍柴、做割稻客、修渠道、征粮等情节，使他看到生活里的一线生机。这种底层人的挣扎、叹息和无奈，具有那个时代的共性。所有真情的、善意的、充满乡土气息的诗句，从笔底透出慈悲，可暂缓命运的打击。这是给在困境中的人一剂治愈生活伤口的膏药，在徘徊中暂缓伤痛。

其实，个人的命运是与时代的命运和民族的命运紧密相连的。伟大的改革也改变了诗人的处境。诗人本身是记者，他依托职业的优势，冷静审视三衢大地掀起的波澜壮阔的改革开放大潮，捕捉新人新事，记录所见所闻，讴歌时代风云，引领社会进步。他写带头分田包干的生产队长，写投资买农机办家庭农场的农夫，农民开始过上好日子。他写企业改革者，在全国引起轰动。在20世纪他就发出了治理空气污染的呐喊。在《难忘那一跪》中他写："请起来吧大嫂，你那欠粮我会缴！请关仓吧兄弟，这户欠粮我会缴！崔成志呀，掏了自己的腰包。"面对农民的无奈无助，他唯有祈愿，让人看到他文字背后敏锐而又悲悯的情怀。

严元俭的诗写得很长，但章章诗语鲜活，诗意盎然，金句屡出。他写父母亲，写妻子，写儿子，情深深，意切切，让人潸然泪下。

文辞朴白韵味悠长，情感节制而隐忍，是这部长诗显著的特点。文中有这样的句子："我的时代呀，我没有辜负你！我甩开膀子追着你，我洒下汗珠滋养你，我劲冒一芽丰富你，我奉出生命创新你。"这是一幅动与静，有烟火、有声有色的生活画卷。

严元俭始终关注着时代的变迁，记下那些被时间收纳和消逝的事物。它们的退隐是新旧的更迭与替换，是生活的融入与接纳，是大地上的承接与延续。无论是收纳还是消逝，都是大地上曾经活跃和沸腾的真实生活，因为文字的记录而不会真正消逝。

附诗评四：
短短几句蕴乾坤*

◎庄月江

一

严元俭先生的新作《我的时代我的风》在浙江新闻客户端连载，读后感慨良多。

《我的时代我的风》是一部"诗自传"，整整写了九年，一改再改，洋洋洒洒约17000行，可谓中外诗坛之奇观。

很难全面评说《我的时代我的风》这部诗自传，但我看了第二章《草鞋谣》，就喜欢上这部长诗了。我全都看完，未漏一行，有的诗句还重看一两次。我觉得，《我的时代我的风》不仅仅是作者个人从一个只有小学文化程度的农民蜕变成为《浙江日报》高级记者的奋斗历程，还是作者的家乡、作者的祖国自新中国成立以来70年间社会变迁的时代记录，是衢州和浙江乃至整个国家的改革史和社会发展史。因此，在我的眼里，《我的时代我的风》是一部亲历者吟唱的真实史诗。

---

* 此稿载于2020年9月28日浙江新闻客户端。作者系浙江省海宁人，《衢州日报》原副总编。

诗纪实。作者不仅写社会的成就、时代的赞歌，亦写社会的弊病、时代的悲哀。这一点，《我的时代我的风》做到了。作者另辟蹊径，议论自己所见所历、所采所写的事件，有褒有贬，态度鲜明。例如，"你大路把关我走小路，你白天设卡我夜摸步。拦猪的吃肉不养猪，养猪的卖猪像偷猪。关拦道道隔官民啊，官吃力来民喊苦。"（《那头猪》）6行诗句，既写出了计划经济时代政府与农民争利的事实，又同情执行政策的官员之无奈；而"拦猪的吃肉不养猪，养猪的卖猪像偷猪"两句，堪称逝去了的特殊年代的经典之语。仍以《那头猪》为例，在"从开放计划外的生猪市场，到放开生猪市场的全部"之后，农户家家养猪，专家指导养猪，官员帮助卖猪，猪场环保养猪，猪粪综合利用……一件件，一桩桩，都成了作者笔下的赞歌。全书八十八章，几乎每一章节中都有金句。有趣的是，其中有11章的题目，都是以"那"开头：《那兴工路》《那城风景》《那宝器》《那块田》《那幢房》《那座山》《那汪水》《那墟场》《那头猪》《那碗茶》《那只蜂》，一连11个排比，用得非常之好，将作者家乡改革开放后经济发展的曲折之路，以及能人辈出、村容市容焕然一新、百姓致富的情形，用诗的语言，娓娓道来。汇成了诗者家乡政治、经济、文化、社会的发展史。

二

既是"诗自传"，作者必然会将自己一生的脉络告诉读者："小学毕业离校园，种地砍柴十几年；放下刀锄拿起笔，煤油灯下犁诗田。跳出农门写新闻，一干已过三十年；偶尔写段顺口溜，累积也有若干篇。始自农夫奋和怨，继为记者感与言；身历眼见心之歌，一一无拘出胸间……"《心迹·心迹顺口溜（序歌）》

看这12行诗，便了解了作者的生平：当了十多年农民，做了三十多年记者（其中7年是自带粮米的"编外记者"）。虽然作者只小学毕业，却从小喜欢写诗，而且是有感而发。虽然那时候作者还不知道"诗言志"或"歌诗合为事而作"的道理，但他年少时写的顺口溜，都是"身历眼见心之歌"。他曾经是乡里粮站最勤劳的一个临时工，"全所十多人，我最佩服这个娃。干粗事可将粮袋扛，做细活能把算珠打，对上官不捧也不拍，对弱者不欺更不压。"但是，就因为这个最勤劳的临时工吟过一首《新民谣》："起身比日早，工资领得少；白日赖床吹，工资领得多。"便被解雇了。领导说他："你个糊涂蛋，错了还狡辩！幸好你是一农民，不能篡党又夺权。若是文人或是官，做出这事捅了天！"对于领导同志而言，殷鉴犹在，1957年五六十万"文人或是官"被打成右派，不少群众以言获罪，不都是祸从口出吗？"幸好你是一农民"，领导同志讲得不错，回家去捧"泥饭碗"已经是不幸中之大幸了。

贫苦出身的作者从小好胜，农活样样会干，砍柴、种田、开水渠、修水库、挑石头、掏粪缸，当植保员、当小队委，农事样样都懂，样样都行，样样都精；他还到穷队蹲点，帮助穷队改变面貌；他还组织小青年学习理论，"论的都是锄头理，能把身边生产联。不干邪的干正的，天天苦干在田间"。正因为有了这样的历练与底气，当记者之后，作者"跑新闻"熟门熟路，一扎到底，好稿迭出。请注意"跑新闻"中的"跑"。新闻界有句俗语："脚底板下出新闻。"就是说，好新闻是跑出来的。不管是当没有户粮关系的"两栖牛"——区报道员和县广播站的"草根记者"，还是当成为国家干部的江山县委报道组组长和浙江日报社驻衢州记者站站长，在衢州新闻界乃至全省报界，严元俭都赫赫有名，在全国报界也小有名气。他发表在市报、省报、行业报和央报上的不少稿件，都起到过指导当地和全国有关行业、部门工作的作用，都促进过当地和全国有关行业、部门的改革。

三

从开头的《新生命》《草鞋谣》《樵儿奋》到《特招工》《校联趣》，再到快收尾的《老婆歌》《炼儿谱》和《草鞋新谣》，八十八篇诗章，全都是传主亲历亲为之事。不过，其中的"我"，既是"小我"，又是"大我"，与时代、与社会难以分开。

我特别欣赏《草鞋谣》，这章诗重现了1958年全民炼钢铁、吃饭不要钱、庄稼无人收、大树被砍光、最后大饥荒的荒唐岁月。这《草鞋谣》，"唱了多少代？慈母头摇摇"。但"母亲不晓天知晓！听到这歌谣，日伤月不照，云涌风悲号。/母亲不晓地知晓！听到这歌谣，山石默笃笃，溪水泪滔滔！"他写《草鞋谣》，并不是为《草鞋谣》而写《草鞋谣》，而是通过母亲的《草鞋谣》这一意象，告诉读者，唱《草鞋谣》的生活是"泪滔滔"的生活。在万恶的旧社会，人民当牛做马，得不到温饱盼温饱，谣声在"泪滔滔"中数千年不绝。历史告诫我们，在新社会，若弄得不好，母亲还是会唱《草鞋谣》。刻骨铭心的教训，化作谣声是警钟！

令人欣慰的是，人们没有忘记那刻骨铭心的教训。"廿年后改革春风进小村，小村里顺搓反搓不再闻。/顺搓反搓不再闻，日月难忘那谣音！一坛蜂蜜酒，几亿醉醺醺。当官僚的瞎指挥，做民众的失恒心。/顺搓反搓不再闻，国人难忘那谣音！吃喝不要钱，懒汉满乡村。搞生产的'大呼隆'，讲谎言的"大跃进"。/顺搓反搓不再闻，山河难忘那谣音！蛛网生大库，常物变稀珍。多少人啊，遮羞少衣襟，充饥学畜禽。"

更令人高兴的是："喜当今！喜当今！顺搓反搓不再闻，日月未忘那谣音！大路宽宽通富强，路标亮亮照国人。先改革的先解困，快开放的快前进。当领导的前头引，做平民的腿有劲。/顺搓反搓不再闻，国人未忘那谣音！农田大包干，懒汉变勤人。市场系人心，人民执政本。有需就有供，黄土要长金。/顺搓反搓不再闻，山河未忘那谣音！国库撑新顶，衣食不稀珍。科技打头阵，国魂凝众心。日月刚赢温饱线，国人又向小康奔。"

四

读严元俭的诗，是一种新和美的享受。严元俭的诗新，新在他的诗是"这一个"，是他走过的道路的再现，告诉读者他的身世和许许多多新闻故事，让读者从他的诗歌中认识了他的家人、他的农民朋友、他的采访对象；从他的诗里，看到了他家乡的变化、衢州的变化，乃至整个国家改革开放40多年天翻地覆的变化。

我之所以说严元俭这部长诗"短短几句蕴乾坤"，正是因为组成这部长诗的无数"短短几句"，大多蕴含着社会的变化、时代的风云。例如，写城市化的《那城风景》中的"入城潮"：姑娘找对象要进城，青壮年赚钱要进城，孩子读书要进城……写老人进城是："谁说叶落归根土不离？莫道人衰骨老家难弃！乡村多少老人家哟，也要住城里。/东村牛崽六十几，为哪个锁门把故土离？媳妇二胎顺，带孙跃跃喜。/西村羊崽七十几，为哪个锁门把故土离？心脏不听话，随儿便就医。/南村狗崽八十几，为哪个锁门把故土离？儿孙换大房，三代乐一起。/北村鸡崽九十几，为哪个锁门把故土离？腿脚不灵便，儿孙推轮椅。/亲亲的风啊，把一叶叶晚霞吹到城里。风愿意！叶欢喜！"男女老幼"向县城挺进！向府城挺进！向省城挺进！向京城挺进……涓涓乡下水呐涌涌入城人，时代汹汹潮哟潮潮百姓心"。紧接着"入城潮"的是"造城势""美城风"。用一章篇幅将城市化写得井井有条，淋漓尽致，美不可言，我还没有看到过这样的诗。

严元俭的诗美，美在他的诗是"这一个"，以他从小喜欢的顺口的民歌民谣为主调，汲取了唐诗宋词元曲和古代辞赋的营养。有些章句，读起来有《木兰辞》和"三吏三别"的韵味。

对于写诗，严元俭有自己的准则："天音地音人音，可飞进许多许多的读者心。铜贵银贵金贵，贵不过稀缺稀缺的读光阴。/你听你听，'离离原上草'生我盼荣春，'更上一层楼'激我上进心；'明月松间照'引我爱自然，'留取丹心照汗青'啊健我爱国魂……""诗者本无种，寒门也产雄。读者没来哟莫怪人家不识货，"铁粉"不见呐只愁作品少魅风。我诗人不看，只恨己缺功！""我诗出我手，字字行行心感受。生活若写错，感受断源流。欲检验农村生活真与否，瞒不了泥里长大众明眸。欲让拙诗接地气，就得紧紧贴近大地母亲热胸口！"诚如作者所说，他以他的诗句言自己之志，他以他的诗句对社会发声，他以他的诗句与读者诚信交流，他以他的诗句形成了自己的诗风。愿以诗成。《我的时代我的风》一定会受读者欢迎。

附诗评五：
"草根"的史诗*
◎徐勤

浙江新闻客户端连载严元俭的诗自传《我的时代我的风》，让读者尝了90天诗歌美餐。我尝后品味，严元俭是一位非常勤奋非常努力的人，作为一名小学毕业就不得不告别校园的农民，全凭他的努力、他的奋斗，一步步走来，成为《浙江日报》一位优秀的高级记者，一个脱颖而出的诗人，这部诗自传就是他几十年奋斗历程的忠实记录。

农民的儿子严元俭，一来到这个世界，"贫穷"两个字就如影随形，陪伴他走过了童年、少年、青年。他的家乡人多地少，自然条件恶劣，生活更加艰难，他也承受了更多的磨难，一家人一年到头辛勤劳作就是为了能吃饱饭，然而就是这么一个目标都是那么遥不可及。本该无忧无虑的少年，却过早地品尝了生活的艰辛；本该拿书握笔的手，过早地拿起了镰刀锄头；本该背书包的稚嫩肩膀，却压上了难以承受的扁担柴冲；虽然强烈地渴望课堂，却不得不走向田野山岗。但艰辛并没有击倒他，他与命运抗争，他一直在努力，这些在《我的时代我的风》中都有真实的再现。穷人的孩子早当家，还是小小少年，就为父母分忧、为家庭分

---

* 此稿载于2020年9月30日浙江新闻客户端。作者系浙江省江山市人，《衢州日报》高级编辑。

担。年仅11岁，他就跟着同村的大人把母亲打好的草鞋挑到30里路外的墟市去叫卖："后头跟个小儿郎，篮担草鞋廿几双。爬坡过坎三十里，露背敞胸汗打裳。/这个小儿郎就是我呀，十一岁草鞋穿在赤脚上。横一道竖一道的血印子，那是系鞋麻索给的赏。"更艰苦的是上山砍柴。严元俭生活在黄土丘陵，因过度砍伐，早就光秃秃的，要砍柴必须到数十里外的山里："寒冬跟爸上高岗，走进樵夫老课堂。祖祖孙孙难毕业呐，担山起步课，樵子最难忘。/半夜起床出被窝，菜鲜饭热好清香。门开风入身一抖，'担抵'碰刀响当当。/出门借月光，月落借星光，急走三十里，上山砍太阳。"砍柴是重体力活，砍柴已经很累了，还得把砍下的柴挑回家，"牙牙咬紧咯声苦，步步向前汗雨泣。此时此刻啊，心里才服一个理：远路无轻担，少年缺耐力。"为了挣点长身饭，他13岁就和同村的大人外出当"割稻客"。面对种种成年人都难以承受的磨难，他没有退缩，没有抱怨，只有努力，只有向前。年仅14岁，严元俭就参加生产队劳动。在那"吃大锅饭"的时代，大多数社员出工不出力，他却认定"人力如泉水，用了又会来""青山不吝泉，方有绿荫盖；做人不偷懒，才有好饭菜"，心甘情愿当个拼命干活的"傻子"。

青少年时期的严元俭历经坎坷，但他从不放弃希望，从不放弃努力，他为改变命运而奋斗。因为贫穷，他好不容易读到小学毕业，就不得不离开了校园。当年的农村青年上学之路走不通，还有一条重要的改变命运之路，那就是去当兵，但他因外公是地主，这条路也被彻底堵死。即使这样，他也没有怨天尤人放弃努力，他认定，不能上学不可怕，命运坎坷不可怕，最可怕的是失去努力的方向，失去奋斗的精神。他始终坚信知识能改变命运，虽然离开了校园，但他坚持学习学习再学习，努力努力再努力。被县广播站招聘后，他把采写课补了一年又一年。没想到金华地区广播系统以大学水平考查广播队伍，"一人一桌答试卷，名列前茅的竟是我严元俭。"

在艰苦的农村，他以笔为群添乐，他抒情借歌鼓劲："苦思冥想到深夜，试写一歌抒我情。嗨哉，一首《誓把贫穷面貌改》呀，台上音发台下静，曲终掌响如雷鸣。嘀哟，社头要那广播站，一日两播月不停。"生产队需要报道员，这是苦差事，"写对了没工分，写错了挨批判"，他

"不为工分不怕批,只求把笔练"。他写写写,没有功利,只为爱好,只为练本领。他写来写去,好处没捞到,反而惹祸端,曾因一首打油诗"起身比日早,工资领得少;白日赖床吹,工资领得多"而丢了粮站临时工的饭碗。即使如此,他也没有放弃努力。新型大学——广播电视大学一诞生,严元俭紧紧抓住这一系统学习的好机会,马上报名成为一名电大生,从而更快地改变了自己的命运。

奋斗总会有回报,因为不懈的努力,他那曾被编辑批为"眉目不清,不知说些什么东西"的新闻稿,越来越多地出现在县广播站广播新闻中,出现在省级党报版面上。一个没上过几年学的泥腿子,一步步走进县广播站,走进县委报道组,走进浙江日报社,一步一个脚印,虽然走得很艰难,但走得很扎实。成为记者后,严元俭的努力意志,严元俭的奋斗精神,一如既往,更从青少年时期的为吃饱饭而奋斗、为脱离草根而奋斗,升华为为祖国、为人民、为时代而奋斗。严元俭始终不忘自己从哪里来,更清楚走向何方,向着目标心无旁骛地前行。严元俭是幸运的,一成为记者就遇上了千载难逢的大变革——改革开放,作为从20世纪五六十年代走过来的人,他深刻地认识到改革开放的划时代意义。轰轰烈烈的改革开放造就了一个新闻工作者的黄金时代,严元俭以旺盛的创作热情投入工作,与这伟大的时代同频共振,与千千万万的草根同冷共暖,满怀激情地为这伟大的时代鼓与呼。记者严元俭始终站在时代的前沿,敏锐地捕捉着改革开放以来涌现的每一个新鲜事物,感受着身边的每一个变化,以一种强烈的使命感报道着这一切。走在前头有时是有点风险的。当年大桥公社文山底大队瓦窑生产队率先把旱地分给农户种饲料,荒地长"黄金","饲料一多猪就多",他采写的这一新闻在县广播站一播出,时任大桥公社书记就在三级干部大会上点名批判严元俭"造谣"。衢县是养猪大县,20世纪80年代中期还是国有食品站独家收购,有外地客商办了手续来到衢县九华乡,在乡广播站做广告要以每百斤高出食品站2元的价格收购生猪,食品站马上也在广播中提价,双方你加2元我就加3元地打起"收猪战"。外地客商实力有限,不得不放弃收购而离开,把外地客商挤走后,食品站却食言不肯提价了,因损害养猪农民利益引来一片骂声。深知农民养猪之辛苦的严元俭仗义为农民发声,把这场"收猪战"的新闻发到《浙江日报》《人民日报》。见报后，堂堂国企搞了洋洋数千言的所谓"收猪战真相"，说严写的是"假新闻"，盖上一级级的大印，寄往杭州寄往北京。严元俭没有被这些公章吓倒，而是再次到了九华乡，从一家家农民家中拿证据，为了证明报道的真实，更为了维护农民的利益，为了打破垄断还市场以公平。"农户卖猪受耍弄，民冤岂可不声张？""国家政策新规刚亮相，把那畜禽市场全开放。你不放开民不满，公平竞市民心畅。"走在前头有时还会遇到采访困难。刚实行大包干，被一次次政治运动搞得心有余悸的基层干部一下还看不准，不愿接受采访。严元俭下乡采访，公社干部一个个借口溜开，他就直接进村入组找农民，"采访回来月上天，但求公社夜能眠"。哪知道，没人理他，"官员个个进房睡，只剩'尿湖'做我伴"。虽一夜被成群的恶蚊叮得没睡成，但他第二天照样继续采访。

严元俭努力学习、勤于思考，总是行走在群众中，因此总能发现人所未见的"活鱼"。联产责任制刚推行时，大田一年一承包或一季一承包，天天跑农村的严元俭敏锐地发现这样做的弊端：许多农民有短期行为，对承包田进行掠夺性生产而不愿施有机肥，"黑土变黄土"。他捕捉到这一苗头，便迅速向上级媒体反映，1981年11月5日，就在《中国农民报》发表了"联产要长联，种田要养田"的来信，在全国性大报上发出了呼吁长期承包的全国第一声。1984年，延长联产承包责任制被写进中央一号文件。在全国上上下下大抓工业，"乡乡点火，镇镇冒烟"大力发展乡镇企业的80年代，严元俭就采写了《告别十年的新鲜空气重回莲塘村》，发表在1987年9月13日的《浙江日报》上。他认为："我们要长金的土地，我们要清新的空气，两头都不少，日月笑嘻嘻。"这在当时是多么超前！

严元俭始终奔跑在奋斗的路上，当记者努力为生民立命、为时代立言；退休了，要为时代写史诗。2011年，退休记者严元俭的第一本诗集《心迹》横空出世，2020年又出人意料地拿出了诗自传《我的时代我的风》。

每一个人的成长都是与时代紧紧相连的，因此，每一个人的历史都是时代的折射。一个民族的历史、一个国家的历史，既是伟人书写的，也是亿万草根书写的；时代的前进，是伟人推动的，也是亿万草根的努力奋斗推动的。可以说，每一位奋斗着的草根都是推动历史前进的英雄，草根奋斗的史诗也就是英雄史诗。

读严元俭的《我的时代我的风》，有一股史诗的味道。因为它用生动、深厚的事实再现了一个时代、一段历史。再深一步，这个时代、这段历史为什么会朝着这一方向发展呢？它更用生动、深厚的事实，再现了推动一个时代、一段历史前进的内在动力。

这推动一个时代、一段历史前进的内在动力是什么？从某一角度说，是英雄气。推动一个时代、一段历史前进的动力是多元的，英雄是各有特色的。只有英雄气与时代融为一体，才能成为英雄史诗。

自传是写实的，受事实局限，严元俭只有草根的英雄气。如以勤拗命的拗劲，在《樵儿奋》《小小割稻客》《力如泉》等章节有再现；如逆境中敢说真话的正气，在《坠深渊》《"保现行"》《动脉噎》等章节有再现；如持之以恒的学劲，在《推心墙》《读电大》等章节有再现；如以人错为己错，尽可能少犯错的警觉，在《交友经》《无形的根基》等章节有再现；如在老百姓受苦受难时敢为民呼的激情，在《"严元俭造谣"》《干部避记者》《发出中国第一声》等章节有再现；如为民服务的真心，在《英雄误》《难忘那一跪》《一念成真》《三壶酒》等章节有再现；如引领社会进步，在《草鞋谣》《那城风景》等章节有再现；如"趁有夕阳在，再攀一座山"的韧劲，在《追新趣》《再登一座山》《活过七十长不大》等章节有再现；等等。如果能把这些草根气发扬光大，这个时代就会变得更美好。

英雄气、史诗味是自然流露出来的。不是胸怀大局的人，不是与时代融为一体的人，很难写出英雄气、史诗味。若硬写，就像粘贴上去一样，内行一看就看出来了。严元俭这六七十年是与时代融为一体的，所以在他的自传中可以读出英雄气、史诗味。我们读过很多自传，但读不出有多少英雄气、史诗味，原因恐怕就在这里吧。

在这里再说一下"那系列"（《那兴工路》《那城风景》等11篇）。新闻人都知道，身处基层的记者要采写能引导社会进步的真新闻（非领导布置的工作性新闻）上大报，那是非常难的。有的人当了一辈子记者也没写过几条，个别的连一条也拿不出。而严元俭的"那系列"，几乎每一节（有的是每一段、每一行）都是当时他和合作者采写的新闻缩影，每个字都浸透了他的心血。这些新闻，当时是全省最早或全国最早的新闻，是引领性的新闻。若跟在人家后面，他们的稿子就很难见报。因为他们写的新闻实在太多，对其他地市造成太大压力，不是非登不可的真新闻，其他的几乎都没戏。因此，可以说"那系列"字字句句都含有草根记者的心血。如果没有总揽大局的气魄和能力，是发现不了这样的新闻的。作为一个草根，这样的英雄气更难能可贵。

人们爱草根的英雄史诗，因为这样的英雄史诗最接地气。